Die Flucht nach Heidelberg

Wolfgang Vater

Wolfgang Vater

Die Flucht nach Heidelberg

Historischer Roman

wellhöfer VERLAG

Impressum

Wellhöfer Verlag
Ulrich Wellhöfer
Weinbergstraße 26
68259 Mannheim
Tel. 0621/7188167
www.wellhoefer-verlag.de

Titelgestaltung: Uwe Schnieders, Fa. Pixelhall, Mühlhausen

978-3-939540-57-1

Inhalt

Sedan, am 3. September im Jahre 1683

Louis de Fabre, Capitaine des Dritten Dragonerregiments des allerchristlichsten Königs, schauderte, als er durch den dunklen Gang der Festung Sedan schritt. Die drei Meter dicken Mauern erschlugen ihn beinahe und er spürte, wie die nasse Kälte an ihm hochstieg. Sein Gang beschleunigte sich instinktiv. Andererseits dachte er, dass diese unüberwindbaren Steinwände ein starker Hort seien, von dem aus mit der Rekatholisierung des Fürstentums begonnen werden könne. Er blieb stehen und horchte. Leichte, tänzelnde Schritte, wie er sie vom Menuett her kannte, näherten sich. Es war der Page, der ihn in das Kaminzimmer geleiten sollte.

Vor dem offenen Feuer stand der Graf. Allgewaltig war er, der Comte de Tessé, Königlicher Kommissär in Glaubensangelegenheiten, General und Günstling des französischen Kriegsministers Marquis de Louvois.

In roten Schnallenschuhen mit hohen Absätzen, die rechte Hand auf den silbernen Knauf seines Degens gestützt, stelzte er, die breiten, ausgestopften Hüftpartien seines Jabots schwingend, auf de Fabre zu und schüttelte ihm überschwänglich beide Hände.

»Habe Sie schon erwartet, mon Capitaine. Der Auftrag, den ich Ihnen heute erteile, wird so ganz nach Ihrem Geschmack sein.«

Tessé zog mit ausladender Geste aus dem weiten Ärmel seines Rockes ein Spitzentüchlein, hüstelte leicht und rückte sein verrutschtes perlenbesetztes Kreuz auf der Brust zurecht.

De Fabres Gesicht zeigte keine Regung. Er kannte den General. Beide fühlten sich der gleichen Aufgabe verpflichtet und hatten eine ähnliche Vergangenheit. Ihre Eltern waren ehemals Protestanten, konvertierten der Vorteile wegen und ließen ihre Kinder im katholischen Glauben erziehen. Und damit niemand an ihrer neuen Glaubenstreue zweifelte, übertrieben sie es mit dem religiösen Eifer. De Fabre wusste um seinen Fanatismus, wenn es darum ging, abtrünnige Protestanten wieder der allein seligmachenden Kirche zuzuführen. Es war seine Leidenschaft und sein Unglück zugleich. Doch seine Seele fand darin Erlösung und Befriedigung.

Der General ordnete seine bis über die Schultern wallenden silbergrauen Locken und nahm das Gespräch wieder auf: »Ich habe Sie bei Hofe vorgeschlagen, weil die hiesige Situation einen Mann verlangt, der sich nicht scheut, die Fehlgeleiteten mit allen Mitteln – ich betone ›mit allen Mitteln‹ – wieder zu gehorsamen Untertanen und leitbaren Bürgern anzuhalten.«

Er deutete auf das Ahnenbild über dem Kaminsims. »Dieser Henri de la Tour d'Auvergne hat vor knapp einhundert Jahren – nachdem er durch seine erste Vermählung diese Festung in seinen Besitz gebracht hatte – in zweiter Ehe mit der Tochter des niederländischen Statthalters, Wilhelm des Schweigers, Sedan zu einem protestantischen Zentrum an der Nordostgrenze Frankreichs gemacht. Sie können sich denken, dass dies unserem Königshaus stets ein Dorn im Auge war. Aber aus Rücksicht auf die evangelischen Fürsten im Deutschen Reich blieb es unangetastet.«

De Fabre schaute sich das Bildnis Henris lange an und sagte schließlich mit einem höhnischen Zucken um die Mundwinkel, dass diese Zeiten ja nun endlich vorbei seien.

»Exacte, mon Capitaine! Als die Nachfahren des ehrenwerten Henri sich unvorsichtigerweise gegen den Kanzler des Königs, Kardinal Richelieu, erhoben, und damit ihren Kopf aufs Spiel gesetzt hatten, konnte sie nur noch der Verzicht auf ihr Fürstentum zugunsten der Krone vor dem Galgen retten.«

Der General konnte ein triumphierendes Lächeln nicht unterdrücken. »Und nun drehen wir, Sie und ich, das Rad der Geschichte um eine ganze Windung zurück. Ist das nicht ein Hochgefühl?«

Tessé stolzierte einige Schritte vor dem Kamin hin und her, ging um de Fabre herum, musterte ihn von oben bis unten und deutete auf dessen goldumrandete weiße Manschetten. »Lassen Sie sich anschauen, mon Capitaine. Superbe, très superbe! Sie bringen Farbe in diese kalten, tristen Mauern.«

De Fabre fühlte sich geschmeichelt. Er strich sich die kunstvoll eingebrannten kastanienbraunen Locken aus dem Nacken und reckte sein markantes Kinn weit nach vorn. Seine Augen unter den buschigen Brauen begannen zu leuchten. Für Komplimente war er empfänglich.

Der Comte schien sich nicht sattsehen zu können. »Ah, der weiche, breitrandige Hut mit aufgesteckter weißer Straußenfeder. Das ist wohl der neueste Schrei bei den Dragonern? Männlich-kühn, würde ich sagen.«

Abermals tänzelte der General mit kurzen Schrittchen um de Fabre und ließ kein Auge von dessen Kleidung. »Und dieser lindgrüne Mantel mit roten Aufschlägen und aufgesetzten Taschen – nobel, sehr nobel.«

Langsam wurde es de Fabre peinlich. Er wollte sich nicht ständig einer Begutachtung aussetzen, zumal er spürte, dass immer mehr Neid bei seinem Gegenüber mit ins Spiel kam. Doch die hohe Stellung und der Einfluss des Generals verboten dem Capitaine, irgendeine missbilligende Bemerkung zu machen. So ließ er das höfische Gesäusel innerlich murrend über sich ergehen.

»Die engen, maßgeschneiderten Beinkleider und der Säbel am Leibgurt. Vraiment, Sie können sich sehen lassen! Vielleicht ein wenig zu eitel, aber sehr dekorativ. Die Damen werden Ihnen zu Füßen liegen!«

De Fabre winkte ab. Das war das Letzte, woran er gerade dachte. Seine Braut war die Kirche und sein Herr der König von Frankreich. Um jedoch nicht sein Innerstes vor dem Grafen ausbreiten zu müssen, beeilte er sich zu sagen: »Monsieur le Comte belieben immer zu einem Scherz aufgelegt zu sein, aber meine Aufgabe hier ist gewiss ernsterer Natur – oder nicht?«

»In der Tat, mon Capitaine, in der Tat! In dieser Stadt leben zu viele von diesen Ketzern, die ihr Leben nach den Lehren des irregeleiteten Reformators Calvin ausrichten.«

Bevor er weiter sprach, drehte er sich mit Abscheu im Gesicht zum offenen Fenster. Wohl um mehr Licht in sein Innerstes zu lassen.

»Dieser Ketzer wegen gab es Dutzende Glaubenskriege in unserem Land und viel unschuldiges französisches Blut ist geflossen. Der Hof wünscht, dass diese leidige Angelegenheit nun ein für alle Mal aus der Welt geschafft wird – und sei es mit Gewalt.«

Bei seinen letzten Worten zog er demonstrativ den Degen aus der Scheide und schnitt das Ölgemälde des verhassten Fürsten in der Mitte entzwei.

»Sie müssen wissen«, fuhr er fort, »dass ich der Marquise de Maintenon, die übrigens der König vor wenigen Wochen in aller Stille geehelicht hat, in die Hand hinein versprochen habe, die Stadt innerhalb eines halben Jahres hugenottenfrei zu machen.«

Energisch stampfte er auf den Steinboden und ballte seine Fäuste. »Mit Stumpf und Stiel gehört dieses aufsässige Pack ausgerottet.«

Nachdem sein Zorn ein wenig verraucht war, strich er seine violette Pluderhose glatt, zog das rosafarbene Wams nach unten und kraulte sich den gestutzten melierten Bart. Dabei achtete er sehr darauf, dass die gekräuselten Manschetten seines Seidenhemdes zur Geltung kamen. Die Mode in Versailles war tonangebend und wurde an allen Fürstenhöfen nachgeahmt. Frankreich – das Vorbild für ganz Europa.

Endlich blieb er vor dem Fenster stehen, lehnte sich hinaus und schaute, ob sie jemand belauschen konnte, drehte sich langsam zu de Fabre und sagte mit leiser Stimme: »Wenn Ihnen das gelingen sollte, haben Sie eine glänzende Karriere vor sich, dafür verbürge ich mich.«

Auf solch eine Bemerkung hatte der Capitaine gewartet. Aber er war kein Phantast. Er kannte die hiesige Situation und konnte die Erfolgsaussichten einschätzen.

»Ein großes Wort, Monsieur le Comte. Sie wissen doch sicherlich auch, dass dem Fürstentum Sedan bei der damaligen Übernahme Sonderrechte eingeräumt worden sind. Das alles wird unser Vorhaben nicht erleichtern.«

»Gewiss, gewiss, das ist mir alles bekannt. Aber nun gehört Sedan zu Frankreich und wir müssen den Protestanten zeigen, wer Herr im Lande ist. Natürlich werden sich die Hartgesottenen weigern und stur stellen, aber Ihren Dragonaden, oder soll ich lieber sagen ›Einquartierungen der besonderen Art‹, hat noch niemand lange widerstanden. Davon konnte ich mich schon mehrmals überzeugen.«

De Fabre war alles andere als ein kleinmütiger Mensch und nahm auch gerne Risiken auf sich, aber dieser Auftrag hatte doch eine gewisse Brisanz und da wäre es ihm recht gewesen, wenn er nicht allein das Wort des Comte gehabt hätte. In dieser aufgeregten Zeit starb man schnell und ein toter Graf war nicht mehr viel wert.

Tessé musste seine Gedanken erraten haben: »Ich werde jede Ihrer Handlungen mit meinem Namen decken und zu

Ihrer Beruhigung kann ich Ihnen versichern, dass sogar der Beichtvater des Königs, Pater La Chaise, mich bei unserer letzten Begegnung in Versailles gedrängt hat, dem Spuk endlich ein Ende zu bereiten.«

Mit betrübter Miene ging er einen Schritt auf de Fabre zu.

»Der König ist sehr unglücklich, dass es in seinem Reich noch Leute gibt, die den katholischen Glauben, quasi unsere Staatsreligion, ablehnen und die ernstlich behaupten, dass die Worte der Bibel mehr Gewicht hätten als das, was der ›christlichste aller Könige‹ sagt. Das ist doch Garant genug – oder?«

Der Capitaine nickte zustimmend, obwohl ihm ein Schriftstück in den Händen noch mehr gefallen hätte. Aus Erfahrung wusste er aber, dass bei so heiklen Aufträgen nie etwas Schriftliches aus einer amtlichen Feder floss.

»Wie wollen Sie vorgehen? Haben Sie schon eine Idee?«

Konzentriert ordnete De Fabre seine Halsbinde und warf einen prüfenden Blick zur Türe. Er stellte alle Kerzen, die den düsteren Raum erleuchteten, in einer Reihe auf den Tisch, zog seinen Säbel und trennte zehn Dochte mit einem einzigen Schlag durch. Im Raum war es schlagartig dunkel.

»Formidable, brillant! Das ist die richtige Methode. Nicht zimperlich sein, mit einem gezielten Streich alle auf einmal auslöschen. Ich habe mich in Ihnen nicht getäuscht. Und wo und mit wem fangen Sie an?«

»Gleich gegenüber der Festung am Place de la Halle, bei den Lamadés.«

»Wie bitte?« Der Comte schaute den Capitaine ungläubig an und wartete auf eine nähere Erklärung.

»Die reformierte Kirche verwaltet sich selbst und regelt ihre Glaubensangelegenheiten eigenständig – siehe Sonderrechte. Die Mitglieder wählen aus ihrem Kreis angesehene Männer, die sogenannten ›Ältesten‹ oder ›Presbyterianer‹, eine Art Gemeindeparlament und dieses Gremium entscheidet in der Regel alles.«

»Zum Beispiel?«

»Wann und wie oft Gottesdienst abgehalten wird. Wie hoch die Spenden sein sollen. Welche Kleider und Kopfbedeckungen die Frauen tragen. Ob der Kragen des Kleidungsstückes geschlossen sein muss. Sie bestimmen sogar, wie lang der

Rock und die Ärmel sein dürfen. Nicht das winzigste Stückchen Haut darf zu sehen sein …«

»Mein Gott, wie langweilig! Und warum beginnen Sie gerade bei diesem Lamadé?«

»Weil er einer der Eifrigsten und Angesehensten unter den Reformierten ist. Außerdem ist er der Schwiegersohn des hiesigen Pastors, der wiederum landesweites Ansehen und eine große Verehrung genießt. Wenn ich Lamadé und seine Familie zum Abschwören bewegen kann, dann trenne ich mit einem Schlag alle Dochte von den Kerzen, das heißt, dann werden alle anderen ihm folgen.«

»Exzellent! Ich bin begeistert. Sie haben sich gründlich informiert. Die Muttergottes, unsere Fürsprecherin, stehe Ihnen bei und führe unsere Mission zum Erfolg.«

Er bekreuzigte sich, reichte de Fabre hastig die Hand und wandte sich zur Türe.

»Sie müssen mich entschuldigen, ich möchte nach Versailles zurück und Bericht erstatten. Der Beichtvater und die Marquise werden Augen machen. Ihren Namen wird sich der Hof gewiss merken. Wenn alles vorbei ist, komme ich wieder. Leben Sie wohl!«

De Fabre hatte es nicht minder eilig. Er musste seinen Dragonern genaue Anweisungen geben.

»Sterbet, sterbet oder werdet katholisch!«

Die Häuser am Place de la Halle grenzten mit ihren Hinterhöfen unmittelbar an die Erdwälle und Vorwerke der Festung.

Von ihrer Dachkammer aus konnte Claude sowohl das erhöht liegende Bollwerk als auch in den eigenen Hof und auf den Platz vor dem Haus sehen. Sie ging unruhig von einer Ecke zur anderen. Die Dielen knarrten. Schon seit Tagen spürte sie, dass sich etwas Schweres auf ihre Schultern gelegt hatte. Jedes Mal, wenn ihr Blick an dem kargen Kreuz an der Wand hängen blieb, überkam sie ein Schauer. Sie war kein zimperliches Mädchen, sondern ein stabiles und robustes Frauenzimmer. Sie konnte hinlangen, wenn die Arbeit es verlangte, aber seit geraumer Zeit überfiel sie eine böse Ahnung, die sie zittern machte. Letzte Nacht hatte sie kaum ein Auge zugetan. Es waren die Gerüchte, die die Gemeindemitglieder sich erzählten. Erst vorgestern beteuerte nach dem Gottesdienst die Hausmagd der Lafittes, dass sie gehört habe, dass eine große Schar Kapuziner auf dem Weg nach Sedan sei. Das sollen die Unerbittlichsten sein. Für diese Glaubensbeteuerer sei nur der ein Mensch, der ihrer Kirche angehöre. Alle anderen seien Gottesfrevler und Abtrünnige.

Auf Claudes Bett saß Hélène, die Tochter der Lamadés, in deren Dienst sie seit vielen Jahren stand. Die Neunjährige blätterte eifrig im Buch der Psalmen. Am kommenden Sonntag wollten die beiden im Tempel, so nennen die Reformierten ihr Gotteshaus, vor dem gemeinsamen Abendmahl einen Psalm singen, der die Allmacht des HERRN lobpreist.

Claude streichelte dem Mädchen sanft über das rotblonde, struppige Haar und stieß unbewusst einen tiefen Seufzer aus. Hélène schien ihren Kummer zu ahnen. »Nun sage schon, was dich bedrückt. Es ist kaum mehr mit anzusehen, wie du dich seit Tagen quälst. Du hast immer gesagt, dass wir uns alles sagen können und keine Geheimnisse voreinander haben, wir seien wie zwei Schwestern.« Hélène schaute Claude mit ihren großen Kinderaugen an.

»Ach, Hélène, ich weiß ja selbst nicht genau, ob es stimmt, was die Leute so erzählen.«

»Jetzt rede schon!« Sie rutschte auf dem Bett zur Seite.

»Also gut! Deine und meine Familie sind Protestanten und haben immer die Verordnungen und Gesetze des Königs befolgt – vielleicht sogar genauer und strenger als die Mehrzahl unserer Landsleute. Warum in aller Welt schränkt der König unsere Rechte, die uns vor hundert Jahren von König Heinrich IV. garantiert wurden, mehr und mehr ein? Das will mir nicht in den Kopf!«

Hélène schmiegte sich an ihre Seite und sagte wissend, so als ob sie in ihrem Alter schon alles verstünde: »Du hast es ja selbst am eigenen Leib erfahren.«

»Ich weiß nicht, was du meinst.«

»Mama hat mir erzählt, dass du schon als junges Mädchen Hebamme werden wolltest. Aber der Magistrat hat es dir verboten, weil du eine Hugenottin bist. Mama muss damals unter dem Unrecht sehr gelitten haben und Papa hätte die feinen Herren erwürgen können.« Hélènes Erregung kühlte sich langsam wieder ab und ihre Stimme wurde sanfter. »Ich bin froh, dass du nicht Hebamme wurdest, denn so bist du bei uns geblieben und ich habe die beste Freundin der Welt gefunden.«

Claudes Augenwinkel wurden ein wenig feucht und ein verhuschtes Lächeln breitete sich um ihre Mundwinkel aus.

»Hélène, dafür danke ich dem HERRN jeden Abend. Du und deine Familie sind mein zweites Zuhause geworden. Dein Vater hat sich wegen meines Wunsches sogar schriftlich an den Magistrat gewandt und eine demütigende Antwort erhalten. Damals hätten wir uns schon denken können, dass die nunmehrige französische Regierung den Protestanten nicht sehr zugetan ist.«

»Ich erinnere mich. An diesem Tag waren alle aufgeregt und niedergeschlagen. Damals war ich noch zu klein, um alles zu verstehen«, pflichtete Hélène treuherzig bei. »Warum dürfen Hugenottinnen eigentlich keine Hebammen werden?«

»Weil die Hebamme die Erste ist, die das Neugeborene sieht und feststellen kann, ob es lebensfähig ist. Droht das Kind zu sterben, muss es nach christlichem Verständnis von einem Pfarrer notgetauft werden, damit es als Christ und nicht als Heide in den Himmel kommt.«

»Das ist doch gut so, oder nicht?«

»Tja«, meinte Claude, »das schon. Aber gehört die Hebamme der reformierten Kirche an, wird sie höchstwahrscheinlich keinen katholischen Geistlichen rufen, sondern einen ihrer Religion und das haben die Katholiken nicht so gern. Die Seele des Neugeborenen würde der katholischen Kirche verloren gehen.«

»Gibt es denn verschiedene Himmel? Einen für die Katholiken und einen für die Protestanten?«

»Natürlich gibt es nur einen Himmel und nur einen HERRN, aber unser jetziger König hat in seinen jungen Jahren ein Leben voller Sünde geführt. Im Alter überkommt ihn ein Gefühl der Schuld und die Herren Padres, die ihn umgeben, halten dieses Feuerchen hübsch am Brennen. Er glaubt, jetzt manches wieder gutmachen zu müssen und hofft, dass er den HERRN gnädig stimmen kann, wenn er alle ›Irrgläubigen‹ zum katholischen Glauben zurückführt.«

Hélène wog den Kopf hin und her und sagte dann mit fester Stimme: »Unseren reformierten Glauben werden wir aber niemals ablegen – oder? Die Treue zum HERRN ist uns doch heilig!«

Claude strich dem Mädchen liebevoll über die Wangen und pflichtete ihm bei. »Natürlich werden wir das niemals tun, eher lassen wir uns einsperren oder aus dem Lande jagen.«

Hélène war mit dieser Antwort zufrieden. Sie schlug das Psalmenbuch auf und blätterte eifrig darin. »Ich habe mich entschieden! Wir werden am Sonntag den neunzehnten Psalm singen. Die Herrlichkeit des HERRN in seiner Schöpfung und in seinem Wort steht hier im Mittelpunkt.« Sie holte tief Luft und begann mit heller Stimme zu singen.

»Die Himmel erzählen die Ehre Gottes,
und die Feste verkünden seiner Hände Werk.
Ein Tag sagt‹s dem andern,
und eine Nacht tut‹s kund der andern,
ohne Sprache und ohne Worte;
unhörbar ist ihre Stimme,
ihr Schall geht aus in alle Lande
und ihr Reden bis an die Enden der Welt.«

Zu den nächsten Strophen reichte es nicht mehr, denn plötzlich schallten von der Straße laute Schritte und Gegröle zu ihnen hinauf. Claude und Hélène stürzten ans Fenster. Im barschen Ton erteilte jemand Befehle: »Sperrt die Straße ab und lasst keinen durch! Zwei von euch halten Wache! Drückt das Hoftor ein. Beeilt euch!«

Der Riegel hielt dem Druck nicht lange stand. Das alte, morsche Tor gab nach. Ein lautes Krachen und Knirschen, das Holz splitterte und fünf Dragoner mit gezogenem Säbel und blanken Hellebarden in den Händen standen breitbeinig in der Mitte des Hofes. Bevor sie sich nach brauchbaren Dingen umschauten, legten sie die Handflächen trichterförmig an den Mund und riefen lautstark in Richtung der Wohnräume:

»Sterbet, sterbet oder werdet katholisch! Zeigt euch, ihr Hugenottenpack!«

Claude verschlug es den Atem, doch dann war sie sofort im Bilde, zumal einer noch lauter rief: »Wo ist hier der Weinkeller? Wir haben Durst! Einen so mächtigen Durst haben wir, dass ihr ihn niemals stillen könnt!«

Einer der Störenfriede verdrückte sich in den hinteren Teil des Hofes, riss die Leibwäsche von der Leine, hielt das Spitzenhemd der Madame vor sich hin, schlüpfte in ihr Mieder, stopfte sich die Brustpartie mit Strümpfen aus und vollführte unzüchtige Tänze. Die Übrigen wieherten vor Vergnügen, klatschten sich auf die Schenkel und grölten ein unsittliches Lied.

Claude hielt Hélène die Ohren zu und zerrte sie vom Fenster weg. Sie hatte nur einen Gedanken: hinunter ins Kaminzimmer zu Madame und Monsieur. Ihnen drohte Gefahr.

Sie erschrak. Der Patron und Urs, der Hausknecht, waren vor kurzer Zeit aus dem Haus gegangen. Sicherlich hatten die Eindringlinge diesen Moment abgewartet, um nicht sofort auf Widerstand zu stoßen. Urs, der Bär, hätte alle mit einer Handbewegung an die Wand gedrückt und dort verhungern lassen.

Ohne lange zu überlegen, packte sie Hélène und zerrte sie hinter sich her. Aus den Augenwinkeln sah sie, wie Hélène nach dem Psalmenbuch griff und es krampfhaft an ihre Brust drückte.

Hastig stolperten sie die Holztreppe hinunter und stürzten ins Kaminzimmer. Dort waren sicher Madame und Daniel, Hélènes Bruder, von den Eindringlingen überrascht worden.

»Nur ein toter Hugenotte ist ein guter Hugenotte!«

Beim Betreten des Kaminzimmers wurden Claude und Hélène augenblicklich von zwei Dragonern roh und rücksichtslos gepackt und an die Wand gedrückt. Sie konnten nicht schreien, die Wüstlinge hielten ihnen den Mund zu.

Eine scheußliche Alkoholfahne nahm Claude die Luft zum Atmen. Trotz des harten Griffs versuchte sie, sich loszureißen. Doch je mehr sie sich wehrte, desto fester drückte der schnauzbärtige Kerl sie an sich. Claude dämmerte es. Er wollte sie nicht nur am Wegrennen hindern, er wollte seinen Leib an den ihren drücken. Das Raue gegen das Weiche. Jetzt versuchte er sogar, ihr das Mieder aufzuknöpfen.

Ah, darauf hatte er es abgesehen! Aber nicht mit Claude. Sie war nicht zimperlich. Immerhin war sie mit vier Brüdern aufgewachsen und konnte sich ihrer Haut erwehren. Sie schob mit einem Ruck die fremde Hand von ihrem Mund und brüllte den Grobian an. Sofort war es totenstill. Alle Augen richteten sich auf sie und den Schnauzbärtigen.

Solche Flüche und Schimpfkanonaden, wie sie der Schnauzbärtige nun seinerseits ausstieß, hatte das lamadésche Haus noch nie gehört. Claude blitzte mit den Augen und stieß den Rohling unsanft zur Seite. Der Dragoner war von der Gegenwehr so überrascht, dass er sie kurz freigeben musste – nur kurz, dann griff er härter und gröber zu.

Das alles wäre nicht das Schlimmste gewesen. Claude sah, wie der dritte Soldat sich auf die Madame stürzte, die aufrecht und furchtlos neben ihrem Sohn vor dem Kamin stand. Der Grobschlächtige griff nach dem goldenen Medaillon, das sie um den Hals trug. Madame verschränkte geistesgegenwärtig ihre Arme vor der Brust und schubste den wohl angetrunkenen und torkelnden Dragoner brüsk von sich weg. Er strauchelte, wankte und drohte zu fallen. Im letzten Moment fing er sich wieder, fluchte fürchterlich und fasste erneut nach ihrem Hals. Dabei verrutschte nicht nur die weiße Haube, was den Glanz ihrer flammenden Haare zum Vorschein brachte, sondern auch der Seidenschal, der die elfenbeinfarbene Haut ihres Dekolletés verdeckte. Der ungewaschene, stinkende Kerl schnalzte mit der Zunge und seine Pupillen weiteten sich. Voller Gier näherte sich seine Hand Madames Mieder. »Schöne, volle, weiße Brüste liebe ich über alles.«

Um Madame zu Hilfe zu kommen, versuchte Claude erneut sich zu befreien, doch Daniel war schneller. Der Zwölfjährige griff nach dem Feuerhaken und hieb auf den Trunkenbold ein. Trotz seiner ›Schlagseite‹ wich der Soldat behände zur Seite. Sein Kopf wurde nur leicht gestreift. Eine kleine Wunde, aber Blut floss.

Noch benommen tastete der Dragoner nach seinem Kopf, sah das Blut an seiner Hand und fing wie ein Wahnsinniger an zu brüllen: »Du Bürschchen, du wagst es, einen königlichen Reitersmann mit einem Feuerhaken zu traktieren! Du musst lebensmüde sein. Warte, ich werde dir Mores lehren!«

In seiner Rage packte er den Jungen am Jackett, wirbelte ihn durch die Luft und schleuderte ihn mit Wucht in den offenen Kamin. Dort blieb Daniel bewusstlos mit dem Gesicht nach unten in der warmen Asche liegen.

Ein entsetzlicher Aufschrei. Madame wollte ihrem Sohn beistehen, doch der immer noch vor Wut schäumende Dragoner stellte sich ihr mit gespreizten Beinen in den Weg und erklärte ironisch: »Wenn Madame mir freiwillig das goldene Medaillon in die Hand legt, werde ich einige Schritte zur Seite treten, damit Sie Ihren missratenen Sohn aus der Asche ziehen kann.«

Madame hörte gar nicht hin. Sie versuchte, sich an dem Rohling vorbeizuschieben, aber ihre Kräfte reichten nicht und sie drohte zu fallen. Dabei biss sie sich auf die Lippen, bis sie bluteten. Der Dragoner wich keinen Zentimeter. Im Gegenteil, er wölbte seinen Bauch demonstrativ nach vorn. Claude kannte ihre Herrin. Sie ließ sich durch solche Gesten nicht beeindrucken und würde niemals vor solchen Kreaturen kriechen oder klein beigeben.

Wieder geiferte der Angegriffene die Patronin an: »Wo kommen wir eigentlich hin, wenn jeder Rotzjunge glaubt, sich an einem Soldaten des Königs vergreifen zu können?« Er reckte sein Kinn. »Was ist nun mit dem Medaillon?«

Eine oder zwei Sekunden vergingen. Madame riss das Schmuckstück vom Hals und warf es ihm mit hoch erhobenem Kopf vor die Füße und forderte ihn auf, nun endlich zur Seite zu treten. Sie deutete mit Furcht in den Augen auf ihren Sohn, denn Daniels Gesicht verfärbte sich schon blau und der Atem stockte zusehends. Der Dragoner bewegte sich keinen Millimeter. Er stand wie ein Klotz vor dem Kamin.

»Sie haben doch jetzt, was Sie wollen«, Madames Stimme wurde flehender. Der anfängliche Trotz wich der Angst. Die Zeit drängte. Daniel bewegte sich nicht mehr.

Keinen Schritt wich der Dragoner zur Seite. Claude hatte den Eindruck, dass er diese Situation weidlich genoss. Ein teuflisches Grinsen überzog sein Gesicht. Er, der Starke, gegen diese schwache Weibsperson. In einem spöttischen Ton antwortete er: »Madame haben mir nicht richtig zugehört. Ich habe gesagt: ›In die Hände legen‹ und nicht ›vor die Füße werfen‹. Also, was ist?«

Claude traute ihren Augen nicht. Mit ihrer malträtierten Hüfte bückte sich Madame unter Schmerzen, hob das Medaillon auf und drückte es widerwillig und voller Abscheu in die Hand des aus allen Poren feixenden Wüstlings.

»Gut so, Madame. Ihr Bastard liegt schon in seinen letzten Zügen. Wenn er erstickt, hätte das etwas für sich, denn nur ein toter Hugenotte ist ein guter Hugenotte!«

Für Claude war das zu viel. Sie riss sich los, stolperte und schlug auf den Steinboden. Dabei schob sich ihr Rock hoch, sodass die Beine zu sehen waren. Die Dragoner schüttelten sich vor Lachen, hielten ihre Bäuche und konnten sich kaum beruhigen. Eine Lachsalve löste die andere ab. Noch halb benommen richtete sie sich auf und kroch auf allen Vieren in Richtung Kamin. Einer der Unholde stellte sich ihr in den Weg. Sie streckte ihre Hand nach Daniel aus. Zu kurz. Sie konnte ihn nicht erreichen.

Hilfe suchend schaute sie sich um. Sie bat, sie flehte. Vergebens! Nur Spott und Hohn waren zu hören. Einer der Grobiane trat ihr obendrein in den Leib. Krampfhaft hielt sie die Tränen zurück. Ihr Körper war ein einziger Schmerz. In ihrem Kopf hämmerte und pochte es unaufhörlich. Sie krümmte sich und faltete die Hände: »HERR, nur du kannst noch helfen!«

In diesem Augenblick der höchsten Not stürzten der Patron und Urs keuchend ins Zimmer. Keine Sekunde brauchte Urs, dann rammte er instinktiv den vor der Madame stehenden Dragoner mit einem gewaltigen Ruck gegen die Wand, entriss ihm das Medaillon, packte als nächsten den sprachlosen

Schnauzbart am Wams und schleuderte ihn im hohen Bogen auf den verdutzt dastehenden Dritten. Beide fielen wie Mehlsäcke um und blieben regungslos liegen.

Ohne nachzudenken, drehte sich Urs zum Kamin, hob Daniel vorsichtig aus der Asche und legte ihn behutsam auf den Boden. Sein Ohr berührte Daniels Mund … »Er lebt!«

Da war auch schon der Patron an seiner Seite. Er nahm seinen Sohn liebevoll in die Arme und entfernte die Asche aus der verklebten Nase und dem Mund. Im Zimmer war es so still geworden, dass selbst das Surren der lästigen Fliegen aufgehört hatte. Keiner der Dragoner traute sich, den drei am Boden Kauernden entgegenzutreten.

Langsam richtete sich Claude auf und schleppte sich zur Madame. Diese stand wie eine blutleere Säule auf ihren Stock gestützt da. Sie wollte ihr beistehen und berührte dabei unabsichtlich den sich langsam erholenden Schnauzbärtigen. Als dieser erneut nach ihr greifen wollte, fuhr sie ihn wie eine Furie an: »Fass' mich nie wieder an, du Scheusal! Hat denn keiner von euch einen Funken Anstand im Leib? Seid ihr alle so verroht. Der HERR soll euch dafür blenden und schlagen!«

Die Angesprochenen grinsten nur blöd. Sie schienen wieder Oberwasser zu spüren, denn sie suchten mit der rechten Hand langsam nach dem Säbelknauf und tasteten mit der linken nach ihren im Gürtel steckenden Pistolen. Der mit dem Schnauzbart, er musste der Rädelsführer sein, trat einen Schritt auf Claude zu und feixte: »Gemach, mein Täubchen, des Königs Soldaten halten nicht jeden Tag solch ein Zuckerpüppchen in ihren Armen. Du solltest dich glücklich schätzen, dass du uns begegnet bist – und wenn du artig bist, werde ich dich ritterlich behandeln, wenn nicht …« Er lachte laut auf und die anderen nickten ihm vielsagend zu.

Das musste der vermeintliche Anführer wohl als Aufmunterung verstanden haben. Er schaute gierig auf Claudes wogenden Busen und wollte ihr einen Kuss aufzwingen. Claude verpasste dem Wüstling eine kräftige Maulschelle.

In diesem Moment betraten ein mit einem lindgrünen Rock gekleideter Offizier und noch sieben weitere Dragoner das Zimmer. Der Blick des Offiziers wanderte von einem zum anderen und blieb schließlich an den übel zugerichteten Dragonern in der Mitte des Raumes hängen. Er hob die Augenbrauen und maß wortlos Urs und Monsieur, die sich immer noch um Daniel am Boden kümmerten.

In Zeitlupe zog der Offizier seinen Säbel aus der Scheide, prüfte mit dem Daumen den Schliff, ging Schritt für Schritt auf Urs zu und hielt ihm in aller Seelenruhe die Klinge an die Kehle.

»Ich sehe, hier ist es zu Unstimmigkeiten gekommen – um es vorsichtig auszudrücken. Wer ist der Hausherr?«

Henri Lamadé reagierte nicht. Er zog seine Jacke aus, rollte sie zusammen und schob sie sanft unter den Kopf seines Sohnes. Erst dann erhob er sich Zoll für Zoll und blickte seinem Gegner in die Augen.

»Hier handelt es sich nicht um Unstimmigkeiten, sondern um Plünderung und einen Mordversuch durch Soldaten des Königs, die widerrechtlich in mein Anwesen eingedrungen sind. Wenn Sie der diensthabende Offizier sind, verlange ich eine Erklärung und die sofortige Entfernung Ihres Säbels von der Kehle meines Hausburschen.«

Der Angesprochene dachte nicht daran, seinen Säbel einzustecken. Mit einem breiten Hohnlachen erwiderte er, indem er der Spitze seines Säbels noch mehr Druck verlieh: »Wie unfein von mir, Monsieur, ich habe mich noch gar nicht vorgestellt. Das darf einem Offizier des Königs nicht passieren. Allerdings, das muss ich zu meiner Entschuldigung gestehen, ging alles so hastig, so ohne Überlegung und vielleicht auch gegen die gemachten Absprachen. Ansonsten sind meine Leute sehr zuverlässig. Ich bitte um Nachsicht.«

Eine Verbeugung andeutend fuhr der Offizier fort: »Gestatten, Louis de Fabre, Capitaine des Dritten Königlichen Dragonerregiments, mit dem Auftrag, die französischen Grenzen gegen die aufmüpfigen Nachbarn im Norden und Osten zu sichern. Eine Rebellion scheint bevorzustehen. Wahrscheinlich stecken wieder diese unloyalen Franzosen reformierten Glaubens dahinter, die aus dem Innern Frankreichs geflohen sind und nun an den Grenzen Unruhe stiften.«

Henri Lamadé setzte zweimal zu einer Antwort an, doch de Fabre ließ ihn nicht zu Wort kommen. War das Methode oder Überheblichkeit des Offiziers? Wollte er auf diese Weise seine Macht demonstrieren?

»In dieser kriegsähnlichen Situation ist es die Pflicht eines jeden königlich und vaterländisch gesinnten Franzosen, den

Beschützern und Verteidigern des Landes Quartier zu gewähren. Wir werden uns daher auf unbestimmte Zeit – bei freier Kost und Logis, versteht sich – in diesem Hause aufhalten.«

Dem Hausherrn fiel es offensichtlich nicht leicht, sich zu beherrschen, aber er war sich wohl bewusst, dass sein bloßer Arm gegen die Vielzahl der feindlichen Säbel nichts auszurichten vermochte.

Mit wachen Augen beobachtete Claude die Situation. Sie zählte zwölf Dragoner, wilde ungehobelte Landsknechte, denen ein Menschenleben nicht viel bedeutete. Monsieur Lamadé muss Zeit gewinnen, dachte sie. Das war im Moment seine einzige Chance. Vielleicht war alles nur ein Missverständnis und gleich kam Hilfe vonseiten der Stadt oder der Kirchgemeinde. Madames Vater, der Pastor, war ein einflussreicher Mann und sicher würde er in wenigen Minuten hier erscheinen und ein Machtwort sprechen.

Der Patron wandte sich in sachlichem Ton an den Offizier:

»Monsieur de Fabre, als einer der Kirchenältesten der hiesigen reformierten Gemeinde bin ich auch Mitglied des Magistrats der Stadt und weiß daher, dass Einquartierungen durch diese Behörde vorgenommen werden. Könnte ich die entsprechenden schriftlichen Anweisungen sehen?«

Der Offizier schluckte erst einmal heftig, dann brachen er und seine Leute in schallendes Gelächter aus. Sie krümmten sich und schlugen mit den flachen Händen an die Wand, dass die Bilder wackelten. Immer wieder wiesen sie mit dem Finger auf den Patron. »Eine schriftliche Anweisung möchte er sehen. Habt ihr so was schon gehört? Seit wann brauchen wir eine Anweisung?«

Sie konnten sich vor Prusten und Lachen kaum mehr auf den Beinen halten. Als de Fabre sich wieder einigermaßen beruhigt hatte, sagte er und der spöttische Unterton war nicht zu überhören: »Sehr verehrtes Mitglied der Stadtregierung, ich glaube, Sie verkennen die Situation gründlich. Nicht der Magistrat oder sonstige honorige Personen entscheiden hier, sondern wir als Vertreter des Königs – wir ganz alleine und ausschließlich. Habe ich mich klar und verständlich ausgedrückt?«

Bei den letzten Worten drehte der Offizier seine fein gekräuselten Locken mit Daumen und Zeigefinger in einer auffallend gezierten, weibisch anmutenden Weise ein. Wechselte dann geschickt den Säbel von der einen in die andere Hand, schaute überheblich in die Runde und wartete auf eine Reaktion.

Wahrscheinlich war der Patron von dem Ton und der Unverblümtheit des Offiziers so überrascht, dass er im Moment keine Worte fand. Anders Madame. Sie ging, auf ihren Stock gestützt, auf den Offizier zu und blickte ihm seelenruhig in die Augen. »Hat das, was Sie hier vorhaben, nicht einen anderen Hintergrund, Monsieur de Fabre?«

»Wie soll ich Ihre Frage verstehen, Madame?« De Fabre schaute sie so an, als ob er auf diese Frage schon gewartet hätte.

»Ich meine, dass Sie wahrscheinlich nicht alle Häuser in Sedan in der gleichen Weise zu Ihrem Quartier erklären, zumal die Festung, die nur hundert Meter hinter uns liegt, ausreichend Quartiermöglichkeiten böte. Sie und Ihre Männer suchen bestimmt nur die Häuser auf, die von Mitgliedern der hiesigen reformierten Kirchgemeinde bewohnt werden. Hat das möglicherweise etwas mit den gewaltsamen Bekehrungsversuchen seitens der Regierung zu tun?«

»Madame, wenn Sie so offen darüber sprechen und manches wissen, mache ich Ihnen ein Angebot.«

Er hielt inne und vergewisserte sich, dass ihm auch alle zuhörten. »Ihr werter Gatte sagt drei Worte und auf der Stelle verlassen wir Ihr Anwesen und Sie werden uns nie wieder sehen. Ist das nicht großzügig von mir, Madame?«

»Und wie heißen die drei Worte?«

Galant zog der Capitaine seinen Hut, verbeugte sich tief vor Madame und flüsterte: »Wir kehren zurück!«

Henri Lamadé, ein in Fels gehauener Protestant, schien wie aus einem bösen Traum erwacht zu sein. Er stampfte fest mit dem Fuß auf und riss den Disput wieder an sich: »Monsieur, das ist gegen das von König Heinrich erlassene Edikt von Nantes, das bis heute seine Gültigkeit nicht verloren hat, und worin uns Glaubensfreiheit zugesichert worden ist. Das königliche Dokument regelt seit über einhundert Jahren das friedliche Zusammenleben von Katholiken und Protestanten in Frankreich. Wollen Sie das infrage stellen?«

Der Offizier rümpfte die Nase: »Auf das Edikt würde ich keinen Pfifferling mehr geben. Es wird über kurz oder lang widerrufen werden, dann gibt es in Frankreich keine reformierte Kirchgemeinde mehr. Alle sind gleich und niemand kann auf Sonderrechte pochen, wie es die Hugenotten bisher getan haben. Was ist das für ein Staat, in dem es unterschiedliche Rechte gibt? Können Sie das, Monsieur Lamadé, mit Ihrem so hoch gepriesenen Gerechtigkeitsempfinden in Einklang bringen?«

Stille. Claude befürchtete schon, dass damit der Streit zugunsten de Fabres ausgegangen sei. Doch Madame Lamadé war eine gescheite Frau und konnte mit Worten fechten wie ein Mann mit der Klinge.

»Monsieur de Fabre, wir sind genauso gute Franzosen wie Sie und Ihre Männer. Wir zahlen unsere Steuern pünktlich, achten und ehren den König und halten uns an die Gesetze. Wir lieben unser Vaterland, sprechen die gleiche Sprache, glauben an denselben Herrgott, nur mit dem Unterschied, dass wir dem Wort der Bibel eine größere Beachtung schenken als ...«

Das Gesicht de Fabres lief rot an. Seine Hand hielt den Säbel an Urs' Kehle unvermindert fest. »Madame, nehmen Sie sich in acht. Die letzte Bemerkung, wenn Sie sie ausgesprochen hätten, könnte ich als Anmaßung gegen die königliche Autorität verstehen und müsste Sie augenblicklich wegen Majestätsbeleidigung verhaften.«

Der Hausherr stellte sich schützend vor seine Frau. »Jetzt gehen Sie entschieden zu weit, Monsieur. Ich werde mich bei Ihrem Vorgesetzten, dem Generalleutnant Comte de Toulon, beschweren.«

Des Königs Offizier blickte den Patron von oben bis unten an. »Ah, Sie meinen den ›Hugenottengeneral‹! Der wurde letzte Woche seines Postens enthoben. Seine gesamten Besitzungen sind an die Krone gefallen. Wie ich erfahren habe, ist der gute Herr auf dem Weg in die Niederlande, also fahnenflüchtig.«

Dem Capitaine war nicht beizukommen. Immer wieder hatte er ein Argument zur Hand und verlor nie sein Ziel aus den Augen.

»Und nun Ihre Antwort Monsieur Lamadé. Möchten Sie sich bekehren?«

»Niemals!«

»Auch gut, dann kommt das einer Missachtung der königlichen Gesetze und Verordnungen gleich. Ich nehme somit Ihr Anwesen im Namen des Königs auf unbestimmte Zeit in Beschlag und verhänge über alle Bewohner Ausgangssperre.«

Claude atmete schwer und dachte, jetzt ist es soweit. Die Dragoner werden sich im Hause einnisten und wie die Vandalen hausen, in der Hoffnung, dass der Patron sich doch noch bekehren lässt.

Allerdings umspielte ein für die anderen kaum sichtbares siegessicheres Lächeln ihre Augenwinkel. Dieser de Fabre wird schon sehen, dass er sich an Henri Lamadé die Zähne ausbeißt. Er ist der Fels in der Gemeinde und wird niemals weichen. Der HERR hat ihn zu dieser Aufgabe auserkoren und der HERR irrt niemals. Eine nicht gekannte Kraft durchströmte ihren Körper und richtete sie innerlich auf. Mochte kommen, was wolle, auch sie würde niemals abtrünnig werden.

De Fabre, jetzt Hausherr und Kommandant in einer Person, stellte sich in Siegerpose in die Mitte des Kaminzimmers, steckte seinen Säbel in die Scheide, gab Urs ein Zeichen, sich zu erheben und erteilte Ordre an seine Mannschaft: »Unverzüglich ist der Bestand aller Kammern im gesamten Anwesen aufzunehmen, die Vorräte sind zu überprüfen, die Haustiere zu zählen und das Haus nach Wertgegenständen und Waffen zu durchsuchen. Die fertige Liste wird mir vorgelegt!«

Der schnauzbärtige Dragoner, der es schon die ganze Zeit auf Claude abgesehen hatte, griff ihr erneut um die Taille und zog sie gewaltsam mit sich fort: »Komm, mein Täubchen, du zeigst mir die Kammern und besonders die, in der du schläfst.« Dabei nestelte er erneut an ihrem Mieder herum.

Claude bog sich nach allen Seiten, kratzte, schlug um sich, doch der Wüstling ließ sie nicht los. Angewidert vor Ekel und Scham wandte sie ihr Gesicht ab und schaute flehentlich zu ihrem Patron.

Henri Lamadé war in dieser Viertelstunde um Jahre gealtert. Seine einstmals so straffe Haltung war wie verflogen. Die Schultern hingen schlaff nach unten, der Kopf war gesenkt und die Augen wirkten müde. Erst beim Anblick des rüden Vorgehens der Dragoner mit seinen Hausangestellten schien er in die Gegenwart zurückzukehren. Er spannte seinen Körper und wandte sich mit gedämpfter, aber nicht devoter Stimme an de Fabre: »Monsieur, ich beuge mich der Gewalt und mache Ihnen und Ihren Männern einen Vorschlag.«

»Ei, also doch einsichtig!,« frohlockte der Capitaine.

Mit einem Male kehrte Ruhe ein. Claude war seltsam berührt. War sie schuld, wenn der Patron nun doch nachgab? Hätte sie ihn nicht mit den Augen um Hilfe bitten dürfen? Alle waren gespannt, was der Hausherr anbieten würde.

»Monsieur, ich zahle hundert Louisdor in Ihre Kriegskasse. Dafür überlassen Sie uns das obere Stockwerk und geben als Offizier Ihr Ehrenwort, dass niemand von uns belästigt wird.«

Der Schnauzbärtige ließ augenblicklich Claude los und strich sich über das Kinn. Er schien zu überlegen. Wenn Claude nur dessen Gedanken hätte lesen können. Vielleicht reizte die Dragoner das Geld mehr als das Herumgrabschen an weiblichen Körpern. Vielleicht wollten sie auch beides – eben nacheinander.

Der Capitaine konnte sich mit dem Vorschlag nicht anfreunden. Er zog die Mundwinkel nach unten und wog den Kopf hin und her. Was in der Kriegskasse war, gehörte allen zu gleichen Teilen. In diesem Falle war er dann einer von den Zwölfen. Dadurch verminderte sich sein Einfluss. Dagegen konnte er aber auch nicht sein, denn seine Leute schnalzten schon mit der Zunge und bedrängten ihn, auf das Angebot einzugehen. »Hundert Louisdor, dafür erhalten wir ein großes Fass vom besten Burgunder. Capitaine, das kommt nicht alle Tage vor!« De Fabre nickte zustimmend.

Claude riss sich endgültig los und stellte sich hinter ihren Patron.

In der Küche

Zwölf Dragoner und ein Capitaine machten sich seit zwei Wochen im Hause der Lamadés breit. Das Geflügel, die Stallhasen und ein Schwein fanden schon längst den Weg in den Kochtopf. Die Mehl- und die Gerstenvorräte gingen allmählich zur Neige. Das störte die Besatzer nicht sonderlich. Sie waren vor allen Dingen an den Weinfässern im Keller interessiert. Es war unglaublich, wie viel Liter Wein pro Tag in den Bauch eines Dragoners hineingingen. In solch einer weinseligen Stimmung waren sie unberechenbar. Madame argwöhnte sogar, dass selbst ihr Vorgesetzter Mühe haben würde, sie in diesem Zustand unter Kontrolle zu halten. Neben Franzosen befanden sich auch zwei Iren und ein Spanier bei der Truppe. Ein bunt zusammengewürfelter Haufen, der nur Wein, Geld und Frauen im Kopf hatte.

Madame, Claude und selbst Hélène mussten wie Monsieur, Urs und Daniel für die Eindringlinge arbeiten. Wäsche waschen, die Kammern richten, kochen, Holz spalten, heizen, die Herren bedienen und ihren Dreck wegräumen. Pauline de Montabeau – die Frauen der französischen Protestanten behalten bei der Heirat ihren Mädchennamen bei – beschwerte sich nicht über die Arbeit, sie befürchtete jedoch, dass das nur der Anfang weiterer Plagen sein würde.

Letzte Nacht hatte sie einen Traum, der ihr nicht mehr aus dem Kopf ging. Sie traute sich nicht, ihn irgendjemand zu erzählen. Er war zu schrecklich.

Sie und ihre Familie mussten sich durch ein enges finsteres Tal zwängen, in dem es von Ungeheuern, die Feuer und giftige Gase ausspuckten, nur so wimmelte. Kleine Teufelchen mit engelsgleichen Gesichtern, blonden Locken und Stimmchen wie Harfenklänge, aber katzengelben Augen, umschwirrten sie ständig und fächelten ihnen mit ihren Flügeln kühlende Luft zu. In ihren Händen trugen sie Schälchen mit wundersamen, schmerzlindernden Salben. Zudem boten sie sich mit ihren Tarnkappen als Führer durch das noch zu durchquerende Höllental an.

Ihr Mann Henri lehnte jegliche Hilfe ab, denn er traute ihren Versprechungen und ihrem Schöntun nicht. Es gäbe nur einen, der sie leiten und führen könnte, meinte er, das sei der HERR. Wenn sie auf ihn vertrauten, bräuchten sie keine Helfershelfer wie Engel, Mönchlein oder Heilige. Als die kleinen Teufelchen das hörten, erzürnten sie und verwandelten sich in hässliche gelbe Blasen.

Der Gang durch die Finsternis begann. Das Atmen wurde zusehends schwerer. Es war, als ob Blei in den Lungen läge. Jeder Atemzug brannte im Rachen wie Feuer, die Augen tränten und der Kopf glich einer Hammerschmiede – Schlag auf Schlag, immer dumpfer und dumpfer werdend.

Sie nahm ihre Kinder an der Hand und folgte ihrem Mann. Der rutschte plötzlich auf dem schmalen Steg aus und stürzte in die Tiefe. Vor Schreck ließ sie die Kinder für einen Augenblick los und in sekundenschnelle hatte die Dunkelheit diese verschluckt. Das Rufen nach ihnen kam als ein sich in scheußliches Lachen verwandeltes Echo zurück.

Alleine, ganz alleine stand sie in dem grauenvollen Tal. Ganz weit hinten, so schien es ihr, leuchtete ein Licht, aber das konnten auch die glühenden Augen der kleinen Teufelchen sein, die sich wieder zeigten und sie erneut umschwärmten. Sie faltete die Hände, betete und wachte schweißgebadet auf.

Diesen Traum durfte sie unter den jetzigen Umständen niemandem erzählen. Sie würde die Furcht, die alle erfasst hatte, nur noch vermehren. In ihrem Herzen wollte sie ihn bewahren, doch dort fraß er sie wie ein Wurm von innen her auf. Schreien wollte sie – alles laut hinausschreien.

Zu dritt standen sie in der Küche und putzten das Gemüse für den Eintopf. Madame war beunruhigt. Durch die Ausgangssperre wusste sie nicht, wie es den anderen Reformierten in der Stadt erging. Hatten sie ebenfalls Einquartierungen erhalten? Was war mit ihrem Vater? Wurde ihr Tempel geschlossen? Seit zwei Tagen hörte sie aus dessen Richtung merkwürdige Geräusche. Es hörte sich wie herabstürzende Balken oder einbrechende Mauern an. Was sollte das bedeuten? An Baulärm waren sie gewöhnt. Sedan war von drei Seiten mit Wehranlagen, meterdicken Befestigungsmauern und Kanälen umgeben. Die Rückseite der Stadt gegen die Hügel schloss eine gewaltige Festung ab. Diese war so groß, dass mehrere Tausend Soldaten untergebracht werden konnten. Die Festung hielt bisher allen Angriffen stand. Abgerissen oder aufgebaut wurde in der Stadt immer etwas. Was sie beunruhigte, war die Richtung, aus der der Lärm kam,

So oft sie auch de Fabre danach fragte, immer erhielt sie eine ausweichende Antwort. Wenn das auch ein Teil seiner Taktik war, dann wirkte sie. Allmählich wurden sie müde – nicht mürbe. Sie musste sich eingestehen, dass die Besatzer ihr Handwerk verstanden und Scheibe um Scheibe von ihrer Standhaftigkeit abschnitten.

Plötzlich entstand im Flur Lärm. Madame glaubte, die Stimme des Schnauzbärtigen herausgehört zu haben. Dieser Kerl schlich immer um Claude herum, daher achtete sie sehr darauf, dass ihre Hausmagd, wenn immer möglich, sich in ihrer Nähe aufhielt.

Die Türe wurde abrupt geöffnet und herein drängten der Schnauzbärtige und der Kahlköpfige. Das war der, der ihr am ersten Tag das Amulett wegnehmen wollte. Außerdem schien es ihr, dass er auch an ihr als Frau Gefallen fand. Angetrunken warfen sie eine irgendwo organisierte Schweinehälfte auf den Tisch und ordneten lallend an, den Eintopf mit dem Fleisch anzureichern. In den letzten Tagen wäre immer weniger Fleisch auf den Tisch gekommen und da hätten sie das ›Fouragieren‹ selbst in die Hand genommen. In der Stadt gäbe es genug herrenlos gewordene Höfe, nur mit dem Wein würde es hapern. Den wollte niemand ohne eine entsprechende Bezahlung herausrücken.

Der Schnauzbärtige steuerte auf Claude zu, machte ihr schöne Augen und meinte augenzwinkernd, dass er schon auf den Boden des Fasses sehen könne, vielleicht noch drei oder vier Liter, dann gebe es im ganzen Hause keinen Tropfen Wein mehr. Das hebe die Stimmung unter den Dragonern nicht gerade und wozu verärgerte Dragoner fähig seien, das habe er bei der letzten Hausbesetzung erlebt. Ein Haus gehe schnell in Flammen auf und es wäre schade, wenn so wunderschöne Damen den Feuertod fänden. Dabei griff er nach Claude und wollte ihr den Rock hochheben. Claude war jedoch auf der Hut und ohne lange zu überlegen holte sie aus und schlug dem ungehobelten Kerl mit dem großen Holzschöpfer auf die Finger, dass er laut aufschrie, einen Schritt zurückwich und sich die Finger rieb.

Madame freute sich natürlich über das couragierte Verhalten ihrer Magd, doch sie ahnte auch, dass der Dragoner sich das nicht gefallen lassen würde und dann mit Gewalt das holte, wonach er verlangte. Zudem merkte sie, wie sich der Kahlköpfige ihr näherte und mit den Augen rollte. Vor Jahren war sie vom Pferd gestürzt, hatte sich die Hüfte gebrochen und konnte seitdem mit dem rechten Bein nur unter großen Schmerzen auftreten. Bisher spielte das Gebrechen nie eine sie einengende Rolle. Ihr Gatte nahm ihretwegen Urs ins Haus, damit sie immer eine Stütze und einen Bewacher hatte. Nur, Urs wurde von den Soldaten nicht mehr aus den Augen gelassen. Er hatte in jungen Jahren sich freiwillig als Schweizer Landsknecht der französischen Armee angeschlossen, um an dem niederländischen Eroberungskrieg teilzunehmen. Als er jedoch sah, wie die Franzosen mit den protestantischen Bürgern der eroberten Städte und Dörfer umgingen, bekam er das Grausen, quittierte den Militärdienst und machte sich wieder auf den Weg in seine Heimat. Unterwegs wurde er vom Sumpffieber befallen und wäre jämmerlich umgekommen, wenn nicht ihr Gatte ihn aus dem Straßengraben gezogen und hierher gebracht hätte. Seitdem gehörte der über zwei Meter große und bärenstarke Mann zum Haus und wurde wie ein Familienangehöriger behandelt. Ohne Urs konnte sie sich ihr Leben nicht mehr vorstellen.

Madame wusste, dass ihr Ehemann Urs ans Herz gelegt hatte, sich immer in ihrer Nähe aufzuhalten und bei Übergriffen sofort einzuschreiten. Aber zwölf Dragoner waren eben zwölf Dragoner und ihre Säbel trugen sie stets griffbereit bei sich. Doch schon das Gefühl, Urs in der Nähe zu wissen, beruhigte sie.

Der Schnauzbärtige schien sich wieder erholt zu haben. Er schüttelte sich und schnaubte durch die Nase wie ein Stier. Gleich würde er sich auf Claude stürzen und dann konnte ihr niemand mehr beistehen.

Einer Idee folgend schob Madame den verdutzten Kahlköpfigen zur Seite und tänzelte mit ihrem Gehstock vor dem Schnauzbart herum. »Ich rieche einen Burgunder mit kraftvollem Bouquet und schmecke einen Bordeaux, der die ganze Sonne des Südens und den Geruch der Erde in sich trägt. Welcher von beiden wäre Ihnen lieber, Messieurs? Sie können wählen.«

Ihr Ablenkungsmanöver zeigte Wirkung. Die Dragoner schnalzten mit der Zunge und meinten, dass ihnen ein Bordeaux am liebsten wäre. Wenn heute Abend ein nicht zu kleines Fässchen davon im Keller stünde, hätte sie einen Wunsch bei ihnen frei. Madame streckte die Hand aus und der Schnauzbärtige schlug ein.

»Abgemacht, ich schicke den Schweizer in die Stadt und er bringt euch den Besten vom Besten.«

Dabei rief sie nach Urs und beauftragte ihn, Weinhändler Perrot zu bitten, ein Fass Bordeaux anzuschreiben. Ihr Mann würde die Rechnung bei Gelegenheit begleichen. Beim Hinausgehen flüsterte sie Urs zu, dass er neben dem Wein noch ein Fässchen Branntwein besorgen und im Keller verstecken solle, außerdem möge er die Augen und Ohren in der Stadt offen halten. Der Weg zum Weinhändler führe bei ihrem Vater vorbei, dort solle er nach dem Rechten sehen und soviel Nachrichten wie möglich sammeln. Urs nickte und machte sich auf den Weg.

Vom Hoftor her hörte sie Stimmen. Der Torwächter hatte den Auftrag, niemanden der Hausbewohner auf die Straße zu lassen. Er war schon im Begriff, nach dem Capitaine zu rufen, als ihn der Schnauzbärtige beruhigte und sagte, dass es sein Schaden nicht sei, wenn er den Schweizer passieren lasse und im Übrigen könne er ihm als stellvertretender Kommandant jeden Befehl erteilen. Das Hoftor öffnete sich.

Traurige Nachrichten

Es wurde dunkel und Urs war noch nicht zurück. Madame machte sich Sorgen. Vielleicht hatte er sich zu sehr umgeschaut und war verhaftet worden. Oder de Fabre ließ in der Stadt einen Streit provozieren, um den Riesen auf diese Weise aus dem Weg schaffen zu können. Sie spürte seit Tagen deutlich, dass der Capitaine den Schweizer loswerden wollte. Da er jedoch einer von den Eidgenossen war und in der französischen Armee viele Schweizer als Söldner dienten, hatte er Hemmungen, ihn ohne Grund zu beseitigen. Urs stellte zwar keine unmittelbare Bedrohung dar, doch alleine seine Gestalt flößte den Dragonern Respekt ein.

Ihr Mann und ihr Sohn wurden seit zwei Tagen in einer der Dachkammern eingesperrt. Ein Wachposten stand davor. Das war für die beiden schlimmer, als wenn sie den Hof fegen oder Holz spalten mussten. Das Voneinandergetrennt-sein entmutigte. Es gehörte zur de Fabres Zermürbungsstrategie. Die Atmosphäre im Hause wurde immer unerträglicher.

Der Mond versteckte sich für einen Moment hinter den Wolken. Madame hörte ein Rumoren am Tor und dann das Knarren und Quietschen einer Handkarre. Das musste Urs sein. Sie atmete auf. Gleichzeitig ängstigte sie sich. Mein Gott, dachte sie, wenn die Soldaten das Branntweinfässchen entdecken, trinken sie es auf der Stelle leer und randalieren wie die Wilden. Keiner wird mehr sicher vor ihnen sein.

Warum hatte sie Urs diesen Auftrag gegeben? Es war ein spontaner Einfall, eine Ahnung, dass es ihnen einmal von Nutzen sein könnte. Vielleicht ein letzter Ausweg, ein letztes Schlupfloch. Im Moment bereute sie ihr Tun, denn die Entdeckung des Fässchens könnte sie alle in eine unangenehme Situation bringen.

»Halt!«, rief eine barsche Stimme. »Das Fass mit dem Bordeaux tragen wir selber in den Keller. Wir möchten uns überzeugen, ob er auch wirklich die versprochene Qualität hat. Bete zu deinem Gott, dass es so ist, denn sonst …!«

Eine zweite, nicht minder unfreundliche Stimme fragte:

»Hast du noch etwas auf deinem Karren? Wenn nicht, dann troll dich nach oben und lass dich heute nicht mehr blicken. Verstanden?« Säbelgerassel war zu hören.

Madame achtete auf jedes gesprochene Wort und jedes Geräusch. Urs wird sich doch nicht mit dem Kerl angelegt haben? Wird er es schaffen, das Fässchen unbemerkt an einem sicheren Ort zu verstecken? Es vergingen bange Minuten. Endlich nahm sie seine schweren Tritte auf der Holztreppe wahr.

Alle in der Kammer waren froh, Urs lebend und unversehrt wieder zu sehen. Bereitwillig rutschte Hélène auf der Bettkante zur Seite. Niedergeschlagen setzte er sich und begann zu berichten.

»Wir waren die Ersten, bei denen sich die Dragoner eingenistet haben. Inzwischen sind fast alle Reformierten davon betroffen. De Fabre hat überall die Hand im Spiel. Er ist der Drahtzieher von allem. Was die Mitglieder der Kirchgemeinde jedoch am meisten betrübt, ist, dass der Capitaine den Pastor von der Kanzel herunter verhaften ließ. Es gab für ihn kein Entkommen. An jeder Türe standen drei Dragoner mit gezücktem Säbel und ließen niemanden aus der Kirche.«

Der Schweizer war zwar nicht aus Bern, aber er sprach genauso langsam und bedächtig. Fast jedes Wort musste man aus ihm herausziehen und man brauchte Geduld – viel Geduld.

»Also«, Urs öffnete seinen Mund wieder, »erstens beschuldigte de Fabre den Pastor, dass er sich angemaßt habe, die Verfolgung der Hugenotten von der Kanzel herunter anzuprangern. Zweitens, dass er öffentlich verkündet habe, dass nicht der König ihre Bekehrung wünsche, sondern eine Bande blindwütiger Fanatiker. Er soll auch gesagt haben, dass die Schmähungen und Drohungen hinter dem Rücken des Königs geschehen und dieser nichts davon wisse. Er wolle einen Brief an den König schreiben und ihn über die Schandtaten, die in seinem Namen verübt werden, aufklären.«

Madame unterbrach ihn und meinte, dass er da etwas Falsches gehört haben müsse. Ihr Vater sei ein besonnener Mann und ließe sich nie dazu hinreißen, von der Kanzel etwas zu verkünden, das das Feuer noch mehr schüre.

Urs beteuerte: »Madame, es war so. Andere Mitglieder der Kirchgemeinde haben mir das bestätigt. Sie sind sogar stolz auf ihren Pastor. Endlich habe einer öffentlich gewagt, den Eindringlingen die Stirn zu bieten.«

Hélène hörte aufmerksam zu. Vielleicht verstand sie mit ihren neun Jahren noch nicht alles, aber sie ahnte, dass das auch Auswirkungen auf sie haben würde. Das Mädchen legte den Arm um den Hals ihrer Mutter und schmiegte sich ängstlich an sie. Madame spürte, wie erregt ihre Tochter war. Dabei wurde ihr mehr und mehr bewusst, dass sie zumindest nach außen hin Stärke und Zuversicht zeigen musste. Urs erzählte den Rest.

»Noch auf der Kanzel haben sie dem Pastor die Hände gefesselt, ihn durch den Tempel geschleift und in einen Kastenwagen geworfen. Unter Triumphgeschrei wurde er ins Gefängnis gefahren. Dort haben sie ihm Feder und Tinte in die Hand gedrückt und ihm höhnisch zugerufen, dass er nun einen Beschwerdebrief an den König schreiben könne. Ob dieser allerdings jemals ankomme, sei mehr als ungewiss.«

Trotz ihres Ankämpfens gegen die aufsteigende Wut und Empörung wurden Madames Augen nass. Dass ihr Vater diese Schmach erleben musste! Er, der Vorsitzende der Landessynode, des obersten Gremiums der reformierten Kirche. Er, der immer streng nach den Worten des HERRN lebte und stets ein Vorbild für die Gläubigen war.

Bei dem Wort ›Vorbild‹ hielt sie in ihren Gedanken inne. Will der HERR, dass sie und ihre Familie das Symbol des Leuchtturms für alle leibhaftig verkörpern? Soll ihr Tun strahlen und leuchten – weithin sichtbar im Land?

Madame seufzte kaum hörbar: »Wenn dem so sein soll, dann sind wir dazu bereit.«

Urs war mit seinem Bericht noch nicht ganz fertig. »Zu all dem Schrecklichen kommt noch hinzu, dass die Mitglieder der reformierten Kirchgemeinde auf Befehl des Königs ihren Tempel eigenhändig abreißen müssen. Das waren die Geräusche, die Madame nicht einordnen konnte.«

Paulines Herz tat weh. Das war alles so ungeheuerlich, so menschenverachtend. Der Himmel drohte auf sie einzustürzen. Sie musste stark bleiben! Laut und deutlich sagte sie:

»HERR, stehe uns bei, erlöse uns aus diesem Jammertal und führe uns ins gelobte Land!«

»Amen!«, ergänzte der Chor.

Zaghaft begann Urs weiterzusprechen. »Den Reformierten ist es bei Strafe verboten, Frankreich zu verlassen. Der König hat die Grenzen gesperrt. Wer trotzdem flieht, kommt ins Gefängnis. Außerdem heißt es, dass jeder, der einem Flüchtling Unterkunft gewährt, hart bestraft wird. Jeder, der davon Kenntnis hat, muss die Übeltäter unverzüglich bei der Gendarmerie anzeigen.«

So schlimm hatte Madame es sich nicht vorgestellt. Sie raffte all ihre Zuversicht zusammen. Sie durfte nicht hadern und zürnen. Sie musste Ihm die Treue halten.

»Es soll auch eine Anordnung geben«, fuhr Urs fort, »dass diejenigen, die konvertieren, ein Handgeld von einhundert bis zweihundert Sou erhalten, je nach Stellung, Rang und Vermögen. Zudem werden den ›Zurückgekehrten‹ die Schulden, die sie bei einem Reformierten haben, erlassen, und wenn sie möchten, erhalten sie sogar eine Anstellung bei der Regierung.«

Dem Schweizer fiel es sichtlich schwer, weiterzusprechen.

»Madame, wie ich gehört habe, wollen nur Wenige das Leid und das Elend des schmalen und dornenreichen Weges auf sich nehmen. Die meisten gehen den breiten, den bequemen Weg.«

»Mag sein, Urs, aber wenn der HERR es so will, werden wir uns nicht widersetzen oder glaubst du, dass die Glückseligkeit um ein Butterbrot zu haben ist?«

Sie drängte ihn, zum Ende zu kommen. Urs druckste herum. »Ich habe es mir schon lange gedacht, dass Monsieur Farine, der Kompagnon des Patrons, eine zwielichtige Gestalt ist.«

Madame Lamadé horchte auf und bat, nichts zu verheimlichen oder zu beschönigen.

»Der Kompagnon ist auch zum katholischen Glauben übergetreten. Als Lohn dafür soll er die Manufaktur alleine führen.«

Urs stotterte und fand nicht die richtigen Worte. War die Nachricht so schrecklich? Endlich brach es aus ihm heraus.

»Die Manufaktur gehört nicht mehr Monsieur Lamadé, auch nicht zur Hälfte, sie gehört dem Halunken Farine jetzt ganz.«

Alle machten ein betroffenes Gesicht und wollten den Worten des Schweizers nicht so recht glauben. Madame hingegen brauchte nicht viel zu fragen, sie ahnte, dass das alles zu de Fabres Plan gehörte.

Pauline de Montabeau erinnerte sich, was ihr Gatte und Urs letzte Woche auf dem hiesigen Markt erlebt hatten. Einem reformierten Bauern hatten die Katholischen den Verkaufstisch umgeworfen, waren mit den Stiefeln auf dem Gemüse herumgetrampelt und hatten ihn lautstark als ›Beutelschneider‹ beschimpft. Mit Sicherheit hatten sie einen unliebsamen Konkurrenten loswerden wollen. Solche Szenen kamen auf dem Markt ab und zu vor und wurden von den Marktgendarmen an Ort und Stelle geregelt. Aber diesmal hatten sich die zwei Gemeindediener demonstrativ umgedreht und waren auf die andere Seite des Platzes gegangen.

Ihr Mann hatte wohl zu lange seine Augen verschlossen. Madame machte ihm deshalb keine Vorwürfe, sie hätte ja auch etwas sagen oder tun können.

Sollte ihr gestriger Traum Wirklichkeit werden? Wenn sie daran dachte, bekam sie Gänsehaut.

Diese Neuigkeiten musste sie an ihren Mann weitergeben. Sie öffnete leise die Türe. Die Bewacher waren weg. Auf Strümpfen schlich sie über den Gang, klopfte leise an die Türe und erzählte mit gedämpfter Stimme die Vorkommnisse. Hartes Schnaufen und erzürntes Scharren mit den Füssen war zu hören. Sie fragte: »Was sollen wir tun, Henri?«

Madame empfand jedes Wort, das ihr Mann sagte, wie einen Dolchstich. Das konnte doch alles nicht wahr sein, oder sollte die Hölle sich über die ganze Erde ergossen haben?

Mit gesenktem Kopf kehrte Madame in die Kammer zurück. Was sie jetzt zu sagen hatte, würde ihr schwerfallen. Mit brüchiger Stimme und nassen Augen schaute sie ihre beiden treuen Weggefährten an. »Claude und Urs, ihr habt immer treu zu uns gehalten, dafür möchte ich mich im Namen all meiner Familienmitglieder bedanken, doch dürfen wir eure Dienste nicht mehr länger in Anspruch nehmen. Es wäre nicht redlich, euch unnütz den Drangsalen und Gefahren auszusetzen. Es steht euch frei zu gehen. Als Dank könnt ihr die Rollen mit den Silber- und Goldfäden, die wir in der Wandnische hinter dem Küchenherd versteckt haben, mitnehmen. Da wir nicht mehr Teilhaber der Manufaktur sind, brauchen wir sie dort nicht abzugeben. Mehr können wir euch nicht bieten. Nehmt zumindest das Wenige.«

Kraftlos sank sie aufs Bett. Ein tiefer Seufzer war zu hören.

»Jetzt sind wir alleine – ganz alleine.«

Doch da hatte sie sich geirrt – gewaltig! Sie hatte nicht mit der starken Bindung, die Urs und Claude an sie und ihre Kinder band, gerechnet. Claude heulte laut auf, warf sich auf den Boden und umfasste die Füße ihrer Patronin. »Bitte, schicken Sie mich nicht fort. Hier in diesem Hause habe ich meinen Lebensweg gefunden. Lassen Sie mich Ihre Güte mit der Treue zu Ihnen vergelten. Außerdem wäre es Verrat an unserem HERRN, wenn ich um eines Vorteils willen ginge.«

Urs machte nicht so viele Worte. Er stand auf und brummte in sich hinein, dass für ihn ein Abschied nicht infrage komme und dass er sich jetzt in die Küche schleichen werde, um die Rollen mit den Gold- und Silberfäden unter der losen Kellertreppe zu verstecken. Später, wenn der Spuk zu Ende sei, könnten sie hilfreich sein, ansonsten wolle er auf dieses Thema nicht mehr angesprochen werden. Der Patron kenne seine Einstellung und damit ›Basta‹.

In Madames Augen standen Tränen.

Urs in Ketten

Daniel konnte nicht einschlafen, obwohl die Kammertür wieder aufgeschlossen und die Wache abgezogen war. Er dachte an seinen Großvater. Von ihm hatte er viel über den Reformator Jean Calvin erfahren. Er wollte wie sein Großvater in Genf Theologie studieren und sich ganz seinem Glauben widmen. Was würden die Beamten mit dem Pastor tun, fragte er sich und sah ihn leibhaftig vor sich. Er ist der gütigste, hilfsbereiteste und klügste Mensch der ganzen Welt. Niemandem hat er etwas zuleide getan. Was sind das nur für Menschen, die soviel Weh über seine Familie bringen?

Daniel hatte schon mit neun Jahren seinen Vater bei den wöchentlichen Versehgängen begleitet. Als Kirchenältester war es dessen Pflicht, die Alten und Kranken der Gemeinde zu besuchen, ihnen Mut zuzusprechen und wenn notwendig, die finanzielle Unterstützung durch die Gemeinde sicherzustellen. In zwei Jahren wollte er die Gänge alleine durchführen. Ob das alles noch möglich sein würde? Seit sich die Dragoner im Hause aufhielten, war die Zukunft eine andere geworden. Was früher klar und deutlich vor ihm stand, war nun in einen Schleier gehüllt. Selbst seine Gebete konnten das Dickicht nicht durchdringen.

Die meisten Sorgen bereitete ihm seine Mutter. Würde sie die Strapazen aushalten? Daniel hatte zu ihr eine intensive Beziehung. Er erinnerte sich, wie er als kleiner Junge auf ihrem Schoß saß und sie ihm nach und nach alle einhundertfünfzig Psalmen vorsang. Seine Mutter war eine ausgesprochen schöne Frau. Ihr langes rötliches Haar band sie gewöhnlich zu einem Knoten zusammen und versteckte es unter der Haube. Die ebenmäßigen, halbmondförmigen Augenbrauen und die Grübchen in den Wangen passten zu ihren freundlichen und gütigen Augen. Allerdings blitzten sie auf, wenn sie Ungerechtigkeit witterte. Sie glichen dann mehr einem Feuer speienden Vulkan. Das graue, knöchellange und hochgeschlossene Kleid mit dem weißen Krägelchen und der festsitzenden Haube wiesen sie unverkennbar als Hugenottin aus. Das Einzige, was sie sich zu den grauen Wollstrümpfen und dem Medaillon, das Hochzeitsgeschenk ihres Gatten, gönnte, waren schwarze Lederschuhe mit Silberschnallen. Sein Vater hatte sie deswegen schon mehrmals gefoppt, dass solch ein ›Putz‹ einer genügsamen Hausfrau nicht anstünde. Meistens ignorierte sie diese Anspielungen oder entgegnete ihm, dass auch er öfter als notwendig seinen eleganten Spitzbart ausstreiche – und wo dann zwischen ihr und ihm der Unterschied bestehe? Daniel hing mehr an ihr als ihm gut tat.

So bestand seine Mutter darauf, dass er und Hélène dreimal in der Woche Unterricht von einem Hauslehrer erhielten. Besonderen Wert legte sie auf das Erlernen der deutschen Sprache. Sie sagte immer, dass zwischen dem Fürstentum Sedan und der rheinischen Kurpfalz von jeher ein herzliches Verhältnis geherrscht habe und dass es eine Selbstverständlichkeit sei, die Sprache des Nachbarn zu verstehen. Der Hauslehrer, ein Herr Hopfensitz aus Saarbrücken und strenger Calvinist, erklärte ihnen die geschichtlichen Zusammenhänge mehr als einmal und von daher wusste er, dass der ehemalige Kurfürst von der Pfalz, Friedrich V., der sogenannte Winterkönig, sieben Jahre lang in Sedan am Hofe seines Onkels, des calvinistischen Herzogs von Bouillon, erzogen worden war. Der Herzog war ein Schwager des Kurfürsten Friedrich IV., der mit Luise Juliane, einer Tochter Wilhelm I. von Oranien, verheiratet war. Von hier aus wurden auch die Heiratspläne des jungen Kurprinzen mit der Tochter des englischen Königs geschmiedet. Dass mit dieser Vermählung der Dreißigjährige Krieg eingeleitet wurde, hatte ihn immer sehr beschäftigt und nachdenklich gestimmt. Oft hatte er sich gefragt, ob dieser schreckliche Krieg wirklich nur um des Glaubens willen geführt wurde oder ob da nicht ganz andere Dinge eine Rolle gespielt haben.

Wenn Claude Zeit hatte, durfte sie auch am Unterricht teilnehmen. Auf diese Weise konnte sie sich eine nicht zu unterschätzende Bildung aneignen. Das alles sollte nun mit einem Schlag vorbei sein?

Seine Augenlider schlossen sich. Trotz der vielen Gedanken schlief er gleich ein. Doch was war das? Mit einem Male war er wieder hellwach. Er richtete sich im Bett auf. Da war doch ein Geräusch zu hören! Daniel hielt den Atem an. Das Geräusch kam von der hölzernen Treppe, die zu ihren Kammern führte. Die dritte Sprosse war morsch. Wenn jemand darauf trat, gab sie knarrende Töne von sich. Zweimal hintereinander hatte es geknarrt. Er war sicher, dass jemand heimlich zu ihnen hochstieg. Schon wieder war das Knarren zu hören. Waren es womöglich mehrere Personen?

Schnell weckte er Urs, der mit ihm die Schlafkammer teilte, und machte ihn auf einen möglichen unerwünschten Besuch aufmerksam. Urs verstand sofort. Vorsichtig stieg er aus dem Bett, schlich auf Zehenspitzen zur Tür und versuchte, sie einen Spalt weit zu öffnen.

Daniel war aufgeregt. Seine Haare sträubten sich, seine Lippen bebten. Er traute sich nicht zu fragen, ob Urs jemanden entdeckt habe. Das Geflüster könnte sie verraten und die Besucher alarmieren. Er hielt es im Bett nicht mehr aus und huschte ebenfalls zur Türe.

Mein Gott, durchfuhr es ihn, als er die zwei Gestalten sah. Das waren doch der Schnauzbart und dessen Freund, der Kahlköpfige. Jeder hielt einen Krug Wein in der Hand. Mit der anderen mussten sie sich abstützen. Sie schwankten. Wahrscheinlich waren sie nicht mehr nüchtern. Ihre Stiefel hatten sie ausgezogen und stiegen barfuß die steile Treppe herauf. Was hatten sie vor? Messer und Pistolen steckten nicht in ihren Gürteln, auch ihre Säbel hatten sie nicht dabei.

Der Schnauzbärtige torkelte an ihrer Türe vorbei, der Zweite stützte sich am Geländer ab. Sie steuerten auf Claudes Kammer zu. Ganz vorsichtig öffnete der Erste die Türe und näherte sich Claudes Bett.

Daniel stieß Urs in die Seite. Der nickte nur und legte seinen Zeigefinger über die Lippen. Wahrscheinlich wollte er den richtigen Augenblick abwarten, bevor er eingriff.

Da hallte ein greller Schrei durch das Haus. Claude musste erwacht, die beiden Gestalten im Dämmerlicht gesehen haben und so erschrocken sein, dass sie nur noch aus Leibeskräften brüllen konnte. Auf diesen Moment hatte Urs gewartet. Er riss die Türe der Schlafkammer auf, stürzte in Claudes Zimmer, packte ohne lange nachzudenken die beiden am Kragen, knallte deren Köpfe zusammen, dass es krachte, schleifte sie hinter sich her und warf sie kurzerhand die Treppe hinunter. Ein fürchterliches Gepolter und Getöse war zu hören. Die beiden Ertappten brüllten wie am

Spieß, dann blieben sie regungslos am Fuß der Treppe liegen.

Überall wurden die Türen aufgerissen. Das ganze Haus lief zusammen. Als die Dragoner sahen, dass zwei ihrer Kameraden blutend am unteren Ende der Treppe lagen und Urs von oben mit zornigen Augen herunterschaute, übermannte sie solch eine Wut, dass sie nach ihren Säbeln, Messern und was sich sonst in ihrer Nähe befand, griffen und nach oben stürmten. Ein Blutbad war unvermeidlich, denn auch Urs hatte sich einen Stuhl geschnappt und erwartete die anstürmende Meute. Alle würde er nicht zurückdrängen können, doch den ersten beiden würde er die Köpfe blutig schlagen und sie die Treppe hinunterstoßen. Daniel schaute sich instinktiv nach etwas Schlagkräftigem um. In der Ecke lehnte eine Holzlatte.

In diesem Augenblick drängte sich der herbeigeeilte Patron nach vorn, stellte sich schützend vor Urs und rief den Anstürmenden zu: »Haltet ein! Wenn ihr meinen Schweizer erschlagen wollt, müsst ihr zuerst mich umbringen. Er hat nur meine Magd vor den beiden Eindringlingen, die ihr Wort gebrochen haben, beschützt. Ich habe euch Goldstücke gegeben, damit ihr uns in Ruhe lasst. Ihr habt euch nicht an die Vereinbarung gehalten. Wo ist euer Kommandant? Ich möchte ihn unverzüglich sprechen, bevor es Tote gibt.«

Die erste Wut war verflogen. Die Dragoner machten mitten auf der Treppe Halt. De Fabre erschien im türkisgrünen, langen Nachtrock, zupfte noch schnell die Falten zurecht und machte sich dann ein Bild vom Geschehen. Er stieß nicht gerade zimperlich mit dem Fuß gegen die beiden auf dem Boden Liegenden. Sie zuckten zusammen. Dann rieb er sich das Kinn und schaute grimmig die Treppe hinauf. Ein gutes Gefühl wird er wohl nicht gehabt haben, denn es war nun schon das zweite Mal, dass Urs sich mit den Besatzern anlegte. Was ging dem Offizier durch den Kopf?

Schließlich wandte er sich an den Patron: »Wenn Sie weiteres Blutvergießen vermeiden wollen, Monsieur Lamadé, dann schicken Sie Ihren Schweizer die Treppe herunter. Wir werden ihn nicht niederstechen, obwohl er es verdient hätte, sondern fesseln und ihn einstweilen in den Keller sperren. Er ist Schweizer und kein Franzose. Kommt er nicht freiwillig, stürmen wir die Treppe und ich garantiere für nichts. Dann wird Blut fließen und zwar reichlich. Bedenken Sie, dass wir zu zwölft sind!«

Daniels Vater brauchte nichts zu sagen. Urs stellte den Stuhl wieder an seinen Platz und stieg ohne zu Zögern die Treppe hinab. Sicher biss er sich auf die Zähne und schluckte seine Wut tief hinunter.

Ohne viele Worte zogen sich alle in ihre Kammern zurück. Daniel schmiegte sich an seinen Vater. Er spürte dessen heftigen Atem und die Ohnmacht, die ihn zittern ließ.

Wie sollte das noch enden? Sie wurden immer schutzloser.

Bücherverbrennung

De Fabre ging im Hof auf und ab und überlegte. Jetzt waren es schon vier Wochen, dass sie sich im Hause der Lamadés einquartiert hatten. Das war zu lange. Bisher dauerten seine Dragonaden nie länger als acht bis zehn Tage, dann waren die Leute reif. Sie gaben auf und wechselten freiwillig den Glauben. Comte de Tessé hatte schon zweimal nachgefragt. Er wollte endlich Erfolge sehen. De Fabre stand dem Graf und der Marquise de Maintenon im Wort. Was konnte er noch tun, damit endlich die Hartnäckigkeit der Lamadés in sich zusammenbrach?

Er musste die Daumenschrauben noch stärker anziehen, durfte aber nach außen hin nicht übertreiben. Die protestantischen Fürsten im Ausland wurden langsam auf die Bekehrungsversuche aufmerksam und beschwerten sich über ihre Gesandten beim König. Das konnte außenpolitische Komplikationen nach sich ziehen und das wollte keiner. Welche Möglichkeiten standen ihm noch offen?

Unschlüssig lief er hin und her und trat die Kieselsteine gegen die Hauswand. Es müsste etwas sein, das den Patron mit dem Gesetz in Konflikt brächte und er eine Handhabe hätte, ihn förmlich zu verhaften. Nur, was könnte das sein? In der Mitte des Hofes blieb er stehen und schaute zum Dachgeschoss hinauf. Um diese Zeit war nie jemand zu sehen. Was die wohl trieben?

Boucheron, der Schnauzbärtige, kam gerade aus dem Haus. Wahrscheinlich war er wieder hinter der Dienstmagd her. Es verging kein Tag, an dem es nicht Ärger wegen seiner dauernden Belästigungen gab. Wie oft hatte er ihm schon gesagt, dass er die Finger von dem Mädchen lassen solle. Hugenottinnen seien nicht für die Liebe geschaffen, bei ihnen sei alles Sünde. In der östlichen Stadt, gleich hinter der Festung, gebe es ein Haus, dort könne er sich austoben, wenn ihm danach sei.

Als er seinen Kommandanten erblickte, beeilte er sich, ihm seine neueste Beobachtung mitzuteilen. »Mon Capitaine, ich habe es mit eigenen Augen gesehen und es ist die reine Wahrheit. Jeden Morgen um diese Zeit versammeln sich die Lamadés und ihr Dienstmädchen in einer der Dachkammern.

Dort hält der Patron eine Art Bibelstunde ab. Zuerst knien sie nieder, sprechen ein Gebet, dann liest der Hausherr aus der Bibel vor und kommentiert den Text. Das letzte Mal hat er die Stelle vorgelesen, wo Jonas von einem Wal verschluckt und dann wieder an Land gespien wurde. Seine letzten Worte waren, dass der HERR auch sie aus den Klauen der Finsternis befreien werde, sie müssten nur ganz fest daran glauben und allen Anfechtungen widerstehen.«

Boucheron hatte schon so manche Besetzung mitgemacht und war darin geübt, sich immer neue Schikanen auszudenken, daher fragte der Capitaine ihn nach einem Vorgehen, das mehr Wirkung zeige. Ein boshaftes Grinsen ging über sein Gesicht. »Die Lamadés sind zähe Knochen, mon Capitaine, die kriegen wir nicht so schnell weich. Bisher waren keine so stur wie diese Bibelfreunde. Wenn Sie mich fragen – ausräuchern müsste man sie, in die Zimmer sperren, die Fenster und Türen verrammeln und dann das Haus anzünden. Dann würden sie wissen, wie das Fegefeuer, an das sie ja nicht glauben, aussieht und sich anfühlt.« Dabei lachte er über seinen vermeintlichen Scherz und genialen Einfall.

»Das geht nicht. Das Feuer könnte auf die Stadt übergreifen und wir hätten nur unnötige Scherereien. Es muss etwas Feinsinnigeres, Empfindsameres sein, das sich nur hier im Hof abspielt und nicht nach draußen dringt. Wenn dir etwas einfällt, lass es mich wissen, doch jetzt ruf McKullen, den Iren, der soll mir über die noch vorhandenen Vorräte berichten.«

McKullen, Boucherons kahlköpfiger Freund, tauchte auch ohne gerufen zu werden auf. De Fabre fragte sich oft, was seine Soldaten den ganzen Tag in diesem Hause trieben. Sie werden inzwischen jeden Winkel kennen und überall ihre Nasen hineingesteckt haben. Kein noch so leises Windchen wird ihnen entgangen sein. Gutes Essen und reichlich Trinken haben bei ihnen einen hohen Stellenwert, daher werden sie auf alle Vorräte ein wachsames Auge haben. Da war er sich sicher.

»Also, wie steht es mit den Vorräten?«

»Mon Capitaine, sie reichen höchstens noch für drei Tage, dann finden selbst die Mäuse und Ratten kein Stäubchen Mehl mehr.«

»Aha, und wie sieht es mit Geld und Wertsachen aus?«

»Geld scheinen die Lamadés keines mehr zu haben, denn sie lassen bereits in der Stadt anschreiben. Anfangs schien das kein Problem gewesen zu sein, doch nun sind die Geschäftsleute vorsichtiger geworden. Sie bezweifeln, ob die Schulden jemals zurückgezahlt werden können. Die Meisten verlangen eine Garantie, zum Beispiel eine Teilüberschreibung auf das Anwesen. Ich würde sagen, langsam pfeifen die Lamadés auf dem letzten Loch.« Listig schaute er den Capitaine an und feixte. »Und dann, wenn kein Ton mehr zu hören ist, können wir sie in aller Seelenruhe in den Sack stecken und ins Feuer werfen.«

Das Gesicht des Offiziers hellte sich mehr und mehr auf, denn er hatte den wunden Punkt erkannt. Sein Lächeln formte sich zu einem breiten Grinsen und ging in ein höhnisches Lachen über.

»Boucheron, trommle unsere Leute und die Hausbewohner im Hof zusammen. Ich habe etwas zu sagen.«

Der Capitaine lehnte sich zufrieden an einen Balken und beobachtete das hektische Treiben. Die Dragoner, nicht alle nüchtern, stürzten aus dem Haus und machten große Augen. Die Lamadés betraten nur zögerlich den Hof. Ihnen schien der plötzliche Appell nicht sonderlich geheuer.

Alle waren versammelt. Die Lamadés standen in der Mitte, die Dragoner in einem dichten Kreis um sie herum.

De Fabre nahm sich Zeit. Er setzte seinen Hut ab, zupfte an der weißen Straußenfeder, schob denselben in leichter Schräge keck wieder auf den Kopf und begann in affektierter Weise zu sprechen: »Monsieur Lamadé, mir ist zu Ohren gekommen, dass Sie jeden Morgen in einer der Dachkammern eine religiöse Zeremonie abhalten. Sie wissen sehr genau, dass das gegen die königlichen Gesetze verstößt. Es gibt nur eine Religion, die römisch-katholische, und wer sich zu einer anderen bekennt, missachtet nicht nur die Gesetze, sondern auch die Person des Königs, den Garanten des wahren Glaubens.«

Der Offizier musterte den Patron von oben bis unten. Er wollte die Wirkung seiner Rede einschätzen. Nichts regte sich.

Auch gut, dachte er, dann muss ich noch eines draufsetzen.

»Ab sofort, Sie sehen, dass ich nicht gleich zu den härtesten Strafen greife, haben Sie Ihre Andachten zu unterlassen. Habe ich mich verständlich für Sie ausgedrückt?«

Der Hausherr wollte einen Einwand vorbringen, doch de Fabre schnitt ihm das Wort ab: »Die einhundert Louisdor, die Basis unseres ehrenvollen und zurückhaltenden Verhaltens Ihnen und Ihren Angehörigen gegenüber, sind aufgebraucht. Wenn das Abkommen zwischen uns noch weiterhin Bestand haben soll, ist eine zweite Rate fällig. Diesmal müssen es jedoch einhundertfünfzig Louisdor sein. Die Preise steigen unaufhörlich und wir bekommen auch nichts geschenkt. Im Gegenteil, Ihre nun meistenteils konvertierten Glaubensbrüder verlangen Wucherpreise von uns. Ist das christlich, frage ich Sie?«

Heimlich rieb er sich die Hände, denn er wusste, dass der Patron nicht mehr über so viel Geld verfügte. Der Capitaine hatte ein scharfes Auge. Er sah, wie sich Lamadé wand und offenbar nach einer Antwort oder einem Schlupfloch suchte. Hei, wie das gut tat! Jetzt hatte er ihn endlich an der richtigen Stelle erwischt. Beim Geld hörte anscheinend auch bei den Hugenotten der Widerstand auf. Er weidete sich förmlich an dem immer sichtbarer werdenden inneren Kampf seines Gegenübers. Was hatte Lamadé ihm noch entgegenzusetzen?

Reden wollte der Patron mit ihm. Allein, was sollte das? Es brachte doch nichts! Aufschub wollte er – Aufschub für ein paar Tage. Was versprach er sich davon? Die Würfel waren gefallen. Aber, er wollte kein Spielverderber sein.

»Gut, ich gewähre Ihnen drei Tage Zeit. Inzwischen werden wir das Mobiliar auf dem Markt an den Meistbietenden verkaufen, denn wir müssen schließlich auch leben. Oder haben Sie einen anderen Vorschlag?«

Die Dragoner johlten und ließen ihren Kommandanten hochleben. So gefiel er ihnen. Jetzt wurden endlich Nägel mit Köpfen gemacht und die seichte Tour war zu Ende.

Boucheron meldete sich in dem Freudentaumel zu Wort: »Mon Capitaine, was sollen wir mit den Ketzerbüchern, die noch überall in den Regalen stehen, tun?«

»Verbrennen! So wie die Hexen, die mit dem Teufel im Bunde stehen, verbrannt werden.«

Triumphierend stürmten die Dragoner nach oben in die Dachkammern, warfen die Bibeln und heiligen Schriften aus den Fenstern und entfachten ein loderndes Feuer. Henri Lamadé und seine Familie durften sich nicht von der Stelle rühren. Siegestrunken hüpften die Soldaten über das Feuer und tanzten im Kreis herum.

»Warum verbrennen wir die Ketzer nicht gleich mit?«, rief der Schnauzbärtige. »Das geht in einem Aufwasch. Tote können nichts mehr mitnehmen.« Sein Blick fiel dabei auf Claude, deren Augen himmelwärts gerichtet waren und deren Lippen ein Gebet sprachen.

De Fabre streckte und reckte sich lustvoll und empfand an allem Wohlgefallen. Diese Aktion hatte gewirkt, zum ersten Mal standen die Reformierten mit Tränen in den Augen hilflos da. Vielleicht erahnten sie jetzt, was ihnen noch alles bevorstand. Es würde nicht mehr lange dauern und er konnte sein Versprechen einlösen. Zufrieden wollte er schon das Treiben beenden, als er Henri Lamadé noch einmal in die Augen sah. Keimte da nicht ein neuer Trotz, eine neue Halsstarrigkeit auf? Der verächtliche Zug um dessen Mund und das herbe Lächeln – was hatte das zu bedeuten? Da schien noch viel Sturheit vorhanden zu sein. Na warte, dachte er, morgen ist ein neuer Tag.

Pater Matthieu

Pater Matthieu, ein Kapuziner, hielt an der Straßenecke noch einmal an und fragte eindringlich die beiden Dragoner, die ihm bei der Heiligen Messe assistieren sollten, ob sie sich alles gemerkt hätten. Die Soldaten in Ministrantenkleidern nickten.

»Also, dann fangt an zu läuten. Ich enthülle derweil die Monstranz und ihr achtet darauf, dass die Passanten vor ihr in die Knie gehen.«

Mit aufgesetzt feierlichen Gesichtern marschierte der Zug durch die Straßen. Pater Matthieus Augen waren überall. Die Fenster hatten es ihm hauptsächlich angetan. Vom Geläute angeregt, öffneten sich manche, andere wurden sofort geschlossen und die Vorhänge zugezogen. Diese Häuser musste er sich merken. Die Leute am Straßenrand zogen den Hut, verbeugten sich und knieten vor dem Allerheiligsten nieder. Natürlich gab es auch welche, die sich schnell in die Seitenstraßen verdrückten und so taten, als ob sie der Prozession nie begegnet wären.

Der Pater grinste in sich hinein. Lebhaft konnte er sich vorstellen, dass viele Bürger gerne mitgingen, wenn sie wüssten, zu welchem Zweck diese Prozession veranstaltet wurde. Leider konnte er niemanden einladen. Von ihm aus hätte ganz Sedan sehen können, wie er im Hof des Kirchenältesten der reformierten Kirchgemeinde eine Frühmesse nach katholischem Ritus abhielt. De Fabre bat ihn gestern um diesen Freundschaftsdienst. Vor Entzücken war er fast an die Decke gesprungen, denn diese Lamadés waren ihm schon lange ein Dorn im Auge. Noch vor fünf Wochen hatte der angesehene Manufakturbesitzer Lamadé im Magistrat den Antrag eingebracht, dass öffentliche Prozessionen zuvor angekündigt werden sollten. Es sei Andersgläubigen nicht zuzumuten, Umwege zu machen, nur weil sie nicht dem ›Spektakel‹, so hatte er sich ausgedrückt, die Ehre erweisen wollten.

Heute – Pater Matthieu freute sich diebisch – heute würde der Hochmütige seine Knie beugen müssen und sei es, dass sie ihm mit Gewalt auf den Boden gedrückt würden.

Der Zug näherte sich dem Place de Halle und schwenkte nach links zur Hausnummer 3. Nach kurzem Klopfen wurde das Tor sperrangelweit geöffnet. Die Prozession ergoss sich in den Innenhof.

Wie besprochen stand in der Mitte des Hofes ein Tisch mit einem weißen Tuch. Sogar eine Vase mit frischen Blumen war zu sehen. Pater Matthieu stellte die Monstranz auf den Tisch und seine Begleiter arrangierten Kelche und Kerzenständer rechts und links daneben. Aus dem einfachen Holztisch war ein Altar geworden.

De Fabre gab die Weisung, dass sich die Familie Lamadé unverzüglich im Hof einzufinden hätte. Hochgemut tänzelte der Pater von einem Bein auf das andere. Bisher hatte er noch keine Möglichkeit gehabt, einen Ketzer zu bekehren. Wenn ihm dies heute gelänge, würde sein Sündenberg wie Schnee dahinschmelzen und das Himmelreich stünde ihm ein Stück weit offen. Welch ein erhabenes Gefühl!

Die Mitglieder der Familie Lamadé und deren Dienstmagd betraten den Hof. Hui, wie sie große Augen machten. Das hatten sie wahrscheinlich nicht erwartet und es war bestimmt auch das erste Mal in ihrem Leben, dass sie einer katholischen Frühmesse beiwohnen mussten. Es gab kein Entrinnen. De Fabre platzierte seine Dragoner so, dass immer einer hinter einem Familienangehörigen stand.

Pater Matthieu sprach endlose lateinische Gebete, schwenkte den Weihrauchkessel in alle Richtungen, kniete nieder, stand auf, wandte sich an die Gläubigen, drehte sich wieder zum Altar, hob die Hände zum Himmel, breitete sie aus und faltete sie erneut. Die beiden Messdiener läuteten die Glöckchen, trugen den Kelch von der einen Seite auf die andere, gossen Wasser über die Hände des Paters und reichten ihm ein Tuch zum Abtrocknen. Die Wandlung – der Höhepunkt der Messe – begann. Hier verwandelt der Priester den Wein in das leibhaftige Blut und die Hostie in den leibhaftigen Leib Christi. Der Pater wusste, dass die Ketzer in diesem Punkte eine andere Ansicht hatten. Für sie war das Abendmahl lediglich ein symbolischer Akt, der an das eigentliche Abendmahl Jesus mit seinen Jüngern vor seiner Festnahme erinnern sollte. In der katholischen Kirche hingegen geschieht das Mysterium der Fleischwerdung jedes Mal während der Messe erneut.

Der Geistliche stand vor dem provisorischen Altar den Gläubigen zugewandt und zeigte das Allerheiligste. Jetzt mussten alle ehrfurchtsvoll auf die Knie fallen.

Pater Matthieu hatte ein wachsames Auge auf den Patron. Sollte er sich weigern, würde er das Messer, das ihm der Schnauzbärtige an die Rippen hielt, zu spüren bekommen. So war es zumindest mit de Fabre verabredet.

Das Gesicht des Geistlichen zuckte und lief rot an. Dieser sture Hugenotte machte keine Anstalten, sich in den Staub zu werfen. Er hatte seine Hände zu Fäusten geballt und bedeckte damit seine Augen. Erzürnt schaute Matthieu zu de Fabre und dieser gab dem Schnauzbärtigen ein Zeichen.

Ein schmerzhafter Schrei und Henri Lamadé kniete auf dem Boden. Er hatte keine Chance, sich zu erheben. In dieser Stellung musste er solange verharren, wie der Pater die Hostie zeigte – und dieser zeigte sie lange, sehr lange. Der Kapuziner hörte gar nicht mehr auf, die Monstranz auf und nieder, hin und her zu bewegen. Dann ging er selbst in die Knie, küsste die Hostie, stand wieder auf und die Prozedur begann von Neuem. Erst auf ein Zeichen de Fabres hatte der Pater ein Einsehen und drehte sich wieder zum Altar um. Lamadé durfte sich erheben. Sein Hemd auf der rechten Seite war rot gefärbt. Der Schnauzbärtige musste ganze Arbeit geleistet haben.

Pater Matthieu war zufrieden mit dem bisherigen Verlauf. Seine Augen frohlockten: Warte nur, auch dich werden wir noch kleinkriegen oder zumindest deine Kinder. Er sprach das Schlussgebet, wandte sich um und ging freudestrahlend auf den Kirchenältesten zu, reichte ihm die Hand und entbot ihm und den anderen den Gottesgruß. Er fühlte sich so leicht, so erhaben, so selig. Dies war der schönste Tag in seinem Leben. Was konnte einen Hirten mehr erfreuen, als ein verirrtes Schaf der Herde wieder zuzuführen? Er schlug drei Kreuze. Doch bei all seiner Euphorie unterließ er nicht, die zu Bekehrenden scharf zu beobachten. Er war noch nicht ganz am Ziel.

Lamadé beschwerte sich auch sogleich, dass er und die Seinen gezwungen worden seien, einem anderen als dem ihrigen Gottesdienst beizuwohnen, das sei gegen das Edikt von Nantes. Auch wenn die katholische Kirche den protestantischen Glauben als Irrglauben hinstelle, so sei das eine Aussage oder Meinung der Kirche und nicht die des Staates. Für ihn als französischen Staatsbürger gelten die Gesetze und Verordnungen der Regierung und nicht die einer Kirche.

Genüsslich schaute sich Pater Matthieu um. Er wollte sich vergewissern, ob auch jeder hören würde, was er nun im Begriff war zu sagen. Mit Hohn in der Stimme begann er: »Monsieur Lamadé, es stimmt nicht, was Sie behaupteten. Mir scheint, Sie haben die ›Pastorale Warnung‹, die die Gemeinschaft der Bischöfe letztes Jahr veröffentlichte, vergessen – oder wollen sie vergessen haben. Dort wird ohne Wenn und Aber verlangt, dass die Reformierten sich mit der katholischen Kirche unverzüglich aussöhnen sollen, damit nicht eine Kirchenspaltung entsteht.«

Der Pater hielt inne und wartet auf eine Reaktion. Als keine zu hören war, fuhr er fort: »Reformierte gelten nun nicht mehr als Ketzer, sondern als Schismatiker, das heißt, ›Verursacher einer Spaltung‹, und in dieser Funktion – alle mögen genau zuhören – lehnen sich die Reformierten gegen die Religion des Königs, der die katholische Religion zur Staatsreligion erklärt hat, auf. Protestanten sind nunmehr Staatsverleugner.«

Das war für die meisten der Anwesenden neu. Selbst de Fabre machte ein erstauntes Gesicht, das sich jedoch gleich in ein genüssliches Lächeln verwandelte. Pater Matthieu feixte innerlich. Der Capitaine hatte begriffen. Jetzt begann ein neues Kapitel, denn nun hatte er eine offizielle Handhabe. Als Vertreter des Staates musste er gegen Staatsverleugner amtlich vorgehen.

Eingedenk der neuen Situation machte Pater Matthieu deutlich, dass jeder Reformierte, der nicht zur wahren Religion zurückkehre, mit folgenden Maßnahmen rechnen müsse. Er hob den Finger in die Höhe und zählte auf: »Erstens! Jeder, der sich weigert, zur katholischen Kirche zurückzukehren, wird ob seiner staatsfeindlichen Gesinnung mit Gefängnis bestraft. Zweitens! Eltern, die nicht konvertieren, werden die Kinder weggenommen, um in einer katholischen Familie zu treuen Staatsbürgern erzogen zu werden. Drittens! In schweren Fällen wird der Besitz beschlagnahmt. Viertens! In besonders schweren Fällen droht der Galeerendienst oder die Deportation in die Kolonien.«

Der Pater war sich des Inhalts seiner Worte wohl bewusst. Er ging, nein, er schritt langsam auf den Patron zu und streckte ihm feierlich die Hand entgegen. »Monsieur Lamadé, wir bieten Ihnen die Hand, Sie brauchen nur die kleinen drei Worte – ›Ich kehre zurück‹ – sagen und alles wird sich zu Ihrem Besten wenden. Ich biete mich an, auf der Stelle dem Bischof Ihren Wunsch vorzutragen und dafür zu sorgen, dass Sie ungehindert Ihren Manufakturbetrieb wieder aufnehmen können. Wenn Sie darauf bestehen, sogar als alleiniger Inhaber.«

So still war es schon lange nicht mehr im Innenhof. Selbst die Dragoner schauten wie gebannt auf den Patron und warteten auf seine Entscheidung. Starr wie eine Salzsäule stand Henri Lamadé da, nichts regte sich an ihm. Ließ er sich das Angebot durch den Kopf gehen? Er wäre ein Narr gewesen, wenn er es nicht getan hätte. Mit einem Schlag wäre er ein gemachter Mann und seine Familie hätte Ruhe für immer. Der Kapuziner beglückwünschte sich schon. Gleich würde er am Ziel sein und dem Bischof die freudige Mitteilung überbringen können: ›Wieder fünf Seelen gerettet‹.

Da hob der Patron seine Hände zum Himmel empor und rief mit lauter, fester Stimme: »HERR, mein Gott, führe mich nicht in Versuchung.« Er drehte sich in Richtung des Mönchs und sprach überdeutlich: »Ich und die Meinigen bleiben unserem Glauben treu!«

Jetzt erstarrte Matthieu. Mit allem hatte er gerechnet, nur nicht mit dem irrealen Trotz dieses Unverbesserlichen. Der Teufel soll ihn holen! Und im wahrsten Sinne des Wortes war im Hof der Teufel los. Die Dragoner hatten unmissverständlich gehört, dass der Patron standhaft blieb. Sie schrien ihm ihren Unmut ins Gesicht, hoben die Fäuste in die Höhe und wollten gewaltsam gegen ihn vorgehen. Einer zog sogar seinen Säbel blank und stellte sich drohend vor Lamadé. Der nicht so mutige Pater schob ob der ausgestoßenen Drohungen seine Kapuze über den Kopf und stellte sich vorsorglich hinter einen Balken. Seine Augen suchten de Fabre. Warum hielt er sich zurück? Er hatte ihm doch eine Schwachstelle aufgezeigt, wie er den Kirchenältesten in eine Falle locken konnte. Wollte er einen noch günstigeren Augenblick abwarten?

Als ob der Offizier seine Gedanken erraten hätte, trat er in die Mitte des Hofes und befahl augenblickliche Ruhe. Es dauerte jedoch, bis auch der letzte Dragoner seinen Unmut hinuntergeschluckt und gewillt war, seinem Kommandanten zu-

zuhören. De Fabre ordnete mit Nachdruck an, dass der Tisch weggeräumt, der Hof gekehrt und der Unrat beiseitegeschafft werden solle.

Schade, dachte Pater Matthieu, eine Chance vertan. Dabei hatte er fest mit einer Verhaftung gerechnet. Militärs waren für ihn unzuverlässig und zu lasch. Er würde Meldung nach Versailles machen. Enttäuscht rollte er seine Kirchengeräte in eine Decke und wollte sich auf den Heimweg machen. Da bat ihn de Fabre auf einen Morgentrunk ins Kaminzimmer. Im ersten Moment zierte sich der Pater, doch dann stimmte er zu. Er wollte dem Kommandanten gegenüber nicht unhöflich erscheinen. De Fabre verkörperte immerhin das französische Militär und vielleicht ergab sich eine Möglichkeit, das Blatt doch noch zu wenden.

Der Kapuziner wies beim Zuprosten darauf hin, dass nicht alle am Gottesdienst teilgenommen haben. Seines Wissens müsse es noch einen Schweizer Hausknecht geben.

»Ach, das Ungeheuer, das liegt im Keller in Ketten. Der Kerl hat sich zweimal gegen die Dragoner gestellt. Das erste Mal sogar hier in diesem Raum.«

Matthieu wurde neugierig und de Fabre erzählte ihm den Vorfall, bei dem der Schweizer dem Sohn Lamadés das Leben gerettet hatte und es zu einer ersten Konfrontation mit dem Hausherrn gekommen war.

»Aha«, er zwinkerte de Fabre zu, »der Sohn scheint die Schwachstelle zu sein. Bei ihm reagiert Lamadé emotional. Das ist ein gutes Zeichen. An diesem Punkt müssen Sie ansetzen. Wie und was, das überlasse ich Ihrer Fantasie. Nur ein Hinweis! Ich würde die angefangene Geschichte mit dem Sohn und dem Kamin fortsetzen. Sie wissen, was ich meine? Morgen komme ich wieder, das lasse ich mir nicht entgehen.«

Daniel im Kamin

Gut gelaunt betrat de Fabre das Kaminzimmer. Heute sollte sein Plan Früchte tragen. Er ordnete an, dass sich alle an diesem Ort einzufinden haben.

Dicht gedrängt standen sie im Kreis. Der Capitaine winkte den gerade eintretenden Kapuziner zu sich her und gemeinsam schritten sie in feierlicher Pose auf Henri Lamadé zu, blieben vor ihm stehen und fixierten ihn scharf mit den Augen. Für einen Augenblick kam es de Fabre vor, als ob er einen Funken Verzweiflung oder sogar Furcht bei Lamadé erkennen konnte. Das gefiel ihm. Er näherte sich seinem Ziel immer mehr. Wenn der Hochmut der Verzweiflung wich, hatte er sein Spiel gewonnen.

»Monsieur«, begann de Fabre, »heute frage ich Sie zum letzten Male, ob Sie und Ihre Familie zur katholischen Kirche zurückkehren wollen. Wenn ja, ist alles vergessen und vergeben, wenn nein, werde ich zu Gewalt greifen müssen. Wie lautet Ihre Antwort?«

»Monsieur le Capitaine, wir haben uns über diese Frage schon mehrmals unterhalten und ich habe immer den gleichen Standpunkt vertreten und werde auch heute nicht davon abweichen.«

Insgeheim hatte de Fabre mit dieser Antwort gerechnet. Sie war Teil seines Planes. Er stellte sich in die Nähe des Sohnes und dirigierte zwei seiner Dragoner rechts und links daneben. Dann wandte er sich an seine Leute. »Keiner kann sagen, dass wir nicht alles versucht haben, um die Familie zur Umkehr zu bewegen. Leider erfolglos.«

Seine Stimme wurde härter, kälter: »Bourgaux und Sablé, haltet den Monsieur in Schach. Dellon und Armand, ergreift den Sohn!«

De Fabre nützte die erste Bestürzung aus und kommandierte weiter: »Boucheron und Mc Kullen, bindet den Sohn an Händen und Füßen, hängt ihn kopfüber in den Kamin und legt nasses Heu auf die Glut!«

Daniel wehrte sich mit Händen und Füßen, kratzte, biss und spuckte einem seiner Peiniger ins Gesicht. Dieser schlug ihm kurzerhand seine Faust ans Kinn, sodass Daniel die Sinne schwanden. Vielleicht war das gut so, denn nun ging alles viel schneller und leichter. Der Junge hing benommen im Kamin. Eigenartigerweise hörte de Fabre die Frauen nicht kreischen und schreien und toben. Sie beteten – inbrünstig. Ihr Gebet wurde immer lauter. Das schien ihnen Kraft zu geben. Wenn auch – es würde ihnen nicht helfen.

Der beißende Qualm des nassen Heus stieg höher und höher und erreichte gleich die Nase des Jungen. Ein Husten und Prusten war die Folge. Daniel bekam kaum noch Luft und drohte zu ersticken. Sein Körper wand sich wie ein Fisch an der Angel. Das Gesicht war krebsrot und die Haare begannen zu verkohlen. Schließlich hing ihm die Zunge aus dem Mund und die Augen quollen hervor. Es würde nicht mehr lange dauern, dann würde er ersticken.

Plötzlich stand de Fabre wie gelähmt da – überrascht und erschrocken zugleich. An seiner Kehle spürte er die Spitze eines Säbels. Kalt war der Stahl und scharf, so scharf, dass er sich nicht traute, zu schlucken. Er würgte, rang nach Luft. Damit hatte er nicht gerechnet. Auge in Auge standen sie sich gegenüber. Lamadés hasserfüllter Blick drang in ihn ein und hätte ihn am liebsten durchbohrt.

Seine Männer waren von dem vorausgehenden Geschehen so fasziniert, dass der Patron in einem unbeobachteten Moment den Säbel aus der Scheide eines Dragoners ziehen konnte.

Der Kerl muss wahnsinnig sein, schoss es de Fabre durch den Kopf. Wir sind zwölf Mann, er ist alleine! Aber Mut hat er, wenn es auch der Mut der Verzweiflung ist.

Lamadé befahl. »Keiner bewegt sich von der Stelle, sonst ist euer Capitaine ein toter Mann. Bindet sofort den Jungen los! Löscht die Glut, sonst steche ich zu! Los, wird's bald!«

Boucheron reagierte zuerst. Er schnitt die Fesseln durch und zog den bewusstlosen Jungen aus dem Kamin. Die Frauen stürzten sich auf ihn. Er lebte noch.

Insgeheim ärgerte sich der Kommandant. Sein Plan war so gut durchdacht. Noch nie hatte ihm jemand einen Säbel an die Kehle gehalten und schon gar nicht so ein vermaledeiter Ketzer. Wenn das unter seinen Kollegen die Runde machte, brauchte er sich um den Spott nicht zu sorgen.

Da! Was geschah jetzt?

De Fabre glaubte zu träumen. Mc Kullen griff nach einem Krug, füllte ihn mit Wasser und ging auf Daniel zu. Spielte er den Samariter? Wollte er sich bei der Madame einschmeicheln? Selbst Lamadé schaute ihm verwundert nach und lockerte den Säbel an der Kehle. In diesem Moment drehte sich Mc Kullen blitzschnell um und ließ den Tonkrug auf Henris Schädel niedersausen. Wie ein nasser Sack knickte der Patron ein. Der Säbel entglitt ihm. Lamadé plumpste zu Boden und blieb regungslos liegen.

Verdattert stand der Capitaine da und wusste nicht, was gerade passiert war. Es war ihm, als ob er aus einem bösen Traum erwacht sei. Mc Kullen hielt ihn vorsorglich am Arm fest und stieß seinen Fuß mit Wucht in Lamadés Rippen. Ein leises Knacken war zu hören. Selbst die am Boden kauernden Frauen hatten die neue Lage noch nicht begriffen. Sie konnten ihre Münder nicht schließen. Pater Matthieus Augen hingegen leuchteten. Er hüpfte vor Freude von einem Bein auf das andere, zog ein weißes Tüchlein aus seinem Ärmel und tupfte einen Blutstropfen von de Fabres Kehle. Der Kommandant betrachtete lange mit rachelüsternen Augen sein eigenes Blut, dann stieß er einen fürchterlichen Schrei aus: »Niederträchtige Bagage, das werdet ihr mir dreifach büßen!«

Mit sich überschlagender Stimme befahl er, einen Eimer kalten Wassers über den immer noch reglosen Lamadé zu gießen, ihn auf die Beine zu stellen und unverzüglich in Ketten zu legen– in die dicksten und schwersten, die zu finden seien.

Es dauerte.

Wieder standen sich die beiden Kontrahenten gegenüber.

Der Hass aus Lamadés Augen war nicht gewichen, die des Capitaine hingegen triumphierten. Er hob die Hand zum Zeichen, dass er nun etwas Amtliches mitteilen werde.

»Monsieur Lamadé, ich verhafte Sie wegen Auflehnung gegen die Staatsgewalt. Ihr Angriff auf meine Person, den Vertreter der Königlichen Armee, ist wie Aufruhr zu ahnden. Darauf steht Zuchthaus oder Dienst auf der Galeere – nicht unter sechs Jahren.«

Ein Aufschrei – nur einer. Dann für drei Sekunden absolute Stille im Raum.

Der Kommandant unterbrach das Schweigen und drehte sich zu den Seinen um: »Boucheron, Mc Kullen und Dellon, schafft den Verhafteten sofort zum Sammelplatz nach Pont à Bar. Beeilt euch, damit ihr vor Morgengrauen wieder hier seid, denn dann folgt der letzte Akt unseres Auftrages!«

Die Soldaten waren plötzlich wie aus dem Häuschen. Ein Gejohle, Gepfeife und Gekreische war zu hören. Sie klatschten sich auf die Schenkel und hüpften im Kreise. Einer klopfte dem versteinerten Lamadé auf die Schulter und rief für alle hörbar, dass auf der Galeere der Herr Calvinist seinen Hochmut kühlen könne, dort gebe es außer den Schlägen auf den nackten Rücken nur Wasser und Brot und das nicht immer reichlich. Das anschließende Grölen tat selbst de Fabre in den Ohren weh, aber er gönnte seinen Männern den Triumph. Sie hatten lange genug auf diesen Augenblick warten müssen.

Während Boucheron dem Patron die Fesseln enger band, fielen letzte Blicke.

De Fabre wunderte sich – kein Jammern, kein Klagen. Obwohl der Madame, den Kindern und dem Dienstmädchen die Herzen brechen mussten, blieben sie standhaft.

Bevor die drei Soldaten mit dem Gefangenen wegritten, übergab Boucheron die Keller- und Hausschlüssel einem Kameraden, stieß noch einmal seine Faust in Lamadés Leib und zerrte ihn aufs Pferd.

Letzte Nacht in der Dachkammer

Die Zeiger der Uhr zeigten auf neun. Wie ausgeblutet lehnte Claude an der Wand der Dachkammer. Der heutige Morgen war so schrecklich gewesen, dass ein Menschenleben nicht ausreichen würde, ihn zu verstehen. Sie waren wie gelähmt dagestanden, als der Patron an den Händen gefesselt weggeführt wurde – keiner Regung fähig. Schlimm war es! Berge stürzten ein, der Himmel brach zusammen! Keiner konnte ein Wort sagen. Alles blieb im Halse stecken. Vielleicht war das gut so. Die Dragoner hätten sie nur verhöhnt und sich an ihrem Schmerz geweidet.

Pauline de Montabeau hatte Hélène, Daniel und Claude – wohl mehr unbewusst – an die Hand genommen und schnell nach oben in die Dachkammer gezerrt. Nun waren sie ganz alleine, schutzlos der Willkür der Soldaten augesetzt – zwei Frauen, zwei Kinder. Es war spürbar, wie sich die Ohnmacht in der Kammer breitmachte. Selbst Claude, die bisher nie Angst oder Furcht gezeigt hatte, befiel eine bis dahin nicht gekannte Schwäche. Natürlich fürchtete sie sich nicht vor dem Tod – kein Hugenotte tut das –, denn das Sterben in der Nachfolge Christi ist für sie die Erfüllung des Lebens schlechthin. Die Angst vor dem Tode war es nicht, was Claude niederdrückte, sondern das Nichtankommen gegen die Niedertracht und Verlogenheit derer, die sich ›Christen‹ nannten. Sie kam sich so gedemütigt vor.

In ihrer gedrückten Stimmung fiel ihr Blick auf Madame. Diese saß wie ein Häufchen ausgeglühte Asche auf dem harten Stuhl und starrte unentwegt auf den Boden. Dieser würde bestimmt keine Lösung parat haben.

In Claudes Innerem sträubte sich etwas. Sollte auch sie den Kopf hängen lassen? Nein, sie war die Tochter des zwar armen, aber immer auf Gott vertrauenden Landwirts Adam Blanchet aus dem Dorfe Bazeilles. In ihrer Hütte gab es nie Hoffnungslosigkeit.

Es war nicht gut, wenn alle nur dasaßen und in sich hineinhörten. Auf was wollten sie eigentlich warten? Bis die Dragoner sie alle umbrachten? In ihrer Not stimmte Claude den Psalm Nummer siebenundzwanzig an:

»Der HERR ist mein Licht und mein Heil;
vor wem sollte ich mich fürchten?
Der HERR ist meines Lebens Kraft;
vor wem sollte mir grauen?

Wenn die Übeltäter an mich wollen,
um mich zu verschlingen,
meine Widersacher und Feinde,
sollen sie selber straucheln und fallen.«

Das wirkte wie ein Wunder. Pauline de Montabeau nahm Claudes Hand in die ihre und sagte mit fester Stimme: »Ja, der HERR wird uns führen. Wir brauchen uns vor nichts zu fürchten.«

Claude atmete auf. Madame hatte wieder zu sich gefunden. Gut so! Doch das war im Moment zu wenig. Entscheidungen mussten getroffen werden und zwar schnell. Zuhause hatte sie gelernt, bei Gefahr unverzüglich zu reagieren. Wenn der Hund sich von der Kette reißt, kann man nicht lange überlegen, sondern muss sich schleunigst in Sicherheit bringen. So war es hier auch. Jeder Tag, den sie noch in diesem Hause verbrachten, konnte für sie der letzte sein. Aber es stand ihr nicht an, der Patronin zu sagen, was zu tun sei. Sie war eine Magd. Trotzdem!

»Madame, wir müssen hier weg und zwar so schnell wie möglich. Wir sollten uns einen Plan überlegen.« Pauline de Montabeau zuckte zusammen.

War Claude zu weit gegangen? Aber so blind konnte Madame nicht sein, dass sie die Gefahr nicht erkannte. Langsam, ganz langsam hob sie ihren Kopf, schaute zuerst zu Hélène, dann zu Daniel – und nickte.

Daniel stand am Fenster und blickte unentwegt in den Hof. An was dachte er? Plötzlich drehte er sich zu seiner Mutter um und fragte, warum sie vor Tagen Urs den Auftrag gegeben habe, ein Fässchen Branntwein zu besorgen.

»Genau kann ich das nicht sagen, es war mehr eine Eingebung. Unsere Besatzer trinken gern einen über den Durst und Branntwein löscht ihn am schnellsten. Wenn sie getrunken haben, sind sie wie gelähmt. Vielleicht erhalten wir dadurch eine Galgenfrist.«

»Mama, das ist es! Genau so machen wir es! Deine Eingebung ist unsere Rettung.«

Madame schaute ungläubig.

»Das ist unsere Chance!«, rief Daniel. »Die Dragoner müssen das Fässchen finden und sich sinnlos betrinken. Derweil können wir unbemerkt aus dem Hause fliehen.«

Seine Mutter winkte ab. »Daniel, das schaffen wir nie. Denk an mein Hinkebein. Ich komme doch kaum alleine die Treppe hinunter, geschweige denn durch die ganze Stadt und das noch bei Nacht.«

»Das musst du auch nicht, chère Mama! Ich habe einen Plan. Du musst mir nur verraten, wo das Fässchen versteckt ist. Das Weitere nehme ich in die Hand.«

»Mon cher fils, du bist noch ein Kind. Ich möchte dich nicht auch noch verlieren. Wenn einer von den Kerlen dich erwischt, prügeln sie dich tot.«

Claude überlegte. Was Madame sagte, stimmte natürlich. Die Dragoner mussten jetzt auf nichts mehr Rücksicht nehmen. Nur eine List konnte sie noch retten. Sie, die Ältere, würde diesen Teil des Planes übernehmen. »Madame, wo ist das Fässchen?«

»Unter dem Brennholz.«

»Bien! Es fällt am wenigsten auf, wenn ich als Dienstmagd Holz hole. Außerdem sind die drei Gefährlichsten heute nicht im Hause. Der Schnauzbart kann mir nichts anhaben und de Fabre hat kein Interesse an mir. Ich räume so viele Holzscheite weg, dass jedermann das Fässchen sehen kann, dann mache ich Krach und der Rest ergibt sich von selbst.«

Dagegen gab es keine Einwände, aber den zweiten Teil des Plans wollte Daniel übernehmen. Mit seinen zwölf Jahren war er äußerst mutig. Madame war das nicht geheuer, aber schließlich konnte auch sie sich nicht vor der drohenden Gefahr verschließen.

»Gut, dann sei es. Unser Ziel ist Heidelberg, die Residenz der Rheinpfalz. Dort lebt Yvette, die Cousine meines Gatten. Ihr kennt sie nicht, aber sie und ihr Mann sind aufrechte Calvinisten und herzensgute Menschen. Jeder merke sich den Namen: Olivier Marotte, Oberhofgärtner im Schloss.«

Sie hielt inne und reichte jedem die Hand. »Das, was ich jetzt sage, ist fürchterlich, aber es muss sein. Jeder gelobt, dass er die Flucht fortsetzen wird, auch wenn der eine oder andere von uns entdeckt und gefangen werden sollte. Es gibt kein Umkehren.«

»Madame, das gelobe ich nicht, das ist unmenschlich.«

»Claude, willst du, dass alle sterben, nur weil einer gefangen genommen wird? Dann war unser Ausharren wirklich umsonst. Das ist auch im Sinne meines Mannes. Wenigstens einer soll den Glauben weitertragen und Zeugnis von unserem Leid geben.«

Nicht nur Claude seufzte herzerweichend.

»Noch eines!«, fügte Madame hinzu. »Ich nähe Hélène die letzte Goldmünze in den Saum ihres Mantels. Sie gehört allen. Bei der Jüngsten werden sie wahrscheinlich am wenigsten nach Verstecktem suchen. Jetzt reicht euch die Hände, wir beten gemeinsam und bitten den HERRN um seinen Segen.«

Claude und allen anderen liefen Tränen über die Wangen. Keiner schämte sich. Sie war keine Dienstmagd mehr, sie gehörte zur Familie.

Flucht aus dem Haus

Daniel zählte bis zwanzig, dann war es soweit. Bevor er ging, flüsterte er seiner Mutter zu, dass sie mit Hélène und Claude in den Hof kommen solle, sobald sie den Schrei der Nachteule höre. Er zog seine Schuhe aus, band sie sich um den Hals und stieg vorsichtig die Holztreppe nach unten. Bei der zweitletzten Stufe gab er besonders acht. Im ersten Stockwerk schob er leise die Türe zum Kaminzimmer auf. De Fabre gab grunzende Laute von sich. Gut so, dann hatten also alle ihren Anteil vom Branntweinfässchen getrunken. Die erste Hürde war genommen.

Daniel hatte beobachtet, wie Boucheron, bevor er seinen Vater auf den Hof schleifte, einem Dragoner, d'Albert nannten sie ihn, seinen Schlüsselbund gab. Wo mochte dieser d'Albert liegen? Da hinten! Den Weg in ihre Betten hatten die Dragoner nicht mehr gefunden. Sie lagen wie leere Mehlsäcke kreuz und quer auf dem blanken Boden. Wie eine Katze näherte sich Daniel d'Albert und schnitt mit zittrigen Händen das Lederband mit den Schlüsseln ab. Beinahe wäre ihm der gesamte Bund aus den Händen geglitten und auf den Steinboden gefallen. Im letzten Moment konnte er ihn noch auffangen.

Bis jetzt war alles gut gegangen. Er musste nur vorsichtig und behutsam vorgehen. Vor allen Dingen kein Geräusch verursachen. Auf Zehenspitzen schlich er die Kellertreppen hinunter, stolperte fast über einen querliegenden Eimer, erreichte die Kellertüre, klopfte leise an und flüsterte Urs zu, dass er hineinkomme und ihn befreien werde. Sein Herz schlug bis zum Hals. Hoffentlich waren das die richtigen Schlüssel – sonst wäre alles umsonst gewesen. Seine Hände waren schweißnass.

Er ertastete im Dunkeln die Schlüssel. Welcher war der Richtige? Warum wusste er das nicht? Es war doch nicht das erste Mal, dass er die Kellertüre aufsperrte. Gott sei Dank, der erste Schlüssel passte. Urs stemmte sich von innen gegen die schwere Türe. Sie gab nach. Der Rest war schnell getan.

Beim Hochsteigen wies Urs auf die lose Kellertreppe hin und flüsterte ihm ins Ohr, dass darunter die Rollen mit den Goldfäden lägen. Daniel winkte ab. Erstens hatten sie jetzt keine Zeit und zum Zweiten rechnete er damit, dass sie eines

Tages zurückkommen würden. Urs nickte zustimmend. Im Hof angelangt, stieß er den Ruf der Nachteule aus.

Bange Minuten vergingen. Vielleicht hätte er seine Mutter zuvor in den Hof bringen sollen. Wenn sie das Gleichgewicht verlöre und die Treppen hinunterstürzte? Hélène war noch ein Kind und Claude würde sie alleine nicht auffangen können.

»Zu dumm«, flüsterte Daniel. Über das, was sie mitnehmen sollten, hatten sie gar nicht gesprochen, aber seine Mutter würde wohl daran gedacht haben.

Er war gerade im Begriff, sich nach oben zu schleichen, als die Türe aufging und seine Mutter, gestützt von Claude und Hélène, ihm zuwinkte. Erleichtert atmete Daniel auf. Bis hierher hatten sie es geschafft.

Mittlerweile zog Urs den vor dem Tor liegenden Soldaten behutsam zur Seite und öffnete es einen Spaltbreit. Der Weg war frei. Daniel sah, wie seine Mutter sich mit einem wehmutsvollen Blick noch einmal umdrehte. Tränen liefen über ihre Wangen. Ihm selbst blutete das Herz nicht weniger, aber für Sentimentalitäten war jetzt kein Platz. Fort von hier – einfach fort!

Gegenüber lag die ovale Markthalle. Sie warf einen langen Schatten, der bis zu ihnen reichte und einen Teil des Platzes ins Halbdunkle hüllte. Das war gut so, denn die Nachbarn durften auf keinen Fall etwas merken. In diesen Tagen konnte keiner dem anderen trauen. Selbst gute Bekannte und Freunde unterlagen dem moralischen Verschleiß.

Sie drückten sich eng an die Hauswand. Die Flucht aus dem Hause war geglückt. Sie waren frei! Daniel hätte es am liebsten laut hinausgeschrien.

Ab jetzt sollte Urs vorangehen. Er kannte jeden Winkel in der Stadt. Doch er winkte ab. Er musste hinten bei der Mutter bleiben. Flüsternd erklärte Urs den Fluchtweg: »Die Rue du Ménil entlang bis zu den Platanen, dann zum östlichen Stadttor abbiegen. Dort gibt es eine kleine unscheinbare Bresche in der Mauer, das sogenannte Gänsepförtchen. Das führt zum Fluss hinab.«

»Aha«, kommentierte Claude nicht ohne eine Spur von Ironie, »frühmorgens watscheln die Gänse und Enten durch das Pförtchen und nachts benützen es Diebe und anderes Gesindel – wie wir.«

»Jetzt ist keine Zeit für dumme Sprüche«, sagte Daniel und schüttelte missbilligend den Kopf. »Diesen Fluchtweg können wir auf keinen Fall nehmen.« Erstaunt schaute der Schweizer den Jungen an.

»Wieso? Der Weg ist der ungefährlichste. Keiner wird uns entdecken.«

»Geht trotzdem nicht, weil keiner von uns schwimmen kann. Wir müssen über die Brücke.«

Urs brummte etwas Unverständliches, das sich wie ein leises Fluchen anhörte. Bedächtig wog er den Kopf hin und her. Daniel befürchtete schon, dass sie doch noch durchs Wasser mussten und jämmerlich ertrinken würden. Er durfte als Kind nie alleine an die Maas gehen. Seine Mutter hatte Angst, er könnte von den Strudeln in die Tiefe gezogen werden. Außerdem war es in Bürgerkreisen nicht üblich, im offenen Gewässer zu baden.

Urs' Gesichtszüge erhellten sich.

»Nun?«

»Einer der Torwächter ist ein Landsmann. Mit ihm werde ich schon handelseinig. Ich erzähle ihm irgendeine glaubhafte Geschichte von Schweizer Flüchtlingen, denen geholfen werden muss. Schweizer halten in solchen Situationen zusammen.« Das klang plausibel. Erleichtert setzten sie ihren Weg an den Hausmauern entlang fort.

Daniel zog die frische, kalte Luft ein. Sie roch nach Freiheit. Sein Blick glitt nach oben. Der Große Drachen am nächtlichen Firmament würde ihnen die Richtung zeigen. Immer nach Osten führte ihr Weg. In wenigen Wochen könnten sie in Heidelberg bei der Tante sein. Daniel war berauscht von dem neuen Gefühl. Frei – keinem Menschen mehr untertan, frei nach den Geboten des HERRN leben zu können. Herrlich!

Er drehte sich um und sah, dass sich die Mutter trotz der Unterstützung auf den glatten Pflastersteinen schwer tat. Seine Schritte wurden langsamer. Claude und Hélène bildeten den Schluss.

Kurz vor dem Gänsepförtchen

Geduckt, ein Bündel auf dem Rücken, schlichen Claude und Hélène hinter den anderen her. Wenn nur nicht der Mond so hell schiene! Claude schaute sich ängstlich um, ob ihnen jemand folgte oder einer am Fenster stand und sie heimlich beobachtete. Alle Fensterläden waren geschlossen. Bis jetzt war ihnen niemand außer einem streunenden Hund begegnet.

Am Ende der Straße befand sich der Hof des Fuhrmanns Lombard. Alte Leiterwagen, zerbrochene Deichseln, Räder, leere Fässer und allerlei Gerümpel versperrten ihnen den Weg.

Claude ärgerte sich über die Unordnung und das Durcheinander. Wenn sie hier etwas zu sagen hätte, sähe es anders aus.

Noch eine Straßenbiegung, dann würden sie die Platanen sehen. Von dort war es nur noch ein Katzensprung zum Gänsepförtchen und gleich daneben führte ein Weg auf die Brücke. Vielleicht schliefen die Wächter und sie könnten sich ohne großes Getöse heimlich darüber schleichen. Drüben, über dem Fluss, winkte die Freiheit.

Unvermittelt blieb Claude stehen und horchte. Was war das? Pferdegetrampel. Es kam sehr schnell näher. Ungewöhnlich um diese Zeit. Was tun? Verstecken – vorsichtshalber! Wohin? Claude riss Hélène an sich und zog sie zurück in die dunklen Ecken hinter das Gerümpel. Der Mond durfte nicht höher steigen, sonst würde er dieses Versteck ausleuchten. Kein sicherer Ort! Auf einem Leiterwagen standen zwei Fässer. Instinktiv – die Reiter mussten jeden Moment um die Ecke biegen – hob sie Hélène hoch, stopfte sie in eines der Fässer und kletterte in das andere. Es war auch höchste Zeit, denn ein Reitertrupp hielt unmittelbar an der Straßenbiegung. Ihr Herz hämmerte laut. Sie hatte Angst, entdeckt zu werden.

Wo waren die anderen? Hatten sie sich auch rechtzeitig in Sicherheit bringen können?

Sie zitterte am ganzen Leib und traute sich nicht, über den Rand des Fasses zu schauen. Die Reiter mussten ganz nahe sein. Pferde schnaubten und prusteten. Da hörte sie eine barsche Stimme: »Halt, stehen bleiben! Wer wegrennt, wird erschossen!«

Diese Stimme kannte sie. Es war der Schnauzbärtige. Die Dragoner, die den Patron zur Sammelstelle gebracht hatten, waren früher als erwartet zurückgekehrt. Oh HERR, dachte sie, jetzt ist alles verloren. Warum hast Du sie nicht für ein paar Minuten aufgehalten? Es waren doch nur noch wenige Schritte.

Claude überwand ihre Angst, setzte ihre weiße Haube ab und schob ihren Kopf Zentimeter um Zentimeter über den Fassrand. Sie musste wissen, was auf der Straße vor sich ging.

Was sie sah, ließ ihr Herz stocken. Die Dragoner standen mit gezogenem Säbel vor Madame, Daniel und Urs. Bestimmt wollten die sich hinter dem Mauervorsprung am Hofeingang verstecken, aber der Mond, der wunderschöne, runde, helle Vollmond zeigte kein Erbarmen. Er hatte die Drei voll ausgeleuchtet.

»Wen haben wir denn da aufgestöbert?«, rief der Schnauzbärtige. »Das sind doch unsere Wirtsleute, die Lamadés! Warum treibt ihr euch nachts auf den Straßen herum? Das gehört sich nicht. Wollt ihr uns vielleicht verlassen? Uns, eure Wohltäter und Beschützer!«

Der Kahlköpfige lachte laut heraus und sagte süffisant:

»Wahrscheinlich haben sie sich sogar ohne die Erlaubnis unseres Capitaines auf den Weg gemacht. Der wird Augen machen, wenn wir sie ihm wieder zurückbringen.«

Die Stimme des Schnauzbärtigen wurde auf einmal hart und unangenehm: »Also, marsch zurück!«

Suchend schaute er sich um: »Halt, da fehlen doch zwei. Vor allem die mit dem prallen Busen, mein süßes Täubchen und dann das junge Mädchen. Die sind bestimmt nicht weit.«

Er fuchtelte mit seinem Säbel wild herum. »Wo sind sie? Heraus mit der Sprache oder wir kitzeln es mit der Metallspitze aus euch heraus.« Er griff nach Daniel, die beiden anderen hielten Urs in Schach und legten ihm Fesseln an.

Claude war im Begriff, aus dem Fass herauszuklettern, da sah sie im letzten Moment, wie Madame ihr goldenes Medaillon blitzschnell vom Hals riss und es dem, der ihr am nächsten stand, hinhielt.

»Nicht so hastig, Madame«, rief der Kahlköpfige, »das gehört mir. Darauf bin ich schon lange scharf.«

Er grapschte nach dem Schmuck. Der Dritte war jedoch schneller. Funkelnde Augen, blitzende Messer. Die beiden Dragoner stritten sich um das Medaillon. Hatte Madame das bezweckt? Wenn ja, dann ging ihre Rechnung auf. Es fehlte nicht viel und die beiden Streithähne hätten sich gegenseitig niedergestochen. Dieses Durcheinander ausnutzend, schaute sich Madame unauffällig um.

Jetzt, jetzt streifte ihr Blick das Fass. Sie musste Claude gesehen haben, denn sie nickte unmerklich. Claude rang mit sich. Sollte sie aus ihrem Versteck herauskrabbeln und sich neben Madame stellen und so ihre Treue beweisen? Gut würde es ihnen als Gefangene nicht ergehen, das konnte sie sich lebhaft vorstellen. Sie hatte aber auch versprochen, den Glauben weiterzutragen. Und dann war da noch Hélène. Sollte sie in die Hände der Wüstlinge fallen? Diese würden sie in eine katholische Familie stecken und dann war es aus mit dem reformierten Glauben. Das konnte sie nicht zulassen. Sie fühlte sich so elend, so allein. Es war niemand da, der ihr beistand, der ihr sagte, was sie tun sollte.

Der Streit zwischen den Dragonern nahm zu. Boucheron, der schon immer mehr zu sagen hatte als die anderen, schnauzte sie an: »Ihr Schwachköpfe, habt ihr nichts Besseres zu tun, als euch anzufauchen und zu streiten? Wir müssen schnellstens die Ausreißer zurückbringen. Im Hof würfeln wir um das Medaillon. Wer die höchste Punktzahl hat, bekommt es. Schluss jetzt!«

Bevor sie sich auf den Weg machten, ordnete er an: »Einer bleibt hier und bewacht das Stadttor. Wir kommen gleich mit Fackeln zurück und suchen nach den beiden. Keiner darf uns entkommen!«

Madame, von Daniel gestützt, drehte sich noch einmal heimlich nach den Fässern um und es schien, als ob sie die Hände gefaltet hatte.

Lautes Grölen, mehr war nicht zu hören.

Gleich würden sie mit Fackeln zurückkommen, jeden Winkel ausleuchten und auch sie gefangen nehmen.

In alten Wasserfässern

Still war es geworden. Claude schaute erneut über den Rand des Fasses. Der zurückgebliebene Dragoner ging in Richtung Brückentor. Mit einem Stein pochte er an das Tor und weckte die schlaftrunkenen Wächter.

»Das nennt ihr Wache halten! Der Teufel soll euch holen. Ich habe immer gewusst, dass auf die Torwächter kein Verlass ist.«

»Gemach Kamerad, was willst du eigentlich?«

»Euch Beine machen.«

»Greifen die Spanier die Festung an? Wir haben bis jetzt nichts davon gehört.«

»Papperlapapp, jetzt keine Witze! Kam hier jemand durch? Wir suchen zwei Jungfrauen, die uns entwischt sind. Kopfgeld gibt es für jede, die ihr schnappt. Also, Augen offenhalten!«

Die Männer von der Brücke murrten, doch dann versprachen sie – mehr halbherzig – auf der Hut zu sein.

Claude atmete auf, doch plötzlich waren Männerstimmen und Schritte von der anderen Seite zu hören. Fackeln warfen ihren hellen Schein an die Wände der Häuser. Näher – immer näher kamen sie. Das konnte nur Boucheron mit dem Suchtrupp sein.

Die Männer rüttelten an jeder Haustüre und prüften, ob sie verschlossen war, wackelten an den alten Leiterwagen und klopften mit Stöcken an die Fässer. Die Stimmen und Geräusche kamen bedrohlich näher. Noch drei, vier Schritte!

Claude flehte in ihrer Verzweiflung den HERRN um Hilfe an. Wenn einer sie noch retten konnte, dann er.

»Dort braucht ihr nicht zu suchen!«, rief ihnen der Zurückgelassene zu. »Ich habe den Torwächtern Bescheid gesagt. Sie werden keinen über die Brücke lassen. Schaut euch lieber beim Gänsepförtchen genauer um. Durch das müssen sie, wenn sie auf die andere Seite des Flusses wollen. Beeilt euch und lasst das alte Gerümpel in Ruhe, da gibt es nichts außer Ratten und Kakerlaken!«

Das war knapp. Schnell kletterte sie aus ihrem Fass und beugte sich über das andere. Gott sei's gelobt, Hélène war unversehrt. Ein Paar Augen, in denen der ganze Jammer der letzten Stunde lag, schauten sie an. Das Gesicht des Mädchens war schneeweiß und sie zitterte am ganzen Körper. Was musste das Kind ausgestanden haben! Der Vater in eine ungewisse Zukunft entführt, die Mutter, der Bruder und Urs gefangen genommen und ihnen selbst drohte nun das gleiche Schicksal. Claude strich ihr sanft über das Haar.

Jetzt nur nicht den letzten Mut verlieren, sagte sie sich immer wieder. Wer außer ihr sollte ihre Hélène beschützen? Claude hielt in ihrer Zwiesprache kurz inne. Warum hatte sie ›ihre Hélène‹ gesagt? Ganz einfach, sie hatte es so empfunden.

Ein schwaches rötliches Licht war im Osten zu sehen. Oh, wären sie nur schon dort, wo die Sonne aufging. Immer nach Osten mussten sie sich halten, wenn sie am anderen Ufer der Maas waren. Aber sie waren es nicht. Sie waren zwei Gestalten, denen das Elend aus allen Poren tropfte.

Wieder waren Schritte zu hören, diesmal aus dem Hof hinter ihnen. Dort wohnte der Fuhrmann Lombard, ein Katholik, aber keiner von den Fanatikern wie de Fabre. Lombard hatte mit ihrem Vater schon Geschäfte gemacht. Sie traute sich jedoch nicht, sich zu erkennen zu geben, denn in dieser Zeit zählten Freundschaften nicht mehr viel. Schnell schlüpfte sie wieder in das Fass.

Das Hoftor ging auf. Lombard führte einen alten Klepper am Zügel und steuerte genau auf ihren Leiterwagen zu. Im Schein seiner Laterne spannte er das Pferd vor den Wagen, knallte mit der Peitsche und rumpelte mit dem Gefährt über das Kopfsteinpflaster dem Brückentor entgegen.

»Halt, wer da!«, hörte Claude eine raue Stimme rufen. »Keiner darf passieren!«

»Mach nicht solch einen Aufstand, Schwager, und schrei mich nicht so an. Es ist früh am Morgen und da vertrag' ich das nicht. Mach' einfach das Tor auf.«

»Ach, du bist es, Lombard. Gib dich doch gleich zu erkennen. Holst du wie jeden Morgen Frischwasser aus der Maas für die Fischteiche des Festungskommandanten? Warte einen Moment, ich öffne die rechte Torhälfte.«

»Warum seid ihr heute schon so früh auf den Beinen? Sonst muss ich euch doch erst aus den Federn holen. Was ist los?«

»Den Dragonern sind zwei Weibsbilder davongelaufen und jetzt haben sie Mores, dass diese aus der Stadt flüchten könnten. Wahrscheinlich waren sie wieder einmal voll wie die Haubitzen und haben nicht gemerkt, wie sich ihre beiden Liebchen mit dem Geldbeutel heimlich davongemacht haben. Nun schieben sie es auf die Hugenotten und möchten, dass wir die Drecksarbeit für sie übernehmen.«

Das Pferd wurde unruhig, die Fässer begannen zu wanken. Lombard stieg vom Wagen. Schaute er in die Fässer?

Nein, er strich dem Pferd über die Nüstern und klärte seinen Schwager auf. »Das mit den Hugenotten kann schon stimmen. Du musst wissen, dass sie für jeden, der ihnen durch die Lappen geht, kein Handgeld bekommen. Und ich habe mir sagen lassen, dass das ein schöner Batzen ist. Auch für euch wäre es von Vorteil, wenn ihr eure Augen offenhieltet. Für jeden auf der Flucht ertappten Hugenotten zahlt die Kirchenkasse zehn bis zwanzig Sous. Das ist leicht verdientes Geld, Schwager!«

»Dieses Glück haben wir nicht, denn bei uns läuft leider kein flüchtender Hugenotte über die Brücke.«

Schallendes Gelächter. Der Wagen rumpelte durch das Stadttor die Uferböschung hinunter. Bei dem lauten Gepolter und dämmerigen Licht fiel es nicht auf, dass Claude aus dem Fass kletterte und Hélène aus dem anderen zog. Schnell sprangen sie vom Wagen und versteckten sich hinter einem Gebüsch. Dort warteten sie, bis Lombard mit seiner Arbeit fertig war und das Tor wieder hinter ihm geschlossen wurde.

Claude drückte Hélène fest an sich. Wange an Wange saßen sie da und Tränen der Erleichterung flossen in Strömen und versickerten im Sand. Erst nach und nach wurde ihnen bewusst, was hinter ihnen lag und wer nicht mehr bei ihnen war. Sie knieten nieder und baten den HERRN, seine Hand nicht von den anderen abzuziehen.

Der Sommer war vorbei und die Morgen waren kühler. Die Maas lag wie ein blanker Spiegel vor ihnen, kein Gekräusel, keine Wellen. Die Zweige der Weiden hingen tief herab und berührten die Wasseroberfläche – ein schönes Bild, ein friedliches Bild. Die ersten Sonnenstrahlen tauchten den Fluss in eine rosaviolette Farbe. Die Enten streckten ihr Köpfchen ins Wasser und gründelten. Wie leicht sie sich im Wasser bewegten, wie sorglos sie dahin schwammen und wie schnell sie das andere Ufer erreichten. Wenn sie das nur auch könnten! Claude durfte jetzt nicht träumen und sich schönen Gedanken hingeben. Gefahr drohte ihnen immer noch von allen Seiten.

Hier mussten sie weg! Aber wie? Das Wasser würde kalt sein, außerdem konnte sie nicht schwimmen und Hélène schon dreimal nicht. Claude schaute sich um. Die Gegend war ihr nicht unbekannt. Flussabwärts lag eine Mühle, dort ließ ihr Vater das Korn mahlen. Ein schmaler Pfad führte unterhalb der Stadtmauer dorthin. Um diese Zeit würde er nicht begangen sein.

Schnell fasste sie Hélène an der Hand und zog sie hinter sich her. Lautlos und gebückt schlichen sie unter den Weidenzweigen den Fluss entlang. Ein Hahn krähte. Bald würde die Stadt erwachen. Eile tat not. Noch eine Biegung und die Mühle kam in Sichtweite. Ein Boot lag am Ufer. Es war festgebunden. Alte Kleider – eher Lumpen – lagen darin. Auch ein Hut und eine zerfetzte Mütze.

Ohne lange zu überlegen, schob Claude ihren Schützling in das Boot, deutete ihm an, den alten durchlöcherten Mantel überzuwerfen und den fleckigen Schlapphut anstelle ihrer weißen Haube aufzusetzen. Claude tat das Gleiche. Eilig band sie den Kahn los und griff nach dem Ruder.

In diesem Moment hörten sie Stimmen auf der Stadtmauer. Geistesgegenwärtig drückte Claude Hélène eine Angel in die Hand und stieß den Kahn vom Ufer ab.

Zwei verschlafene Gestalten in Uniform kontrollierten den Wehrgang. »Da, schau dir die beiden Fischer an«, hörte Claude einen Soldaten sagen. »Nachts und morgens beißen die Fische am besten. Merk dir das, falls du einmal angeln willst.«

Claude steuerte das Boot auf die gegenüberliegende Seite. Am jenseitigen Ufer ruderte sie aus Leibeskräften flussabwärts. Ihr einziger Gedanke war, weg von der Stadt. Je weiter, desto besser. Auf dem Land kannte sie sich aus. Ihre Eltern waren Bauern und dorthin würde sie ihr Weg führen.

Ins Ungewisse

Mit dem Schwanz wedelnd und leise jaulend kam Nero auf sie zu. Ihr guter alter Freund hatte sie erkannt. Claude kraulte ihm das Fell.

Leise klopfte sie ans Fenster. Vorsichtig öffnete sich die Türe. Ihr Vater schob seinen Kopf heraus und zog sie schnell ins Haus. Erst im Gang nahm er seine Tochter in die Arme und drückte sie fest an sich. In kurzen Sätzen erzählte Claude, was passiert war. Der Vater wunderte sich nicht. Das hatte er erwartet. Der Schmerz über das Schicksal der anderen überdeckte die Freude des Wiedersehens.

Vater, Mutter und die Geschwister sahen Claude nach langer Zeit wieder. Als Dreizehnjährige hatte sie eine Stelle als Dienstmagd bei der Familie Lamadé angenommen. Ihre Mutter sagte ihr immer wieder, dass sie jeden Tag dem HERRN dankte, dass sie bei solch feinen und noblen Leuten untergekommen sei. Ein großes Glück!

Hélène war den Blanchets nicht unbekannt. Oft hatte sie Claude auf den Wochenmarkt zum Stand ihrer Eltern begleitet und im Tempel saß sie hin und wieder neben Madame Blanchet. Keiner der Anwesenden sagte viel, aber in Gedanken waren alle bei den Lamadés.

Auch wenn Claude schon seit Jahren aus dem Hause war, kannte sie sich in der Küche aus. Brot, Käse, Speck und Wasser – reinstes, klarstes Quellwasser, vermischt mit einem Schluck Apfelmost – wurden aufgetischt.

Lange durften sie sich nicht auf dem Bauernhof aufhalten, denn de Fabre würde zuerst bei Claudes Eltern nach ihnen suchen. Die Bekehrer verfolgten ihr Ziel unerbittlich. Ihre Eltern sollten nicht einem peinigenden Verhör ausgesetzt werden.

Clement, der älteste Bruder, führte sie in den Stall und deutete nach hinten. In der Ecke kauerten fünf Personen – Vater, Mutter und drei Kinder. Es waren Flüchtlinge, die sich hier versteckt hielten. Das hier ist für niemanden ein sicherer Platz, ging es Claude durch den Kopf. Wenn die Suchkommandos auftauchten, waren sie alle gefährdet. Sie mussten mit den Leuten weiterziehen – noch heute. Nur zu genau wusste sie, dass derjenige, der Flüchtlingen Unterschlupf gewährte, unweigerlich eingesperrt wurde. Außerdem wimmelte die Gegend seit Tagen von Militär. Ihr Bruder meinte, dass irgendein neuer Feldzug bevorstehe und die Bataillone hier zusammengezogen werden.

Claude drängte zum Aufbruch. Clement spannte die Pferde vor den Wagen mit den hohen Seitenteilen, verteilte die Bündel auf der Ladefläche und forderte alle auf, sich flach auf den Boden zu legen. Vorsichtshalber stülpte er eine mit Kuhdung verschmutzte Plane über sie. Im übernächsten Dorf war eine geheime Sammelstelle für Flüchtlinge. Ein kurzes Lebewohl, dann zogen die Pferde an.

Clement nahm einen Umweg. Zuerst fuhr er eine halbe Stunde nach Süden, dann wandte er sich nach Osten. Claude hob ab und zu die Plane ein wenig in die Höhe und orientierte sich. Ein Fuhrwerk kam ihnen entgegen. Es waren Bauern aus dem Nachbardorf, früher fromme Calvinisten, heute konvertierte Katholiken. Claude nahm ihnen den Wechsel nicht übel. Sie hätten sonst ihren Hof verloren und wovon sollte ein Bauer leben, wenn er kein Land zum Säen und Ernten mehr hatte? Irgendwann würde diese Entscheidung auch auf ihren Vater zukommen. Was würde er tun? Sie wollte gar nicht daran denken. Im Grunde hatten sie und Hélène es einfacher, sie gingen einfach außer Landes.

»Wohin des Wegs, Clement«, fragten die Bauersleute, »was hast du geladen? Es sieht so komisch aus.«

»Nichts Besonderes, Abfall und Gerümpel. Wegen der lästigen Fliegen habe ich es abgedeckt. Muss mich beeilen. Das nächste Mal erzähle ich euch mehr.«

»Das ist keine gute Antwort. Wir sehen keine Fliegen. Hast du etwas zu verbergen? Was ist unter deiner Plane? Lass mal sehen!«

Clement schwang die Peitsche und trieb die Pferde an. Mit einem Ruck setzte sich das Gefährt in Bewegung. Verdutzt schauten die Leute ihnen nach.

Sie näherten sich dem Flecken Douzy. Alles war ruhig. Am Ortsrand lagerte fahrendes Volk. Clement machte seine Schwester auf sie aufmerksam. »Die haben es gut. Sie kontrolliert niemand. Unbeschwert ziehen sie durchs Land, bieten ihre Dienste an und können machen, was sie wollen.

Auch wenn sie in den Augen der Bürger Menschen zweiter Klasse sind, fragt sie keiner, welcher Religion sie angehören.«

Hinter dem Kirchhof befand sich der geheime Sammelplatz. Alle paar Tage änderte sich das – aus Sicherheitsgründen. Als sie ankamen, war der Platz leer. Fahrrinnen waren in der feuchten Erde zu erkennen – und viele Fußspuren.

Ein alter Mann, der in der Nähe an einem Grabstein lehnte, sagte, dass die Gruppe, die nach den Niederlanden unterwegs sei, vor einer Viertelstunde das Dorf in Richtung Norden verlassen habe. Wenn sie unbedingt mitwollten, könnten sie sie noch einholen, vorausgesetzt, dass jeder ein Goldstück für den Führer in der Tasche habe und viel Vertrauen. Die Flüchtlinge vor einer Woche seien nicht sehr weit gekommen. Er kraulte seinen weißen Bart und schob die Unterlippe abwertend weit nach vorn.

Überzeugend und einladend klangen seine Worte nicht, dachte Claude. Hatte er etwas gegen den Führer?

Die Familie, die bis hierher mitgefahren war, wollte ihr Glück in den Niederlanden versuchen und hatte es auf einmal sehr eilig. Sie warfen ihre Bündel über den Rücken und rannten in Richtung Ortsausgang davon. Der alte Mann schüttelte den Kopf und sagte: »Vielleicht ist es besser, ihnen nicht hinterherzulaufen. Ich kenne den Führer und mir fällt auf, dass er in letzter Zeit viel Geld – sehr viel Geld – in der Tasche hat. Das muss doch irgendwo herkommen, denn von Schaffhausen war der noch nie.«

Clement stimmte dem Alten zu und fragte, ob es auch eine Gruppe gebe, die sich nach Osten in die Rheinpfalz auf den Weg mache. Beschwörend hob er die Arme: »Hoffentlich findet sich dafür keiner, denn allzu viele Kopfgeldjäger lauern auf dieser Strecke. Es ist das ›leichte Geld‹, das die ehemals unbescholtenen Bürger reizt. Ich habe gehört, dass manche die Flüchtlinge bis vor die Tore der Militärlager führen und dann reichlich belohnt zurückkommen.«

Claude und Hélène standen unschlüssig da. Sollten sie sich einem Führer anvertrauen oder alleine auf den Weg machen? Clement hielt beides für zu gefährlich, aber etwas Besseres fiel ihm auch nicht ein. Als sie noch das Für und Wider abwägten, deutete der Alte auf eine Staubwolke, die sich am Ortsende zeigte und näher rückte. Hufgetrappel und lautes Wehklagen waren zu hören.

»Versteckt euch! Weg von der Straße! Das ist eine Militärpatrouille. Sie führen Gefangene mit sich. Ich kann das riechen!«

Clement lenkte sein Gespann hastig in eine Seitenstraße und tat, als ob er den Beschlag am Wagenrad neu befestigen müsste. Claude und Hélène versteckten sich hinter einer Mauer und beobachteten, was sich auf der Hauptstraße abspielte.

Dragoner mit lachenden Gesichtern und weingeröteten Augen ritten voraus, dahinter liefen Männer, Frauen, Kinder – um den Hals eine Kette. Claude schauderte. Es war ein grauenvoller Anblick – die angstvollen Augen der Kinder und die ohnmächtigen Blicke der Erwachsenen. Was würde sie erwarten? Gefängnis, Arbeit im Steinbruch, gewaltsame Bekehrung, ein Leben auf den Galeeren?

»Oh, mein Gott«, seufzte Claude, »die Familie, die mit uns war, ist auch dabei. Deren Freiheit währte nicht lange.«

Der Sammelpunkt war zu gefährlich geworden. Die Patrouille lagerte am Marktplatz. Claude gab ihrem Bruder ein Zeichen, sich auf den Heimweg zu machen. Clement verstand. Ein kurzes Anziehen der Zügel, ein verstohlenes Winken und das Fuhrwerk bog um die Ecke.

In diesem Dorf konnten sie nicht bleiben. Unentschlossen wandten sie sich dem Bach zu und liefen ihn entlang, ohne ein bestimmtes Ziel vor Augen zu haben. Weiter unten war der Platz mit dem fahrenden Volk. Was waren das für Leute? Die letzten Freien oder Halunken und Halsabschneider?

Vom Ufer aus beobachteten sie das Treiben. Auf der rechten Seite lagerte einer mit einem Bauchladen. Der verkaufte wahrscheinlich nur Kleinkram. Frauen und Kinder waren bei ihm nicht zu sehen. Seine Hose war dreckig und in der Jacke klaffte ein langer Riss. Knöpfe waren auch keine vorhanden. Das störte Claude. Sie und ihre Familie waren auch arme Leute, aber ihre Sachen waren stets geflickt und gewaschen. Schmutzfinken mochte sie nicht.

Warum überlegte sie sich solche Dinge? Gerade jetzt? Sie wusste es auch nicht so genau, aber in der Not gehen seltsame Gedanken durch den Kopf. Wahrscheinlich suchte sie instinktiv nach einer Möglichkeit, sich jemandem anzuschließen. Alleine würden sie es schwer haben. Sie brauchten die

Unterstützung von anderen. Wenn sie mit dem fahrenden Volk ziehen könnten, wären sie außer Gefahr.

Sie teilte ihre Gedanken Hélène mit. Diese brach zwar nicht in Jubelrufe aus, aber eine bessere Idee hatte auch sie nicht. Claude wollte nichts überstürzen und wartete erst einmal ab.

Es dauerte nicht lange, da zeigte Hélène auf ein Mädchen, das sich mit einem Eimer dem Ufer näherte. Es kam von dem Planwagen, an dem viele geflickte Kannen und Kessel hingen. Ein mageres Pferdchen stand daneben und eine Ziege schaute gelangweilt in die Gegend. Viel Milch würde sie bei den herausstehenden Rippen nicht geben. Es sah alles sehr ärmlich aus, aber sauber. Kein Abfall lag herum. An der Karre lehnte ein Besen.

Wo waren die Menschen dazu? Der hintere Schlag öffnete sich. Eine jüngere Frau mit einem Kind auf dem Arm kletterte aus dem Wagen, zwei Jungen folgten. Die Gesichter waren hager, aber sympathisch. Die beiden rupften Gras und fütterten das Pferdchen. Einer streichelte die Nüstern und kraulte es hinter den Ohren. Kein schlechtes Zeichen, dachte Claude.

Das kleine Mädchen schöpfte Wasser aus dem Bach. Sie tat sich schwer mit dem vollen Eimer. Claude sprang, ohne lange nachzudenken auf, nahm ihr den Eimer aus der Hand und trug ihn zum Planwagen. Beim Gehen kam ihr der Gedanke, dass sie auf diese Weise vielleicht Kontakt mit den Leuten aufnehmen könnte. Die junge Frau schaute sie erst einmal misstrauisch an. Dann sagte sie: »Das habe ich noch nicht erlebt, dass uns jemand hilft. Warum tust du das?«

»Weil der Eimer für das kleine Mädchen viel zu schwer ist.«

Die Augen der Frau wurden heller, freundlicher. Jetzt sah Claude, dass sie schwanger war und daher keine schweren Lasten tragen konnte. Das eine Wort gab das andere. Sie redeten über das Wetter, die Kinder, die Arbeit und die allgemeine Lage. Claude glaubte herauszuhören, dass die Frau mit dem Geschehen im Lande nicht zufrieden war, dass sie die vielen Flüchtlinge bedauerte und dass sie sogar Verständnis zeigte, wenn jemand seinem Glauben treu bleiben wollte. Trotz dieser eigentlich aufmunternden Signale traute sich Claude nicht zu fragen, ob die Frau eine Hilfe brauche.

Hélène, die sich noch am Bach aufhielt, kam nun auch näher und wandte sich den Jungen zu. Kontaktscheu war sie nie.

Sie half den beiden bei der Futtersuche und dem Melken der Ziege. Ein halbes Töpfchen voll Milch – mehr gab es nicht.

Jules war neun Jahre alt und Jean sieben. Das Mädchen mit dem Wassereimer hieß Marie und zählte sechs Jahre. Die Kinder gingen freundlich miteinander um und hatten Hélène sofort akzeptiert.

Als Claude das sah, fasste sie Mut. Sie wollte sich gerade vorstellen und von ihren Absichten erzählen, als ein Mann in mittleren Jahren aus dem Dorf gerannt kam und hastig berichtete: »Dragoner mit ihrem Capitaine – de Fabre ist sein Name – sind im Anmarsch. Sie suchen nach entflohenen Hugenotten. Sogar ein Kapuziner ist dabei. Von einer Belohnung wurde gesprochen. Sie durchkämmen jedes Haus und schauen in alle Ställe. Die Gesuchten tun mir leid, denn bei diesem Aufgebot kommen sie nicht weit.«

»Werden sie auch uns mit ihrem Besuch beehren?«, fragte die junge Frau nicht ohne leichte Ironie.

»Das glaube ich nicht. Zu uns hat sich noch nie jemand verirrt …« Als er das sagte, stutzte er und schaute die beiden Fremden nachdenklich an. Claude wusste nicht, was sie von dem Mann halten sollte. Sicher würde er sich denken können, dass sie die Gesuchten seien. Es gab sonst keine Fremden im Umkreis. Reizte ihn die Prämie? Gebrauchen konnte er sie. Seine Wangen waren eingefallen und die vielen Falten in seinem Gesicht passten nicht zu seinem Alter, eher zu seinen Sorgen.

Der Mann drehte in aller Seelenruhe einen Eimer um, setzte sich darauf, stützte das Gesicht in die Hände und überlegte. Banges Schweigen.

Claude ahnte Schreckliches. Sollten sie doch noch in die Hände de Fabres fallen? Das Blut wich aus ihrem Gesicht. Wahrscheinlich sah sie wie ein Gespenst aus. Das musste dem Mann doch auffallen. Sie verriet sich noch selbst. Doch der scherte sich nicht darum.

»Wir sind einfache Leute, die nicht viel fragen, die nur ihr Auskommen haben möchten.«

Hieß das, dass sie ihnen freundlich gesinnt waren? Claude fasste sich ein Herz und bekannte: »Wir sind die Gesuchten. Es liegt bei euch, uns auszuliefern. Die Prämie werdet ihr brauchen können.«

Das hätte Claude nicht sagen sollen. Die schwangere Frau erhob sich langsam und schwerfällig, stemmte die Hände in die Hüften und fuhr Claude mit einem Donnerwetter an: »Für wen haltet ihr uns? Glaubt ihr, nur weil wir arme Kesselflicker sind, werden wir zum Judas? Geld, an dem Blut klebt, nehmen wir nicht. Schämt euch und macht, dass ihr wegkommt!«

Au, das hatte gesessen! Claude wäre am liebsten in den Boden versunken. Sie wollte die Leute nicht beleidigen. Hélène stand das Wasser in den Augen. Sie ließ den Kopf hängen, griff nach ihrem Bündel und wandte sich schon zum Gehen.

Pascal Lapin, so hieß der Mann, gab ein Zeichen, dass die beiden sich wieder setzen sollten. Er kratzte sich am Hinterkopf, betrachtete den runden Bauch seiner Frau und überlegte und überlegte.

Endlich! »Verraten werden wir euch nicht. Ihr könnt gehen, wohin ihr wollt, … aber wenn ihr bei uns bleibt, ist beiden Seiten geholfen. Marthe, so heißt meine Frau, kommt bald nieder und braucht eine Hilfe.« Abwägend schaute er Claude von oben bis unten an, dann blieb sein Blick an Hélène hängen.

»Vom Alter her könnte es passen. Die eine ist die Schwägerin und die andere halt ein Kind mehr. Keiner wird Verdacht schöpfen.«

Vor lauter Freude und Dankbarkeit ergriff Claude augenblicklich die Initiative. Die beiden Buben mussten Wasser holen und Hélène und Marie Feuerholz sammeln. Sie selbst beugte sich über das Gemüse und die Hülsenfrüchte und begann sie zu waschen. Eintopf war ihre Spezialität.

Bei den Kesselflickern

Die Kesselflickerfamilie zog von Dorf zu Dorf, bot ihre Handwerkskünste an und verkaufte hin und wieder eine Pfanne, einen Topf oder Kleinkram. Reich wurden sie nicht, aber jeden Tag satt.

Hélène lernte schnell, die Kessel so blank zu reiben, dass sie glänzten und wie neu aussahen. Unebene Lötstellen feilte sie glatt und feine, kaum nennenswerte Risse wurden überpinselt. Was sie sich noch aneignen musste, war handeln. Lapin gab ihr vor einem Tag eine Lehrstunde auf dem Markt von Hauteville. Zwei verbeulte Schöpfkellen tauschte er gegen ein mageres Huhn ein, obgleich die Bäuerin am Anfang dem Handel äußerst skeptisch gegenüberstand. Der Kesselflicker hob einen der Schöpfer hoch, drehte ihn vor den Augen der Frau von vorn nach hinten, wies auf die glatten Rundungen hin und hieb ihn dann mit Wucht gegen das Wagenrad, um zu demonstrieren, welche Qualität der Haushaltsgegenstand besaß. Das hätte allerdings auch in die Hosen gehen können. Aber Lapin sagte immer: »Kein Handel ohne Risiko.« Dann schöpfte er aus einem Bottich Wasser, wies auf die Undurchlässigkeit des Materials hin, trank aus der Kelle und lobte schließlich die vielseitigen Verwendungsmöglichkeiten. Dieser Gegenstand erspare nicht nur einen Becher, sondern diene auch als Maßeinheit. Jeden Tag den gleichen vollen Schöpfer Getreide für das Hühnervolk und diese würden zusehends rund, dick und fett. Die Bäuerin war am Ende von ihrem Kauf so überzeugt, dass sie noch einen Kohlkopf extra gab.

Abends im Planwagen, der Herbst war nah und die Nächte wurden länger, versammelte sich die Kesselflickerjugend um Hélène und lernte Buchstabe um Buchstabe. Marthe und Pascal schauten ihnen mit Vergnügen zu. Sieben Buchstaben konnten sie nun schon lesen und schreiben. So viel Kurzweil hatten sie bisher nie, obwohl die Schlafplätze enger geworden waren.

Ihr Weg hatte sie bisher nach Süden in Richtung Verdun geführt. Das Ziel war Straßburg. Dort würde sich im Frühsommer viel Militär sammeln. Und wo viele Leute zusammenkämen, könnten auch gute Geschäfte gemacht werden. Pascal rechnete sich einen satten Gewinn aus.

Soweit war es jedoch noch nicht. Der Winter stand vor der Türe und die Lapins mussten sich um ein Quartier kümmern. Bevorzugt wurden leer stehende Ställe in Stadtnähe. In den Städten konnten sie von Haus zu Haus gehen, um ihre Ware und ihre Dienste anzubieten. In diesem Jahr war es mehr ein Heuschuppen, der einen einstündigen Fußmarsch von Verdun entfernt lag. Zwar waren fast alle Fenster eingeschlagen, aber es lag genügend Stroh auf dem Boden, um sich bei Kälte darunter zu verkriechen.

Jules und Jean suchten Arbeit als Stallburschen in den umliegenden Bauernhöfen, leider ohne großen Erfolg. Nur einmal durften sie den Kuhstall ausmisten – ein Laib Brot war ihr Lohn. Pascal schliff die letzten Messer und Scheren. Claude übernahm die gesamte Hausarbeit, da Marthe bald niederkommen würde.

Lapin und die beiden Mädchen wollten ihr Glück in der Stadt versuchen. Vielleicht kaufte der eine oder andere ihnen am Weihnachtstag etwas ab. Auf dem Rücken schleppten sie Pfannen und Kessel. Zu allem Unglück begann es heftig zu schneien. Bis zu den Waden reichte der Schnee und es kostete viel Kraft, sich einen Weg zu bahnen, obwohl Lapin vorausging und eine Spur zog. Hélène und Marie waren noch Kinder. Die Füße taten weh und die Kälte kroch bis unter die Kleider – Fetzen waren es, keine Kleider. Sie sahen schon den Kirchturm von Verdun. Weit konnte es nicht mehr sein.

Der Kesselflicker ermunterte sie, an den Türen und Fenstern der Leute zu klopfen, die Ware in hellen Tönen anzupreisen oder wenigstens um ein Stück Brot zu bitten. Dabei sollten sie ruhig ein wenig klagen und jammern und von den Geschwistern im Stall erzählen, die seit Tagen nichts mehr gegessen hätten.

Hélène kam das schwer an. So etwas hatte sie noch nie getan. Betteln! Sie würde viel lieber arbeiten. Die Leute gaben ihr auch nichts. Kein Stückchen Brot erhielt sie. Marie ging es nicht besser und ihr Vater hatte ebenfalls kein Glück. An diesem Tag stießen sie nur auf taube Ohren und kalte Herzen. Mit traurigen Gesichtern und halb erfrorenen Füßen machten sie sich auf den Heimweg. Der Hunger nagte.

Pascal hatte gar nicht so unrecht, wenn er sagte, dass die Seinen nichts mehr zum Essen hätten. Im irdenen Topf war nur noch wenig Brot und im Sack vielleicht eine Handvoll Bohnen.

Als sie den Stall betraten, sah es trostlos aus. Ein schwaches Feuer glomm, die Buben hatten sich unter dem Stroh verkrochen, Marthe rührte in einer Wassersuppe, ein paar kleine Scheiben Brot lagen auf einem Schemel – es war das Letzte. Danach war nichts mehr da.

Der Schwangeren liefen die Tränen über die Wangen, sie war fast nur noch Haut und Knochen. Ihren Brotanteil gab sie seit Tagen den Kindern. Selbst Claude, die sonst nie den Kopf hängen ließ, schaute verzweifelt drein. Von ihrer rundlichen Figur war nicht mehr viel übrig geblieben.

Das würde ein trauriges Weihnachtsfest werden. Aus einigen Andeutungen wusste Hélène, dass es so schlimm noch nie bei Lapins gewesen war. Pascal sagte zwar nichts, aber es saßen dieses Jahr zwei Esser mehr am Tisch.

Nach dem langen Marsch war Hélène erschöpft und ließ sich auf einer Strohschütte nieder. Marie setzte sich daneben. Obwohl die Kleine zwei Jahre jünger war, hatte sie genauso viele Pfannen auf ihrem Rücken getragen. Kein Weg war ihr zu weit. In der Stadt war sie viele Gassen zweimal auf- und abgegangen. Hélène bewunderte die kleine Marie. Mit abstehenden Wangenknochen, fahl im Gesicht und blutleeren Lippen saß sie neben ihr. Hélène berührte sie. Das Mädchen bewegte sich nicht – es starrte unentwegt auf den nackten Lehmboden. War sie schon erfroren? Sah so das Ende für sie alle aus?

Schnell stülpte sie ihren Mantel über Marie und rieb ihre Hände und schließlich den ganzen Körper. Dabei ertastete sie etwas Hartes. Es steckte in ihrem Mantel. Sie fingerte den Saum nochmals ab. Da, sie spürte es wieder – es war das eingenähte Goldstück. Daran hatte sie gar nicht mehr gedacht. Das Geld kam jetzt wie gerufen. Nein! Sie zuckte zurück. Es gehörte ihr nicht. Die Mutter hatte in der letzten Nacht in Sedan ausdrücklich gesagt, dass die Münze allen gehöre. Sie hatte kein Recht, es für sich zu nehmen. Immer wieder tastete sie nach der Münze, hielt sie zwischen den Fingern und zog die Hand augenblicklich wieder zurück. Wirre Gedanken gingen ihr durch den Kopf. Auf der anderen Seite nützte das Geld auch nichts mehr, wenn sie alle verhungert und erfroren waren. Ein Blick gen Himmel, dann trennte sie kurz entschlossen den Saum auf und bohrte die Goldmünze heraus.

Sie hielt sie in die Höhe. Im matten Schein des Lichts funkelte die Münze. Hélène rüttelte Marie wach und zeigte ihr das Goldstück. Keine Reaktion. Erst die Worte: »Jetzt werden sich uns die Türen und Fenster öffnen und wir werden Brot, Mehl und Fleisch kaufen können«, weckten Marie auf. Sie kuschelte sich an Hélène, streichelte die Münze und schloss sofort wieder die Augen. Mein Gott, dachte sie, das Mädchen kann unmöglich ein zweites Mal mit mir in die Stadt gehen – ausgeschlossen.

Aber wer machte sich mit ihr auf den Weg? Eine Stunde hin und eine Stunde zurück. Draußen war es inzwischen stockdunkel geworden und kräftiges Schneetreiben hatte eingesetzt. Hélène sah nur eine Möglichkeit. Sie schob sich an Lapins Seite, der mit klammen Fingern an einer hölzernen Schöpfkelle herumschnitzte.

»Pascal, schau, diese Münze hat meine Mutter für Notfälle in meinen Mantel eingenäht. Jetzt ist ein Notfall.« Lapin antwortete nicht, er schaute nicht einmal auf. Hatte er mit seinem Leben schon abgeschlossen? Sie gab ihm einen Schubs: »He, ich habe dich etwas gefragt. Gehst du noch einmal mit mir in die Stadt?«

Lapin war mit seinen Gedanken weit weg. Seine Frau, seine Kinder und er saßen an einer reich gedeckten Tafel. Gebratenes und gekochtes Fleisch, Brot und Gemüse und allerlei köstliche Früchte bogen den Tisch nach unten. Aber plötzlich verwandelte sich alles in Steine, in graue, kantige Steine, die so schwer waren, dass sie niemand hochheben konnte. Die Steine zogen sie in Tiefe, in den Abgrund.

Was war das? Er rieb sich die Augen. Hélène saß auf einmal neben ihm. Was hatte sie in der Hand? Es glänzte. Mit einem Auge schielte er hinüber. Es war eine Münze – eine richtige Münze aus Gold.

Hélène bot sie ihm an. Er griff nach ihr. Rieb sie, schob sie zwischen die Zähne. Sie war echt. Schlagartig war er hellwach. Ein Kreuz schlagend schaute er durch das Loch in der Decke zu den Sternen. Ja, von da oben war sie heruntergefallen – mitten in seine Hand. Ein Wunder!

Nun schämte er sich, weil er kurz zuvor bedauert hatte, die beiden Fremden mitgenommen zu haben. Zwei Esser mehr, war es ihm durch den Kopf gegangen. Und jetzt – jetzt brachten sie ihm Glück.

»Was ist, gehen wir nun in die Stadt und kaufen für Weihnachten ein?«

Noch benommen stand der Kesselflicker auf und schaute sich um. Es hatte sich im Stall nichts verändert und doch war auf einmal alles anders. Hell war es geworden. Die Sterne blinzelten durch das Dach und warfen einen matten Schein auf seine Marthe. Wie vor zweitausend Jahren – dort in der Krippe in dem fernen Land. Oh, du heilige Zeit!

Er stieß einen Jauchzer aus und drängte zur Türe. Draußen drehte er sich noch einmal um und rief seiner Frau zu: »Marthe, wenn wir aus der Stadt zurück sind, feiern wir Weihnachten.«

Obwohl die Geschäfte um diese Zeit schon geschlossen hatten und die Besitzer nach ihrem Anklopfen sie erst einmal ›zum Teufel‹ wünschten, tat die Münze ihre Wirkung. Plötzlich zog der Krämer seine Kappe und wünschte einen angenehmen Abend und der Müller, der Bäcker und der Metzger überschlugen sich vor Höflichkeit.

Natürlich tat das gut, aber noch besser fühlte er sich, weil er einen Schinken und einen Sack Mehl auf seinem Rücken spürte.

Seine Schritte konnten nicht groß und schnell genug sein. Das arme Mädchen hatte Mühe, ihm zu folgen. Lapin schmunzelte. Sie hatte es sich nicht nehmen lassen, für seine Buben und Marie eine Tüte fein gestoßenen Zucker mitzunehmen. Er hätte das nicht getan, aber heute war Weihnachten.

Obwohl Hélène in seine Spur stapfte, blieb sie zurück. Er musste langsamer gehen, auch wenn alle im Stall sehnlichst auf sie warteten. Was würden Jules, Jean, Marie und der kleine Pierre für Augen machen, wenn er den Laib Brot auf den Tisch legte? Der Speichel würde ihnen aus dem Mund tropfen, wenn sie das Schmalz röchen und die Grammeln sahen. Hei, wie freute er sich! Aber der Weg war noch nicht zu Ende. Der Mehlsack wurde schwerer, der Schinken drückte und der Schnee fiel dichter. Hoffentlich hielt das Mädchen durch! Wenn sie schlappmachte, könnte er sie nicht noch zusätzlich tragen. Ein Ast lag quer über dem Weg, er sah ihn nicht, stolperte, torkelte, fiel hin.

Aufstehen! Nicht liegen bleiben! Pascal biss auf die Zähne. Das letzte Stück musst du auch noch schaffen! Denk an deine Frau und die Kinder! Diese Gedanken gaben Kraft und Mut.

Mühsam zog er sich an seinem Stock nach oben und stapfte wieder Schritt um Schritt durch den Schnee.

Weit konnte es nicht mehr sein. Er sah schon das Licht in der Scheune. Wo war Hélène? Sie befand sich vor Minuten doch noch hinter ihm! Er wischte den Schnee aus dem Gesicht und legte seine Last ab. Da hinten lag etwas Dunkles. Oh je, ging es ihm durch den Kopf, sie wird hingefallen sein. Hoffentlich nicht vor Erschöpfung. Er musste zurück. Auf der Stelle.

Der Schnee reichte ihm bis zu den Knien. Jeder Schritt schmerzte. Er rang nach Luft. Das Mädchen durfte nicht zu lange auf dem eiskalten Boden liegen, sonst erfror sie. Hélène rührte sich nicht mehr. Mit klammen Händen zog er sie hoch und legte sie sich auf den Rücken.

Wie er die letzten Meter geschafft hatte, wusste er nicht, aber in der Not ist die Kraft am größten. Vor der Tür brach er zusammen und kroch auf allen Vieren in den rettenden Stall. Dort blieb er mit einem Lächeln im Gesicht liegen.

Als Hélène erwachte, lag sie auf einem Bündel Stroh nahe beim Feuer. Claude rieb ihr die Füße mit einem Tuch warm. Es duftete herrlich nach Suppe, Brot und Fleisch. Jules hatte grüne Tannenzweige in das Feuer geworfen. Ein weihnachtlicher Duft wehte durch den Stall. Pascal beugte sich zu ihr und fühlte ihren Puls. Er war zufrieden. Die beiden Jungen und Marie kuschelten sich an sie und streichelten ihr die Hände. So wohl und warm hatte sie sich schon lange nicht mehr gefühlt. Das hing nicht nur mit dem Weihnachtsfest zusammen. Da musste noch mehr sein!

Claude fühlte wahrscheinlich das Gleiche. Sie stimmte ein altes Weihnachtslied an:

»Es ist ein Ros entsprungen
aus einer Wurzel zart,

wie uns die Alten sungen,
von Jesse kam die Art
und hat ein Blümlein bracht
mitten im kalten Winter
wohl zu der halben Nacht.«

Niemand störte sich daran, dass das Lied von einer Hugenottin gesungen wurde. Gotteslob kennt keine Grenzen.

Eine kräftige Mehlsuppe mit echten Fleischstücken brachte neuen Lebensmut und neue Zuversicht. Lange war, außer den Essgeräuschen, nichts zu hören. Jules und Jean unterbrachen die Stille und fragten Hélène und ihren Vater, wie das Wunder, das sie gerade erlebten, geschehen konnte. »Sind euch die Heiligen Drei Könige erschienen und haben euch mit Gold überschüttet?«

»So war es fast«, gab der Vater zur Antwort. »Hélène hat aus ihrem Mantelsaum etwas Rundes, Glänzendes hervorgeholt und sagte, das sei eine Goldmünze, die dazu bestimmt sei, Not zu lindern. Und so ist es auch ...«

Weiter kam er nicht, denn seine Frau krümmte sich plötzlich, langte sich an den Leib und schrie auf. »Es ist es soweit! Das Kind kommt.«

Sofort übernahm Claude das Kommando. Alle Kinder verkrochen sich in eine Ecke, Pascal schürte das Feuer und goss in den größten Kessel sauberes Wasser. Claude breitete auf einer neuen Strohschütte Kleider, Mäntel und Hosen aus und legte saubere Leinentücher zurecht.

Marthe stöhnte und wimmerte. Ihr Gesicht war nass von Schweiß und ihren Körper durchzuckten Krämpfe und Wellen. Ihr Leib bäumte sich auf. Claude trocknete ihr das Gesicht. Sie hielt Marthes Hände und rief immer wieder: »Pressen, pressen, noch mehr pressen!«

Hélène wagte kaum zu atmen. Sie erlebte das größte Wunder, das es auf Erden gibt.

Marthe biss die Zähne zusammen, dass es knirschte und stieß einen markerschütternden Schrei aus. Dann war es für einen Moment still. Plötzlich waren neue Töne zu hören ...

Claude hielt das neugeborene Kind in den Händen. »Es ist ein Mädchen, ein gesundes Mädchen«, jubelte sie. Dann legte sie den Winzling in die Arme der Mutter. Marthe war überglücklich.

Pascal holte die Kinder wieder an die Feuerstelle. Alle knieten vor der Mutter und dem kleinen Schwesterchen nieder. Es war Weihnachten! Ein schöneres Weihnachten konnte es nicht geben. Der HERR und das Kind sind eins geworden.

Überglücklich schnitt Pascal jedem eine dicke Scheibe Brot ab, häufte zwei Löffel Zucker darauf und träufelte vorsichtig Wasser darüber. Es bildete sich eine glasige Melasse – ein Weihnachtszuckerbrot.

Hunger litt keiner mehr. Noch fünf oder sechs Wochen, dann wollten die Kesselflicker weiter ziehen – Metz entgegen. Vom Kirchtagsfest in Saint Bellon versprachen sie sich ein gutes Geschäft und Claude und Hélène waren wieder ein Stück näher an der Grenze zur Rheinpfalz.

Hugenotten tauchen

Am Samstagabend trafen sie in Saint Bellon ein. Den Planwagen stellten sie vor der Stadtmauer ab. Sie konnten froh sein, überhaupt noch einen Platz gefunden zu haben, denn der Markt war mit Buden, Hütten, Verkaufsständen und sonderbaren Balkenkonstruktionen übersät. In der Mitte stand ein großer Bottich – randvoll mit Wasser gefüllt. Sie bürsteten ihre Kleider aus und wuschen sich gründlich am nahe gelegenen Fluss. Am nächsten Tag wollten sie einen guten Eindruck bei den Käufern erwecken. Kleine Schneereste waren noch zu sehen, aber die große Kälte war vorbei. Im Planwagen rückten sie dicht zusammen und schliefen bald ein.

Mit den ersten Sonnenstrahlen standen sie auf, klappten das Verdeck zurück und hingen ihre wohlfeile Ware für jedermann sichtbar auf. Kupferne Kannen, fein polierte Teller, allerhand Küchengeräte und vor allen Dingen die glänzenden, in die Augen stechenden Pfannen und Töpfe. Jeder Hausfrau musste beim Anblick dieser Dinge das Herz höher schlagen. Jules rückte den Schleifstein ein wenig zur Seite, sodass die Kunden genügend Platz zum Betrachten der Ware haben würden.

Es dauerte nicht lange, da läuteten die Glocken und eine Prozession bog um die Ecke. Unter einem Baldachin trugen Männer den Schutzpatron der St. Laurentiuskirche. Vorweg liefen sechs Tannengrün streuende Jungfrauen, dann folgten vier Ministranten mit dem Weihwasserkessel. Der Priester, der die Monstranz trug, segnete die am Straßenrand knienden Gläubigen. Kein ungewöhnliches Bild. Hinter dem Baldachin marschierte eine Abordnung des Magistrats, gefolgt von der Bürgerwehr.

Lapins blieben in ihrem Wagen und zogen die Plane wieder herunter. Claude war das sehr recht, obwohl sie nicht verstand, warum Pascal das tat. Er und seine Familie waren doch katholisch. Hatte er mehr gesehen als sie?

In der Tat. Der Kesselflicker wies mit dem Finger auf drei Männer in schwarzer Kleidung. »Das sind die sogenannten Glaubenskommissäre. Sie passen genau auf, ob auch jeder der Monstranz die nötige Ehre erweist. Bei Missachtung können harte Strafen ausgesprochen werden. Diesen Leuten gehen wir besser aus dem Weg.« Claude musste dabei an den Kapuziner denken, der im Hof in Sedan eine katholische Messe zelebriert hatte. Wie sich die Gesichter glichen – fanatische, finstere Mienen, heruntergezogene Mundwinkel, flammende Augen.

Der Platz füllte sich mehr und mehr mit Menschen. Bald herrschte ein dichtes Gedränge. Die Geschäfte ließen sich gut an. Drei Pfannen hatten sie schon verkauft. Auf Pascals Arbeitstisch häuften sich die verbeulten und durchlöcherten Kessel und warteten auf fachkundige Bearbeitung. Der Tag versprach, ein großer Erfolg zu werden.

Lauter Trommelwirbel ließ Claude, die mitten in einem Handel steckte, aufhorchen. Alle rannten in die Richtung, aus der die Klänge kamen. Zwischen Grenadieren mit aufgepflanzten Bajonetten humpelten und schlurften zerlumpte Gestalten mit hageren, ausgezehrten Gesichtern – barfuß, Ketten um den Hals. Kein schöner Anblick. Bei einem der seltsamen Gerüste hielt der Zug an. Die Soldaten bildeten einen Kreis und nahmen den Männern die Ketten ab.

Claude hatte nichts Gutes geahnt. Jetzt atmete sie auf, denn sie glaubte, dass die Leute nun freigelassen würden!

Mitnichten! Die Männer mussten sich unter die mannshohen gekreuzten Balken, auf denen eine dicke, ungehobelte Stange längs lag, niederkauern. Die Bajonette der Soldaten waren auf sie gerichtet. Ein Herold stieß in die Posaune und ein ganz in Schwarz gekleideter Mönch gab kund: »Leute hört und gebet acht, damit es euch nicht so ergeht wie diesen Halunken, die das Gesetz nicht beachtet haben. Unser allerchristlichster König hat nämlich bei Strafe den Hugenotten verboten, das Vaterland zu verlassen. Und was haben diese Galgenvögel getan? Heimlich haben sie sich nachts auf den Weg gemacht, wie Diebe. Aber wachsame Augen haben sie aufgespürt und der Garnison übergeben. Damit sie uns nicht noch einmal weglaufen, dürfen die Männer auf dem Balken wieder ein Stück nach Hause ›reiten‹. Später kommen die Weiber und die Kinder an die Reihe.«

Die Grenadiere zogen ihre Säbel und befahlen den Gefangenen, sich so auf die Querstange zu setzen, dass ein Bein nach rechts und das andere nach links hing. Dann banden sie schwere Steine an ihre Füße und trieben sie an, auf der Stange nach vorne zu rutschen. Claude sah die schmerzerfüllten Gesichter. Das musste höllisch wehtun. Nur Zentimeter um Zentimeter bewegten sich die Männer auf der Stange vorwärts. Die Grenadiere halfen mit der Spitze ihrer Säbel nach oder schlugen mit langen Stangen auf sie ein. Die Umstehenden johlten jedes Mal, wenn einer der Männer laut aufschrie oder wenn sie sich vor Schmerzen krümmten. Eine volle halbe Stunde dauerte das Martyrium. Erschöpft, blutüberströmt, mit entblößten Leibern wurden sie am Ende von der Stange gestoßen und im Dreck liegen gelassen. Claude hatte zeitweise die Augen geschlossen, so fürchterlich war alles anzusehen. Insgeheim rief sie den HERRN an, damit er der Schinderei ein Ende mache.

Nichts geschah. Die Gemarterten lagen auf dem Boden, stöhnten vor Schmerzen und riefen nach Wasser. Diesen kleinsten der Liebesbeweise musste sie ihnen erweisen. Schnell füllte sie einen Becher und wollte den Glaubensgenossen zu trinken bringen. Pascal hielt sie zurück. »Später, wenn die Meute sich verzogen hat, kannst du es tun. Jetzt ist es zu gefährlich für dich und für uns.«

Ein neuer Trommelwirbel. Der Mönch hob seine Arme zum Zeichen, dass er noch etwas zu sagen hatte. »Ihr müsst vor diesen Ketzern auf der Hut sein. Sie sind gerissen, schmeicheln sich bei euch ein oder erzählen Lügenmärchen. Sie wollen, dass ihr sie in euren Ställen übernachten lasst, dass ihr ihnen den Weg ins Ausland zeigt. Ich warne euch. Wer dabei erwischt wird, erleidet das gleiche Schicksal.«

Ein Raunen ging durch die Menge. Der Mönch war noch nicht fertig: »Jeder, der uns solch einen ›Hugenottenfreund‹ nennt, erhält zwanzig Sou. Das ist viel Geld für euch und dazu noch leicht verdient. Also, schaut, was eure Nachbarn tun!«

Bevor er sich zurückzog, wies er darauf hin, dass das nächste Spektakel noch amüsanter sein würde. Mit schadenfrohem Grinsen schaute er noch einmal auf die auf der Erde liegenden Männer, dann stieg er in eine bereitstehende Sänfte und ließ sich in die Stadt zurücktragen. Zwei Wächter setzten sich nahe der Gefangenen auf einen Baumstumpf und begannen, Karten zu spielen.

Die Marktleute wandten sich wieder ihren Geschäften zu.

Die Zeit verging. Es wurde Nachmittag. Ein kleiner Dicker, dem es wahrscheinlich zu langweilig war, rief jäh aus der Menge: »Wo ist das versprochene zweite Spektakel, wir möchten unseren Spaß haben!«

»Gemach, gemach«, antwortete einer der Soldaten, »ihr werdet gleich ein Spiel erleben, das wir uns extra für euch ausgedacht haben. Das ›Hugenotten-Tauchen‹.« Dabei trieb er die gefangenen Weiber und Kinder, die bisher an einem Pfahl angebunden waren, zu dem Gestell, das wie eine Wippe aussah und vor einem großen Wasserbottich stand.

»Es geht los!«, brüllte der Dicke aufgeregt und fuchtelte mit den Armen, sodass die anderen auf die Ansammlung aufmerksam wurden.

Ein Grenadier mit aufgedunsenem Gesicht und Glubschaugen ergriff eine der hergetriebenen Frauen, band ihr die Augen zu, fesselte ihr die Hände auf den Rücken und trieb sie mit Schlägen bis an die vordere Kante des Brettes, das über den Bottich reichte.

»Wer möchte den Anfang machen? Wer tauft zuerst das Hugenottenweib?«

Ein grobschlächtiger Mann aus der Menge meldete sich. Ein zweiter Grenadier, um einen Kopf kleiner als der Erste, führte den Zweizentnermann an das andere Ende des Brettes und deutete ihm an, dass er dasselbe mit einem Ruck in die Höhe schnellen lassen solle.

Ein lauter Aufschrei, die Frau verlor das Gleichgewicht und fiel in den bis zum Rand gefüllten Bottich. Die Menge klatschte Beifall und tanzte singend um den Bottich herum:

»Hugenotten taufen, bis sie Wasser saufen,
ihren Hochmut beugen, bis sie sich verleugnen,
kein Erbarmen kennen und sie niederbrennen.
Das erlöst uns eins, zwei, drei, von der üblen Ketzerei.«

Claude merkte, dass Hélène ganz außer sich war, denn die in das Wasser gestoßene Frau kam nicht mehr an die Oberfläche. Gerade wollte sie losrennen, um sie aus dem Wasser zu ziehen, da tauchte diese von selbst auf – blau im Gesicht und nach Luft ringend.

Noch zwei Frauen mussten das gleiche Schicksal über sich ergehen lassen, bis nur noch das alte, abgeschaffte Mütterchen mit dem gekrümmten Rücken übrig war.

Claude betete und hoffte, dass sie von dieser Prozedur verschont bleiben würde, aber die Menge verlangte, dass es keine Ausnahmen gebe. ›Auch alte Hugenotten sind Hugenotten und alle Hugenotten gehören zertreten.‹ Claude erschrak über so viel Lust und Freude am Leid anderer. Urplötzlich überkam sie ein Zorn. Die Halsadern schwollen an und die Haare standen nach allen Seiten ab. Sie war gerade dabei, sich nach vorne zu schieben und den Gaffern ihre Meinung zu sagen, da packte Pascal sie erneut am Arm und wollte sie zurückhalten. Doch diesmal riss sie sich los und schrie so laut, dass alle es hören konnten: »Pascal, das dürfen wir nicht zulassen. Die alte Frau ertrinkt. Wir müssen ihr in Gottes Namen helfen! Sie könnte deine Mutter sein. Kannst du das verantworten?«

Das wirkte!

Das Gesicht des Kesselflickers verfärbte sich augenblicklich, blanke Wut quoll aus ihm heraus. So hatte Claude ihn noch nie erlebt. Mit seinen dünnen Armen und den nicht allzu starken Ellenbogen bahnte er sich einen Weg durch die Menge, stellte sich breitbeinig vor den Grenadier, zeigte auf die kniende alte Frau und appellierte an das Gewissen des Soldaten: »Schau dir dieses alte Mütterchen an. Wenn du sie ins Wasser stößt, muss sie jämmerlich ertrinken. Sie hat nicht mehr die Kraft, um an die Oberfläche zu kommen. Versündige dich nicht!«

Die Leute waren im ersten Moment verdutzt. Sie hatten nicht erwartet, dass sich jemand schützend vor die Ketzer stellt. Schon wollten sie klein beigeben und sich zerstreuen, da griff der Glubschäugige nach Pascal und rief spöttisch: »Gut, wenn nicht die Alte, dann dich, du Spelzengrieß. Du bist so spindeldürr, dass du wahrscheinlich zwischen dem Wasser hindurchrutschen wirst.«

Unter johlendem Geschrei und Beifallklatschen der Menge packten die beiden Grenadiere den Kesselflicker am Arm und zerrten ihn auf das Brett. In dem Moment stürmte Marthe brüllend wie ein Stier mit einer Mistgabel in der Hand auf die Soldaten los. »Hände weg, wer ihn anlangt, der spürt die Gabel zwischen seinen Rippen. Wir sind zwar nur ›Lumpenpack‹, aber soviel Anstand haben wir noch im Leib, dass wir nicht zusehen, wie jemand aus purer Lust gequält wird. Seid ihr alle schon so verroht?«

Gemurmel. Schniefen. Die Menge schaute betroffen drein. Einer um den anderen verzog sein Gesicht oder bedeckte die Augen. Der Platz wurde leer und leerer. Zum Schluss standen die Soldaten alleine da und traten schließlich achselzuckend den Rückzug in die Stadt an.

Pascal kletterte am ganzen Leibe zitternd vom Brett, winkte seinen Jungen und seiner Frau und machte Zeichen, sofort den Planwagen zu schließen und sich auf und davon zu machen. Der Schock würde nicht lange anhalten und dann kämen sie mit einer ganzen Armee anmarschiert.

Während Jean und Jules das Pferd einspannten und den Wagen zur Abfahrt bereit machten, liefen Hélène und Claude zu den geschundenen Glaubensbrüdern und reichten ihnen Wasser und Brot.

Abschied

In den folgenden Tagen wollte kein richtiges Gespräch aufkommen. Die Ereignisse in St. Bellon hatten sich tief in die Herzen gebohrt. Für Claude und Hélène war kein Platz mehr in ihrem Heimatland. Die Grenze zur Pfalz lag in greifbarer Nähe. Jeder hing seinen Gedanken nach.

Die Kesselflickerfamilie hatte sie ohne viele Fragen aufgenommen, war ihnen in all den Gefahren beigestanden und hatte sie wie ihresgleichen behandelt. Nicht nur Claude dachte mit Wehmut an die bevorstehende Stunde des Abschieds.

An der nächsten Wegkreuzung, sie waren fast schon vorbei, entdeckte sie ein Schild mit der Aufschrift: Nach Metz. Das war ihre neue Richtung.

Sollte sie so tun, als ob sie nichts gesehen hätte? Einfach weiterfahren und bei den Lapins bleiben? Sie waren so gut, so hilfsbereit zu ihnen. Durften sie sich nun einfach davonschleichen? Claude kannte sich in ihrem Inneren nicht mehr aus.

Pascal hielt den Wagen an. Mit traurigen Augen stand er da. Marthe und seine Kinder schauten ihn fragend an. Was soll das? Da sahen es alle. Eine Träne rann über seine Wange. Sie hatten verstanden. Einmal musste das Abschiednehmen kommen.

Marthe stieg mit ihrer jüngsten Tochter auf dem Arm vom Wagen, legte die kleine Dorette in Claudes Arme und bat Hélène ihre Hände über das Köpfchen zu halten. »Ihr beide habt mein Kind und meine Familie in einer schlimmen Zeit am Leben erhalten, dafür danke ich dem Gott, den ihr HERR nennt und erbitte von ihm, dass er euch weiterhin beschützen möge.«

Pascal Lapin beugte die Knie und betete. Alle folgten ihm.

Claude brachte keinen Ton heraus. Sie schluchzte und schluchzte. Von den Menschen, die ihnen vertraut geworden waren, mussten sie nun gehen. Es war herzzerreißend.

Pascal griff in die Hosentasche, holte seinen letzten Sou heraus und drückte ihn Hélène in die Hand. Als sie dagegen protestierte, legte er ihr sanft den Finger auf den Mund. »Sage nichts und vergiss uns nicht, so wie wir euch nicht vergessen werden.«

Der Kesselflicker knallte mit der Peitsche und der alte Schimmel zog an.

Adieu!

Gabriel

Seit vier Nächten waren Claude und Hélène nun schon alleine unterwegs. Wenn es morgens zu dämmern begann, suchten sie sich im Dickicht eine Schlafstelle. Müde und ausgehungert krochen sie unter die Tannen und scharrten Moos, Laub und dürre Zweige zusammen. Der Boden war noch kalt. Sie kuschelten sich aneinander und teilten das letzte Stück Brot.

Ein leichter Wind kam auf. Claude hielt ihre Nase in die Höhe. Es roch nach Rauch. Mitten im Wald in aller Herrgottsfrühe? Das konnte nicht mit rechten Dingen zugehen. Halt! Sie schnupperte noch einmal. Das war nicht nur Rauch, da war noch etwas anderes dabei. Es duftete fast so wie … Konnte das gebratenes Fleisch sein? Das Wasser lief ihr im Munde zusammen.

Hélène wurde ebenfalls auf den Geruch aufmerksam und zeigte mit dem Finger in Richtung der Lichtung. Vorsichtig schlichen sie durch das Unterholz. Sachte setzten sie Schritt vor Schritt. Sie durften kein Geräusch verursachen, denn noch wussten sie nicht, was sie erwarten würde. So nahe an der Grenze wurden von den Häschern viele Tricks angewandt. Was wäre, wenn sie durch den Geruch angelockt und dann in den Sack gesteckt werden würden?

Ein herrlicher, unwiderstehlicher Duft stieg ihnen in die Nase. Sie konnten sich kaum noch zügeln, so stark war ihr Verlangen nach einem gebratenen Stück Fleisch. Noch drei Schritte, dann mussten sie etwas sehen. Tatsächlich! Claude entdeckte auf der gegenüberliegenden Seite einen Feuerschein. Sie bog die Tannenzweige auseinander und erblickte auf der Lichtung einen jungen Mann vor einem Feuer sitzend. Er briet sich einen Hasen. Der Fremde war dick eingemummt. Neben ihm lagen ein Bündel und ein Wanderstock. Wollte er wie ein Flüchtling erscheinen und in Wirklichkeit war er einer von den Häschern?

Hélène stierte nur auf den Braten und leckte sich mit der Zunge die Lippen. Dabei stieß sie unvorsichtigerweise an einen dürren Ast. Der Mann schaute sofort auf und suchte mit den Augen das Dickicht ab. Er musste sie entdeckt haben.

Auf einmal hatte Claude keinen Hunger mehr. Sie packte Hélène am Arm und wollte weglaufen, aber ihre ›Ziehtochter‹ blieb wie angewurzelt stehen und ließ keinen Blick von dem Unbekannten. Hatte sie etwas entdeckt, das ihr entgangen war? Hélène hatte ein feines Gespür für Zwischenmenschliches. Sollte Claude sie mit Gewalt fortziehen? Vorsichtshalber schaute sie noch einmal zur Lichtung. Der Mann winkte ihnen zu. Sie sollten zu ihm kommen. Das würden sie nicht tun. Niemals! Sie hielt Hélène immer noch am Ärmel fest. Doch diese riss sich blitzschnell los und brach aus der Deckung aus. Wenn sie gekonnt und wenn sie gedurft hätte, wäre eine Maulschelle das Mindeste gewesen, was Hélène gebührte. Sie war ungezogen und brachte sich und sie in Gefahr – nur wegen eines Stückchens Fleisches. Und das würde obendrein noch zäh und ungenießbar sein.

Alleine konnte sie sie aber auch nicht lassen. Sie hatte es Madame versprochen. Widerstrebend folgte sie ihrem Schützling.

Der Feuerschein leuchtete das Gesicht des Mannes aus. Er mochte so um die dreißig Jahre alt sein. War groß, schlank und schaute sie mit freundlichen Augen an. Ein Stock lag neben ihm. Wozu brauchte er ihn? Wollte er damit, wenn sie nahe genug heran waren, auf sie einprügeln und sie dann der Garnison übergeben? Das Bündel daneben konnte Tarnung sein.

Merkwürdig war allerdings, dass er einen Hasen briet. Wo hatte er ihn her? Seit Stunden war kein Schuss gefallen.

Claude musterte den Fremden genau. Er hatte ein ovales Gesicht mit fein geschnittenen Zügen, auf den schulterlangen Haaren saß ein rundes Käppchen, so wie es in Sedan die Diakone trugen. Die Augen blickten mild und gütig unter den buschigen Brauen hervor. Das Oberlippenbärtchen verlieh ihm etwas Verwegenes, Weltmännisches. Die Hände sahen nicht nach harter Arbeit aus.

Mit einer einladenden Geste forderte er sie auf, an dem Feuer Platz zu nehmen. Er zog ein Messer aus der Scheide – Claude stellte sich instinktiv vor Hélène. Der vermeintliche Diakon lächelte nur, dann schnitt er mit ruhiger Hand für jede ein großes Stück Fleisch ab. Hélène stopfte es sofort in den Mund und schmatzte mit Behagen. Claude zögerte. Da ergriff Hélène ihre Hand und führte sie zu dem angebotenen Fleischstück.

Jetzt lachte der Fremde. Es war der erste Laut, den sie von ihm hörte. Es war kein hämisches, rohes oder gemeines, eher ein offenes, freudiges und verständnisvolles Lachen. Claudes Misstrauen begann zu bröckeln. Sollte sie sich in dem Unbekannten getäuscht haben? Sie musste herausfinden, wer der sich so freigiebig Aufspielende war, was er hier zu suchen hatte und was seine Absichten waren. Am besten würde sein, wenn sie ihm eine verfängliche Frage stellte: »Monsieur, kann es sein, dass uns Drei an diesem Ort ein gemeinsames Schicksal verbindet?«

Der Angesprochene stutzte, überlegte eine lange Zeit und antwortete: »Mademoiselle, es ist das Denken, das schlussfolgernde Denken, das hinter Ihrer Frage steht und das mich philosophieren lässt. Sie fragen sich: Was macht ein Mann um diese Uhrzeit in diesem Wald? Normalerweise müsste er im warmen Bett liegen und schnarchen oder die Morgenpost lesen. Er muss also etwas zu verbergen haben. Andererseits frage ich mich: Was tun zwei Damen wie Sie zu dieser Tageszeit auf dieser Waldlichtung in der Nähe der Grenze? Wo Sie üblicherweise am morgendlichen Herd stehen oder auf dem Markt wegen der zu hohen Preise feilschen müssten. Nein, Sie tun beides nicht. Stattdessen verstecken Sie sich hinter dunklen Zweigen. Also wollen Sie nicht gesehen werden, weil Sie auch etwas zu verbergen haben. Das ist es, nach den Regeln der Logik, was wir gemeinsam haben.«

Während dieser Rede betrachtete der noch Namenlose die beiden von oben bis unten, schätzte, wägte, urteilte. Claude kam sich fast wie ein Stück Vieh vor. Doch die Züge dieses Philosophen wurden dabei immer heller und nahmen schließlich einen sympathischen Zug an. Er sprach ein ausgesprochen feines Hochfranzösisch und gebildet schien er auch zu sein. Sollte er auch ein …? Weiter kam Claude bei ihrer Analyse nicht. Sie wurde unterbrochen.

»Bevor wir lange um den Brei herumreden«, meinte der Fremde, »schlage ich vor, dass jeder seine Karten offen auf den Tisch legt, so wie es sich unter gesitteten Menschen gehört. Ich heiße Gabriel Ballard, komme aus Paris und bin auf dem Weg nach Brandenburg.«

Er machte eine Pause und schaute sie prüfend an. »Um präzise zu sein. Ich bin auf der Flucht, weil ich mich in meiner

Heimatstadt nicht mehr sicher gefühlt habe. Es gibt dort einige Leute, die mich gerne hinter Gittern sehen würden.«

Claude dämmerte, dass ihnen hier ein Glaubensbruder gegenübersaß. Sie reichte ihm die Hand, stellte sich und Hélène vor und berichtete mit wenigen Worten ihre Geschichte. Gabriel war sichtlich gerührt und blickte unentwegt ins Feuer. Bei ihr war auf einmal alles Misstrauen wie weggeflogen und die Zuversicht zu dem jungen Mann wuchs von Minute zu Minute. Seine Stimme erinnerte sie an ihren Bruder Clement.

Schweigend saßen sie eine ganze Weile nebeneinander. Die Gedanken an früher, an ihr Zuhause brachen sich immer wieder Bahn. Hauptsächlich vor dem Einschlafen tauchten all die schrecklichen Bilder auf und dann kroch die Ungewissheit, was aus den Eltern, den Geschwistern, aber vor allem aus Monsieur, Madame, Daniel und Urs geworden war, in sie hinein. Auf ihrem langen Weg hierher hatten sie immer wieder gefragt, ob jemand etwas Neues aus Sedan wüsste. Nachrichten gab es zuhauf. De Fabre musste dort wie ein Berserker gehaust haben, nur von der Familie und deren Schicksal wusste niemand Genaues.

Angeregt durch ihre Erinnerungen bat Claude den neuen Bekannten zu erzählen, wie man in Paris mit den Hugenotten umgegangen sei. »Im Pariser Vorort Saint Denise habe ich zum Schluss als Diakon den bettlägerigen dreiundsechzigjährigen Strumpfweber Simon Descatour betreut. Sein Tod war nicht mehr weit und er hörte schon die himmlischen Glocken läuten, aber er weigerte sich konstant, in seiner letzten Stunde dem reformierten Glauben abzuschwören.«

»Das kann doch niemand verlangen«, unterbrach ihn Hélène.

»Meine liebe kleine Freundin, du musst wissen, dass jedem reformierten Leichnam, dessen lebender Besitzer nicht zuvor zum katholischen Glauben übergetreten ist, der Prozess gemacht wird. Die Leiche wird verurteilt, auf einem Karren durch die Straßen der Stadt gezogen, auf den Schindanger geworfen und dort neben den toten Hunden und Eseln den Ratten zum Fraß überlassen.«

Entsetzen und Grauen überfiel Claude. Hélène presste die Hände vor den Mund, damit sie sich nicht übergeben musste.

»Dagegen habe ich lautstark protestiert«, fuhr Gabriel fort, »habe den Leichnam des alten Descatour vom Anger geholt und am Waldesrand würdig begraben. Der Psalm Nummer neunundsiebzig passte genau zu dieser Situation.«

Hélène sprang hoch und deklamierte mit heller Kinderstimme:

»HERR, es sind Heiden in dein Erbe eingefallen,
die haben deinen heiligen Tempel entweiht
und aus Jerusalem einen Steinhaufen gemacht.
Sie haben die Leichname deiner Knechte
den Vögeln unter dem Himmel zu fressen gegeben
und das Fleisch deiner Heiligen den Tieren im Lande.
Sie haben ihr Blut vergossen um Jerusalem her wie Wasser,
und da war niemand, der sie begrub.
Wir sind bei unseren Nachbarn eine Schmach geworden,
zu Spott und Hohn bei denen, die um uns sind.«

Gabriel war ganz ergriffen. Das war ihm sicherlich noch nicht vorgekommen, dass eine Neunjährige die Psalmen auswendig konnte und mit Inbrunst vortrug.

Auch Claude wäre am liebsten aufgestanden und hätte der Welt ihren Schmerz ins Gesicht geschrien. Warum ließ der HERR das zu? Jede Prüfung muss einmal ein Ende finden. Claude kannte sich selbst nicht mehr. Es war zum ersten Mal, dass sie mit dem HERRN haderte, dass sie an seinem Tun zweifelte. Sie musste noch lernen, alles in Demut zu ertragen.

Es dauerte eine Weile, bis die Gemüter sich wieder beruhigt hatten. Gabriel war mit seinem Bericht noch nicht zu Ende. »Ihr müsst wissen, dass die Pariser mich nicht bestrafen wollten, weil ich den alten Descatour vom Schindanger geholt, sondern weil ich in dem nämlichen Psalm die französische Nation herabgesetzt habe. ›Wir sind bei unseren Nachbarn eine Schmach geworden‹, daran haben sie sich gestört. Das sei eine Verunglimpfung des Königs. Darauf stehe sechs Jahre Gefängnis.«

Der Diakon lachte laut auf und holte aus seiner Tasche ein vergilbtes Stück Papier hervor: »Der Große Kurfürst von Brandenburg lädt alle protestantischen Glaubensflüchtlinge in sein Land ein. Er garantiert ihnen die freie Ausübung ihres Glaubens.«

Triumphierend schaute er die beiden an: »Wenn mein altes Vaterland mich nicht mehr will, suche ich mir ein neues. Basta!«

Er vollführte erneut eine einladende Geste und verbeugte sich tief. »Wenn ihr wollt, machen wir uns gemeinsam auf den Weg. Ein männlicher Begleiter kann nicht schaden. In Heidelberg könnt ihr dann immer noch entscheiden, ob ihr dort bleiben oder mit mir nach Brandenburg weiterziehen wollt.«

Der Rest des Hasenbratens wurde brüderlich geteilt.

Über die Grenze

Gabriel stand gut versteckt im Schilf, beobachtete die Brücke und das jenseitige Ufer der Saar. »Alles deutet darauf hin, dass dies der Grenzfluss ist. Schaut nur, wie viele voll beladene Bagagewagen von der Pfalz in Richtung Frankreich fahren. Ich habe gehört, dass unsere Landsleute die linksrheinische Pfalz teilweise besetzt haben und hohe Kontributionen von den Leuten erpressen.«

Er zeigte auf eine nicht endenwollende Reitereinheit, die die Brücke in entgegengesetzter Richtung überquerte. »Diese werden sich wahrscheinlich in den Dörfern einquartieren.«

»Das drückst du aber sehr vornehm aus«, unterbrach ihn Claude. »Ich vermute, dass unsere Landsleute in der Pfalz die Dörfer und Städte, die nicht auf ihre Forderungen eingehen, dem Erdboden gleichmachen. Wir werden in unserer neuen Heimat nicht sonderlich beliebt sein. Die Pfälzer wird es wenig interessieren, dass wir Glaubensflüchtlinge sind. Für sie sind wir in erster Linie Franzosen. Und das wird uns den Weitermarsch gewiss nicht erleichtern.«

Gabriel hatte dem nichts entgegenzusetzen. Doch dank seines unbegrenzten Optimismus machte er sich keine allzu großen Sorgen. Er war ein findiger, couragierter junger Mann, der es bis hierher geschafft und seinen Feinden so manches Schnippchen geschlagen hatte. Warum sollte er ausgerechnet hier den Kopf hängen lassen? Seit gestern fühlte er sich auch für seine neuen Begleiterinnen verantwortlich. Die Zukunft trug er im Herzen und die wog schwerer als all der Kleinkram.

Er zeigte nach vorn. »Ich gehe zuerst über die Brücke und versuche, die Wachmannschaft in ein Gespräch zu verwickeln. Wenn ich winke und hinter mir die Türe des Wachhauses schließe, kommt ihr sofort nach und schleicht daran vorbei. Auf der anderen Seite des Flusses versteckt ihr euch im Schilf und wartet auf mich. Mein Erkennungsruf ist das Krächzen des Käuzchens.« Verständnisvolles Nicken.

Gabriel schlenderte auf die Brücke, blieb da und dort stehen, studierte die Wolken, pfiff eine Melodie, zog die Bibel aus der Tasche und las gedankenverloren darin. Ihn interessierten weder die Reiterkolonnen noch die Bauern, die müde an ihm vorbeigingen. Er wartete auf eine Gelegenheit, bis die beiden Grenzposten alleine auf der Brücke waren. Im Moment war die Situation günstig.

Immer näher schob er sich an das Wachhäuschen heran und tat so, als ob er die ganze Zeit der Welt hätte. Dabei behielt er die Soldaten immer im Auge. Sie schienen ihn bemerkt zu haben. Das passte zu seinem Plan. »He, du Hans-guck-in-die-Luft«, riefen sie ihm zu, »wo kommst du denn her und wo willst du hin? Du siehst ja wie eine Vogelscheuche aus mit deinen ausgebeulten Hosen und dem zerknautschten Hut. Was dir noch fehlt, ist ein stumpfer Säbel an der Seite. Dann könntest du unserem Kompanie-Kaspar Konkurrenz machen.«

Auf diese Andeutungen reagierte Gabriel nicht. Sie waren ihm zu banal.

»Ich glaube, die Vogelscheuche versteht uns nicht. Sein geflicktes Wams und die löcherigen Schuhe deuten auf einen Landstreicher hin. Mit Sicherheit wird er kein Französisch verstehen. Das sprechen nur gebildete Leute.«

Auf dieses Stichwort hatte Gabriel gewartet. »Messieurs, es grenzt fast an Beleidigung, mir zu unterstellen, dass ich kein Französisch verstünde, die Sprache aller Sprachen und die Amtssprache im Himmel. Ich habe sie seit meiner Geburt gesprochen und werde sie bis zu meinem Tode pflegen.«

Das machte Eindruck. »Gut gekontert«, war die Antwort. »Und nun beantworte Er wahrheitsgemäß unsere Fragen, die Er ja verstanden haben muss.«

»Mit Vergnügen, edle Herren! Ich bin Feldprediger«, diese Worte betonte er besonders, denn er hatte sehr wohl bemerkt, dass sie ihn nun in der dritten Person ansprachen. »Und einer von den Besten, wenn ich das in aller Bescheidenheit bemerken darf.«

Die beiden rissen die Augen auf. Gabriel hatte sein Spiel schon halb gewonnen. »Ich warte auf das Regiment Picardie, das von den Niederlanden an den Oberrhein zieht und hier durchkommen muss. Es soll bald wieder richtig losgehen. Habt ihr das noch nicht gehört?«

Die beiden kratzten sich hinter den Ohren. Die Allerschlauesten schienen sie nicht zu sein. Aber das war gut so. Gabriel verblüffte sie noch mehr: »Derweil die Habsburger im Osten von den Türken bedrängt werden, können sich die Franzosen im deutschen Grenzland bedienen. Wer nicht ganz auf den Kopf gefallen ist, kann hier seine Schäfchen ins Trockene bringen. Die Pfalz ist ein reiches Land und so manches wird auch für euch dabei abfallen. Habe ich da nicht recht?«

»Er ist gut informiert. Es stimmt. Es braut sich etwas zusammen. Ich habe gehört, dass unsere Leute anfangen, in den Dörfern die jungen Bauernburschen auszuheben, um sie in französische Uniformen zu stecken.«

»Es wird auch höchste Zeit«, ergänzte der andere, »denn die Polen haben im Verein mit den Österreichern und den Deutschen die Türken vor Wien bereits vertrieben – das weiß Er sicher noch nicht, he?« Sie grinsten von einem Ohr bis zum anderen und es war ihnen anzusehen, dass sie glaubten, nun Oberwasser zu haben. Gabriel ließ sie in dem Glauben. Er stellte sich absichtlich begriffsstutzig. »Nein! Was ihr nicht sagt. Erzählt!«

»Das ist nicht gut für uns, denn bald wird hier das Reichsheer auftauchen und uns die Suppe versalzen. Aber wir bereiten uns vor.«

»Aha, deswegen der viele Verkehr auf der Brücke. Und wann geht es los?«

»Das weiß nur der König und sein Kriegsminister, der Marquis de Louvois.«

Gabriel schüttelte sich, rieb die Arme am Körper und tat so, als ob ihn fröstelte.

»Ist Ihm in seinen dünnen Sachen kalt? Komm Er in die warme Stube und trinke Er einen Becher mit uns auf den König. Er wird merken, dass es uns gut geht. Wein haben wir in Hülle und Fülle, an Schinken und Weißbrot fehlt es auch nicht. Er hat ja vorhin selbst gesagt, dass die Pfalz ein reiches Land sei und unsere Stoßtrupps leisten gute Arbeit.«

Gabriel ließ die beiden Brückenwächter als Erste in die Stube eintreten. Unter der Türe blieb er stehen, drehte sich um und sah, dass Claude und Hélène unschlüssig am anderen Ende der Brücke warteten. Zum Zeichen, dass sie sich in Marsch setzen sollten, wedelte er mit den Armen. Den Soldaten kam das komisch vor. »Er möchte wohl den Frühling herbeiwinken?«

»Mit Verlaub, ja!«

»Lass Er den Unfug, komme Er endlich herein!«

In der Wachstube herrschte eine ausgelassene Atmosphäre. Der Becher kreiste und der Wein floss in Strömen. Gabriel hatte viel zu tun, um seinen vollen Becher in einem geeigneten Augenblick in einen Eimer zu gießen. Ein Diakon trank ein Schlückchen, aber keine vier Becher. Dass die beiden das mehrfache Quantum in sich hineinschütteten, passte zu seinem Plan.

»Die neueste Amour der Marquise d'Auberge kennt ihr gewiss noch nicht?«

»Erzähle, Kamerad!«

Gabriel hatte gegen die neue Anrede nichts einzuwenden. Es war ein Zeichen, dass die beiden Wächter ihm vertrauten.

Natürlich wollten sie die Geschichte hören. Darauf hatte Gabriel gewartet. »Die Angelegenheit ist aber so pikant, dass ich lieber die Türe schließe. Man weiß ja nie, ob jemand zuhört.« Ein Blick genügte. Claude und Hélène waren nur noch ein paar Meter entfernt.

»Also, das war so«, begann er. »Die Marquise, die ob ihrer vielen Amouren von ihrem nicht mehr ganz so jungen Gatten während seiner Abwesenheit vorsichtshalber im Schlafzimmer eingesperrt wurde, hatte sich in den strammen Grenadier, der vor ihrer Türe Wache stand, verliebt. Jeden Morgen von acht Uhr bis zehn Uhr trieben die beiden es wie die Wilden. Der Gatte hatte keine Ahnung von diesen Ergötzlichkeiten, bis ihm ein Neider etwas steckte. Der Marquis sann auf eine List. Er zog selbst eine Grenadieruniform an und stellte sich am nächsten Morgen vor das Schlafzimmer seiner Gattin. Als die Türe aufging und eine zarte Frauenhand ihn in das noch dunkle Zimmer zerrte, folgte er willig. Mit Elan und Raffinesse beglückte er als vermeintlicher Liebhaber seine Gattin und diese war so begeistert von seinen Künsten, dass sie ihn händeringend bat, am nächsten Morgen wieder vor der Türe Dienst zu tun. In diesem Moment zündete der Monsieur eine Kerze an. Den Rest könnt ihr euch denken.«

Die Dragoner hielten sich vor Lachen die Bäuche und schenkten sich noch einen und noch einen Becher ein. Sie klopften Gabriel ausgelassen auf die Schulter und wollten noch so eine Geschichte hören. Gabriel hielt ihnen eine ironisch gewürzte Standpauke mit dem Inhalt, dass sie einen Feldprediger nicht in Versuchung führen dürften, und machte sich auf den Weg, das Krächzen eines Käuzchens imitierend.

Am Speyerer Tor in Heidelberg

Es war der 2. März im Jahre 1684. Dieses Datum wollte sich Claude merken.

In aller Frühe verließen sie Mannheim und fieberten ihrer neuen Heimat entgegen. Monatelang waren sie auf der Flucht, hatten sich mühsam durchgeschlagen, Schreckliches erlebt und nun lag ihr Ziel zum Greifen nahe.

Im Osten über den Hängen des Odenwaldes stieg die Sonne auf. Es wehte ein frischer Wind und Claude zog sich den Wollschal enger um die Schultern. Mit ihren scharfen Augen erkannte sie die Stelle, wo der Neckar das enge Tal verlässt und sich in die Rheinebene ergießt. Dort zwischen den noch dunklen Bergen musste Heidelberg, die Residenz der Kurpfalz, liegen. Vieles hatte sie von diesem Ort gehört und war gespannt, ob die Stadt mit ihren achttausend Einwohnern ihren Erwartungen entspräche. Noch wichtiger war ihr allerdings die Frage, ob Flüchtlinge dort willkommen sein würden. Zwar siedelte der regierende Kurfürst Karl schon im Jahre 1682 Hugenotten zwischen Mannheim und Heidelberg an, aber die Zeiten ändern sich und die Leute auch.

Die Sonne stieg höher und ließ den nahen Frühling ahnen. Am Wegrand war schon zartes Grün zu entdecken. Die Wintergerste stand gut und die aufgebrochenen dunklen Schollen dampften in der Morgenkühle. Fetter, nährstoffreicher Boden ringsumher. Claude war die Tochter eines Bauern und konnte gutes Ackerland von kargem wohl unterscheiden.

Immer deutlicher erkannte sie ihr Ziel. Hoch über der Stadt thronte ein wuchtiges Schloss aus rotem Sandstein. Wie ein mächtiger Riese wachte es über das Neckartal.

Hélènes Verwandte gingen ihr nicht aus dem Kopf. Keiner hatte den anderen je gesehen. Französisch würden sie wohl noch sprechen, obwohl sie seit siebenundzwanzig Jahren in der Kurpfalz lebten. Wenn Hélène alleine käme …, aber sie waren zu dritt. Würde es für alle eine Schlafstelle geben? Und wie sah es mit Arbeit aus? Zur Last wollten sie den Verwandten nicht fallen. Sie könnte im Haus helfen. Was würde mit Hélène werden? Vor sieben Tagen war sie zehn Jahre alt geworden. Und Gabriel, zöge er weiter – alleine? Ihr wäre am liebsten, wenn er bei ihnen bleiben würde. Sie hatten sich so aneinander gewöhnt, dass sie wie Geschwister waren.

Von Madame hatte sie oft gehört, dass bei den Lamadés ein großer Zusammenhalt bestehen würde. Wahrscheinlich lösten sich ihre Bedenken bald in Luft auf.

Vor dem Stadttor waren Schanzarbeiter dabei, breite Gräben auszuheben, um ein mächtiges Vorwerk zu errichten. Wurde mit Krieg gerechnet? Auf dem Weg gab es manche Andeutung, dass die Franzosen auch noch das rechte Rheinufer in ihre Hand bringen wollten. Hoffentlich nicht, dachte Claude, denn dann wären sie als französische Glaubensflüchtlinge hier nicht sicher. Ihre Landsleute trieben sie ohne lange zu fragen nach Frankreich zurück und machten ihnen dort den Prozess. Unwillkürlich kamen ihr Madame und Monsieur Lamadé in den Sinn. Eiskalt lief es ihr über den Rücken.

Solche Gedanken musste sie schnell unterdrücken, denn sie standen unmittelbar vor dem Speyerer Tor, dem Eingang in die Stadt von Westen her. Es war gerade Wachablösung. Claude und ihre Begleiter lehnten sich an die Mauer und schauten amüsiert dem Schauspiel zu. Aufgereiht standen sechs Grenadiere nebeneinander in einer Reihe, sechs andere kamen im Laufschritt angerannt, grüßten militärisch knapp, übernahmen das Protokollbuch und stellten sich hinter die Ersteren. Diese entfernten sich im Laufschritt in Richtung Stadt. Claude kam solch ein militärisches Zeremoniell immer wie ein Kaspertheater vor. Aber Männer finden Gefallen daran.

Etwas abseits beobachtete ein schneidiger Reiter im glänzenden Kürass die Prozedur. Er machte einen zufriedenen Eindruck. Claude konnte sogar ein winziges schelmisches Lächeln in seinem jugendlichen, bartlosen Gesicht entdecken. Das strohfarbene Haar wallte unter dem breitrandigen Hut hervor und reichte bis zu den Schultern.

Die Pfälzer Soldaten sahen anders aus als die in Sedan. Sie blickten nicht so grimmig drein und ihre Bewegungen, zwar militärisch exakt, besaßen eine mehr spielerisch verträumte Note. Auf einer Bühne konnte sie sich die Männer gut vorstellen. Der Hut saß kecker auf dem Kopf, die Straußenfeder war eine Idee länger und der Rock sah farbenprächtiger aus. Er reichte bis knapp über die Knie, sodass die gestreiften Bundhosen noch sichtbar waren. Die gelben Beinlinge steckten in

Trichterstiefeln, die jedoch keine waren, denn ein gemeiner Soldat hatte keinen Anspruch auf echtes Lederzeug. Er musste sich mit Gamaschen begnügen. Alles dem großen französischen Modevorbild nachgeahmt, so kam es ihr vor. Das Waffengehänge, das Gefährlichste am ganzen Mann, stammte eher aus einem Theaterfundus als aus einer Waffenkammer. Es war zwar nicht richtig, wenn Claude sich solche Gedanken machte, aber sie konnte sich des Eindrucks nicht erwehren, dass alles nur Spiel war.

Ein großer Stämmiger mit dunklem Haarschopf und breiten Schultern schritt auf sie zu, stand stramm, grüßte und fragte, ob er den Neuankömmlingen behilflich sein könne.

Donnerwetter! Claude war von so viel Höflichkeit überrascht. Sie gab in gebrochenem Deutsch zu verstehen, dass sie Glaubensflüchtlinge seien, aus Sedan kämen und im Schloss Verwandte namens Marotte besuchen wollten.

»Ah, Refugiés seid ihr! So nennen wir die französischen Flüchtlinge. Nichts für ungut, Mademoiselle. Wir Pfälzer sind nämlich auch Calvinisten, zumindest die meisten von uns.«

Er lockerte seine sowieso nicht allzu stramme Haltung und zwinkerte den Ankömmlingen zu. »Das wird unseren Hofprediger und Minister Langhanns freuen, denn er sieht es gerne, wenn Leute seines Glaubens in die Kurpfalz einwandern. Und wenn sie dazu noch so wunderhübsch und wohlgeformt aussehen ...« Claude hatte nicht alles verstanden, aber kombinieren konnte sie gut. Ihre Gesichtsfarbe verfärbte sich bis unter die Haarwurzeln. Verschämt schaute sie zur Seite, drückte ihre Haube noch tiefer in die Stirn und knotete das Halstuch enger. Nicht dass sie prüde gewesen wäre, sie war mit vier Brüdern aufgewachsen, aber Komplimente gehören nicht an die Öffentlichkeit und außerdem ist die innere Schönheit, die Tugend vor dem HERRN, viel wichtiger. Warum müssen Männer immer so reden?

Der Soldat beugte sich ungeachtet der Gedanken Claudes mehr als notwenig zu ihr hinab und flüsterte ihr ins Ohr. »Der Langhanns übertreibt es manchmal mit seinem Glauben, aber sonst ist er nicht schlechter oder besser als die anderen Hofschranzen.«

Er legte den Finger auf die Lippen. »Der letzte Satz bleibt unter uns. Wenn mein Vorgesetzter, der Herr zu Pferde«, sein

Blick ging in Richtung des Reiters, »das erfährt, kostet mich das zwar nicht den Kopf, aber einen Abendausgang weniger.« Wieder hatte sie nicht alles verstanden und blickte hilflos um sich.

Mehr traute sich der Stämmige nicht zu sagen. Er nahm Haltung an und sprach laut und vernehmlich, damit sein Vorgesetzter es hören konnte: »Seid willkommen geheißen, edle Franzosen, in der schönen Kurpfalz. In der nämlich jeder das glauben darf, worauf er Lust hat!«

Zu gerne hätte sie genau gewusst, was der Wachsoldat gesagt hatte. Es musste etwas Wunderschönes sein – und der Klang in der Stimme. So als ob es eine Einladung, ein herzliches Willkommen gewesen sei. Sie überkam ein wohliges Gefühl. Zum ersten Mal seit ihrem Aufbruch aus Sedan fühlte sie sich sicher.

Der schöne Reitersmann näherte sich ihnen und sprach sie auf Französisch an: »Mesdames, Monsieur, verzeihen Sie, wenn ich Sie auf der Straße anspreche, aber der Name ›Marotte‹ ist mir nicht unbekannt. Daniel Marotte ist Oberhofgärtner im Schloss. Ich kenne ihn recht gut. Wenn ich Sie zu ihm führen dürfte, wäre es mir eine Freude und Ehre zugleich.«

Er stieg vom Pferd, zog seinen Hut und verbeugte sich galant vor Claude. Nein, nicht schon wieder!, dachte sie. Ihr Pulsschlag verdoppelte sich. Diese Gefühlswallungen stand sie nicht durch. Sie war es nicht gewohnt, dass jemand vor ihr den Hut zog. Eine Dienstmagd war sie – eine ganz gewöhnliche. Trotzdem tat es ihr gut.

Verstohlen wagte sie einen scheuen Blick. Der junge Herr beeindruckte sie. Es war mehr ein spontanes Gefühl. Vielleicht waren es die schalkhaften Augen oder der lange, schmale Nasenrücken oder gar die Grübchen in den Wangen. Selbst die Narbe im Gesicht störte nicht. Sie wirkte männlich, kampferprobt. Gewiss war er von Adel – so stellte sich Claude zumindest einen deutschen Edelmann vor. Fragend schaute sie Hélène und Gabriel an, und als diese ihr zunickten, nahm sie das Angebot freudig an. Der Reiter warf ihre Bündel über den Sattel und gab dem Pferd einen sanften Klaps.

»Mademoiselle …« Er zögerte, stockte. Claude verstand sofort. Er kannte ihren Namen nicht und wusste nicht, wie er sie ansprechen sollte. Sie war unhöflich. Sofort stellte sie Hélène, Gabriel und sich vor. Und wer war der junge Reiter selbst?

Dieser musste sein Versäumnis auch bemerkt haben. »Gestatten, Gottfried Schwab, Oberleibgardist zu Pferde des hochlöblichen Kurfürsten, Seiner Exzellenz Karl II., stationiert im Schloss, doch hin und wieder mit der Überwachung des Wachdienstes beauftragt. Und im Übrigen, die Gattin des Oberhofgärtners Marotte, Yvette genannt, und meine Mutter sind gute Bekannte. Wenn meine Mutter im Schloss ist und Madame Marotte besucht, kommt sie nie ohne einen herrlichen Blumenstrauß nach Hause.«

»Wie klein doch die Welt ist«, sagte Gabriel und legte seinen Arm um Hélènes Schulter. »Die Anzeichen für einen Neuanfang stehen gut.«

Claude spürte, wie ihr Herz hüpfte. Der junge Mann war zwar kein Adeliger, doch schien er gebildet und wohlerzogen zu sein, er hatte Manieren und gab sich trotzdem ganz natürlich. Kein Stäubchen von Arroganz war zu entdecken. War es das, was ihn so sympathisch machte?

Der Oberleibgardist bog nach rechts in die Sankt Anna-Gasse ein. Er erklärte, dass er in der Vorstadt noch etwas zu erledigen habe. Auf diese Weise könne er ihnen gleich die ›Hofschneiderei und Textilhandlung René Klebér‹ zeigen.

»Das Anwesen war früher, das heißt vor dem Dreißigjährigen Krieg, eine Hutmacherei. Die ehemaligen Besitzer sind im Krieg umgekommen und der verstorbene Kurfürst Karl Ludwig hat es einem Refugié übergeben. Der Fürst wollte die ausgeblutete und verwüstete Kurpfalz mit Neusiedlern wiederbeleben.«

Claudes und des Reiters Blicke trafen sich wie zufällig. Ein wenig Stolz lag in seinen Augen und auch bei seinem weiteren Bericht spürte sie die Anerkennung, die er den Neubürgern entgegenbrachte.

»Dem Landesherr waren protestantische, genauer gesagt, calvinistische Glaubensflüchtlinge am liebsten. Zum einen hatten sie die gleiche Konfession wie er und zum anderen waren es meist hervorragende Handwerker mit besonderen Kenntnissen und ausgezeichneten unternehmerischen Fähigkeiten. Das kam bei der einheimischen Bevölkerung nicht immer gut an. Sie sahen und sehen bis heute in den Refugiés Konkurrenten.«

Gottfried kratzte sich verlegen am Hinterkopf, doch dann sagte er ohne Umschweife, dass man in diesem Punkte beide Seiten sehen und verstehen müsse. »Die Glaubensflüchtlinge suchen eine neue Heimat und sind froh, wenn sie gute Startchancen erhalten. Die Einheimischen wiederum sagen, dass sie die Lasten des Krieges tragen mussten und auch weiterhin müssten.«

Gabriel räusperte sich vernehmlich.

»Es stimmt schon, was ich sage!« Der Gardist zählte auf: »Die Neuankömmlinge zahlen sechs Jahre keine Steuer, werden bei der Vergabe von Aufträgen bevorzugt und erhalten noch mancherlei Privilegien. Da ist es nicht verwunderlich, wenn zwischen den beiden Gruppen kein gutes Einvernehmen herrscht. Zum Glück ist es bisher noch zu keiner ernsthaften Auseinandersetzung gekommen.«

Claude hatte aufmerksam zugehört. Ihr Führer sah die Dinge nüchtern und war in seinem Urteil gerecht. Jede Medaille hat zwei Seiten. Nur Fantasten und Fanatiker möchten das nicht wahrhaben. Solches Denken imponierte ihr.

Als sie vor dem Anwesen standen, drückte ihr Gottfried, ohne lange zu fragen, die Zügel in die Hand. Er müsse Monsieur Klebér wegen der Anfertigung der neuen Livreen der Schlossdiener etwas ausrichten, sagte er. Claude wäre gerne mitgegangen. Es interessierte sie, was ein Landsmann in so kurzer Zeit auf die Beine gestellt hatte, aber der junge Mann war schon hinter der Türe verschwunden.

Die Zügel hielt sie nicht ungern in der Hand. Sie empfand es als einen Vertrauensbeweis. Der junge Reiter nahm immer mehr Raum in ihrem Herzen ein. Kein unangenehmes Gefühl. Sie sträubte sich nicht dagegen.

Beim Weitergehen kamen sie an einem großen, offenen Gelände vorüber, dem sogenannten Herrengarten. Gottfried versäumte nicht, darauf hinzuweisen, dass das früher der Schlossgarten war und dass, das betonte er besonders, die Pomeranzenbäumchen, die nun Oberhofgärtner Marotte oben im Schloss betreute, hier gestanden hätten. Doch diese Geschichte solle ihr Verwandter ihnen selbst erzählen. Claude zwinkerte Hélène zu. Die Stadt schien voller Geheimnisse und Überraschungen zu sein.

Nach wenigen Schritten zeigte er auf die links stehende Providenzkirche und meinte, dass diese etwas mit ihm zu tun habe. Claude wurde neugierig und schaute ihn fragend an. »Kurfürst Karl Ludwig – das ist der Sohn des ›Winterkönigs‹, der die böhmische Krone annahm und dadurch den Dreißigjährigen Krieg entfesselte – verliebte sich in späten Jahren in eine Hofdame und heiratete sie zur linken Hand. Da diese Dame lutherischen Glaubens war und nicht den reformierten Glauben des Kurfürsten annehmen wollte, schenkte Karl Ludwig den Lutheranern einen Teil des kurfürstlichen Herrengartens und ließ eine lutherische Kirche errichten.«

»Und wo ist der persönliche Bezug?«, wollte Claude wissen.

»Diese zweite Gattin des Kurfürsten, Freifrau Luise von Degenfeld, kam aus dem Schwäbischen, aus dem gleichen Ort wie meine Mutter und mein verstorbener Vater. Sie sind mit der Freifrau nach Heidelberg gezogen. Meine Mutter führt seitdem den Haushalt des Bruders der leider allzu früh verstorbenen Freifrau. Sie werden den Freiherrn kennen und schätzen lernen.«

Zum ersten Mal wurde ihr bewusst, dass es zwei und vielleicht sogar noch mehr protestantische Glaubensrichtungen gab. Sie würde Gabriel später fragen, was es damit auf sich hatte. Jetzt war keine Zeit, denn sie durchquerten das Mitteltor, das die noch fast unbebaute Vorstadt von der eigentlichen Stadt trennte. Der Kern der Stadt war nicht groß. In fünfzehn Minuten konnte man von einem Ende zum anderen gehen.

Auf das rechts liegende Augustinerkloster deutend, erklärte Gottfried, dass der protestantische Glaube hier mit seinen Ausgang genommen habe, denn Martin Luther erläuterte 1518 in diesem Kloster seine wohlbekannten Thesen.

Gabriels Augen leuchteten. Ehrfürchtig betrachtete er das mittelalterliche Gebäude und wollte einen Augenblick stehen bleiben. »Ein Hochgefühl überkommt mich. So nahe war ich noch nie an den Wurzeln des protestantischen Glaubens.«

Claude bedrängte ihn: »Lass uns auch daran teilhaben und sage uns, was es damit auf sich hat.«

»Die Augustiner mussten alle drei Jahre an wechselnden Orten ein Generalkapitel, das ist eine überregionale Versammlung der Ordensleute, abhalten. Im Jahre 1518 war Heidelberg an der Reihe.«

Der Diakon ging ganz nahe an die Mauer des Klosters heran und legte seine Hand an die Steine. Claude konnte es ihm nachempfinden. Er wollte fühlen, wie es damals war, am 26. April, als der Wittenberger Ordensbruder, Professor für biblische Theologie, Martin Luther, die Gelegenheit bekam, seine neuen Gedanken und Thesen vor einer gelehrten Öffentlichkeit vorzutragen.

»Gabriel, was war denn das grundsätzlich Neue an der Theologie Luthers?«, wollte Hélène wissen.

Auch Claude interessierte diese Frage brennend. Sie hatte in der Sedaner Kirchgemeinde so manches gehört und sich auch ein gewisses Maß an Wissen angeeignet, aber meistens werden die Kernpunkte einer Religion mit unverständlichen Worten umschrieben, in Bildern und Gleichnissen ausgedrückt, sodass sie nicht immer nachvollziehbar sind.

»Ich werde Luthers Theologie auf drei einfache Fragen reduzieren und ihr überlegt, ob ihr euch als Calvinisten darin wiederfindet.«

Alle waren gespannt.

»Luthers erste Frage galt dem Verhältnis des Einzelnen zu Gott. Also, wie kriege ich in meiner ausweglosen Situation als Sünder, und Sünder sind die Menschen allemal, einen gnädigen Gott?«

Claude wog den Kopf hin und her und fand schließlich, dass dies mit der Hingabe zu Gott zusammenhängen müsse.

»Richtig!«, bestätigte Gabriel. »Nachdem Luther lange mit sich gerungen hatte, kam er zu der Erkenntnis, dass einzig und allein der Glaube (sola fide) zu Gott führt. Das Wort Gottes ist der Weg.«

Sie nickte eifrig und wollte die zweite Frage wissen.

»Ganz einfach. Wie komme ich zu dem Wort Gottes? Die Antwort lautet: Die Quelle allen Glaubens und Wissens von Gott ist die Heilige Schrift (sola scriptura). Weder die Aussprüche der Päpste, noch die Beschlüsse der Konzilien, noch die mündliche Überlieferung können für den Glauben maßgebend sein.«

Gottfried hatte ebenfalls aufmerksam zugehört, sodass er aufgrund der bisherigen Aussagen gerade als Lutheraner die dritte Frage formulieren konnte. »Und wodurch erhalte ich als Glaubender die Rechtfertigung vor Gott?«

Gabriel freute sich, dass seine Glaubensbrüder und Schwestern so eifrig mitdachten. Er hob die Stimme wie auf der Kanzel. »Weder durch äußerliche Werke, noch durch Zeremonien, noch durch Bilderdienst oder menschlichen Ablass. Das alles ist es nicht, sondern allein durch Gottes Gerechtigkeit. Es ist das Geschenk der Gnade, das Gott den Menschen wegen der stellvertretenden Hingabe Jesus Christus am Kreuze gibt (sola gratia).«

Einen Glauben in wenigen Sätzen zu erklären, das kostete Kraft. Gabriel atmete durch und war im Begriff weiterzugehen, als Claude ihn am Ärmel festhielt »Halt, das kann nicht alles sein. Luther hat die Frage beantwortet, wie der einzelne Gläubige zu Gott findet, aber nicht, wie sich das menschliche Miteinander von Gottes Wort her gestalten soll. Wenn Luther die ›Lehre‹ reformierte, dann fehlt noch jemand, der die zweite, weitergehende Reform durchführte – oder?«

»Claude, wir gehören der reformierten protestantischen Kirche an. Unser Johann Calvin hat diese zweite Reform durchgeführt und du weißt selbst, was ihm wichtig war.«

»Indem er das Kirchenwesen festschrieb und die Lebensführung den Gläubigen vorlebte.«

»Wenn ich Lehrer wäre, würde ich dir eine gute Note geben. Kürzer kann man den Unterschied zwischen Luthers und Calvins Gedanken nicht ausdrücken.«

Claude dachte an Sedan und an die vielen geistlichen Gespräche im Tempel. Die fehlten ihr. Erst dort wurde ihr Glaube gefestigt. Sie streichelte Gabriel sanft über den Handrücken, als Zeichen der Verbundenheit. Dann wandte sie sich an Gottfried und fragte, wie es kam, dass die Kurpfalz calvinistisch wurde.

Er zierte sich und meinte, dass sie sich dabei auf einen längeren Vortrag gefasst machen müssten, denn mit einem Satz ließe sich die Religionsgeschichte der Pfalz nicht erklären.

Da niemand murrte und alle einverstanden waren, begann er: »Nachdem Luther auf dem Reichstag zu Worms 1521 seine neuen Glaubenssätze nicht zurückgenommen hatte, verhängte Kaiser Karl V. die Reichsacht über ihn. Ab da bildeten sich zwei Religionsparteien. Die eine, die an dem alten römischkatholischen Glauben festhielt und die, die ihn auf die Evangelien zurückführte.«

Bevor Gottfried weitersprach, holte er noch einmal tief Luft: »Die Kurpfalz blieb noch bis 1556 nominell katholisch. Jedoch fand am 3. Januar 1546, dem Sonntag nach Neujahr, in der Heiliggeistkirche«, er deutete nach vorn und sagte, dass die Kirche gleich um die Ecke liege, »der erste öffentliche evangelische Abendmahlsgottesdienst statt. Ein nachfolgendes Edikt des Kurfürsten Friedrich II., (er regierte von 1544-1556) erlaubte das vollständige Abendmahl in der neuen Form, außerdem den Gottesdienst in deutscher Sprache und sogar die Priesterehe.«

Claude ahnte schon, dass das viele Informationen auf einmal werden würden. Aber was sein musste, das musste sein. Sie ermunterte Gottfried fortzufahren. »Der endgültige Durchbruch kam mit Kurfürst Ottheinrich (1556-1559). Er erließ am 16. April 1556 ein Reformationsmandat, worin Messgottesdienste und alle katholischen Zeremonien verboten wurden. Deutscher Kirchengesang und das Abendmahl in beiderlei Gestalt, das heißt mit Brot und Wein, waren ab da verpflichtend. Bilder und Nebenaltäre mussten aus den Kirchen entfernt werden.«

»Halt!«, Hélène gebot Einhalt, »mir schwirrt der Kopf. Soviel Geschichte auf einmal kann ich nicht aufnehmen. Lasst uns erst ein paar Schritte weitergehen.«

Im Moment hatte Claude auch genug, trotzdem war sie vom Wissen des jungen Oberleibgardisten angetan. Mit Hochachtung schaute sie zu ihm hinüber.

Wenige hundert Meter weiter gelangten sie zum Marktplatz und sahen die Hochburg des deutschen Calvinismus, die Heiliggeistkirche. Eingedenk der Mahnung Hélènes wollte Gottfried hier nicht auf den geschichtlichen Hintergrund eingehen, doch Claude glaubte, dass es sich hier anböte, und drängte ihn, seinen Vortrag zu Ende zu bringen.

»Also gut! Ottheinrichs Nachfolger Friedrich III. (1559-1576), genannt ›der Fromme‹, und der erste Kurfürst aus der Linie Pfalz-Simmern, war ein bibelfester und religiös interessierter Herrscher, der zum Schweizer Protestantismus calvinistischer Prägung neigte. Unter ihm ist 1563 der ›Heidelberger Katechismus‹ entstanden.«

»Den kenn' ich!« Gabriel hüpfte vor Freude in die Höhe.

»Er ist bis heute die grundlegende Bekenntnisschrift der reformierten Kirchen in Europa.« In seiner Euphorie bot er Hélène an, jeden Abend mit ihr darin zu lesen und zwar solange, bis sie ihn auswendig könne. »Denn«, seine Augen sprühten, »er vereint lutherische Innigkeit mit melanchthonscher Klarheit und zwinglische Einfachheit mit calvinischem Feuer.«

Der Oberleibgardist fühlte sich in seinem Vortrag unterbrochen. »Wollen wir hier auf dem Marktplatz ein theologisches Seminar abhalten? Wenn es den Herrschaften beliebt, würde ich gerne meinen geschichtlichen Exkurs zu Ende bringen.«

»Bitte sehr!« Gabriel schien ein wenig eingeschnappt zu sein.

»Also, die kurze Zeit später erlassene Kirchenordung von 1565 beseitigte gänzlich die Hauptaltäre, die Taufsteine und alle Bilder zugunsten eines schmucklosen Kirchenraumes. Nur ein Abendmahltisch und ein Taufbecken blieben übrig. Nicht zu vergessen die Kirchenzucht.«

»Komm bitte bald zum Schluss. Mein Kopf raucht«, mahnte erneut Hélène.

»Noch zwei Sätze! Es gab eine kurze Rückwendung zum Luthertum unter Kurfürst Ludwig VI. (1576-1583), aber schon sein Sohn Friedrich IV. (1592-1610) kehrte wieder zum reformierten Glauben zurück.«

»Da fehlen doch neun Jahre.«

»Gut aufgepasst, Mademoiselle Claude! Die habe ich bewusst unterschlagen, denn in diesen neun Jahren regierte der Kuradministrator Johann Casimir von Pfalz-Lautern für den noch unmündigen Kurfürsten. Und Johann Casimir war es«, Gottfried hob seine Stimme und sprach überdeutlich, »der mit pfälzischen Streitkräften den Hugenotten bei den Religionskriegen zu Hilfe kam. Er war ausgesprochen westeuropäisch, gesamtprotestantisch und antihabsburgisch orientiert. So, das war es. Alles verstanden?«

»Nein«, sagte Claude ehrlich, »aber wir können ja später nachfragen. Ist es noch weit bis zum Schloss?«

Außer Atem wies er abschließend nach Westen und sagte, dass dort die obere Vorstadt liege. »In ihr wohnen die meisten Professoren der Universität und die Mitglieder der Regierung, soweit sie nicht im Schloss selbst leben.« Dann drehte er sich um, zeigte nach Süden und sie stapften den steilen Burgweg hinauf. Nach fünfzehn Minuten standen sie vor dem talseitigen Eingangstor des Schlosses.

Endlich am Ziel! Hier wohnten Hélènes Verwandte. Claude war gespannt und neugierig zugleich. Doch zunächst versperrten ihnen zwei Torwächter den Weg. Sie legten ihre Hand zum Gruß an den metallenen Helm und stampften fest auf. Donnerwetter, dachte Claude, welch ein Empfang.

Haha, nicht ihretwegen, das durften sie sich nicht einbilden. Es war wegen des Oberleibgardisten zu Pferde. Er würde deren unmittelbarer Dienstvorgesetzter sein.

Genauso war es. Gottfried rief einen der Torwächter zu sich, stellte die drei Refugiés vor und befahl ihm, die Ankömmlinge zum Gärtnerhaus zu führen. Dabei schärfte er ihm ein, dass er sich gegenüber den Verwandten des Oberhofgärtners äußerst zuvorkommend zu verhalten habe, andernfalls müsse er sich überlegen, ob er seinen Wachdienst heute und möglicherweise auch morgen verlängern müsse. Zuerst war Claude über diese Äußerung empört. Das war Nötigung!

Hatte sie den Oberleibgardisten bisher zu gut beurteilt? Er drohte seinem Untergebenen, nur weil er vor ihnen schön dastehen wollte! Solch ein Verhalten verbot ihr Glaube und der seinige bestimmt auch. Als sie jedoch in die Gesichter der Torhüter blickte und das breite Grinsen und Feixen entdeckte, merkte sie, dass es wohl nur ein Spaß war. Gottfried zwinkerte ihr mit so lustigen Augen zu, dass sie zu ihrer ursprünglichen Meinung schnell wieder zurückkehrte.

Der Vorgesetzte hob die Hand zum Gruß, verabschiedete sich und ritt den Burgweg wieder hinunter. Claude schaute ihm mit einem Gefühl nach, das sie einem Manne gegenüber bisher noch nicht empfunden hatte. Sympathie, Zuneigung … solche Empfindungen waren auch einer Hugenottin nicht verboten.

Im Schloss

René Hasselbeck, so stellte sich ihr Begleiter vor, nahm Haltung an, legte seine Muskete über die Schulter und bat die Neuankömmlinge, ihm zum ›jardin du chateau‹ zu folgen. Zu Claudes Erstaunen sprach er Französisch. Auf Nachfrage erklärte er, dass seine Mutter aus Straßburg sei und dass er eine Zeit lang im französischen Heer gedient habe. Außerdem verwischten sich in der Pfalz und im Elsass die Grenzen und Nationalitäten. Es werde hinüber und herüber geheiratet. Die einfachen Menschen verstünden sich oft besser als die oberen Herrschaften ahnten.

Das Schloss war eine feste Burg und ruhte auf einem felsigen Untergrund. Beim Durchschreiten der dunklen Gänge der vorgelagerten Befestigungsanlagen fröstelte Claude. Unweigerlich verglich sie das Gemäuer mit dem in Sedan. Genauso dicke, undurchdringliche Mauern, finstere, kalte Löcher, von Ratten und sonstigem Ungeziefer bewohnt. Die jahrelange Unterkunft für Gefangene und Unbeliebte.

Unwillkürlich musste sie an Lamadés denken. Würden sie hinter solchen Wällen eingesperrt sein? Waren sie überhaupt noch am Leben? Daniel würde wahrscheinlich hinter anderen Mauern gefangen gehalten werden – hinter Klostermauern.

Ihr Gemüt und ihr Blick hellten sich sofort auf, als sie den Innenhof des Schlosses betraten. Um einen zwei- bis dreihundert Meter großen rechteckigen gepflasterten Hof waren Gebäude in den unterschiedlichsten Baustilen angeordnet. Claudes Augen konnten die Pracht und die Vielfalt kaum fassen.

Fasziniert zeigte Hélène auf eine sechsspännige Kutsche, die vor dem Frauenzimmerbau zur Abfahrt bereitstand. Hasselbeck erklärte, dass diese dem französischen Gesandten gehöre, der wieder einmal wegen der Erbschaft der ›Grande Dame‹, der Schwester des derzeitigen Kurfürsten Karl, vorgesprochen habe.

Aha, dachte Claude, die verwandtschaftlichen Verbindungen zwischen Frankreich und der Kurpfalz werden gepflegt. Von dieser ›Liselotte von der Pfalz‹ hatte sie schon viel gehört.

Sie war eines der Opfer der kurpfälzischen Außenpolitik nach dem Dreißigjährigen Krieg. Ihr Vater, Karl Ludwig, suchte entgegen der Reichspolitik des Kaisers das Wohlwollen und die Unterstützung seines Nachbarn – Frankreichs. Es kam zu einem Freundschaftsvertrag (1657) und der Vermählung (1670) Liselottes mit dem Bruder Ludwig XIV. Neutrale Beobachter behaupteten damals, dass sich Karl Ludwig mit dieser Heirat eine Standeserhöhung und mehr Einfluss im Deutschen Reich versprochen habe. Jedenfalls erfolgte die Heirat gegen den Willen Lieselottes. Und das Ende dieses traurigen Kapitels der pfälzischen Geschichte sei beileibe noch nicht abzusehen.

Was war das? Claude wurde aus ihren Betrachtungen gerissen. Von der linken zur rechten Seite und umgekehrt wurden Sänften getragen – noble Damen und Herren saßen darin. Bei dem geringen Abstand wäre das nicht notwendig. »Aber«, so explizierte ihr Führer, »wenn der Sonnenkönig in Versailles Sänften hat, dann müssen die Fürsten im übrigen Europa es ihm natürlich nachmachen. Der Heidelberger Hof macht hier keine Ausnahme.«

Mit einem beherzten Sprung konnte Claude gerade noch einem rollenden Fass ausweichen. Das hätte noch gefehlt – heil durch halb Frankreich gelaufen und dreihundert Meter vor dem Ziel die Hand oder das Bein zerschmettert – wegen zweier Jungen, die sich einen Spaß daraus machten, ein zerbrochenes Fass über den Hof zu bugsieren. Hasselbeck störte das nicht im Geringsten. Er zuckte nur mit den Achseln und winkte verächtlich ab.

Durften sich hier die Kinder größere Freiheiten herausnehmen? Einen Radau verursachten die beiden. Unglaublich! Gleich darauf kamen auch noch drei halbwilde Hunde angerannt und mischten sich in das Spiel ein.

Das alles passte irgendwie nicht zusammen, das vornehme, gestelzte Getue der Erwachsenen und das flegelhafte Betragen der Kinder. Sie hatten überhaupt keinen Respekt. Zwei ältere Bauersleute, die eine schwer beladene Karre mit Rüben über das Pflaster schoben, wurden von den Kindern umringt und nachgeäfft. Claude wollte den Alten helfen, aber ihr Führer zog sie am Ärmel und ging mit ihnen schnellen Schrittes über den Schlosshof.

Die Eile Hasselbecks hatte einen Grund. »Heute Abend«, gestand er, »ist Probe für das neue Theaterstück. Die Kurfürstin und der Kurfürst, falls er von seinem Soldatenspiel rechtzeitig zurückkommt, übernehmen selbst eine Rolle und da müssen wir, die Mitspieler, pünktlich erscheinen.« Als Claude ihn ungläubig anschaute, zwinkerte er ihr zu. »Die Statisten bekommen für diese Dienste einen Krug Wein – gratis und haben Gelegenheit, mit den Stubenmädchen zu schäkern.« Auch dafür hatte Claude wenig Verständnis, aber sie wollte nicht unhöflich sein und schwieg.

Eines wollte sie jedoch noch wissen. Sie zeigte auf den am Ende des Hofes liegenden schlichten Wohnbau, über dessen Portal sich ein eigenartiges Relief befand. Zwei geflügelte Engelsgestalten, mit dem Oberkörper aus Wolken herausragend, in ein hemdartiges Gewand gekleidet, hielten in ihren Händen einen Kranz mit fünf Rosen und einem Zirkel mitten darin.

»Das ist der Ruprechtsbau, den Kurfürst Ruprecht 1400 erbauen ließ, als er zum deutschen König gewählt wurde.«

»Und was hat es mit den Engelsköpfen auf sich?«, fragte Hélène, auch neugierig geworden.

»Gut«, begann er, »ich gebe die Geschichte so wieder, wie sie sich das Volk erzählt.

Es wird berichtet, dass die lieblichen Zwillingsbrüder die ganze Freude des Schlossbaumeisters gewesen seien. Um sie stets bei sich zu haben, habe er sie oft auf sein hohes Gerüst mitgenommen und sich der frischen, schwindelfreien Burschen erfreut. Aber eines Tages tat der eine einen Fehltritt und riss den andern mit in die Tiefe. Da ward der Meister schwermütig und der Bau kam ins Stocken. Statt die Arbeit zu leiten, flocht der betrübte Vater täglich einen Totenkranz, schmückte ihn mit weißen Rosen und trug ihn nach dem Friedhof bei der Peterskirche, wo seine Lieblinge beerdigt waren.

König Ruprecht aber ward böse, weil der Bau so langsam fortschritt, und ließ durch den Priester, der die Kinder beerdigt hatte, den Meister ermahnen. Der sagte, es sei alles fertig, aber wie er den Abschluss des Tores machen solle, falle ihm in seinem Gram nicht ein. Der Priester tröstete ihn so gut er es vermochte. In derselben Nacht erschienen dem Vater seine Zwillinge als lichte Engel und brachten ihm den Rosenkranz, den er am Morgen am Grabe niedergelegt hatte, zurück. Als der Meister vom Lichte der aufgehenden Sonne geweckt wurde, gedachte er des lieblichen Traumes. Ihm aber war, als ob Rosenduft seine Stube erfüllte, und als er sich aufrichtete, da lag der Kranz frisch und duftig vor ihm. Es war genau der, den er gestern auf das Grab seiner Kinder getragen und den er am Abend welk dort hatte liegen sehen. Aus den weißen Rosen waren rote geworden.

Alsbald war dem Meister offenbar, wie er den Abschluss des Tores zu bilden habe. Er meißelte seine Knaben, wie sie ihm erschienen, als liebliche Engelskinder, die einen Rosenkranz tragen, und in der Mitte des Kranzes setzte er das Symbol seiner Kunst, von der er damit für immer Abschied nahm.«
(aus: G. Taylors ›Klytia‹, 5. Auflage. Leipzig 1884)

Gerührt und verstehend nickte Hélène den beiden Engelsgestalten freundlich zu.

Rasch überquerten sie einen tiefen Graben und wandten sich auf der Rückseite des Schlosses nach Osten. Hohe Mauern mit gewaltigen Türmen umgaben die Festung. Bollwerke, die nicht zu erstürmen waren. Manche Türme waren sogar dicker als die in Sedan – besonders der Krautturm, der das Schloss zur Bergseite schützen sollte. Das schien auch notwendig, denn hinter dem Schloss erhob sich das mächtige Königstuhlmassiv. Von hier aus konnten alle Gebäude und der Schlosshof beschossen werden. Ein hässlicher Gedanke – weg damit!

Claude rieb sich die Augen. In der Verlängerung des Weges erstreckte sich eine wunderschöne Gartenanlage mit altem Baumbestand, schnurgeraden und rechtwinkeligen Wegen und Brunnen ohne Zahl. Das also war der viel gerühmte Heidelberger Schlossgarten.

Hasselbeck wies auf eine Dame, die ihnen den Rücken zukehrte und sich an einem Frühbeet zu schaffen machte: »Das ist Madame Yvette Marotte.« Claude drehte sich nach Hélène um. »Ta tante!«

Yvette

Langsam und etwas unsicher näherte sich Hélène der Dame, die in Gedanken versunken vor einem Beet kniete und junge Löwenzahnblättchen auszupfte. Wie würde sie reagieren? Sie freudig aufnehmen oder schnöde abfertigen und weiterschicken – nach Hessen oder Brandenburg?

Die Tante drehte sich kurz zur Seite, sodass Hélène sie besser sehen konnte. Sie trug ein graues, knöchellanges Kleid mit weißem hochgeschlossenen Kragen, Holzpantinen, schwarze wollene Strümpfe und eine grüne Gärtnerschürze. Eine weiße Haube verdeckte ihr streng nach hinten gekämmtes Haar. Hélène entdeckte die nicht zu übersehende lamadésche Knubbelnase zwischen den beiden pfirsichroten Wangen. Ihre Mutter hatte sie oft wegen dieses Erbstücks aufgezogen. Heute war sie froh darum.

Sah die Tante schlecht? Sie trug Augengläser, die bis auf den vorderen Rand der Nase gerutscht waren und die gütigen Augen fast verdeckten. Hélène stand jetzt genau hinter ihr. Sie fasste sich ein Herz: »Madame, erlauben Sie, dass ich Sie anspreche und …«, weiter kam sie nicht.

Abrupt drehte sich Yvette um, stutzte, schob die Augengläser nach oben und betrachtete prüfend das vor ihr stehende Mädchen. »Sage erst einmal nichts. Die Stimme erinnert mich an Frankreich, an Sedan!« Sie schaute und überlegte weiter. Auf der Stirn bildeten sich Falten. »Bist du …?«

Hélène nickte nur. Ihr Hals schnürte sich zu, sie brachte keinen Ton heraus und Tränen hatte sie auch keine mehr.

Ohne viele Worte nahm die Tante Hélène in die Arme und drückte sie so fest an sich, dass sie zu ersticken drohte. In diesem Augenblick brachen aus dem Mädchen der Schmerz und das Weh mit Macht heraus. Ein lautes Schluchzen war zu hören. Sie klammerte sich an die Tante und ließ sie nicht mehr los. Yvette nahm das Gesichtchen in beide Hände, liebkoste es und betrachtete es lange. »Du bist Hélène, die Tochter meines Cousins.«

Dann gewahrte sie Claude und Gabriel. Sie streckte ihnen die Hände entgegen und sagte gerührt: »Ich kann mir denken, was ihr erlebt habt. Schreckliches! Kommt ins Haus, ihr seht nicht gerade aus, als ob ihr jeden Tag eine warme Mahlzeit erhalten hättet.«

Auf dem Weg zum Gärtnerhaus berichtete Hélène in kurzen Sätzen, was vorgefallen war. Yvette verlor vor Mitleid minutenlang ihre Fassung. Die pfirsichroten Bäckchen waren erblasst. Claude und Gabriel stützten sie rechts und links und führten sie den Kiesweg entlang. Langsam fing sie sich wieder, blieb stehen, umarmte alle drei, schaute zum Himmel und sagte: »HERR, nun hast Du mir doch noch Kinder beschert.«

Trotz der tief sitzenden Traurigkeit war Hélène von Glück erfüllt und hatte das Gefühl, ›angekommen zu sein‹. Sie suchte Claudes Augen und entdeckte dort die gleiche Glückseligkeit. Selbst Gabriel war gerührt.

Einen Ruck sich gebend verkündete die Tante: »Omeletts, drei große Omeletts nach französischer Art werde ich für euch backen, damit ihr wieder zu Kräften kommt und ein bisschen Heimat fühlt.« Bei diesen Worten lebte sie sichtlich auf und ihre Wangen röteten sich wieder.

Sie zog die Drei hinter sich her und schob sie förmlich in das Gärtnerhaus. Unter der Türe fiel ihr ein, dass sie nicht genügend Eier und Mehl hatte, um drei Omeletts der besonderen Art zu backen. Im zweiten Stock wohnten Grombachers. Dort konnte sie das Fehlende borgen.

Im Laufe der Zeit hatten sich die beiden Familien angefreundet. Ludwig Grombacher war Hofkutscher. Heute war er nicht anzutreffen. Er musste wie Yvettes Gatte als verkleideter Türke die Festung Eichelsheim verteidigen.

Hélène schaute die Tante ungläubig von der Seite an. Das sind sonderbare Späße, dachte sie.

Die Tante schien Gedanken lesen zu können. Sie lachte laut auf und meinte nur: »Verrückt bin ich nicht. Die Geschichte dahinter erzähle ich euch später, zuerst muss der Hunger gestillt werden.«

In der Küche verteilte Yvette die Aufgaben. Hélène und Gabriel mussten die jungen Löwenzahnblättchen putzen und waschen. Die Feinarbeit, Zwiebeln schneiden und den Salat mit Salz, Essig und Öl abstimmen, wollte sie selbst übernehmen. Derweil sollte Claude Fett in der Pfanne zerlaufen lassen, Mehl unter die Eier schlagen, aber so, als ob es Flaumfedern seien – locker, leicht, mit zarter Hand – das sei das Geheimnis eines guten Omeletts.

Yvette beobachtete Claude beim Kochen und war ganz begeistert von deren Talent und ihrem Gespür für die jeweils richtige Menge. »Das kann nicht jede, hierfür ist eine besondere Begabung notwendig.« Immer wieder rief sie aus, dass sie das bei nächster Gelegenheit ihrer Bekannten, der Sophie, erzählen müsse.

»Sophie«, teilte sie mit, »ist nicht mehr die Jüngste und sieht sich seit geraumer Zeit nach einer Hilfe um. Der alte und blinde Baron von Degenfeld benötigt immer mehr Handreichungen und Unterstützung. Wenn ich Claude so zusehe, erscheint sie mir hierfür bestens geeignet. Wir sprechen noch ausführlich darüber.«

Bevor sie mit dem Essen begannen, fassten sie sich an den Händen, sprachen ein Dankgebet und Yvette stimmte wie selbstverständlich den Psalm Nummer achtzehn an.

»Herzlich lieb habe ich Dich, HERR, meine Stärke!
HERR, mein Fels, meine Burg, mein Erretter;
mein Gott, mein Hort, auf den ich traue,
mein Schild und Berg meines Heils und mein Schutz!
Ich rufe an den HERRN, den Hochgelobten,
so werde ich vor meinen Feinden errettet.

Es umfingen mich des Todes Bande,
und die Fluten des Verderbens erschreckten mich.
Des Totenreichs Bande umfingen mich,
und des Todes Stricke überwältigten mich.
Als mir angst war, rief ich den HERRN an
und schrie zu meinem Gott.
Da erhörte er meine Stimme von seinem Tempel,
und mein Schreien kam vor ihn zu seinen Ohren.«

Noch einmal drückte sie Hélène an sich und streichelte ihr liebevoll über die Wangen. Diese schmiegte sich in sie hinein. Ein unbeschreibliches Gefühl der Geborgenheit durchflutete sie. Bei ihrer Mutter hatte sie so etwas nicht erlebt. Sie war zwar auch liebevoll und zärtlich, doch nur bis zu einem gewissen Punkt. Immer musste sie alles unter Kontrolle haben und es durfte ein gewisses Maß nicht überschreiten. Ein Gefühlsüberschwang kam bei ihr dem Sündenbereich bedrohlich nahe. »Dem HERRN allein gehören wir«, sagte sie immer, wenn Irdisches überhandzunehmen drohte.

Yvette wischte sich die feuchten Augen aus und griff nach der Hand ihrer Nichte. »Ich kann mir denken, an wen du denkst. Vertraue und hoffe einfach. Der HERR lässt dich nicht im Stich. Ich bin sicher, dass du mit deiner Familie eines Tages wieder vereint sein wirst.«

Was blieb ihr auch anderes übrig. Nur, das eine wusste sie, es wird Jahre dauern.

Unruhig rutschte die Tante auf ihrem Stuhl hin und her. Schon zweimal hatte sie zum Sprechen angesetzt. Etwas beschäftigte sie. Ihre Augen glänzten und ihr Mund schmunzelte wie beim Genuss einer Süßspeise. Endlich rückte sie heraus:

»Am Sonntag könnten wir gemeinsam in der Schlosskapelle beim Gottesdienst Psalmen in unserer Muttersprache singen. Der junge Pastor Morel hat mich einmal im Park singen hören und war sehr beeindruckt von meiner Stimme. Ich selbst finde sie auch höchst hörenswert.«

Dabei fiel Yvettes Blick nicht ganz zufällig auf Gabriel und sein scheinbarer strafender Gesichtsausdruck veranlasste sie zu der Ansicht: »Ich weiß, ich weiß, was du sagen möchtest. Einer Calvinistin steht Eigenlob nicht an. Aber gut getan hat es mir trotzdem, was Morel sagte.«

Yvette kannte Gabriel nicht, denn keiner hatte ein so weites und offenes Herz, keiner war so einfühlsam und mitfühlend, wenn es darum ging, dem anderen Respekt und Achtung zu erweisen. Er war zwar Calvinist vom Scheitel bis zur Sohle, aber kein bisschen frömmelnd oder prüde. Warum sollte er der Tante das ›kleine Vergnügen‹ missgönnen. Eine schöne Stimme kommt schließlich von Gott.

»Also, abgemacht!«, entschied sie. »Eine bessere Einführung in die Hofgesellschaft kann es gar nicht geben. Die Damen und Herren werden Augen machen. Und selbst der Hofprediger, Monsieur Langhanns, wird einsehen, dass ein reformierter Gottesdienst durch Musik und Gesang nur gewinnen kann. Natürlich soll das Wort des HERRN im Vordergrund stehen, aber es leuchtet noch viel heller, wenn es von ›Engelsstimmen‹ begleitet wird.«

Gabriel war ein pfiffiger Kerl. Er stand auf, verbeugte sich galant vor Yvette, bat sie aufzustehen, reichte ihr die Hand und führte sie, indem er eine lustige Melodie anstimmte, im Kreise. Claude reihte sich ein und schließlich konnte Hélène auch nicht widerstehen.

»Mesdames, nirgends in der Schrift steht, dass wir uns nicht freudig auf das Singen von Psalmen während des Gottesdienstes einstimmen dürfen. Dem HERRN sei Dank und Yvette das Lob.«

Das ist bestimmt der Beginn eines neuen, schönen Lebens, ging es Hélène durch den Kopf, und wenn man genau hinsah, dann blieb just in diesem Moment ein weißes Wölkchen genau über dem Gärtnerhaus stehen und lächelte huldvoll herunter.

Als Türken verkleidet

Oberhofgärtner Marotte saß neben seinem Freund Grombacher auf dem Kutschbock. Der Heimweg von der schnakenverseuchten und Fieber verbreitenden alten Burg in der Rheinebene nach Heidelberg war lang. Es würde bis in die Nacht hineingehen. In der Kutsche lag Kurfürst Karl im Delirium. Trotz der vielen Decken und Kissen schüttelte er sich und klapperte mit den Zähnen. Ab und zu öffnete er die Augen und stierte an die Decke. Dazwischen träumte er wahrscheinlich von seinen Heldentaten im vorigen Jahr.

Marotte schauderte immer noch, wenn er nur daran dachte. Er drehte sich noch einmal nach dem alten Gemäuer um. »Da liegt sie, die in die Jahre gekommene Zollburg Eichelsheim am Rhein. Jahrhunderte musste jede Schiffsladung hier verzollt werden. Das brachte Gulden – viele Gulden. Der Reichtum der Rheingrafen rührte daher. Und was ist aus der Burg geworden? Eine Kulisse für die Soldatenspiele unseres hochverehrten gnädigen Herrn Kurfürst. Ein Jammer ist das.«

Grombachers zerfurchtes Gesicht zeigte keine Regung. War er so abgestumpft? Marotte konnte es ihm nicht verdenken. Zu viel hatte er schon am Hof erlebt. Seine Vorfahren waren Waldenser, die wegen ihres Glaubens aus dem Piemont hierher geflüchtet waren. Sie hatten zwar in der Kurpfalz eine neue Heimat gefunden, aber dafür einen siebenmaligen Glaubenswechsel in den letzten hundert Jahren hinnehmen müssen. Jeder neue Herrscher verlangte vom Volk, dass es die Religion annehme, der er angehörte. Nach fürstlichem Selbstverständnis erstreckt sich die Verantwortlichkeit des Herrschers für die Wohlfahrt der Untertanen auf Leib und Seele. Also bestimmt er, was dem Volk guttut und was es glauben soll.

Marotte war klar, dass bei so viel Wechsel kein tiefer Glaube aufkommen konnte. Da gedieh nichts Beständiges. Obwohl, das musste er sich eingestehen, dass sich der jetzige protestantische Glaube calvinistischer Prägung lange gehalten hat und manches dafür sprach, dass die Bevölkerung ihn akzeptierte und verinnerlicht hatte. Grombacher hing genauso an seinem Glauben wie er selbst, aber sie waren keine

Frömmler. Viele Wege führen zum HERRN, sagte er immer, und jeder solle sich den aussuchen, für den er geradestehen könne.

Dessen ungeachtet musste ihm das Los des Kurfürsten am Herzen liegen. Es ging immerhin um die Kurpfalz. Das Land, das ihm und seinem Freund zur Heimat geworden war. Daher war Marotte kaum überrascht, als Grombacher in die Kutsche deutete und nicht ohne Sarkasmus sagte: »Schau hinein, dort siehst du ihn in dicken Daunen eingewickelt, den letzten Kurfürsten reformierten Glaubens aus dem Geschlecht Pfalz-Simmern. Er ist vierunddreißig Jahre alt, seit vierzehn Jahren mit einer dänischen Prinzessin verheiratet und noch immer kinderlos. Statt zu regieren, verzehrt er sich im Belagern und Erobern von alten Burgen.«

»Ich weiß«, Marotte wollte ihn unterbrechen, aber Grombacher war nicht zu halten. »1683, just in dem Jahr, als die Türken vor Wien lagen, hat der Kurfürst seinen Oberst Graf Wittgenstein und zwei Regimenter türkisch eingekleidet und sie im Rahmen seiner Soldatenspiele als Besatzung ins Schloss Ilvesheim abkommandiert – wir zwei waren auch dabei. Du wirst dich erinnern!«

Über so viel Schwachsinn schlug sich Grombacher mit der flachen Hand an die Stirn. »Der Kurfürst selbst rückte dann mit der noch verbliebenen Infanterie, Kavallerie und Artillerie an und ließ das Schloss im Sturm erobern. War das nicht ein Hohn? Die christlichen Soldaten verbluteten vor Wien und der Kurfürst ergötzte sich in der Pfalz an unserem vorgespielten Jammern und Stöhnen!«

Marotte spürte, dass sein Freund sich in Rage geredet hatte und wollte beruhigend auf ihn einwirken, doch dieser war noch lange nicht fertig. »Und was war in diesem Jahr? In der alten Zollburg hat er das Spektakel wiederholt. Als leibhaftige türkische Leibsoldaten sind wir hin und her gerannt. Die brennenden Strohballen, die Karls Streitmacht über die Mauern schleuderten, haben wir mit dem stinkenden, brackigen Wasser des Altrheins gelöscht und die Angreifer mit nassen Kissen über die Mauern gestoßen. Dabei fiel so mancher brave Bürger oder Student kopfüber nach unten und hat sich den Schädel aufgeschlagen. Der Fürst hat seine Untertanten entweder zu diesem Dienst verpflichtet oder sie mit ein paar Groschen geködert. Freiwillig oder aus Spaß hat sich bestimmt keiner gemeldet.«

Grombacher schüttelte sich, als ob er etwas abwerfen wollte. »Sag' selbst, das ist doch kindisch. Ausgewachsene Männer spielen Krieg! Und der wirkliche Feind, der Franzmann – du verzeihst mir, dass ich deine Landsleute so nenne – steht jenseits des Rheins und kassiert ein Stück gutes deutsches Land ums andere. Gehört da nicht mit den dicksten Eisenstangen dreingeschlagen?«

Der Kutscher hatte sich seinen Kummer von der Seele geredet. Hätte er es jemand anderem so direkt gesagt, wären ihm die Kasematten unter dem Schloss sicher gewesen. Marotte stimmte ihm zu und ergänzte: »Körperlich stabil war der Kurfürst ja noch nie, schon als Kind immer kränklich und schwach. Seine Jugendzeit war auch nicht die schönste. Sein Vater hat immer seine Schwester vorgezogen. Wie sollten sich da Stärke und Selbstvertrauen entwickeln? Das stimmt doch, oder?«

»Kennst du die Geschichte seiner Mutter?«, fragte Grombacher. »Wenn nicht, erzähle ich sie dir.« Marotte nickte.

»Also! Sein Vater durfte 1649 aus dem Exil wieder nach Heidelberg zurückkehren. Auf dem Weg in die Kurpfalz machte er am Hof des Landgrafen von Hessen-Kassel halt, sah dessen Tochter und warb um sie. Entgegen der Warnung seiner späteren Schwiegermutter, die Tochter wegen ihres Jähzorns und ihrer Gefühlsschwankungen nicht zu heiraten, ließ sich der Kurfürst nicht von der Ehe abhalten und nahm die Launen seiner zehn Jahre jüngeren Braut mit Nachsicht und Humor hin.

Doch Charlottes kaltes und unberechenbares Verhalten blieb auf Dauer nicht ohne Wirkung auf ihren Gatten. Außerdem nahm sie es ihm übel, dass er ihr innerhalb von drei Jahren drei Schwangerschaften aufgezwungen hatte. Wegen ihrer Eitelkeit und aus Sorge um ihre Figur verweigerte sie sich ihm nach der Geburt des gleich darauf verstorbenen Sohnes. Wen wundert es, dass Karl Ludwig die Hofdame seiner Gattin, die junge Luise von Degenfeld attraktiver fand. Er heiratete sie im Jahre 1658 zur linken Hand. Charlotte von Hessen-Kassel willigte zeit ihres Lebens nie in eine offizielle Scheidung ein.«

Manches von den Hintergründen kannte Marotte bisher noch nicht. Er war gespannt, was Grombacher noch alles zu berichten wusste.

»Der jetzige Kurfürst wuchs mit seiner Schwester und den Halbgeschwistern aus der Verbindung seines Vaters mit Luise im Schloss auf. Bis heute leidet er unter der damaligen Zwietracht seiner leiblichen Eltern, aber vor allem wegen der Ablehnung durch den Vater. Er konnte ihm nichts recht machen.«

Marotte seufzte und schob noch einmal die Gardinen zurück. Nicht ohne Mitleid betrachtete er lange den Kranken. Plötzlich stieß er Grombacher an. »Hörst du! Er ruft im Fieberwahn nach seinem Freund Langhanns, dem Prediger. Doch auch der wird ihm nicht helfen können. Ich fürchte, das nimmt ein böses Ende.«

Die beiden ratterten in ihren roten Pluderhosen über das holprige Pflaster. Es würde eine lange Nacht werden. Sie hatten keine Zeit gehabt, sich umzuziehen, denn der Kurfürst war wie vom Schlag gerührt einfach umgefallen. Dabei war das Kriegsspiel noch nicht zu Ende, die Festung nicht erobert. Im Grunde war Marotte froh darüber, denn es war immer eine törichte Angelegenheit, die nicht nur die Leute krank machte, von der Arbeit abhielt, sondern Unsummen von Geld verschlang. Dabei war die Kurpfalz noch wegen der anderen Sonderheiten des Herrschers bis über die Ohren verschuldet.

Der Oberhofgärtner zog den Vorhang vorsichtig wieder zu. Der Anblick war nicht gerade einladend. Leichenblass lag er da, das Oberhaupt der reformierten Kirche der Rheinpfalz. Er hustete und spukte Blut.

Nach einer Zeit des Schweigens nahm Grombacher den Faden wieder auf: »Wenn der Kurfürst tatsächlich seinen Leiden erliegen sollte, dann könnte doch seine Schwester die Nachfolge antreten. Andere Verwandte hat er nicht. Oder?«

Marotte wusste, dass das mehr eine rhetorische Frage war, denn jeder im Lande kannte den Hintergrund. Er antwortete ihm trotzdem. »Seine Schwester, die ›Liselotte von der Pfalz‹, hat bei ihrer Vermählung mit dem Bruder Ludwig XIV. zwar auf alle Erbschaftsansprüche verzichtet, doch wenn du mich fragst, ist dieses Kapitel noch lange nicht abgeschlossen. Eines Tages kommt der französische König und fordert das Erbe seiner Schwägerin ein.«

»Meinst du!«

»Ich kenne meine Landsleute nur zu gut. Du weißt es auch, aber möchtest es nicht wahrhaben. Oder du bist mir gegenüber zu höflich. Die Dinge sind so, wie sie sind.«

Grombacher hielt die Zügel fest in der Hand. Die Nacht war lang und viele Fragen tauchten auf. »Da gibt es doch noch einen Cousin?«

»Der letzte erbberechtigte Pfalzgraf Ruprecht von der Linie Pfalz-Simmern«, erklärte Marotte, »starb 1682 in London. Es bleiben demnach nur noch die katholischen Verwandten der Linie Pfalz-Neuburg übrig, die zurzeit in Düsseldorf und in Neuburg an der Donau regieren.«

»Oh Gott«, stöhnte Grombacher, »dann steht uns möglicherweise wieder ein Glaubenswechsel ins Haus. Das ist dann der siebte oder achte. Ich bin gespannt, was das geben wird.«

»Du kannst ja katholisch werden, dann hast du auch noch persönliche Vorteile.« Das hätte Marotte so nicht sagen sollen, denn in solchen Dingen verstand sein Freund absolut keinen Spaß und erwiderte in einem scharfen Ton: »Mein lieber Marotte, wenn wir nicht so gute Freunde wären, würde ich dich jetzt vom Kutschbock stoßen. Glaubst du, ich mache es wie meine Schwester, die lutherisch wurde, nur weil sie den Schneider Brenneis haben wollte. Vielleicht bin ich nicht der Frömmste, aber ein Hundsfott bin ich noch lange nicht.«

Verständnisvoll legte dieser seine Hand auf den Arm des Freundes und gemeinsam betrachteten sie die Sterne. Jeder hing seinen Gedanken nach, bis Grombacher die Stille durchbrach. »Das mögliche neue Herrscherhaus ist katholisch und mit dem Habsburger Kaiserhaus verschwägert, nicht wahr?«

»Richtig!«

»Frankreich ist auch ein katholisches Land, sieht es aber sicherlich nicht gerne, wenn kaiserfreundliche Fürsten seine Nachbarn werden.«

»So ist es!«, pflichtete Marotte bei.

»Also besteht die Gefahr, dass Frankreich – deine Landsleute«, diese Spitze konnte sich Grombacher nicht verkneifen, »an der Grenze zur Pfalz Ärger anfangen.«

»Den haben wir bereits. ›Meine Landsleute‹ – du hast meinen Unterton herausgehört? – haben ja schon die meisten Gebiete der rechtsrheinischen Pfalz unter Kontrolle.«

»Oh weh!«, der Kutscher knallte mit der Peitsche. »Was machen dann die französischen Glaubensflüchtlinge, die sich dort niedergelassen haben?« Dabei schaute er seinen Freund nachdenklich von der Seite an.

Marottes Gedanken griffen weit in die Vergangenheit und Zukunft. Schließlich antwortete er kurz: »Das Gleiche, was sie immer taten. In ein Land ziehen, das ihnen Glaubensfreiheit verspricht.« Nachdenklich fügte er hinzu: »Meine Frau und ich sind bisher verschont geblieben. Wenn aber meine Landsleute in kriegerischer Absicht auch den rechtsrheinischen Teil der Pfalz besetzen, hätten wir Refugiés nichts zu lachen. Sie würden ihren Unmut an uns auslassen. Der HERR möge uns beistehen.« Erneut versank er ins Grübeln.

Ein Schlagloch. Die Kutsche schwankte und drohte zu kippen. Grombacher steuerte gegen. Glück gehabt!

Nach einer Weile knüpfte Grombacher an Marottes letzten Satz an. »Ich bin mir nicht so sicher, ob der HERR sich in die irdischen Händel der Menschen überhaupt einmischt. Es gibt so viel Leid und Elend auf dieser Welt. Wenn der HERR das nicht gutheißen würde, wäre es ein Leichtes für ihn, die Störenfriede zu vernichten, oder sagen wir besser, auszuschalten. Warum tut er es nicht?«

Bei solchen Gedanken wurde Marotte hellwach. »Rede nicht so despektierlich. Die Wege des HERRN sind unergründlich und es steht uns Menschen nicht an, ihn zu kritisieren. Die vielen Glaubenswechsel machen sich anscheinend bei dir bemerkbar.«

Grombacher grinste aus Verlegenheit vor sich hin. »Hat deine Frau nicht einen Cousin in Sedan? Kann der sich eigentlich dort noch halten?«

»Ich denke jede Nacht an ihn und meine Befürchtungen werden jedes Mal größer, zumal ich Henri Lamadé kenne. Eher würde er sich kreuzigen lassen, als dass er seinem Glauben abschwört. Das kann böse ausgehen.«

Es war stockdunkel geworden. Ohne Licht fuhren sie in Heidelberg den steilen Schlossberg hinauf. Als sie im Hof eintrafen, entstand augenblicklich ein Tumult. Die Nachricht vom erkrankten Kurfürsten machte schnell die Runde. Alles rannte durcheinander – die meisten kopflos und wild gestikulierend.

Langhanns erschien. Er nahm sofort alles in die Hand. Selbst die Kurfürstin, die sich in einer Sänfte tragen ließ, musste sich seinen Anweisungen fügen. Der nicht mehr ganz junge Oberhofmarschall, Baron von Steinkallenfels, schüttelte immerzu den Kopf und murmelte in sich hinein: »Oh weh Kurpfalz, deine schönen Tage sind dahin, jetzt kommt Heulen und Zähneknirschen!« Marotte konnte es ihm nachfühlen.

Ein Wachtmeister rief dem Oberhofgärtner zu, dass er sich rasch auf den Weg nach Hause machen solle, denn er habe wichtigen Besuch bekommen. Marotte konnte sich beim besten Willen nicht vorstellen, wer das sein könnte. Sicher hatten sie hin und wieder französischen Glaubenflüchtlingen Unterkunft gewährt, das war und ist eine Selbstverständlichkeit, aber das konnte der Wachtmeister nicht gemeint haben.

Er lenkte seine Schritte dem Gärtnerhaus zu. Grombacher musste noch die Kutsche und die Pferde versorgen, dann würde auch er Feierabend haben.

Durch das erleuchtete Fenster sah Marotte drei ihm fremde Personen in der Küche am Tisch neben seiner Frau sitzen. Sie hatten die Bibel aufgeschlagen. Ein junger Mann las daraus vor. Bleich und mager sahen alle drei aus. Sicher hatten sie große Strapazen hinter sich. Es werden Refugiés sein. In Frankreich gab es immer noch keine Ruhe.

Als er die Türe öffnete, hörte er, wie alle gemeinsam »Amen« sagten. Yvette erblickte ihn zuerst. Sie sprang auf und fiel ihm um den Hals, ohne dass sie einen Laut herausbrachte. Nur Schluchzen war zu hören. Er und seine Frau liebten und achteten sich sehr, doch dieser Empfang war ungewöhnlich und ein wenig zu stürmisch. Er war doch nicht das erste Mal als ›Türke‹ im Einsatz gewesen.

Die drei Fremden erhoben sich spontan von ihren Sitzen.

Gut erzogen sind sie, ging es ihm durch den Kopf, und fromm müssen sie auch sein. Aber sie sind noch so jung. Das kleine Mädchen, höchstens neun oder zehn Jahre alt ... Die beiden anderen können unmöglich deren Eltern sein.

Die Kleine ging auf ihn zu, knickste höflich und reichte ihm freundlich die Hand. Ein Gesicht wie ein Engelchen hatte sie. Die milden blaugrauen Augen, die rötlichen Haare und die Knubbelnase – potz Blitz! Warum war ihm das nicht sofort aufgefallen? Sie ist Yvette wie aus dem Gesicht geschnitten.

Ist es eine Verwandte? Heult seine Frau deswegen so? Immer wieder zeigte Yvette auf das Mädchen, konnte aber keinen vollständigen Satz formulieren.

Die für ihn noch Unbekannte öffnete als Erste den Mund:

»Mein Name ist Hélène, ich bin die Tochter des Henri Lamadé aus Sedan.«

In Sekundenschnelle hatte Marotte begriffen, wen er vor sich und was das alles zu bedeuten hatte. Er legte seine starken Arme um Hélène.

Schnell war alles erzählt und der Onkel sah sich in seinen Befürchtungen bestätigt. Dass es allerdings so verheerend war, hätte er nicht gedacht. Dem Cousin seiner Frau konnte er von hier aus nicht helfen, aber diesen Dreien sehr wohl. Er würde sich ihnen wie ein leibhaftiger Vater erweisen. Ein Blick zu seiner Frau genügte. Sie waren sich einig. Endlich hatten sie Kinder.

Marotte war ein umsichtiger und vorausschauender Mann. Der Oberhofmarschall war ihm noch etwas schuldig. Am Sonntag würde er ihn beim Gottesdienst treffen.

Schlosskapelle

Um acht Uhr läutete die Glocke der Schlosskapelle. Yvette drängte zum Aufbruch. Sie wollte die Plätze gegenüber der Eingangstüre belegen, denn von dort konnte sie nicht nur alles überblicken, sondern auch ihren Schützlingen die wichtigsten Damen und Herren des Hofes zeigen.

Als sie über den Schlosshof schritten, sauber und adrett gekleidet, aber nicht herausgeputzt und aufgedonnert, mussten sie die langen Röcke anheben. Der Frühling zeigte sich heute nicht von seiner schönsten Seite. Es regnete seit Stunden und die Temperaturen waren um mindestens fünf Grad gefallen. Für diese Jahreszeit war es viel zu kalt. Sie hüpften über die tiefen Pfützen und schlugen einen großen Bogen um die riesigen Lachen. Nicht gerade angenehm und die neuen Schnallenschuhe würden auch darunter leiden.

Die Leibgarde hatte sich ebenfalls auf dem Schlosshof eingefunden. Laut hochfürstlicher Anordnung musste sie vor und nach dem Gottesdienst in Habachtstellung rechts und links vor der Eingangstüre zur Kapelle stehen. Den Gardisten war strengstens untersagt, die Damen während des Vorbeigehens anzulächeln oder ihnen in despektierlicher Weise nachzuschauen. Langhanns wies ununterbrochen darauf hin, dass auch das Militär eine religiöse Gesinnung zum Ausdruck bringen müsse. Jedermann sollte sehen, dass die Reformierten in der Kurpfalz einen gesitteten Lebenswandel führten und sich streng an die Gebote der Heiligen Schrift hielten.

Der diensthabende Offizier inspizierte gerade die blank polierten Knöpfe der im blauen Leibrock strammstehenden Gardisten. Die Reihen auf- und abgehend, achtete er darauf, ob die Stiefel glänzten, der Kragen geschlossen und der Hut korrekt saß. Die Muskete musste im Winkel von neunzig Grad über der Schulter gehalten und der Kopf geradeaus gerichtet sein. Heute nahm es der Oberleibgardist besonders genau. Er hörte gar nicht auf, die Kordeln und Bordüren an den Achseln seiner Leute gerade zu rücken und die Manschetten zu ordnen.

Yvette hatte den Eindruck, dass Gottfried auf sie gewartet hatte. Nach ihrem Winken kam er geradezu angesprungen und half den Damen galant beim Überqueren des pfützenreichen Pflasters. Besonders um Claude bemühte er sich, bot ihr seinen Arm als Stütze an und trug sie fast über die Gefahrenstellen. Er nahm ihr den Blumenstrauß ab und begleitete sie bis zur Kapellentüre. Claude wehrte sich nicht dagegen, obwohl sie sich doch sonst von keinem Mann anfassen ließ.

Es kam der Tante vor, als ob der Sohn ihrer Bekannten just bei Claude mehr Galanterie als notwendig hineinlegte. Sollte er ein Auge auf sie geworfen haben? Auch gut, dann bekäme der Junge eine fromme und herzensgute Frau. Später wollte sie mit Sophie darüber reden und vielleicht konnte sie sogar etwas arrangieren. Schnell blickte sie zum Himmel und bat um Vergebung. Eine Hugenottin sollte in der Regel nicht so denken. Aber wenn es um das Glück eines ihrer ›Kinder‹ ging, durfte sie ein klein wenig von dem schmalen Pfad abweichen.

In der Kapelle trennten sich die Wege. Auf den hinteren Bänken nahmen die Damen und Gabriel Platz. Die Stuhlreihen vor dem Altar waren den Mitgliedern der kurfürstlichen Regierung und den Kirchenältesten vorbehalten. Olivier Marotte gehörte zu diesem Kreis. Seit vielen Jahren hatte er das Amt des Presbyters der französisch-reformierten Kirchgemeinde inne. Er musste darauf achten, dass der Gottesdienst regelmäßig stattfand, von allen besucht und dass die jeweilige Kollekte wie angekündigt verwendet wurde. Zudem war er für den Kapellenraum im Allgemeinen zuständig. Kein einziges Heiligenbild und keine Marienstatue waren zu sehen.

Yvette ließ sich die Gelegenheit nicht entgehen, den Blumenstrauß aus frischem Grün und den ersten Tulpen, die Olivier im Gewächshaus gezogen hatte, nach vorn zu tragen. Die Leute sollten ruhig sehen, dass es ihr ein Bedürfnis war, den Kirchenraum etwas freundlicher zu gestalten. Der Hofprediger verabscheute jede Art von Schmuck und Pomp in der Kirche, selbst Musik lehnte er ab. Sie verdränge die Predigt – so war jedenfalls seine Meinung. Dabei hätte der HERR bestimmt keine Einwände, wenn zu seinem Lob eine Orgel erschallen würde. Aber Langhanns war rundweg dagegen. Darüber stritt sie oft mit ihm – bisher ohne Erfolg.

Anerkennende Blicke und ein zustimmendes Nicken der Anwesenden begleiteten sie. Heute trug die Frau des Oberhofgärtners ihr Haupt ein wenig höher als sonst und die Knubbelnase atmete das Wohlwollen, das ihr entgegengebracht wurde, in tiefen Zügen genüsslich ein.

Pasteur Morel, der junge französische Hilfsgeistliche, eilte auf sie zu und überreichte ihr die Nummern der Psalmentexte, die an diesem Vormittag gesungen werden sollten. Es hatte sich eine Änderung ergeben. Der erkrankte Kurfürst würde nicht wie vorgesehen am Gottesdienst teilnehmen, deshalb sollte bei der heutigen Feier die Bitte um die baldige Genesung des Fürsten im Vordergrund stehen.

Yvette deutete ihm an, dass sie nicht alleine singen werde, sondern Verstärkung mitgebracht habe. Er werde hocherfreut über die hellen französischen Stimmen sein.

Würdevoll, ohne einen Blick nach rechts und links zu werfen, ging Madame auf ihren Platz zurück. Es war auch Zeit, denn nun betraten die Damen und Herren der Hofgesellschaft die Kapelle.

Zuerst schaute Yvette auf die Schuhe der Eintretenden. Trocken waren sie, nicht das kleinste Wassertröpfchen war zu sehen. Na ja, die Mitglieder der Hofgesellschaft ließen sich in Sänften in die Kirche tragen. Etwas schnippisch stellte sie fest, dass das der HERR bestimmt nicht billige. Hoffahrt und Bequemlichkeit seien keine guten Eigenschaften für die Angehörigen der reformierten Kirche. Gabriel schmunzelte nur. Manchmal hatte sie den Eindruck, dass der Diakon ein wenig zur Freigeisterei neige. Er nahm die Dinge nicht immer ernst genug. Dabei müsste doch gerade er streng auf die Einhaltung der Kirchenzucht achten.

Attention! Baron von Steinkallenfels mit Gattin, Kammerzofe Marie Charlotte Sengelmann und Sekretär Anton Eusebius Hasenbein betraten die Kapelle. Ein leises Raunen ging durch die Reihen.

Yvette flüsterte Claude und Hélène zu, dass dies der Edelmann sei, der Olivier noch etwas schulde. Er sei neben dem Großhofmeister Graf von Castell einer der wichtigsten Mitglieder des Geheimen Rates, so nenne sich die kurfürstliche Regierung. Der Baron kannte seinen Wert. Nicht uneitel stolzierte er, den Arm huldvoll seiner Gattin reichend, zwischen den Stuhlreihen nach vorn. Der Leibrock aus silbernem Brokat, desgleichen die ausgestellten Pluderhosen und die feinmaschigen Seidenstrümpfe verliehen ihm eine modische

Eleganz. Sein verkniffenes Gesicht wies aber eher auf einen verschlagenen Gauner hin.

Die Gattin hatte sich heute ihrem Gemahl bezüglich der Garderobe angepasst. Sie war eine hochgewachsene, Respekt verlangende, reich begüterte Adelige aus der linksrheinischen Pfalz. Ihr dunkelbraunes Haar, das streng nach hinten gekämmt war, bedeckte ein angedeutetes Spitzenhäubchen. Aus dem gleichen edlen Material waren die gefaltete hauchzarte Halskrause und die Manschetten, die aus den weinroten Puffärmeln hervorschauten. Ansonsten sah das auf Taille geschnittene knöchellange Kleid streng, aber extrem teuer aus. Mit kleinen Trippelschritten, den gelben Schal neckisch halb über den Kopf gezogen und sich andauernd Luft zufächelnd, folgte die jugendliche Kammerzofe Marie Charlotte.

Yvette merkte, dass Claude und Hélène für derlei modische Erläuterungen wenig Sinn hatten. In Zukunft würde sie Bemerkungen dieser Art unterlassen. Die beinahe dreißig Jahre, die sie hier am Hof verbrachte, hatten sie mehr geprägt, als sie sich eingestehen wollte.

Gerade jetzt fiel es ihr besonders schwer, still zu sein, denn sie musste ihre Gedanken für sich behalten. Kurfürstin Wilhelmine Ernestine, Prinzessin von Dänemark und ihre Hofdamen schwebten herein. Der letztere Ausdruck passte nicht, denn von ›schweben‹ konnte keine Rede sein. Die Kurfürstin besaß eine Figur wie ein Ackergaul. Ihre prallen, runden Wangen und das mit einem Schal verdeckte Doppelkinn waren nicht zu übersehen. Sie stampfte hörbar herein und ließ keinen Zweifel daran, wer die Kurfürstin war. Zwischen ihr und der nachfolgenden Rüdt von Collenberg schob sich unauffällig der Hofprediger. Wo der plötzlich herkam, konnte sich Yvette nicht erklären. Aber es war gut so, denn die Rüdt von Collenberg sollte seit Kurzem die Mätresse des Kurfürsten sein. Langhanns hatte an dieser Verbindung ganz bestimmt tatkräftig mitgewirkt. Wenn es Claude und Hélène interessierte, würde sie auf diese Machenschaften später genauer eingehen.

Zum Schluss erschienen die beiden Freiherren von Degenfeld. Dezent deutete Yvette auf den Älteren, den zweiundsiebzigjährigen Baron Ferdinand von Degenfeld. Er war eine durch und durch noble Erscheinung. Schlank, weißes Seidenhemd, sonst ganz in Schwarz gekleidet, schulterlange silbergraue Allongeperücke und einen Stock, auf den er sich stützte. Die andere Hand lag auf Sophie Schwabs Arm. Sie führte den blinden Baron nach vorn und setzte ihn behutsam auf einen der Stühle. Es tat gut zu sehen, wie die beiden miteinander vertrauensvoll umgingen. Bei genauem Hinschauen blieb jedoch nicht verborgen, dass Sophie auch nicht mehr die Stabilste war und selbst bald gestützt werden musste.

Die Augen des Freiherrn bewegten sich nicht. Sie glichen zwei grauen Kieselsteinen, die in einer tiefen Höhle lagen und dem Gesicht ein rätselhaftes Aussehen verliehen. Als Achtzehnjähriger hatte er seinen Vater, der als General in venezianischen Diensten stand, begleitet. Durch eine Schussverletzung verlor er beide Augenlichter. Er quittierte den Kriegsdienst und ließ sich in der Kurpfalz nieder. Bis heute erhält er von der Republik Venedig eine nicht unbeträchtliche Pension. Sein würdevolles Auftreten drückte Güte und Entschlossenheit zugleich aus. Er war wie sein Bruder Mitglied der kurfürstlichen Regierung.

Yvette entging nicht, dass Claude kein Auge von dem alten Herrn und seiner Begleiterin ließ. Die Frau des Oberhofgärtners schmunzelte in sich hinein. Ganz unbeeindruckt schien ihr Schützling von der Familie Schwab nicht zu sein.

Ein Hüsteln war hinter Yvette zu hören. War sie zu laut? Hatte sie zu viel gesagt? Gar Dinge, die nicht für jedermanns Ohren bestimmt waren? Sie drehte sich um. Ein Lakai rückte Stühle zur Seite. Er konnte nichts gehört haben.

Die Predigt

Yvettes Augenmerk wurde vom Hofprediger in Beschlag genommen. Mit langen, energischen Schritten ging er den Gang entlang. Seine schwarzen Hinterhaupthaare wehten im Wettstreit mit dem Talar. Johann Ludwig Langhanns genoss das Wohlwollen des Kurfürsten. Er war die treibende Kraft, wenn es darum ging, die reformierte Kirche noch stärker im Volk zu verankern. Am liebsten wäre es ihm gewesen, wenn der Calvinismus zur Staatsreligion erhoben worden wäre. Die Vermehrung der Pfarrer- und Schullehrerstellen im Lande ging auf sein Konto. Natürlich kostete das Geld, viel Geld. Auf sein Betreiben hin hatte die Kurpfalz die Grenzen für Glaubensflüchtlinge noch mehr geöffnet. Er war nicht nur ein Asket, er sah auch so aus – hager, hohe Stirn, langer, schmaler Nasenrücken und eingefallene Wangen. Seine durchdringenden Augen in dem bleichen, knochigen Gesicht gaben ihm etwas Fanatisches, obwohl er ganz bestimmt nicht besser oder schlechter als all die Höflinge und Nutznießer am Hofe war. Der schwache Kurfürst glaubte, bei Langhanns Halt zu finden.

Der Hofprediger gab den Gläubigen ein Zeichen. Sie erhoben sich. Er eröffnete den Gottesdienst mit einer Fürbitte für den erkrankten Kurfürsten. Seine tiefe, honorige Stimme drang in jeden Winkel der Kapelle und erzwang Andacht. Seine stechenden Augen waren überall und registrierten jede Kleinigkeit. Yvette traute sich manchmal nicht, die Nase zu putzen. Sein strafender Blick genügte.

Nach dem Gebet huldigte er dem HERRN, der den Menschen trotz Sündhaftigkeit und Verdorbenheit seine Gnade nicht entzog. Um dem Bekenntnis noch mehr Nachdruck zu verleihen, stimmte er gemeinsam mit den Kirchenältesten einen Lobgesang an. Yvette wunderte sich, denn sie hatte gedacht, dass sie und ihre ›Kinder‹ heute als Vorsänger auftreten sollten. Vielleicht war es Langhanns in der derzeitigen Aufregung entfallen oder Morel hatte ihn nicht eingehend genug instruiert. Schade, denn der angestimmte Psalm glich mehr einem Katzengejammer als einer kraftvollen Lobpreisung. Predigen konnte Langhanns, aber singen, das sollte er lieber anderen überlassen. Yvette war gespannt, wie es weiterging.

Langhanns stieg auf die Kanzel. Er war ein Mann des Wortes. Anklagend begann er: »Wir sind alle Sünder und sündigen ohne Unterlass. Dadurch erzürnen wir den HERRN jeden Tag aufs Neue. Wie soll Er uns in seine Gnade aufnehmen, wenn wir uns Seiner nicht würdig erweisen?

Hat Er darum unseren hochverehrten Kurfürsten, der sich für die Verbreitung und Festigung des reformierten Glaubens wie kein Zweiter in diesem Lande einsetzt, mit Krankheit geschlagen? Muss der Kurfürst für unsere Sünden büßen? Gibt der HERR uns ein Zeichen?

Ja, Er gibt uns eines! Wir sollen durch ein wohlgefälliges Leben wieder der Gnade Gottes würdig werden. Und wie sieht ein gottwohlgefälliges Leben aus? Ich sage nur drei Worte: Nicht begehren, verzichten und glauben. Wenn wir so leben, kommen wir dem Himmel ein Stück näher und unsere dunkle Seele wird ein Quäntchen heller. Das will der HERR und keiner schließe sich aus, damit das Erlösungswerk gelinge.«

Desgleichen warnte er alle vor dem Abfall vom Glauben, dem reinen, dem wahren Glauben, dem Glauben an Jesus Christus unseren HERRN und KÖNIG.

»Wir haben nicht umsonst unsere Gotteshäuser, unsere Tempel, gereinigt von all den Wundermittelchen, die die Papisten angesammelt haben. Wir möchten keine Heiligenbilder an den Wänden, keine goldenen und mit Edelsteinen besetzte Statuen, keine über unseren Köpfen schwebende Engelchen oder rührend gen Himmel gerichtete Hände.

Wir wollen das Wort des HERRN rein, unberührt von allem äußeren Tand hören und nur das Wort, keine päpstlichen Weisheiten oder unverständliches lateinisches Gemurmel. Wir möchten mit unseren Ohren hören, was der HERR gesagt hat, und wir wollen bei unserem Handeln und Tun auch die Vernunft walten lassen. Einen mit Zeremonien überladenen Gottesdienst haben wir nicht nötig. Unser ganzes Leben ist Gottesdienst. Gerade in unserem Verhalten zeigt sich unser Christsein. Es gibt keinen Raum, keine Zeit, kein Geschäft, das heiliger ist als das andere. Der HERR ist überall, jederzeit und immerdar.«

Langhanns hielt inne und beobachtete, wie seine Worte bei den Gläubigen ankamen. Die Spur eines Lächelns war in seinem Gesicht zu sehen. Also schien er zufrieden zu sein. Er atmete zweimal tief durch.

»Weil unsere Glaubensbrüder in Frankreich das Wort des HERRN vor das des Königs setzen, weil sie den HERRN als den wahren König ansehen, werden sie verfolgt, werden sie gezwungen, ihren Glauben zu verleugnen. Tun sie es nicht, warten harte, unmenschliche Strafen auf sie. Daher gedenken wir derer in ihrer Not und beten für sie.

Wir beten aber auch für uns, dass uns Gleiches nicht widerfahren möge. Kommt es doch über uns, dann müssen wir es als eine Prüfung, als eine gottgewollte Läuterung annehmen. Der Mensch ist nur Gast auf Erden und sein Leben ist eine ständige Wanderung. Unsere wahre Heimat ist bei Gott.«

Beschwörend hob er beide Arme und rief mit lauter Stimme: »HERR, erhebe ein Strafgericht über die Peiniger und Widersacher und verdamme sie in alle Ewigkeit. Amen.«

Bei den letzten Worten spürte Yvette, wie sich Claudes gesamter Leib aufbäumte, so als wollte sie etwas abschütteln, das schwer auf ihr lastete.

Psalmen singen

Langhanns begab sich an den Abendmahltisch, brach das Brot und segnete den Wein. »Der HERR ist mitten unter uns und wird am Mahl teilhaben.« Er reichte die Gaben weiter. Der junge Pasteur unterstützte ihn dabei. Yvette sah, wie Morel dem Hofprediger etwas ins Ohr flüsterte. Gleich darauf blickte Langhanns in ihre Richtung und gab ein Zeichen, dass sie nach vorn kommen sollten. Yvette und ihre drei Mitsänger standen auf und schritten würdevoll die Stuhlreihen entlang. Alle Augen waren auf sie gerichtet. Die Frau des Oberhofgärtners genoss diesen Augenblick. Ihr sowieso schon großer Busen schwoll noch mehr an und ihre markante Nase wechselte von rosa nach rot. Leises Getuschel war zu hören. Genau konnte sie es nicht verstehen, doch musste es mit dem gottnahen Gesichtsausdruck ihrer Begleiter zusammenhängen. Sie empfand selbst, dass dieser Auftritt Veränderungen in der Kirchgemeinde nach sich ziehen würde.

Vor dem Abendmahltisch reichten sich die Vier die Hände, atmeten tief durch und begannen zu singen.

Es war, als ob plötzlich der Himmel all seine Pforten öffnen und der Atem des HERRN durch die Kapelle wehen würde. Himmlische Töne erfüllten den Raum. Hohe Frauenstimmen, eine dunkle Männerstimme und ein liebliches Kinderstimmchen priesen den HERRN, lobten seine Taten und verkündeten seinen Willen. Der melodisch weiche Klang der französischen Sprache und die Hingabe der Sänger verbreiteten urplötzlich eine Atmosphäre, die das Gemüt anrührte und die Herzen zu Gott erhob.

»Der Herr ist mein Hirte;
mir wird nichts mangeln.
Er weidet mich auf einer grünen Aue
und führet mich zum frischen Wasser.
Er erquicket meine Seele;
er führet mich auf rechter Straße
um seines Namens willen.

Und ob ich schon wanderte im finstern Tal,
fürchte ich kein Unglück;

denn du bist bei mir,
dein Stecken und dein Stab trösten mich.
Du bereitest vor mir einen Tisch im Angesicht meiner Feinde.
Du salbest mein Haupt mit Öl und schenkest mir voll ein.
Gutes und Barmherzigkeit werden mir folgen mein Leben lang, und ich werde bleiben im Hause des HERRN immerdar.«
(Psalm 23)

Nach dem letzten Akkord trat eine ehrfurchtsvolle Stille ein. Der HERR musste in diesem Moment leibhaftig in der Kapelle anwesend gewesen sein. Er sprach durch den Gesang und hielt seine Hand über die Häupter der Gläubigen. Kein Scharren der Füße, kein Hüsteln oder Räuspern waren zu hören – nur andächtiges Schweigen.

Der blinde Baron erhob sich, tastete Halt suchend nach der Stuhllehne und bewegte sich unsicher auf die Sänger zu. Er stolperte, drohte zu stürzen. Noch bevor Sophie an seiner Seite war, hielt ihn Claude am Arm fest und bewahrte ihn vor dem Hinfallen. Hofsekretär Hasenbein, der in der zweiten Reihe saß, sprang eine kurze Sekunde später ebenfalls auf und drängte sich gewaltsam nach vorn.

Für Yvette hatte dieses Verhalten den Anschein von etwas Gestelltem und absichtlich Gewolltem. Es sollte wohl mehr eine Höflichkeits- oder Ergebenheitsgeste sein denn eine spontane Hilfeleistung. Wenn sie genau hinschaute, dann bemühte sich Hasenbein auch mehr um Claude als um den Baron.

Mit welchen Augen er sie ansah! Yvette wurde es fast schlecht. Lüstern, gierig, schamlos! Kalt lief es ihr den Rücken hinunter. Dieser buckelige Schleimling wäre der Letzte, den sie sich an Claudes Seite vorstellen könnte. Sie hatte bisher nicht viel mit diesem Herrn zu tun gehabt. Seine Haltung, er kroch mehr als er ging, seine gelbe Haut und die tief liegenden stechenden Augen, die Hakennase und dieser dürre Hals – alles wirkte abstoßend. Sie musste unwillkürlich an einen Geier denken, der sich auf das Aas stürzt. Nein, der nicht!

Der Freiherr hatte sich in der Zwischenzeit wieder gefangen, suchte nach den Händen der Sänger und bedankte sich mit lobenden Worten für den lieblichen Gesang. Sein Herz zittere jetzt noch – genauso drückte er sich aus – vor der Gewalt der Worte, die so treffend die Situation, in der sich alle befänden, aufzeige. Es gebe im Leben wenig Augenblicke, wo man Gott so nahe sei und heute müsse ein solcher sein. Ein Raunen ging durch die Schlosskapelle. Wenn die Anwesenden in die Hände hätten klatschen dürfen, sie hätten es getan.

Über das Gesicht des Hofpredigers huschte ein anerkennendes Lächeln. Yvette sah es genau. Es tat ihr gut, denn das konnte Auswirkungen auf die nächsten Gottesdienste haben. Auch er reichte jedem Sänger die Hand und versicherte, dass die gesungenen Worte dem HERRN sicher gefallen haben und er werde im nächsten Konsistorium ansprechen, ob der Gottesdienst in Zukunft nicht durch mehr Gesang bereichert werden könne.

Yvette schluckte dreimal. Wenn dem so wäre, ginge ein lang gehegter Wunsch in Erfüllung. In der Stadtkirche solle, so hatte sie gehört, sogar daran gedacht werden, Musikinstrumente einzusetzen. Aber das ginge Langhanns bestimmt zu weit. Zumindest war heute ein Anfang gemacht.

In ihrer glückseligen Stimmung blieb es Yvette nicht verborgen, wie die Hände des Barons nach denen Claudes tasteten. Er hielt sie fest und ließ sie nicht mehr los. Yvette empfand das als ein gutes Zeichen und den Beginn einer wertvollen Beziehung.

Degenfeld bat Claude, ihn zu seinem Stuhl zurückzuführen und sich neben ihn zu setzen. Ihr Schützling sah überrascht und unsicher drein. Sie zierte sich. Wahrscheinlich war es ihr peinlich, neben einem so hohen Herrn zu sitzen und auch noch in der ersten Reihe. Dort, wo sie jeder sehen konnte.

Der Baron beharrte auf seinem Wunsch. Yvette empfand eine innere Befriedigung. Sollten sich doch die Hofschranzen das Maul zerreißen, dass ein Flüchtlingsmädchen so hofiert wurde.

Während die beiden den kurzen Weg zurückgingen, betrachtete sie das Paar genau. Claudes anfängliche Scheu war einem verborgenen Stolz gewichen. Ein schöner Anblick, ein von Liebe und Achtung geprägtes Bild. Zweiundsiebzig Augenpaare waren auf sie gerichtet. Ein Baron und eine Dienstmagd. Yvette vermutete, dass es der Freiherr genau darauf angelegt hatte. Jeder sollte sehen, wie gut sie sich verstanden.

Yvette ordnete ihren Rock. Dabei streifte ihr Blick das Gesicht Hasenbeins. Seine Glubschaugen klebten förmlich an Claude. Widerlich!

Zu allem Unglück drehte sich Claude in dem Moment um, wahrscheinlich hatte sie die bohrenden Blicke ihres Verehrers in ihrem Rücken gespürt. Geringschätzigkeit, Abscheu lag in ihren Augen. Wie ein Hund, der vom Fressen verjagt wird, senkte der Sekretär seinen Blick, zog die Schultern ein und schlich auf seinen Platz zurück.

Der Bußgottesdienst neigte sich dem Ende zu. Der Hofprediger stellte sich wie üblich vor die Eingangstüre, schüttelte allen die Hände und gab gute Worte mit auf den Weg. Yvettes Hand hielt er länger in der Seinen als nötig. Das war neu an ihm. Sonst war er die Strenge und die Unnahbarkeit in Person. Sollte das Singen so viel bewirkt haben?

Der Regen hatte aufgehört. Auf dem Schlosshof standen die Gemeindemitglieder in Grüppchen beisammen. Yvette sah, dass ihr Mann mit dem Oberhofmarschall in ein intensives Gespräch verwickelt war und konnte sich denken, worüber sie sich unterhielten. Der Herr Sekretarius Hasenbein stand auch dabei. Als er Yvettes Blicke bemerkte, fühlte er sich ermuntert, sich ihrer Gruppe zuzuwenden. Wie eine Schlange wand er sich durch die Menschenmenge und steuerte auf sie zu. Hätte sie nur nicht nach Olivier Ausschau gehalten. Ihr war es ganz und gar nicht recht, dass dieser Hasenbein sich zu ihnen gesellen wollte. Verhindern konnte sie es nicht.

»Mesdames und Messieurs«, er nickte Gabriel zu, »Sie haben heute ein Wunder vollbracht. So eine atmosphärische Fülle, die körperlich zu spüren war, hat diese Kapelle noch nicht erlebt. Der Wohlklang Ihrer Stimmen und die Anmut Ihrer Gesichter waren wie himmlische Poesie. Sie müssen wissen, dass ich künstlerisch veranlagt bin und das Schöne sehr verehre.« Dabei schielte er für alle wahrnehmbar nach Claude. Diese lief rot an und wandte ihr Gesicht zur Seite. Hasenbein sprach sie trotzdem unverblümt an: »Es wäre mir eine Ehre und eine Pflicht zugleich, Sie mit den entsprechenden Zirkeln am Hofe bekannt zu machen und, wenn Sie erlauben, würde ich Ihnen, da Sie ja vollkommen neu am Hofe sind, gerne das Schloss und die Umgebung zeigen. Machen

Sie von meinem Angebot Gebrauch. Sie werden es nicht bereuen.«

Er verbeugte sich tief, zu tief, vor Claude und war im Begriff, ihr die Hand zu küssen. In diesem Augenblick drängte sich der Oberleibgardist mit Macht durch die Menge, schob den Sekretär barsch zu Seite und raunzte ihn an, dass jetzt keine Zeit für Komplimente und Faxen sei, denn das Salutschießen für den kranken Kurfürsten beginne in diesem Moment und jedermann solle eine würdige Haltung einnehmen.

Hasenbeins Gesicht verzog sich zu einer Fratze. Es wurde fahler als es ohnehin schon war und seine Augen formten sich zu gelblichen Schlitzen. Dann verdrückte er sich. Yvette atmete auf.

Die Leibgarde hatte sich in der Zwischenzeit in fünf Reihen im Schlosshof aufgestellt und feuerte auf Kommando eine Salve nach der anderen ab. Der Hof dröhnte und erzitterte. Die Zuschauer hielten sich die Ohren zu. Alle Augen waren auf ein bestimmtes Fenster am Friedrichsbau gerichtet. Ein Vorhang bewegte sich, mehr war nicht zu sehen.

Die Leibgarde formierte sich und marschierte über die Hofbrücke ab.

Hortus Palatinus

Claude wachte schweißgebadet auf. Sie hatte schlecht geträumt. Wahrscheinlich hing der Traum mit der gestrigen Predigt zusammen. Es brannte überall, lodernde Flammen stiegen in den Himmel, glühende Funken prasselten auf die Erde, es roch nach Pech und Schwefel. Die Menschen schrien, jammerten, bettelten und beteten. Es half nichts. Die roten Reiter zeigten kein Erbarmen. Wahllos stachen sie auf die Leute ein und jagten sie in die brennenden Häuser zurück. Sie stand ohnmächtig dabei, ihre Glieder waren gelähmt und ihr Mund verklebt. Selbst ihr stilles Gebet verbrannte wie Stroh. Sie nahm ihr Bündel und zog weiter, immer weiter. Es gab keinen Horizont, nur schwarze Flecken überall. An mehr konnte sie sich nicht erinnern.

Sie ging ans Fenster und öffnete es weit. Welch ein Kontrast! Die Sonne schien und der riesige, parkähnliche Garten lag ausgebreitet vor ihr. Schnell verscheuchte sie die dunklen Gedanken und atmete den frischen Geist des kommenden Tages ein.

Eine tiefe Stimme ertönte im Haus. Es war Olivier Marotte. Er rief zum Frühstück. Ein liebevoll gedeckter Tisch mit grünen Zweiglein und roten Tulpen erwartete sie. Und dann das duftende Brot und die große Auswahl an Confitüren – Erdbeere, Pfirsich, Mirabellen. Yvette musste eine exzellente Hausfrau sein.

Der Onkel wollte ihnen heute den Schlossgarten – den Hortus Palatinus – zeigen. Das Haus des Gärtners befand sich in der Mitte der obersten Etage des Parks. Sie mussten nur aus der Haustüre treten und waren mitten drin in all der Pracht und Schönheit. Der Oberhofgärtner sammelte seine Schäfchen um sich und begann mit einem groben Überblick.

»Hinter der hohen Schutzmauer liegt das Bergmassiv des Königstuhls, vor uns im Tal fließt der Neckar und jenseits des Flusses erhebt sich der Heiligenberg als Teil des Odenwaldes.«

Er zeigte nach links. »Dort seht ihr die Rheinebene und rechts geht es ins Neckartal. Auf einem vorgelagerten Plateau haben die Pfalzgrafen in vielen Generationen ein wehrhaftes Schloss errichtet. Es wurde nie von Feinden eingenommen, nicht weil es von dicken Mauern und Türmen geschützt war, sondern weil die Hänge steil abfielen und einen natürlichen Schutz boten. Unter Kurfürst Friedrich V. (1610-1623) hat sich das geändert.«

Claude erinnerte daran, dass der Torwächter ihnen am Tag der Ankunft schon manches über die Schlossanlage erzählt hatte. »Dann brauche ich ja nichts mehr sagen.« Lauter Protest machte sich breit. Sie wollten alles genau wissen.

»Also!«, begann der Onkel von Neuem. »Der zwanzigjährige Kurfürst Friedrich V. hat im Jahre 1613 die englische Königstochter Elisabeth geheiratet. Um ihr eine ebenbürtige Umgebung zu bieten, ließ er das enge Friesentälchen, das das Schloss von Osten her schützte, teilweise auffüllen. Auf der neuen Fläche errichtete der Gartenarchitekt Salomon de Caus – er war übrigens hugenottischer Abstammung – einen Garten, den es in Europa so noch nicht gegeben hat. Damals, das war vor ungefähr siebzig Jahren, wurde der Hortus Palatinus als achtes Weltwunder bezeichnet.«

Claudes Interesse erwachte. »Und wie sah der Garten damals aus?«

»Der flämische Landschaftsmaler Jacques Fouquière hat uns ein Ölgemälde des Idealzustandes hinterlassen. Darauf beziehe ich mich. Schließt die Augen und folgt meinen Gedanken!«

»Vom Schloss kommend gehen wir auf der mittleren Terrasse an einem Beet, in dessen Mitte sich ein Brunnen mit scheußlichen Fratzen befindet, vorbei, durchqueren ein Wäldchen mit dichten, buschigen Laubengängen und stoßen auf einen Säulenbrunnen, auf dessen Spitze sich der legendäre Reichsapfel befindet.«

Hélène wies stolz darauf hin, dass ihr die Abbildung eines apfelähnlichen Gebildes an mehreren Stellen im Schloss aufgefallen sei und fragte nach dessen Bedeutung. Dem Onkel gefiel es sichtlich, dass seine Nichte so regen Anteil nahm. Er schmunzelte: »Der Reichsapfel ist ein Herrschaftszeichen in Form einer Weltkugel mit aufgesetztem Kreuz. Er gehört zu den Kleinodien des Heiligen Römischen Reiches und ist Sinnbild für die Weltherrschaft.«

»Das kann nicht sein!«, hakte Gabriel ein. »Die Kurpfalz wird doch nie die Weltherrschaft angestrebt haben.«

»Warte ab, was ich noch sage!«

Marotte verstand es, die Spannung zu steigern. »Zusammen mit der Krone und dem Schwert wurde der Reichsapfel dem König während der Krönungszeremonie von den Trägern der Erzämter überreicht. Der rheinische Pfalzgraf hatte als einer der vier weltlichen Fürsten, die den König wählen durften, das Amt des Erztruchsess inne.«

»Und was ist das für ein Amt?« Jetzt kamen die Fragen und der Onkel hatte Mühe, alles richtig zu erklären.

»›Truchsess‹ war in der mittelalterlichen Hofgesellschaft die Amtsbezeichnung für den Küchenmeister, der die Speisen auftrug. Das heißt, er hatte im übertragenen Sinne die Aufsicht über die fürstliche Tafel und später über den gesamten Hof. Er verwaltete die königliche Macht nach dem Tod des Königs oder Kaisers bis zum Regierungsantritt des Nachfolgers.«

»Donnerwetter, dann ist der heutige Kurfürst Karl der Stellvertreter des Kaisers!«, folgerte Hélène und schaute ehrfürchtig in Richtung Friedrichsbau, wo der erkrankte Fürst im Bett lag.

»Er war der Stellvertreter, meine Liebe. Er ist es nicht mehr.«

»Und warum?«

»Während des schrecklichen Dreißigjährigen Krieges hat der Kaiser diese vornehme Kurwürde der reformierten Pfalz weggenommen und dem katholischen Bayern übertragen.«

»Oh, wie schade!«, konnte Hélène nur noch sagen. Wahrscheinlich schwirrte ihr wieder der Kopf bei so viel Historie. Claude hatte dafür Verständnis. Ihr ging es ebenso. Aber ohne die geschichtlichen Hintergründe war die Gegenwart nicht zu verstehen. Daher musste man ab und zu in den saueren Apfel beißen und einfach zuhören.

Olivier hatte das verstanden und wandte sich wieder dem Schlossgarten zu. »Die große Grotte vor euch wurde in die Felsen des Bergmassivs gehauen. Dahinter befinden sich noch mehrere Höhlen.«

Claude und Hélène betraten zögernd das dunkle Gemäuer. Höhlen hatten für sie immer etwas Unheimliches, Verbotenes an sich.

»Habt keine Furcht, geht einfach hinein und seid still. Mit einiger Fantasie könnt ihr liebliche Musik hören und seht tanzende und sich drehende Feen und Göttinnen. Ein raffiniert ausgedachtes System, das die Wasserkraft der vom Königstuhl herabstürzenden Bäche ausnutzte, bewegte die hinter Mauern und Felsen versteckten Maschinen. Salomon de Caus hat sie konstruiert. Er war ein wahres Genie.«

»Er war halt ein Hugenotte«, bemerkte Hélène nicht ohne Stolz, drehte sich im Kreise und führte anmutige Bewegungen aus.

Der Onkel nahm die Anregung auf und erzählte so, als ob alles noch Wirklichkeit sei: »Die größte der Grotten ist das Reich der Göttin Diana. Hier ist sie zuhause. Höhlen bieten ihr Schutz vor den Unbilden der Natur und spenden Wasser und Kühle. Zu ihr gesellen sich Silenen, Nymphen und Satyrn. Höhlen sind aber auch Orakelstätten, Orte geheimer Weisheit und das Versteck Unheil bringender Wesen.«

Hélène zog die Nase hoch. Alles schien sie nicht zu glauben, doch der Onkel ließ sich dadurch nicht beirren. »Schaut euch die Skulpturen genau an! Der Satyr, der Waldgeist, hüpft im Gefolge Dionysos, des bocksbeinigen Wein- und Fruchtbarkeitsgottes, wild über die Steine des rauschenden Baches, der aus der Tiefe des Waldes kommt. Gebt acht! Diese grobe Gestalt mit dem struppigen Haar, den spitzen Ohren und einem Ziegenschwanz haust hier immer noch und treibt seinen Schabernack.«

Marotte legte seine Hände auf Hélènes Schulter. »Zu seinen Sprüngen und Tänzen lacht er höllisch und zieht sein Maul so breit, dass ein Heuwagen darin Platz findet. In der rechten Hand hält er einen Krug voll mit Wein und in der linken einen funkelnden Pokal. Volltrunken schielt er lüstern nach seinen Begleiterinnen, den Nymphen und Bacchantinnen.«

Der Oberhofgärtner unterbrach und überzeugte sich, ob auch allen ein Schauer über den Rücken gelaufen war. Claude merkte, wie sich Hélène schüttelte. Gabriel hatte sich abgewandt und warf ihm einen missbilligenden Blick zu. Wahrscheinlich dachte er das Gleiche wie sie: dass ein gläubiger Hugenotte solche Worte überhaupt in den Mund nimmt.

»Jetzt seid nicht so pikiert, ich wollte euch nur einmal demonstrieren, wie die Menschen damals sich ein ausgelassenes Naturerleben vorstellten und in Bildern ausmalten. Auch wenn wir Hugenotten davor Abscheu hegen, so sind diese

Phänomene in der Welt vorhanden. Augen verschließen gilt nicht!«

»Na, ja!«, war Gabriels einziger Kommentar.

Marotte störte sich nicht daran und drängte zum Weitergehen. »Vor der Grotte seht ihr drei knietiefe Wasserbecken. Im mittleren liegt auf einer Felsengruppe der personifizierte Flussgott Rhein. Er ist eine Anspielung auf den kurfürstlichen Herrscher und sein Reich. Der Rhein war und ist das wichtigste Band des zersplitterten Territoriums. Der rheinische Kurfürst nennt sich bis heute offiziell ›Comes Palatinus Rheni‹.«

In dieser Ecke hatten sie genug gesehen. Der Oberhofgärtner nahm die Fantasiereise wieder auf. »Wenn wir uns in Richtung Neckartal wenden, gelangen wir zu einem langen, schmalen Gartenteil mit runden hoch gemauerten Beeten. In jedem dieser Kreise befindet sich ein Pomeranzenbäumchen.«

Hélène konnte sich kaum mehr beherrschen. Sie stieß Claude in die Seite und blinzelte ihr zu. »Endlich! Ich war so gespannt, wann die Pomeranzenbäumchen auftauchen würden. Etwas Geheimnisvolles muss sie umgeben – oder nicht?«

Marotte strich seiner Nichte liebevoll übers Haar und erklärte: »Die Früchte dieses Baumes werden mit den goldenen Äpfeln der Hesperiden in der griechischen Mythologie in Verbindung gebracht.«

Die Zehnjährige schaute ihn fragend an. Claude ging es nicht anders. Trotz der Fülle des schon Gehörten wollte sie mehr darüber erfahren.

»Die Hesperiden (hell singende Töchter – Nymphen) hüten laut der Sage in einem wunderschönen Garten einen Baum mit goldenen Äpfeln, den Gaia (Göttin der Erde) für Hera (Göttin der Ehe) zu deren Hochzeit mit Zeus (oberster olympischer Gott) wachsen ließ. Die Äpfel verleihen den Göttern ewige Jugend und Schönheit.« Marotte hob den Finger: »Erinnert euch an das, was ich vorhin über den Reichsapfel gesagt habe. Diese Vorstellung spielt hier mit hinein.«

Staunende Gesichter bei den Zuhörern. Alles war so faszinierend. Trotzdem fragte sich Claude, warum der Onkel ihnen die Hintergründe und Zusammenhänge so ausführlich erzählte. Wahrscheinlich wollte er den Neuangekommenen vor Augen führen, dass der menschliche Geist vielgestaltig ist und sich nicht in ein einziges Schema pressen lässt. Wenn man diese Gedanken auf die Religionen übertrüge, hatte er gewiss recht, denn diese besitzen immer einen Ausschließlichkeitsanspruch. Obwohl Claude keine vernarrte Calvinistin war, konnte sie sich im Moment mit solchen Gedanken nicht anfreunden. Sie brauchte Zeit, um darüber nachzudenken. Aber ihr war jetzt klar geworden, dass die Welt nicht mit Jean Calvin anfing und aufhörte.

Achtung, der Onkel steuerte auf sein Lieblingsthema zu! Die Pomeranzenbäumchen. »Das Gedeihen der südländischen Früchte im rauen nordischen Klima erregte bei den Zeitgenossen Bewunderung. Sie wurden als ein Synonym für die fürstliche Naturbeherrschung verstanden. Die Macht des Fürsten vermochte einen von den Jahreszeiten unabhängigen, einen ewigen Frühling hervorzubringen. Sie konnte die Vergänglichkeit überwinden.«

»Auf welche Gedanken die Menschen kommen.« Claude staunte einmal mehr darüber, aber auch über das Wissen Marottes und wie er ihnen mit wenigen Worten komplizierte Zusammenhänge erklären konnte.

»Die Grundidee de Caus' war, zu zeigen, wie eine ungezähmte Natur – das fließende Bergwasser – in ein bewusst gestaltetes Gebilde – eine sich drehende Wasserfontäne – verwandelt werden kann. Der Garten sollte ein Ort sein, in dem sich die Sinne öffnen, der Geist sich erfreut und der Herrscher sich als Erster und Vornehmster Kurfürst des Reiches darstellen kann.«

Claude schwirrte der Kopf. So viel Philosophie auf einmal. Es kam ihr vor, als ob sie in eine ganz neue Welt – eine geistige – eingetaucht sei. Einerseits war sie von den Gedanken dieser gebildeten Leute beeindruckt, andererseits war es für sie das Produkt einer überzogenen menschlichen Vorstellung.

»Der HERR ist der Schöpfer und Erhalter der Welt und sonst niemand.« Laut sagte sie das, sodass es alle hören konnten. »Und dieser Kurfürst Friederich V. muss ganz schön von sich eingenommen gewesen sein.«

»Leider!«, bestätigte Marotte. »Aber indirekt sind wir, meine Frau und ich, wegen ihm in die Pfalz gekommen.«

Das interessierte natürlich alle und so musste der Onkel berichten: »Der Sohn des vorgenannten Kurfürsten, dem Namen seid ihr bestimmt schon viele Male begegnet, Karl Ludwig, trat nach dem Dreißigjährigen Krieg sein Erbe in der verwüsteten Pfalz an. Er brauchte für den Neuaufbau Geld. Der französische König gab es ihm. Es wurde sogar ein Freundschaftsvertrag zwischen der Pfalz und Frankreich abgeschlossen. Im Jahre 1657 unterzeichneten Baron von Steinkallenfels und Kardinal Mazarin, der Regent für den noch minderjährigen König Ludwig XIV., das Zweckbündnis. Neben den beträchtlichen Subsidien bekam der Baron als zusätzliches Geschenk zehn Pomeranzenbäumchen und einen kundigen Gärtner dazu. Der Gärtner war ich.«

Ein langes »So war das!« ertönte.

»Gibt es noch Pomeranzenbäumchen?«, wollte Claude wissen. Der Oberhofgärtner nickte, zeigte nach Westen und ging voran. Sie wechselten auf die entgegengesetzte Seite der Schlossanlage zum Stückgarten.

Dieser Teil war vordem der Privatgarten der englischen Prinzessin. Bevor Marotte die Türe des steinernen Vogelhauses aufschloss, schaute er sich vorsichtig um. Nicht dass er etwas Verbotenes getan hätte oder das Züchten von Pomeranzenbäumchen ein Verbrechen gewesen wäre, aber es brauchte trotzdem nicht jeder zu wissen. Er hatte nämlich die letzten Bäumchen, bevor sie im Freigelände zugrunde gegangen wären, hierher gebracht. Wenn jemand ihm bös wollte und ihn beim Oberrat anschwärzte, würde das Vogelhaus vielleicht eine andere Bestimmung erhalten.

»Offiziell gibt es keine Pomeranzenbäumchen mehr, denn der Kurfürst gibt sein Geld für andere Dinge aus. Die Soldatenspiele kennt ihr bereits.« Er zeigte in Richtung Schloss.

»Dort, den Turm mit seinen sieben Meter dicken Wänden hatte Friedrich V. in eine Theaterbühne umbauen lassen. Heute wird an jenem Ort wieder Theater gespielt. Unser Kurfürst und seine Gattin schlüpfen höchst selbst in die Kostüme und spielen mit.«

»Das haben wir schon vom Torwächter gehört.« Trotzdem war es für Claude kaum zu fassen, denn nach ihrer Meinung müsste ein Fürst vor allen Dingen um das Wohlergehen des Volkes besorgt sein und nicht nur zu seinem Vergnügen leben. Aber, ihr eigener König Ludwig XIV. – war er noch ihr König? – hatte es vorgemacht. Er verwandelte Versailles in ein einziges Theater. Komödien und Dramen waren der Rahmen und der König der Hauptdarsteller. Wer durfte dem König die Strümpfe anziehen, wer reichte ihm den Jagdhut? Jeder buhlte um die Gunst der Majestät und schlüpfte in jede Rolle, die vom König verlangt wurde. Ob das hier in Heidelberg auch so war?

Der Oberhofgärtner konnte Claudes Gedanken lesen und erzählte die neueste Hofepisode.

»Langhanns hat in dem neuen Stück, bei dem es um die Liebe eines Ziegenhirten zu einer jungen Schäferin geht, dem Kurfürsten die Rolle des Hirten zugedacht und der Rüdt von Collenberg die der Schäferin.«

»Ich kann mir vorstellen«, argwöhnte Claude, »dass der Herr Hofprediger nichts ohne Hintergedanken tut.«

»Du liegst richtig. Der Hofprediger wollte gerne, dass sich der Kurfürst wirklich in die Hofdame verliebt und sie begehrt.«

Dieses Thema war Claude unangenehm, sie drängte zum Nachhausegehen. Marotte nickte und meinte: »Morgen ist ja auch noch ein Tag.«

Wettlauf im Schlossgarten

Der Kies knirschte unter ihren Füßen. Daher hörten Marotte und seine Begleiter nicht, dass ihnen jemand entgegen kam. Erst als sie um eine Buchsbaumrabatte bogen, gewahrten sie die Baroness von Steinkallenfels und deren junge Begleiterin.

»Gestern habe ich euch vom Oberhofmarschall erzählt«, sagte der Onkel, »heute begegnen wir seiner Gattin. Ihr müsstet sie eigentlich von der Schlosskapelle her kennen. Sie ist eine der ersten Damen am Hofe.«

Alle Augen wandten sich in die gleiche Richtung. Eine Dame in einem roséfarbenen Samtkleid mit einem weit ausgeschnittenen Dekolleté spazierte unter einem zierlichen Sonnenschirm die Rabatten entlang.

Claude zog ihre Stirn in Falten und rümpfte die Nase. Der tiefe Ausschnitt des Kleides und der freie Rücken stimmten nicht mit dem überein, was Langhanns am Sonntag von der Kanzel verkündet hatte. Frauen reformierten Glaubens, hatte er gepredigt, sollten sich einer gewissen Züchtigkeit und Zurückhaltung befleißigen. Das schien an diesem Hofe nicht für alle zu gelten.

Hinter der Baroness stolzierte mit hochgerecktem Hals deren Kammerjungfer, Marie Charlotte. Sie führte zwei Möpse an der Leine. Ein Bild zum Schreien. Die Möpse trugen ihre Köpfe genauso hoch wie die beiden Damen und die Damen sahen genauso überheblich wie die affektiert wirkenden Hundegesichter aus.

Ein Ausweichen war nicht mehr möglich. Claude versuchte, ein freundliches Gesicht zu machen und sich den Gegebenheiten notgedrungen anzupassen.

Die Kammerjungfer hüpfte tirilierend umher, zerrte die Möpse von rechts nach links und umgekehrt und wollte nach einer wortreichen, aber liebenswürdigen Begrüßung aus purem Übermut Hélène spontan eine der beiden Hundeleinen reichen. »Hast du Lust? Wir laufen mit den Hunden um die Wette.«

Sie wartete erst gar nicht Hélènes Reaktion ab, sondern bestimmte sogleich: »Bis zur Linde und wieder zurück. Mache dich fertig!«

Hélène war irritiert. Vielleicht hatte sie auch nicht verstanden, was die Jungfer wollte. Sie versteckte ihre Hände hinter dem Rücken.

Claude konnte es Hélène nachempfinden. Es schickte sich nicht, mit einem Hund und einer närrischen Jungfer im Schlossgarten um die Wette zu laufen und albern herumzukichern.

Marie Charlotte bemerkte die Zögerlichkeit Hélènes und drückte die Leine einfach Gabriel in die Hand. Vielleicht, so ging es Claude durch den Kopf, war das von Anfang an deren Absicht. Der junge Franzose gab eine treffliche Figur ab. Marotte hatte seinen Kleiderschrank geöffnet und Gabriel neu eingekleidet. Nicht, dass er nun wie ein Prinz aussah, aber durch seine gelockten Haare, die unter dem roten Diakonenkäppchen bis auf die Schultern wallten, kam das fein geschnittene Gesicht trefflich zur Geltung. Das braune Wams und die grünen Beinkleider gaben ihm einen gewissen höfischen Glanz, ohne aufdringlich zu wirken. Die Jungfer schien Gefallen an Gabriel gefunden zu haben.

Ohne Ankündigung rannte sie los. Um ein unnötiges Trara zu vermeiden, gab Claude Gabriel einen leichten Schubs. Schnell lief er hinterher. Bei der Linde hatte er sie beinahe eingeholt. Wie zufällig entglitt Marie Charlotte die Hundeleine und verhedderte sich in Gabriels Beinen. Es hätte nicht viel gefehlt und er wäre in eines der Beete gefallen. Im letzten Moment fand er die Balance wieder. Marie Charlotte erreichte als Erste das Ziel.

»Ich habe gewonnen!« Sie hüpfte und drehte sich wie das Rumpelstilzchen kindisch vor Freude im Kreise.

Gabriel war kein Dummkopf. Er musste auch gesehen haben, dass die Hundeleine im passenden Moment von Marie Charlottes Hand geglitten war. Trotzdem gratulierte er ihr zum Sieg: »Ja, werte Jungfer, Sie kamen vor mir ans Ziel, das ist nicht zu bestreiten. Doch was wäre gewesen, wenn Sie nicht just im richtigen Augenblick und an der richtigen Stelle die Leine verloren hätten?«

Mit erstaunten Augen schaute die Jungfer ihn an. Sie konnte sich, so hatte es zumindest den Anschein, nicht denken, was Gabriel meinte und mimte das Unschuldslamm. Schnippisch nahm sie ihm die Leine aus der Hand und beschwerte sich in einem vorwurfsvollen Ton, dass der Herr Diakon ihr den Sieg wohl nicht gönne. Dabei warf sie ihm trotz des gespielten Beleidigtseins einen Augenaufschlag zu, bei dem sich Claude der Magen umstülpte. ›Miststück‹, hörte sich Claude innerlich sagen.

Die Baronin hüstelte und hielt ein Spitzentüchlein vor den Mund. Bevor sie um die nächste Boskette bog, fiel ein missbilligender Blick auf ihre Kammerjungfer. Sie stellte Marie Charlotte anheim, mit ihr zu gehen oder sich der Schlossgartenführung Marottes anzuschließen.

Claude hatte den Eindruck, als ob sich die oberste Dame des Hofes aus irgendwelchen Gründen nicht traute, Charlotte zu rügen oder dass es ihr zu gewöhnlich erschien, dies vor den Leuten des Gärtners zu tun. Jedenfalls benahm sich die Kammerjungfer Sengelmann genauso wie eine der überheblichen Hofadeligen. Darauf konnte sich Claude keinen Reim machen.

Seit sich Marie Charlotte der Gesellschaft Marottes angeschlossen hatte, konnte von ernsthaften Gesprächen oder Erklärungen keine Rede mehr sein. Wenn die Jungfer nicht in Entzücken über die ersten Schneeglöckchen oder einen Vogel ausbrach, erzählte sie lang und breit, was bei Tisch aufgetafelt wurde. »Bei uns gab es heute mit Speck umwickelte Elsässer Täubchen, serviert auf in Champagner gedünstetem Karottengemüse. Beides war so zart, dass es auf der Zunge zerging, doch war eine Prise Salz zu viel beigefügt. Meinem feinen Gaumen entgeht nichts. Außerdem hatte die Soße einen zu sahnigen Beigeschmack. Ich habe daraufhin den Baron gebeten, dem Koch einmal auf die Finger zu schauen.« Dabei lachte sie und freute sich über ihre – so empfand sie es wahrscheinlich – witzige Bemerkung.

Olivier war der Auftritt der Jungfer peinlich und er suchte offensichtlich nach einem Grund, sie wieder loszuwerden. Das erübrigte sich jedoch, denn noch ehe er etwas sagen konnte, waren erneut Schritte zu hören – Männerschritte.

Baron von Steinkallenfels und sein etwas verwachsener Sekretär, Anton Eusebius Hasenbein, bogen, in ein Gespräch vertieft, um die Ecke.

Marie Charlotte erblickte sie zuerst. Ein Ruck ging durch ihren Körper. Sie straffte sich, zog den sowieso schon übermäßig tiefen Ausschnitt noch ein Stückchen herunter und gab sich ganz ›verführerisch‹. Den Rüschenrock anhebend, damit jeder einen nicht zu geringen Teil der zierlichen Waden sehen konnte, stöckelte sie mit ihren seidenbespannten Pantöffelchen, sich in den Hüften wiegend, auf die beiden Herren zu.

»Durchlauchtigster Oberhofmarschall, welch eine Freude, Ihnen hier an diesem allerliebsten Ort zu begegnen. Der junge Diakon und ich haben gerade mit den Lieblingshündchen der Baronin einen Wettlauf veranstaltet. Fast stockt mir noch der Atem von der Anstrengung.«

Der Oberhofmarschall verlangsamte seine Schritte, erwiderte überaus freundlich den Gruß Marottes und tätschelte der Kammerjungfer väterlich und genüsslich zugleich die Wangen.

Donnerwetter, durchfuhr es Claude, die beiden müssen sich aber gut kennen. Für ihre Augen war dieses Verhalten eine Nuance zu vertrauensvoll.

Mit einer ausladenden Geste zeigte Marie Charlotte auf Marottes Besuch und war im Begriff, ihn vorzustellen.

Der Baron winkte ab. »Mesdemoiselles und Messieurs«, begann er, »ich hatte schon das Vergnügen, Sie kennenzulernen. Allerdings mehr Ihre Stimmen. Heute noch schwärmt meine werte Gattin von der Innigkeit und dem Wohlklang des Gesangs.«

Eine leichte Verbeugung in Richtung des Oberhofgärtners unterstrich sein Wohlwollen, das er den Refugiés entgegenbrachte. Dann wandte er sich direkt an Marotte. »Er bat mich nach dem letzten Kirchgang um Unterstützung wegen der schulischen Ausbildung seiner Nichte, nicht wahr?«

Der Baron rückte seine silbergraue Allongeperücke gerade und wechselte einen fragenden Blick mit seinem Sekretär.

»Das reformierte Waisenhaus in Handschuhsheim hat doch einen vorzüglichen Ruf, oder nicht?« Der Sekretär nickte ergeben. »Nach meiner Kenntnis«, fuhr der Oberhofmarschall fort, »ist der derzeitige Vorsteher, ein gewisser Abraham Krumpfuß, eine willensstarke und durch und durch integre Person und dazu noch ein frommer und braver Calvinverehrer. Das wäre der geeignete Ort, um eine solide Schulbildung für die junge Dame zu gewährleisten.«

»Gewiss, gewiss Eure Exzellenz!«, pflichtete Hasenbein ihm übereifrig und mit tausend Bücklingen versehen bei. »Eine superbe Idee – wie immer.«

Bei jedem Wort, das er aussprach, schielte er nach rechts und links, damit ja jeder seine Ergebenheit und seinen Diensteifer sehen konnte. Ein widerlicher Anblick.

»Und, wenn ich noch untertänigst bemerken darf, für das Waisenhaus spräche zudem, dass wir dort die Dienstaufsicht ausüben, sodass wir jederzeit regulierend eingreifen könnten, falls etwas unser Missfallen erregen sollte.«

»Also, Hasenbein, dann leite Er so schnell wie möglich alles in die Wege. Das heißt, wenn unser Oberhofgärtner damit einverstanden ist. Über seinen Kopf hinweg wollen wir nichts entscheiden.«

Fragend schaute er Marotte an. Dieser wiegte den Kopf hin und her und meinte schließlich, dass auch ihm nichts Besseres einfalle und er mit dem Vorschlag einverstanden sei. Er strich dabei über Hélènes Haar, drückte sie liebevoll an sich und verabschiedete sich.

»Und was mache ich«, überlegte sich Marie Charlotte. »Soll ich mit den Hunden nach Hause gehen oder mich den beiden Herren anschließen?« Ihre Neugierde siegte. Mit langsamen Schritten folgte sie ihnen und spitzte die Ohren.

»Wenn der Herr Baron untertänigst erlauben«, nahm Hasenbein das Gespräch wieder auf, »würde ich gerne die ältere Begleiterin, Mademoiselle Claude, bei der Einweisung in das Waisenhaus mitnehmen. Sie wird wahrscheinlich ein umfänglicheres Wissen über die familiären Zusammenhänge besitzen als die noch sehr junge Mademoiselle.«

»Verfahre Er so, wie Er es für richtig erachtet!«

Sein Blick streifte noch einmal den Sekretär und er hielt im Gehen inne. »Hasenbeinchen, Ihn beschäftigt doch noch etwas, ich sehe es Ihm an. Raus mit der Sprache!«

»Wenn Eure Exzellenz gütigst erlauben. Ich habe mir auch Gedanken über die Verwendung der beiden anderen Refugiés gemacht.«

»Sooo! Er scheint ja viel übrig zu haben für die Flüchtlinge.«

»Wie Sie wissen, Euer Hochwohlgeboren, bin ich Junggeselle und schon seit geraumer Zeit auf der Suche nach einer braven und tüchtigen Haushaltshilfe und Mademoiselle Claude scheint mir dafür bestens geeignet zu sein. Wenn ich hierfür Ihre Unterstützung erhalten könnte, wäre ich ein Leben lang dankbar.«

Auf dem Gesicht des Barons zeigte sich ein anzügliches Grinsen. »Er hat keinen schlechten Geschmack. Gut, mir soll es recht sein.«

Hasenbein war noch nicht fertig: »Und der junge Diakon könnte in der Hugenottensiedlung in Friedrichsfeld das dortige vakante Amt antreten. Die Presbyter (Gemeindeälteste) haben sich wiederholt an den Oberrat gewandt und ...«

Dieser Vorschlag rief Marie Charlotte auf den Plan. Keck stellte sie sich vor den Baron. »Ich möchte den Herrn Oberhofmarschall gütigst daran erinnern, dass ich schon mit der Baronesse gesprochen und auch Ihre Zustimmung erhalten habe. Der junge Diakon wird in der Schlossgemeinde gebraucht.«

Der Ton, in dem die Kammerjungfer dieses mitteilte, ließ keinen Widerspruch zu.

Wieder tätschelte der Baron Marie Charlottes Wangen und sagte fast entschuldigend: »Ach ja, das hätte ich beinahe vergessen«, und zu seinem Sekretär gewandt, »also Hasenbein, nehme Er das zur Kenntnis.«

Plötzlich hatte es Marie Charlotte eilig, nach Hause zu gehen. Sie hob ihren Rock hoch und hüpfte, zwei Stiegen auf einmal nehmend, mit den Möpsen die Treppen hinunter. Das Schloss verschluckte sie.

Fahrt zum Waisenhaus

Zum wiederholten Male versicherte Yvette Hélène, dass der Aufenthalt im Waisenhaus viele Vorteile biete. Sie lerne nicht nur lesen und schreiben in der Landessprache, sondern auch gleichzeitig stricken, kochen und nähen. Ihre Mitschüler seien gleich alt und durchweg Protestanten. Dass sie in den Ferien zu ihnen käme, bräuchte sie gar nicht erst zu erwähnen und schließlich sei Handschuhsheim nur eine Fahrtstunde entfernt – also nicht aus der Welt.

Das stimmte alles und doch war der Abschied schmerzlich. Der ganze Jammer des zurückliegenden Jahres stieg in ihr hoch. Wo waren ihre Eltern? Was war aus ihrem Bruder und Urs geworden? Wenn sie an sie dachte, wurde ihr schwer ums Herz.

Rollende Räder und Hufgestampfe waren zu hören. Energisch wischte sie sich über das feuchte Gesicht. Sie wollte nicht mit verheulten Augen vor Grombacher stehen.

»Brr, Liesl halt!«

Grombachers Kutsche hielt vor der Türe. Es war ein leichtes, offenes Wägelchen und passte zu dem wolkenlosen Frühlingstag. Lachend begrüßte er Yvette und Hélène. Er strich ihr übers Haar und hob sie mitsamt ihrem leichten Bündel auf den Kutschbock. Ihr war das gar nicht recht, denn in ihr kämpften ganze Heerscharen gegeneinander. Zu Späßen war sie heute nicht aufgelegt. Aber, was konnte Grombacher für ihren Gemütszustand! Yvette stand mit einem großen weißen Tuch unter der Haustüre und dicke Tränen kullerten über ihre Wangen.

Der Kutscher lockerte die Zügel, schnalzte mit der Zunge und die Liesl zog an.

Sie war ein braves Pferd und gewohnt, dass Grombacher mit ihr sprach: »Liesl, heute haben wir eine wertvolle Fracht und da möchten wir nichts riskieren. Also, immer hübsch langsam traben, sachte die Kurven nehmen und nicht ruckartig anziehen. Alles verstanden, Liesl?«

Dabei blinzelte er Hélène an und steckte ihr eine Zuckerstange zu. Der Oberhofkutscher war ein herzensguter Mensch, der sein letztes Hemd hergegeben hätte. Wenn Hélène nicht bei ihren Verwandten untergekommen wäre, hätte er sie auf der Stelle an Kindes statt angenommen. Beide mochten sich.

Sie bogen nach rechts zur Brücke ab, die über den Burggraben in den Schlosshof führte. Hélène stutzte. Wenn sie hinunter in die Stadt fahren wollten, um Claude und den Sekretär abzuholen, bräuchten sie nicht in den Hof hineinzufahren. Warum schlug Grombacher diese Richtung ein? Hatte sich an der Absprache etwas geändert? Falten bildeten sich auf ihrer Stirn. Sie fasste ihn am Arm und fragte nach der Ursache.

Der Herr Sekretarius, erklärte er ihr, habe darauf bestanden, die Kutsche oben im Schloss in Empfang zu nehmen, denn er wolle höchst selbst die beiden Damen nach Handschuhsheim fahren.

Hélène überlegte kurz. »Aber dann fährt der Herr Sekretär doch mit Claude alleine zurück.«

»Gewiss!«

Außer sich sprang Hélène von der Sitzbank hoch: »Monsieur Grombacher, Sie müssen doch auch bemerkt haben, dass der Herr Sekretarius mehr als ein Auge auf Claude geworfen hat und dass sie absolut nichts von ihm wissen möchte. Ich glaube, sie hat ihr Herz schon an Gottfried vergeben!«

Der Kutscher atmete tief durch. So temperamentvoll hatte er seinen Liebling noch nicht erlebt. Hélène war ihr Gefühlsausbruch peinlich, aber das spielte jetzt keine Rolle. Es ging um Claude.

»Wenn Monsieur Hasenbein mit ihr alleine zurückfährt – und das ist wohl seine Absicht – gibt es ein großes Malheur. Wir sind Refugiés. Wie soll sich Claude gegen jemanden von der kurpfälzischen Regierung wehren? Er wird die Fahrt für seine Zwecke missbrauchen.«

Durch die Zähne pfeifend hielt Grombacher die Kutsche auf der Stelle an. »Aha, daher weht der Wind!« Auf seiner Stirne bildeten sich tiefe Furchen.

Hélène merkte, wie es in ihm arbeitete. Hätte er früher über die Konsequenzen nachgedacht, wäre ihm bestimmt eine Ausrede gegenüber Hasenbein eingefallen. Aber nun …

Sein Gesicht hellte sich aber im Nu wieder auf. »Mach dir keine Sorgen, ich werde sofort Gottfried Bescheid sagen und ihn bitten, Claude abzuholen. Es wird ihm eine Lust sein, seinem Konkurrenten eines auszuwischen. Sei also unbesorgt.«

Auf der Brücke kam ihnen der Onkel entgegen. Als er ihre sorgenvollen Gesichter sah und den Grund erfuhr, stöhnte er:

»Um Gottes willen, das muss verhindert werden, sonst stürzen wir Claude ins Unglück. Ich hatte immer so eine Vorahnung, wenn ich dem ›Buckligen‹ begegnet bin.« Über diesen Ausdruck selbst erschrocken, drehte er sich um, ob nicht Lauscher in der Nähe waren.

Der Frühlingsmorgen, der so heiter begonnen hatte, kehrte sich mehr und mehr in ein eintöniges Grau. Doch im Moment mussten sie alle gute Miene zum bösen Spiel machen. Hasenbein durfte nicht vorgewarnt werden.

Missmutig übergab Grombacher die Kutsche an den schon wartenden Sekretär. Dieser bat Hélène mit überschwänglichen Worten, in den weichen Polstern der Kutsche Platz zu nehmen. Heute sei für sie ein besonderer Tag und das sollten auch alle Leute sehen. Widerstrebend begab sie sich in das Innere der offenen Kutsche. Sie überlegte: Wenn Claude während der Fahrt neben ihr sitzen würde, dann hatte der Platzwechsel sogar etwas Gutes.

Anton Eusebius Hasenbein hatte sich prächtig herausgeputzt. Zu den silbergrauen Seidenstrümpfen passten die Schnallenschuhe mit den hohen Absätzen – der Herr war nur kurz über einen Meter fünfzig groß. Wams und Pluderhose waren in dezentem Weinrot gehalten und stimmten farblich mit dem schwarzen Barett überein. Sein frisch gestutztes Kinnbärtchen sollte ihm ein mondänes Aussehen verleihen. Allein zu der eleganten Robe passte ganz und gar nicht die gelbe, welke Gesichtsfarbe und die graugrünlichen Katzenaugen. Seinen höckerartigen Rücken konnte er mit noch so viel modischem Firlefanz nicht wegwischen, so wie die Hakennase immer die gleiche blieb. Hélène wollte ihm nicht in einer dunklen Gasse begegnen, obwohl er wahrscheinlich nicht einmal die Kraft hatte, sie vom Wege zu drängen. Sie wusste, dass dieses Bild überzeichnet war, aber ihre innere Abscheu vor diesem Mann ließ kein anderes zu.

An der Peterskirche bogen sie nach rechts ins ›Kalte Tal‹. Das war eine Straße, die unterhalb des Schlosses verlief und an deren Anfang sich die Hofkanzlei befand. Gleich daneben lag das Stadthaus des Freiherrn von Degenfeld mit einem kleinen Innenhof und anschließendem Gärtchen. Alles nicht groß, aber heimelig und vertraut. Claude war auf die drängende Bitte des Freiherrn und der Empfehlung Yvettes in dessen Dienste getreten. Sie fühlte sich außerordentlich wohl, nicht nur weil sie dadurch Gottfrieds Mutter im Haushalt entlasten konnte, sondern auch wegen der noblen und fürsorglichen Gesinnung des blinden Edelmannes.

Hasenbein zog an der Glocke. Kurz darauf erschien Sophie in der Türe. Hinter ihr stand Claude, reisefertig. Beide waren sichtlich überrascht. Sie hatten wohl Grombacher als Kutscher erwartet.

Sophie sprach ihr Erstaunen auch sogleich aus: »Herr Sekretarius, noch nie habe ich Sie in dienstlichen Angelegenheiten auf dem Kutschbock gesehen. Das ist doch unter Ihrer Würde und zieht einen Rattenschwanz von Getuschel nach sich. Sie sollten sich lieber kutschieren lassen. Soll ich nebenan in der Kanzlei um einen Kutscher bitten? Sie können derweil im Hause warten.«

»Werte Madam Schwab, so zierlich wie ich die Feder führen kann, so sicher halte ich auch die Zügel in der Hand. Und das Getuschel, wenn es überhaupt welches geben sollte, werde ich den Leuten schon gehörig austreiben.«

Was sollte Sophie darauf antworten? Beleidigen durfte sie ihn nicht und bloßstellen schon gar nicht.

Der Sekretär zog sein Barett, verbeugte sich tief und vollzog eine einladende Geste. Das war die Aufforderung an Claude einzusteigen. Er dirigierte sie allerdings nicht in die Kutsche, sondern auf den Kutschbock. Als Claude protestierte, weil sie sich lieber neben Hélène setzen wollte, deutete er ihr an, dass sie ihrem Ziehkind heute die Ehre überlassen müsse, wie eine Prinzessin kutschiert zu werden. Er ließ keine Widerrede zu.

Hélène passte höllisch auf, was Hasenbein sagte und tat. Sie musste sich jedoch eingestehen, dass er bisher nichts Schlechtes getan hatte und vielleicht war es ihre unbewusste Ablehnung, die keinen versöhnlichen Gedanken hochkommen ließ. Das ständige süßsaure Lächeln und der listige Ausdruck in seinen Augen störte sie zwar, aber verboten war dies nicht. Obwohl sich in ihrem Innersten alles sträubte, sah sie ein, dass Claude das Ansinnen nicht ablehnen konnte. Es wäre einer Beleidigung gleichgekommen.

Claude beugte sich zu Hélène in die Kutsche, nahm sie zärtlich in die Arme und drückte sie an sich. Dabei spürte Hélène, wie Claudes Leib bebte. Unauffällig flüsterte Hélène ihr ins Ohr, dass Gottfried Bescheid wisse und dass sie sich keine Sorgen zu machen brauche. Claudes Augen leuchteten auf und es fiel ihr nun nicht mehr so schwer, neben Hasenbein Platz zu nehmen.

Der Kutscher schwang die Peitsche und die Liesl trabte langsam und behutsam an. Sie hatte sich wohl die Anweisungen ihres Herrn gemerkt und hielt sich daran, egal, wer auf dem Bock saß.

Auf dem nahen Markplatz zog Hasenbein die Zügel an und wies auf die Bedeutung der Heiliggeistkirche für die calvinistische Kurpfalz und die Universität hin. Hélène hörte genau zu. Insbesondere war sie von dem Bericht über die berühmte Bibliotheca Palatina angetan.

»Den Heidelbergern«, so begann der Sekretär, »wird der Sommer 1622 in keiner guten Erinnerung sein, denn die kaiserlichen Truppen hatten unter der Führung General Tillys ihr Hauptquartier vor den Toren der Stadt aufgeschlagen. Fast drei Monate dauerte die Belagerung, ehe Heidelberg im September von allen Seiten eingenommen wurde. Fünfzehntausend Mann zogen in die Stadt ein, plünderten und hausten wie die Vandalen. Die größte Beute für Tilly war jedoch die ›Pfälzische Bibliothek‹, oder wie andere sagen, der ›bedeutendste Bücherschatz des gelehrten Deutschlands nördlich der Alpen‹. Der Papst in Rom wünschte diese Bibliothek unbedingt in seinen Besitz zu bringen. Nicht nur wegen der kostbaren Handschriften, sondern weil sie die meisten reformatorischen Werke enthielt, die auf der Liste der verbotenen Bücher standen. Gregor XV. wollte diese Werke nicht in einer Stadt wissen, die als Hochburg des deutschen Calvinismus galt.«

Schon in Sedan hatte Hélène gehört, dass die Kurpfalz ein Land mit einer großen Vergangenheit sei und von daher konnte sie verstehen, dass die Bürger mächtig stolz auf diese Bibliothek waren. Hasenbein berichtete weiter: »Der Beauftragte des Papstes ließ alle Bücher in Kisten packen. Dabei stieß er auf den Widerstand der Bevölkerung, die ihren Schatz nicht ohne Weiteres hergeben wollten. Sie verweigerten ihm das Holz für die Kisten. Da ließ Tilly aus den Pulten, Kirchenbänken und Kassettendecken der Kirche Truhen zimmern und die Beute – achttausend Bände – auf fünfzig Wagen über die Alpen nach Rom transportieren. Seitdem lagert die Bibliotheca Palatina in der Bibliothek des Vatikans.«

Der Sekretär bog in die Haspelgasse ein und hielt vor dem Wirtshaus ›Zum grünen Hecht‹. Lautstark rief er nach dem Wirt. Es dauerte keine zwei Minuten, da erschien in der Türe ein rundlicher Mann mit Glatze und einer leuchtenden Erdbeernase.

»He, Fürbass«, sprach Hasenbein ihn an, »kredenz uns einen Becher deines besten Weins und für die kleine Mademoiselle ein Glas kühlen Kirschensaft. Aber sei beim Einschenken nicht allzu knauserig. Du weißt, ich bin ein guter Kunde und habe dir schon so manchen Gefallen getan!«

Der Wirt krümmte seinen Rücken und lief schnurstracks in die Wirtsstube zurück. Durch die offene Türe hörte Hélène, wie er seiner Frau zurief: »He, Katrin, zwei Gläser vom kleinen Fass in der Ecke für Monsieur Hasenbein. Hast du mich verstanden? Nicht vom großen Fass, sondern vom kleinen. Dann mach' ein Glas Kirschen auf und schenk' den Saft in ein Glas. Gut einschenken, sonst setzt es 'was! Du kennst unseren Monsieur, der macht noch eine große Karriere bei der Regierung. Also mach' schnell!«

Gleich darauf erschien die Wirtin mit einer sauberen Schürze und einer weißen Haube und reichte den Herrschaften mit einem leichten Knicks die Getränke.

Der Kirschensaft schmeckte köstlich und Hélène trank das Glas in einem Zuge leer. Ein Zweites lehnte sie ab, desgleichen Claude, obwohl sie einem guten Wein nicht abgeneigt war. Wahrscheinlich wollte sie einen klaren Kopf behalten, um nichts Unüberlegtes zu tun.

Dann überquerten sie die Neckarbrücke. Auf einmal wurde es dunkel und ein Höllenlärm entstand. Der überdachte hölzerne Aufbau und die dicken Holzdielen waren schuld daran.

Hélène beugte sich weit vor. Sie wollte sehen, ob Hasenbein die Dunkelheit ausnutzte, um nach Claudes Hand zu greifen oder ihr sonst wie näherzukommen. Der Kerl war bestimmt mit allen Wassern gewaschen. Sie hatte sich getäuscht. Es passierte nichts.

Hinter dem nördlichen Brückentor hielt er erneut an und zeigte auf eine steinerne Skulptur am Turm.

»Schaut genau hin, das ist der berühmte Heidelberger Brückenaffe, der sich in einem Spiegel betrachtet. Ich lese vor, was auf dem Schild darunter steht:

»Was thustu mich hie angaffen?
Hasttu nicht gesehen den alten Affen
Zu Heydelberg / sich (sieh) dich hin und her /
Da findestu wol meines gleichen mehr.«
(Die alte Brücke in Heidelberg, Hrsg. H. Prückner)

Am liebsten hätte Hélène laut hinausgelacht und dem Herrn erwidert, dass er diesen Spruch sich ganz dick in sein Stammbuch schreiben könne. Merkte er nicht, dass er sich auch wie dieser Affe benahm?

Angeregt durch diesen Sinnspruch schaute sich Hélène den Turm genauer an. Unterhalb der Steinplastik waren zwei zerstörte Wappen zu sehen. Sie deutete darauf und fragte nach deren Bewandtnis. Hasenbein folgte ihrem Finger und hatte auch sofort eine Antwort parat. »Die beiden Wappen an dem Vorbau haben eine Geschichte, die noch gar nicht so alt ist. Das linke ist das dreiteilige kurpfälzische Wappen mit dem pfälzischen Löwen, den bayrischen Rauten und dem Reichsapfel. Das rechte ist das böhmisch-pfälzische Sammelwappen Friedrichs V. Ihr kennt die Geschichte von Friedrich V., dem Winterkönig?«

Beide wiegten den Kopf. So genau kannten sie sich in der pfälzischen Historie nicht aus. Aber wenn sie die Frage verneinten, hätte Hasenbein sie eine Stunde lang mit einem Vortrag eingedeckt. Dumm war er nicht.

»Nun gut«, fuhr der Sekretär fort. »Vielleicht können wir bei einer anderen Gelegenheit darüber sprechen. Aber zurück zu Hélènes Frage. Über dem Wappenschild links ist der Kurhut zu sehen, über dem rechten die böhmische Königskrone, die sich der nämliche Kurfürst in Prag einen Winter lang aufgesetzt hatte.«

»Und warum sind die Wappen zerstört?«

Hasenbein lachte. »Also doch Geschichte. – Der kaiserliche Feldherr, der im Dreißigjährigen Krieg über Heidelberg hergefallen war, gab dem protestantischen ›Winterkönig‹ alle Schuld an dem Desaster. Darum haben seine Leute alles, was an den Kurfürsten erinnerte, zerschlagen.«

Hélène wollte nach soviel Geschichtsunterricht auf der jenseitigen Neckarseite etwas verschnaufen und die Kulisse von Stadt und Schloss in aller Ruhe betrachten. Hasenbein lehnte strikt ab: »Das geht auf keinen Fall. Seht ihr die zwei zerlumpten Gestalten am Ufer? Sie kommen direkt auf uns zu. Das könnten Schnapphähne sein. Männer, die rechts und links des Rheins ihr Unwesen treiben. Manchmal kommen sie bis in unsere Gegend und rauben und plündern, was ihnen in die Hände fällt. Es sind höchst gefährliche Subjekte, denen man lieber aus dem Weg geht.« Er knallte mit der Peitsche und trieb das Pferd an.

Ein großer Held war er nicht! Aber diesen Gedanken behielt Hélène vorsichtshalber für sich.

Bevor sie zur ›Bergstraße‹ abbogen, zeigte Hasenbein geradeaus und sagte, dass hier vor fünfzehnhundert Jahren eine bedeutende Römersiedlung gewesen sei und noch früher hätten oben auf dem Heiligenberg die Kelten ihren Göttern geopfert. Auch heutzutage gebe es in der Stadt wieder Ärger wegen religiöser Fragen.

Claude schaute ihn fragend an und er erklärte, dass die Lutheraner ein eigenes Glockengeläute haben wollten. »Zuerst haben sie dem verstorbenen Kurfürsten Karl Ludwig Baugrund und Geld für eine eigene Kirche abgeluchst und dann beanspruchten sie auch noch einen eigenen Pastor. Wenn man den Lutheranern den kleinen Finger gibt, wollen sie gleich die ganze Hand. Das Glockenläuten steht nun einmal nur den Reformierten zu. Außerdem bilden diese die Mehrheit.«

Ein Angsthase war Claude noch nie, wenn es um Wahrheit und Gerechtigkeit ging. Frei heraus sagte sie deshalb ihre Meinung: »Vor dem HERRN sind alle gleich. Mehrheitsverhältnisse auf Erden zählen im Himmel nicht. Warum sollen die Lutheraner nicht auch läuten dürfen? Sie tun es ja nicht, um jemanden zu ärgern, sondern um den HERRN zu ehren und zu preisen? Soll das verwerflich sein?«

»Nun ja, eine eigene Glocke könnte man ihnen zur Not noch zugestehen. Aber sie dürfen diese erst eine halbe Stunde nach dem letzten Schlag der Glocken der Heiliggeistkirche und der Peterskirche läuten. Das ist das Äußerste, was man ihnen als Kompromiss anbieten kann.«

Claude öffnete ihren Mund, um erneut dagegen zu protestieren, schloss ihn jedoch wieder. Sie hat recht, dachte Hélène, eine Auseinandersetzung mit Hasenbein führt ins Leere. Er findet immer ein Loch, durch das er entwischen kann.

Eine Viertelstunde später erreichten sie die ersten Häuser Handschuhsheims – ein schönes Dorf vor den Toren der Residenz am Fuße des Heiligenbergs und doch schon mit einem Bein in der Rheinebene. ›Bergstraße‹ wurde diese Gegend genannt, weil sich die Wege von Darmstadt bis Wiesloch bergseits hinzogen. Die Kirschbäume standen kurz vor der Blüte und die Margariten wetteiferten mit den Veilchen am Wegrand.

Während der gesamten Fahrt ließ Hélène der Gedanke nicht los, warum Hasenbein unbedingt darauf bestanden hatte, sie ins Waisenhaus zu fahren. Die gesuchte Nähe zu Claude konnte es alleine nicht sein, da steckte bestimmt mehr dahinter. Der Sekretär tat nichts ohne einen Hintergedanken. Ungeniert fragte sie ihn daher nach dem Grund. »Und ob das eine Bewandtnis hat!« Bereitwillig und nicht ohne ein Quäntchen Stolz gab er Auskunft. »Das Waisenhaus als Landeseinrichtung untersteht der kurpfälzischen Regierung. Der Oberhofmarschall hat die sachliche, das heißt, die finanzielle Oberaufsicht.« An dieser Stelle tat Hasenbein besonders wichtig.

»Diese Aufgabe hat er mir übertragen. Ich vertrete in dieser Angelegenheit die Regierung und da kommt mir der heutige Besuch sehr gelegen. Schon lange wollte ich einmal nach dem Rechten sehen. Meine Reise ist quasi als eine Art Visitation zu betrachten. Das kann nur in Ihrem Interesse liegen, Mademoiselle, denn dadurch erfährt der Waisenhausschaffner, so wird der Vorsteher genannt, von Anfang an, unter welchem Schutz Sie stehen. Ich denke, das wird Ihnen Respekt verschaffen.«

Hélène war irritiert. Hasenbein sprach sie einmal mit Du, dann wieder in der Höflichkeitsform an. Mag sein, dass er die zweite Art bevorzugte, wenn er in offizieller Funktion etwas zu sagen hatte. Im Moment konnte sie ihm nichts erwidern, aber angenehm war ihr dieser Gedanke ganz und gar nicht. Sie wollte keine Sonderstellung in ihrem neuen Zuhause einnehmen.

Waisenhausschaffner Abraham Krumpfuß

Bisher bemühte sich Hasenbein, freundlich und galant zu erscheinen. Diese Maske legte er mit der Ankunft in Handschuhsheim ab. Nun war er eine Amtsperson und als solche trat er auf und wollte auch so behandelt werden. Er schnalzte hörbar mit der Peitsche und als keine Reaktion erfolgte, rief er laut nach dem Waisenhausschaffner. Keine Antwort. Seine Halsadern schwollen mächtig an. »Soll ich hier Wurzeln schlagen? Ist das richtig, seinen Vorgesetzten so zu empfangen? He da! Ist hier niemand zu Hause?«

Er schaute sich suchend um, und als er einen halbwüchsigen Jungen im hinteren Teil des Hofes erblickte, forderte er ihn im barschen Tone auf, unverzüglich herzukommen und das Pferd am Zügel zu halten. Als ob es der Liesl je in den Sinn gekommen wäre, wegzulaufen! Aber das war eine Geste, die Macht und Einfluss demonstrieren sollte.

Umständlich kletterte Hasenbein vom Kutschbock und zog gewaltig an der Hausglocke des ehrwürdigen Gebäudes. Halb Handschuhsheim musste das Läuten gehört haben und wahrscheinlich sollte das auch der Zweck gewesen sein. Nach einer Weile waren im Gang schlurfende Schritte zu hören und ein altes Mütterchen öffnete zaghaft die schwere Eichentüre. Sie blinzelte Hasenbein aus ihren müden Augen an und fragte nach seinen Wünschen. Dieser schob sie ohne zu antworten zur Seite und rief in den Gang: »Ist hier niemand? Visitation ist angesagt und da möchte ich flinkere Beine sehen oder habt ihr etwas zu verbergen?«

Vielleicht hätte er das so nicht sagen sollen, denn urplötzlich kam eine imponierende Gestalt auf ihn zu, blieb vor ihm stehen und musterte ihn mit geringschätzigen Blicken von oben bis unten. Es fehlte nicht viel und der Hüne hätte den Zwerg gepackt, in die Höhe gehoben und dort oben verhungern lassen.

»Es ist dem Herrn Sekretär unbenommen«, begann der Angesprochene, »sich nach dem Rechten zu erkundigen, aber solange Er mir keine Unregelmäßigkeiten nachweisen kann, bitte ich mir einen anderen Ton aus. Das hier ist kein Exerzierplatz, sondern eine Erziehungsanstalt.«

Hasenbeins Rücken wurde runder und seine Nase spitzer. Er spürte instinktiv, dass sein forsches Auftreten auf Gegenwehr stieß, zumal sein Gegenüber ihn um zwei Köpfe überragte und ihn zwischen den Handflächen hätte zerdrücken können.

Kurz schilderte Hasenbein das Anliegen des Besuchs und verschwand in den angrenzenden Gebäudeteilen zu einem Inspektionsgang. Hélène und Claude atmeten auf.

Der Respekt gebietende Mann stellte sich ihnen als Abraham Krumpfuß vor und führte sie in einen Raum gleich neben dem Eingang. Auf Hélène hatte sein energisches Verhalten Eindruck gemacht. In ihrem noch holperigen Deutsch berichtete sie ihren bisherigen Werdegang und bat, ihre Schulbildung hier fortsetzen zu dürfen. Krumpfuß schien von dem Mut und dem Beharrungsvermögen der beiden Flüchtlinge beeindruckt zu sein. Sein gewaltiges Äußeres flößte ihr mittlerweile keine Furcht mehr ein. Im Gegenteil, in ihr verbreitete sich ein warmer Strom der Sympathie. Alle Befürchtungen und Bedenken, die sie bisher dem Waisenhaus gegenüber in sich trug, flogen auf und davon. Ein Gefühl der Dankbarkeit überkam sie.

Sie tat etwas, das sie noch nie getan hatte. Sie kniete nieder, um die Hand des Waisenhausschaffners zu küssen. Dieser wusste im ersten Moment nicht, wie ihm geschah, dann zog er Hélène hoch und sprach in einem gütigen Ton: »Mein Kind, küsse nicht die Hand eines Menschen, sondern erhebe dein Gesicht zum HERRN. Er will, dass etwas geschieht oder er will es nicht. Wir Menschen haben keine Bedeutung. Denke immer daran.« Dann legte er seine kräftige Hand auf ihre Schulter und schaute sie mit Augen, die ihrem Vater hätten gehören können, warmherzig an. Hélène hatte ihre Heimat gefunden.

Vom Gebäude, das hinter dem Hof lag, war Hasenbeins piepsige Stimme zu hören. Claude zuckte unwillkürlich zusammen und ihre Schultern sackten nach unten. Krumpfuß war das nicht entgangen. Er schaute Claude, die wie ein geschlagener Hund auf dem Schemel saß, fragend an. In diesem Moment erschien Hasenbein in der Türe. »Keine wesentlichen Beanstandungen bei dem schnellen Durchgang entdeckt, aber das will nicht heißen, dass vielleicht doch da und dort etwas im Argen liegt. Werde daher in nächster Zeit öfter hier vorbeischauen. Richte Er sich darauf ein. Außerdem werde ich mich gelegentlich nach den Fortschritten der Mademoiselle erkundigen. Der Herr Oberhofmarschall interessiert sich ebenfalls dafür. Er wird wohl wissen, was das bedeutet?«

Abraham Krumpfuß schienen diese Worte nicht sehr beeindruckt zu haben. Er beugte sich über ein Schriftstück, schrieb etwas auf und drückte es Hasenbein in die Hand. »Das ist die Aufnahmebestätigung mit dem Hinweis, dass das Kind Hélène am 14. März 1684 auf ausdrücklichen Wunsch des Oberhofmarschalls einen Freiplatz erhält und dass das alleinige Mündelrecht bei ihrem Verwandten, Olivier Marotte, liegt. Kein anderer darf über das Wohl und Weh des Mädchens bestimmen.« Dabei blickte er Hasenbein scharf in die Augen und deutete an, dass das Gespräch für ihn zu Ende sei.

Trotz der freundlichen Aufnahme hätte Hélène laut hinausheulen können, denn nun hieß es Abschied nehmen. Sie umarmte Claude und wollte sie gar nicht mehr loslassen. Mit beiden Händen hielt sie sich an ihr fest. Seit sie denken konnte, war Claude immer an ihrer Seite gewesen, war ihr wie eine zweite Mutter und eine ältere Schwester – und jetzt? Soll Hasenbein sie in seine Fänge kriegen? Die Sorge um sie kam zum Abschiedsschmerz hinzu.

Der Sekretär wurde unruhig und drängte zum Aufbruch.

Hélène hielt die bleich gewordene Claude mit ihren flehenden Augen immer noch fest. Es musste etwas geschehen – in diesem Moment! Ihre verzweifelten Blicke mussten bei dem Waisenhausschaffner etwas ausgelöst haben. Er schob Hasenbein zur Seite, stellte sich hinter Claude und legte seine Hände auf deren Schultern: »Hat Er keine Augen im Kopf? Sieht Er nicht, dass der Mademoiselle das Blut aus dem Körper gewichen ist? Sie muss sich unverzüglich hinlegen. Gehe Er derweil ins Krankenzimmer und veranlasse Er, dass Schwester Notburga augenblicklich komme.«

Hasenbein war verunsichert, er trat von einem Bein auf das andere. Es war ihm anzumerken, dass ihm der Ton und der Inhalt der Aufforderung nicht gefielen. »Nun, warum steht Er hier noch herum? Will Er die Mademoiselle sterben lassen?«

Das wirkte. Augenblicklich machte sich Hasenbein auf den Weg. In der Zwischenzeit teilte Hélène ihrem neuen Ziehvater ihre Befürchtungen mit. Krumpfuß verstand sofort.

In diesem Moment waren vom Hof her laute Geräusche zu hören: Pferdegetrappel, Kommandorufe, Waffengeklirr. Leute riefen durcheinander.

Hasenbein, der mit Schwester Walburga zurückkam, riss die Türe auf. Der Hof war voller Reiter – Leibgardisten. Einer sprang vom Pferde. Hélène kannte ihn. Es war der, der sie bei ihrer Ankunft durch den Schlosshof geführt hatte. Er salutierte vor dem Herrn Sekretär und meldete, dass er den Auftrag habe, ihn unter allen Umständen und unverzüglich heil in die Residenz zurückzubringen. Er möge sich ohne zu zögern auf das mitgeführte Pferd setzen. Als Hasenbein keine Anstalten unternahm, packte ihn der Leibgardist am Arm und schob ihn vor sich her.

»Herr Sekretär Hasenbein, Ihr Leben ist in Gefahr und ich habe einen Auftrag, das rechtfertigt alle notwendigen Maßnahmen. Sperren Sie sich nicht, sonst bekomme ich Ärger.«

»Dann erkläre Er mir, warum mein Leben in Gefahr ist?«

»Nach unserer Kenntnis sind Schnapphähne in dieser Gegend gesehen worden und die haben es insbesondere auf Regierungsbeamte abgesehen. Sie entführen sie und verlangen horrendes Lösegeld. Daher ist äußerste Eile geboten.«

»Von wem kommt der Befehl?«

»Vom Leibregiment.«

»Genauer.«

»Vom Oberleibgardisten Schwab.«

»Das hätte ich mir denken können, aber die Partie ist noch nicht zu Ende. Und die Mademoiselle, was ist mit ihr?«

»Einer von uns verkleidet sich als Zivilist und fährt sie in der Kutsche in die Stadt zurück. Da schöpft niemand Verdacht.«

»Wenn es ihr gesundheitlicher Zustand zulässt«, ergänzte Krumpfuß augenzwinkernd.

Die Gardisten halfen Hasenbein aufs Pferd, nahmen ihn in die Mitte und ritten im Galopp davon. Eine Staubwolke blieb übrig – mehr nicht.

Hélène hatte Hasenbeins Gesicht gesehen. Das bedeutete nichts Gutes. Seine Augen waren nur noch Schlitze und seine Nasenlöcher glichen dem eines Stieres. Angst überkam sie. Sie drückte sich fest an Claude.

»Eigenartig«, meinte Abraham Krumpfuß, »in dieser Gegend gibt es gar keine Schnapphähne!«

Hélène hätte ihn aufklären können.

Unbekanntes Glockengeläute

Gabriel, der bei Marottes im Gärtnerhaus wohnte und die französisch-reformierte Kirchgemeinde betreute, kämmte sorgsam sein Haar. Die schwarzen Locken und die dunklen Augen verliehen ihm ein südländisches Aussehen, dabei stammten seine Eltern aus dem nördlichsten Teil der Bretagne. Es waren biedere, brave Landleute. Wenn er rote Haare gehabt hätte, wäre das nachvollziehbarer gewesen.

Hélène besuchte über die Weihnachtsfeiertage ihre Verwandten. Sie drängte Gabriel zur Eile, denn sie wollte rechtzeitig zum Gottesdienst erscheinen. Außerdem hatten sie versprochen, Claude, den Freiherrn und Madam Schwab in der Stadt abzuholen.

Nach einem letzten flüchtigen Blick in den Spiegel zog Gabriel die Türe hinter sich zu. Yvette hatte viel in der Küche vorzubereiten und Olivier musste im Winter beim Heizen der Öfen im Schloss helfen.

Über Nacht hatte es geschneit. Der Fußweg in die Stadt war glatt und rutschig. Trotzdem bot sich ihnen ein grandioser Anblick. Wie im Märchen sah die unter ihnen liegende Stadt mit ihren weißen Hauben auf Dächern und Türmen aus.

Als Gabriel sich zum Schloss umdrehte, konnte er sich kaum sattsehen. Welch ein Farbenspiel! Der rote Buntsandstein und der in der Sonne glänzende Schnee verwandelten das sowieso schon romantische Bild in ein Traumgebilde. In der Stadt dagegen bildete das dunkle Fachwerk mit dem gleißenden Weiß einen mehr kriegerischen Kontrast. Häuser aus Stein waren eher die Ausnahme. Heidelberg war ein mittelalterliches Städtchen mit engen Gassen, vorkragenden Giebeln und Holzverschlägen. Feuer durfte keines ausbrechen, die Stadt stünde im Nu in Flammen. Aber an so etwas wollte Gabriel jetzt nicht denken. Am Ende des Burgwegs bogen sie nach rechts ins Kalte Tal ein.

Zwischen den Bewohnern des Hauses in der Stadt und denen des Gärtnerhauses hatte sich eine innige Freundschaft entwickelt, auch wenn sie unterschiedlichen Glaubensrichtungen angehörten. Standesunterschiede oder religiöse Reibereien kannten sie nicht.

Claude, der Freiherr und Sophie, warteten schon, in dicke Pelze eingemummt, vor der Haustüre. Sie mussten sich beeilen, denn bald würde das Elfuhrläuten zu hören sein – das Zeichen für den Beginn des Gottesdienstes in der Peterskirche. Daher durfte die Begrüßung nicht allzu lange ausgedehnt werden. Unterwegs konnten sie sich ja gegenseitig die Neuigkeiten erzählen. Auf Hélènes Berichte aus dem Waisenhaus waren alle gespannt. Am meisten natürlich der junge Diakon.

Hélène hakte sich bei Gabriel und Claude ein und sprudelte auch gleich los. »Also, da ist die Geschichte mit der Examination nach dem Kirchgang und der Kirchenzucht.« Sie wickelte noch schnell den Schal enger um den Hals, dann begann sie. »Samuel, ein ordentlicher Junge, dessen Vater wegen Jagdfrevels seit Jahren im Turm liegt und dessen Mutter aus Gram darüber gestorben ist, hat gelernt, sich im Leben durchzuschlagen. Auf Anordnung des Vorstehers seiner Heimatgemeinde wurde er ins Waisenheim eingewiesen.« Sie hielt kurz inne, denn der Schnee fiel in dicken weißen Flocken und verzauberte die Stadt in eine Märchenlandschaft. »Bevor ich weitererzähle, muss ich noch sagen, dass Krumpfuß es sich zur Gewohnheit gemacht hat, nach jedem Gottesdienst einen aus unserer Mitte herauszupicken und nach dem Inhalt der Predigt zu fragen. Es ist ein regelrechtes Examinieren und wehe, wenn der Betreffende bei der Predigt nicht richtig zugehört hat, dann …«

»Tja«, meinte Claude, »bei den Reformierten steht nun mal die Predigt im Vordergrund und da ist es wichtig, auf jedes Wort des Pastors zu achten. Wer das nicht tut, braucht auch nicht in den Gottesdienst zu gehen – oder?«

Sie suchte bei Gabriel Bestätigung. Dieser konnte jedoch bis jetzt an der Geschichte nichts Besonderes finden.

Hélène war über diese Bemerkung leicht verärgert. »Warum hört ihr euch nicht erst die ganze Geschichte an, bevor ihr Kommentare abgebt?« Gabriel zuckte innerlich zusammen. Ihm wäre es auch nicht recht, wenn jemand vorschnell über seine Ergüsse urteilen würde.

Hélène war kein kleines Mädchen mehr. Das Waisenhaus hatte sie in der kurzen Zeit zu einer Persönlichkeit erzogen. Dem, was sie sagte, gebührte Respekt und Achtung. Das musste sich der Herr Diakon hinter die Ohren schreiben. »Entschuldige, dass ich so voreilig war. Berichte bitte weiter.«

Ausgesöhnt nahm sie ihre Erzählung wieder auf: »Vor Kurzem hat Samuel den Gottesdienst geschwänzt und wurde vom Hausvater zur Rede gestellt. Er stand wie ein stummer Fisch da.«

»Und warum hatte er die Predigt versäumt?«, fragte Gabriel nun interessierter.

»Weil er einem Jungen aus dem Dorf, einem Lutheraner, beim Ziegenmelken geholfen hat. Die Milch muss jeden Tag um acht Uhr beim Vogt abgeliefert werden. Da die Mutter dieses Jungen an jenem Tag krank im Bett lag, konnte er die Zeit nicht einhalten. Deshalb hat Samuel die Hälfte der Ziegen gemolken.«

»Ein edles Motiv, einem anderen zu helfen. Und was tat Krumpfuß daraufhin?«

Hélène zögerte einen Moment. »Krumpfuß hatte ihn wegen ähnlicher Vergehen schon zweimal in brüderlicher Liebe ermahnt. Für das neue Vergehen wurde er für drei Wochen vom Abendmahl, aber nicht von der Predigt ausgeschlossen.«

»Und«, fragte Gabriel, »war das alles?«

»Nun ja«, ergänzte Hélène, »nicht ganz. Den Inhalt der folgenden Predigten und seinen eigenen Kommentar dazu musste er, als Strafe, Krumpfuß jeweils eine Stunde nach den Gottesdiensten vorlegen.«

Gabriel überlegte laut: »Samuel und dessen Freund hätten die Ziegen ja auch vor dem Gottesdienst melken können.«

»Nein, dann hätte der Freund seinen Gottesdienst versäumt. Denn die Lutheraner, die Reformierten und die Katholiken teilen sich in Handschuhsheim die Kirche. Die einzelnen Gottesdienste finden hintereinander statt.«

»Dann kann ich Krumpfuß' Verhalten nicht billigen. Man kann den einen Gottesdienst nicht gegen den anderen ausspielen. Alle sind gleichviel wert vor dem HERRN. Oder glaubt er, dass es verschiedene HERREN gibt?«

Hélène brauste auf. »Nein, das nicht! Aber unser Hausvater sagt, dass diejenigen, die an das, was in der Bibel steht, glauben, also an die Worte des HERRN, und ihr Leben danach ausrichten, zu den Auserwählten gehören. Und das sind doch wir – die Reformierten! Wenn dem nicht so wäre, hätten wir aus Sedan doch nicht flüchten müssen – oder?«

Gabriel merkte, dass im Waisenhaus sehr auf Strenggläubigkeit geachtet wurde. Darauf musste er, wenn er sich mit Hélène unterhielt, Rücksicht nehmen. Er wollte sie nicht verunsichern, nur weil er inzwischen eine freizügigere Sicht in Glaubensdingen erworben hatte.

Die letzte Frage beantwortete er wohlweislich nicht. Er bückte sich, formte einen Schneeball und warf ihn nach seiner kleinen Freundin. Diese, nicht faul, tat es ihm gleich und im Nu war eine ausgelassene Schneeballschlacht im Gange.

Sophie und der Freiherr, die das Gespräch nicht mit angehört hatten, kamen langsam hinterher. Gabriel hörte noch, wie Sophie sagte: »Der Jugend kann es nicht wild genug gehen, aber so ist es recht. Von Trübsalblasen steht nichts in der Bibel. Es ist eine Freude, den Dreien zuzuschauen, sie verhalten sich wie Geschwister.« Der Freiherr nickte nur und gab acht, dass er mit dem Tempo mithalten konnte.

Am Mitteltor trennten sich ihre Wege. Die Kirche der Lutheraner, die Providenzkirche, lag in der Vorstadt, die Kirche der Reformierten, die Peterskirche, noch innerhalb der Kernstadt und den Umfassungsmauern. Der Freiherr winkte den Dreien zum Abschied zu und wandte sich mit Sophie dem schmalen Durchgang des Mitteltores zu.

Gabriel, Claude und Hélène mussten sich beeilen, wenn sie nicht zu spät kommen wollten, denn die Glocken begannen zu läuten. Ein Zeichen, dass der Gottesdienst gleich anfing.

Plötzlich blieb Gabriel abrupt stehen und lauschte. Das waren nicht nur die Glocken der Peterskirche. Er drehte sich nach dem Baron um. Dieser horchte ebenfalls. Da stimmte doch etwas nicht! In die dumpfen Schläge der Glocke der Peterskirche mischten sich hellere Töne mit ein. Der Klang wirkte nicht harmonisch und war ungewohnt. Die höheren Töne kamen aus Richtung der Providenzkirche. Sollte das heißen …?

In diesem Moment kam auch schon eine Schar Bürger wild gestikulierend von der Peterskirche her. Sie regten sich auf, weil die Lutheraner sich erfrecht hatten, zur gleichen Zeit zu läuten wie sie. Das wollten sie sich nicht gefallen lassen und den Vermaledeiten zeigen, wer hier das Sagen hatte. Sie drohten mit den Fäusten und drängten sich unaufhaltsam durch das Mitteltor in die Vorstadt. Es waren inzwischen so viele geworden, dass es bedrohlich aussah. Wollten sie etwa die lutherische Kirche stürmen und gewaltsam die Glocke herunterholen?

Auch der Baron schien deren Absicht zu erahnen. Er stellte sich ihnen in den Weg und redete auf sie ein. Zwecklos! Es waren zu viele.

Claude war die Erste, die hinter dem Menschenstrom herlief. Nicht, weil sie deren Meinung teilte, sondern weil sie sich Sorgen um den Freiherrn und Sophie machte. Die Meute nahm keine Rücksicht auf die alten Herrschaften. Erbarmungslos rempelten sie den blinden Mann an. Wenn er strauchelte und hinfiele, würde er zertrampelt werden. Ach Gott! Gabriel stockte der Atem. Der Freiherr torkelte. Nur mit Mühe konnte Sophie ihn halten.

Nun beeilten sich auch der Diakon und Hélène. Sie drängten sich durch die Masse, gebrauchten ihre Ellbogen und sparten nicht mit deftigen Worten. Zum Glück verstand niemand Französisch, sonst hätte es noch einen größeren Tumult gegeben.

Claude hatte schon die beiden erreicht. Schützend, die Arme in die Hüften gestemmt, stellte sie sich breitbeinig hin.

Gabriel und Hélène hatten es inzwischen auch bis zu ihnen geschafft und unterstützten sie nach Kräften.

Der Strom riss nicht ab. Halb Heidelberg musste auf den Beinen sein. Jeder wollte wissen, was hinter dem fremden Geläute steckte. Die Fünf wurden einfach mitgeschoben, ob sie wollten oder nicht. Es glich beinahe einem Volksaufstand.

Schrille, drohende Rufe waren zu hören. »Die Lutheraner dürfen keine eigene Glocke haben. Die holen wir herunter! Auf, Männer, kommt alle mit!«

Vor der Providenzkirche herrschte ein riesiges Gedränge. Lutheraner und Reformierte beschimpften sich gegenseitig und stießen und schoben einander hin und her. Eine draufgängerische Gruppe Reformierter wühlte sich mit Gewalt zur Kirchentüre vor. Sie brüllten mit erhobenen Fäusten, dass sie jetzt die Glocke zum Schweigen bringen würden. Beherzte Lutheraner stellten sich ihnen in den Weg und bildeten einen unüberwindbaren Menschenschild. Jeden Augenblick konnten sie aufeinander losgehen.

Gabriel traute seinen Augen nicht. Von rechts näherten sich einige Reformierte mit einer langen Leiter. Was hatten sie vor?

Ah, sie wollten über das Dach zu dem provisorischen Gerüst gelangen, an dem die Glocke hing. So einfach ging das aber nicht, denn die Lutheraner griffen nach Stecken und Prügeln und waren drauf und dran, auf die Eindringlinge einzuschlagen.

Auf der anderen Straßenseite entstand ein neuer Tumult.

»Du meine Güte«, rief Gabriel, »jetzt erhalten sie auch noch Unterstützung von den Katholiken. Wo kommen die denn plötzlich her?« Hélène schien einige zu kennen. In dem Gedränge rief sie Gabriel zu: »Sie sind auf dem Weg nach Handschuhsheim, um dort ihren Gottesdienst zu besuchen. Der Lärm muss sie angelockt haben.«

Gabriel konnte es kaum glauben. Die Katholiken stimmten in den Chor der Lutheraner mit ein und waren sogar zu Handgreiflichkeiten bereit. Das durfte doch nicht wahr sein! Da schlugen sich Christen gegenseitig die Köpfe blutig. Gab es niemanden, der Einhalt bot?

Heydlandt, der lutherische Pfarrer, erschien vor der Kirchentüre. Er hob beschwörend die Arme und wollte die Menge beruhigen. Schimpfworte schallten ihm entgegen. Die Reformierten tobten. Von einigen Vorwitzigen wurde der Pfarrer gepackt und geschüttelt. Er wehrte sich nach Leibeskräften.

Ein Sprechchor ertönte: »Lutheraner, Glockendiebe, jetzt kriegt ihr richtig Hiebe!«

Gabriel hielt sich die Ohren zu, so grässlich kam ihm alles vor. Seine eigenen Glaubensbrüder gebärdeten sich wie Barbaren – jegliche Vernunft war ausgeschaltet.

Der Freiherr drängte sich, gestützt von Sophie und Claude, nach vorn zur Kirchentüre. Obwohl er ein in der Stadt von allen respektierter und geschätzter Mann war, sollte ihm dies in der Situation nicht viel nützen. Die Volksseele kochte. Es herrschte das reinste Chaos. Die Menge nahm keine Rücksicht. Es fehlte nicht viel und die Drei wären niedergetrampelt worden. Gabriel musste das Schlimmste verhindern. Ohne viel nachzudenken, fuhr er seine Ellbogen aus und quetschte sich Meter um Meter durch die Masse nach vorn.

Der Freiherr gebot Ruhe. Keiner reagierte. Erst beim dritten Anlauf schwoll der Lärm ab, verstummte aber nicht ganz.
Einige murrten und knurrten immer noch. Degenfeld konnte sich schließlich durchsetzen. »Bürger Heidelbergs, ich appelliere an eure Vernunft. Lasst ab von diesem unsäglichen Streit

unter Protestanten. Ich weiß nicht, wer von den beiden Gruppen im Recht ist, doch verspreche ich, dass ich die Angelegenheit vor den Magistrat der Stadt bringen werde und der wird sicher eine für alle befriedigende Lösung finden.«

»Nichts da«, erscholl es aus der Menge. »Kein Magistrat! Jeder Kompromiss ist ein fauler Kompromiss! Wir Reformierten haben ein alt verbrieftes Recht und das werden wir jetzt durchsetzen. Daran wird nicht gerüttelt!«

In Gabriel kochte es. Konnte es so viel Unvernunft und Eigensinn auf einmal geben? Er stieg auf ein leeres Fass und brüllte in die Menge: »Es ist eine Schande, eine gottlose Schande, dass sich Christen untereinander über etwas streiten, das zur Verherrlichung unseres HERRN dient. Pech und Schwefel sollen über eure Häupter kommen und der Zorn des HERRN soll euch treffen bis ins Mark.«

Stille! Absolute Stille herrschte. Gabriel musste den richtigen Ton getroffen haben.

»Wie wollt ihr einst vor den HERRN treten und euch rechtfertigen? Wo steht denn geschrieben, dass nur die Reformierten durch Glockenläuten den HERRN loben und preisen dürfen? Ihr seid doch sonst so bibeltreu.«

Betroffene Gesichter.

Im Grunde hatte Gabriel schon erreicht, was er wollte, doch der Stachel in ihm löckte weiter. »Es wäre Gott wohlgefällig, wenn sich alle, die protestantischen Glaubens sind, die Hand reichen und sich vereinigen würden zu einer gemeinsamen evangelischen Kirche – einer Kirche! Ihr Lutheraner und Reformierte denkt darüber nach und hütet euch vor dem Zorn des HERRN.«

Ein hutzeliges Männchen schob sich nach vorn und kläffte Gabriel an. »Weiß dein Hofprediger, was du da sagst? Hat er dir die Erlaubnis gegeben, solche ketzerischen Gedanken laut zu äußern? Wenn nicht, wird er es bald erfahren und dann Gnade dir, du hergelaufenes französisches Bürschchen! Haben wir Einheimischen denn gar nichts mehr zu sagen? Sollen die Refugiés jetzt auch noch über unseren Glauben bestimmen?«

Der Tumult brach wieder los. Kein Wort war mehr zu verstehen. Zwar blieben die Stangen und Prügel auf der Erde, aber die Stimmen waren umso gewaltiger. So musste es bei Sodom und Gomorra zugegangen sein.

Es ging nicht mehr nur um die Glocken. Der Wind hatte sich gedreht – die Refugiés waren an der Reihe. Gabriel wurde bedrängt. Einer griff nach seinem Ärmel und zerrte an ihm.

Ein Zweiter und Dritter kam hinzu. Es wurde Ernst.

Da spürte er, wie fremde Hände die Angreifenden kraftvoll zur Seite schoben. Ein stämmiger Herr, begleitet von seinen Gesellen, stand vor Gabriel und reichte ihm in dem Gedränge seelenruhig die Hand. »Mein Name ist René Klebér, Inhaber der Manufaktur in der Vorstadt, ich bewundere Ihren Mut und Ihre Beredsamkeit. Gute Gedanken, doch leider zweihundert Jahre zu früh.«

Gabriel fand keine Worte, so überrascht war er über die unerwartete Hilfe.

»Wenn Sie irgendwann in Schwierigkeiten geraten, wenden Sie sich an mich. Der HERR möge Sie schützen.«

So wie Klebér aus dem Nichts aufgetaucht war, verschwand er auch wieder.

Immer noch wogte die Menge hin und her und es schien kein Ende zu geben. Da ertönten Pfeifen und Trommeln. Militär zog auf.

Das war die Rettung. Der Kommandant war nicht zimperlich. Er gab der Schwadron ein Zeichen. Ein durchdringendes metallisches Geräusch – die Reiter zogen die Säbel und drängten die Leute auseinander. Augenblicklich kehrte Ruhe ein.

Mit strengem Blick und Röte im Gesicht wendete sich der Oberleibgardist an die Menge: »Dieser Fall wird nicht auf der Straße entschieden, sondern im Rathaus.«

Er deutete mit der Hand auf die einzelnen Gruppen. »Die Reformierten gehen entweder in die Peterskirche oder in die Heiliggeistkirche zurück und die Lutheraner halten ihren Gottesdienst ohne Geläute ab. Den Katholiken rate ich, sich aus den Streitigkeiten herauszuhalten. Möchte jemand noch etwas sagen?«

Das hutzelige Männchen von vorhin reckte seinen spindeldürren Hals. Wie ein zerrupfter Geier sah er aus. Aber Mut hatte er, denn außer ihm traute sich keiner etwas zu sagen.

»Hochlöblicher Herr Gardist, was wird aus den aufrührerischen Reden dieses Franzosen, der neben Euch steht? Macht Ihr Meldung oder sollen wir das in die Hand nehmen?«

Zuerst waren es nur wenige, die murrten, doch die Zahl schwoll an und es war unüberhörbar, dass Unzufriedenheit bei der Bevölkerung herrschte. Das Männchen war noch nicht fertig. »Uns, das sind nicht wenige Bürger dieser Stadt, wird es immer unerträglicher, weil die dahergelaufenen Hugenotten nicht nur bevorzugt werden, sondern, weil sie sich Rechte herausnehmen, an die wir nicht einmal zu denken wagen.«

Gabriel fühlte sich in seiner Ehre verletzt. Was hatte sein Franzosentum mit der Religion zu tun? Am liebsten hätte er dem Herrn eine passende Antwort gegeben. Aber nein – nicht hier und nicht jetzt. Das hätte zu einem Volksaufstand geführt.

Wenn er es allerdings recht bedachte, dann steckte schon ein Körnchen Wahrheit in diesen Worten. Wichtiger war, was Gottfried nun tat.

»Schneider Gregor«, erwiderte der Kommandant, »hier ist nicht der richtige Ort und die richtige Zeit, seinen Unmut loszuwerden. Dass das Verhältnis zwischen Einheimischen und Zugezogenen nicht zum Besten steht, weiß auch ich, aber das ist eine Angelegenheit für den Oberrat. Wenn ihr einverstanden seid, bitten wir den Freiherrn von Degenfeld, dieses berechtigte Anliegen dort vorzubringen.«

Zustimmend nickte der Baron.

Ein Murren und Kratzen mit den Füßen war noch zu hören, dann verteilte sich die Menge in alle Richtungen.

Der letzte Geburtstag des Kurfürsten Karl II.

Am 10. April 1685 wurde Kurfürst Karl II. vierunddreißig Jahre alt. Das war noch kein Alter für einen Mann. Einen Thronfolger für die Kurpfalz hätte er allemal noch zeugen können. Nur bisher wollte er nicht. Yvette kannte die Gerüchte nur zu gut, die sich um das Verhältnis des Kurfürsten zu seiner Gattin drehten. Der ganze Hof sprach schon seit Jahren davon.

Schnell huschte sie im Friedrichsbau in das Zimmer mit den gelben Tapeten. Von dort hatte man die beste Aussicht auf den Schlosshof. Wenn jemand gekommen wäre, hätte sie vorgegeben, die Blumenarrangements noch einmal überprüfen zu müssen. Yvette hatte nicht oft Gelegenheit, den Geburtstag des Kurfürsten so hautnah mitzuerleben. Unauffällig stellte sie sich in eine Ecke, ließ ihre Äuglein wandern und sperrte ihre Ohren weit auf.

Allmählich bevölkerten die Hofdamen den Raum. Jede wollte die andere mit noch einer höher aufgesteckten und dekorierten Frisur überbieten. Die eigenen Haare wurden dabei kunstvoll um ein Maschendrahtgestell geflochten und mit goldenen Sternen, silbernen Fäden und Blumengirlanden behangen. Zusätzliche fremde Haarteile bauschten das Gebilde zu Monsterfrisuren auf. Bei jeder schnellen Bewegung drohte der gesamte Kopfputz umzukippen. Aus diesem Grunde bewegten sich die Damen kaum und wenn doch, dann sehr gespreizt und geziert. Mit rudernden Armbewegungen mussten sie das Gleichgewicht halten. Um den Hals und an den Ohren hing ein Vermögen. Niemand hätte in der Pfalz hungern müssen, alle Kinder hätten eine Schule besuchen können, wenn man dieses Geschmeide verkauft hätte. Die Lehren Calvins schienen hier nicht zu gelten – Demut, Bedürfnislosigkeit, Sparsamkeit, Zurückhaltung, Ehrfurcht waren den Damen unbekannt.

Hinter Madame de Steinkallenfels erkannte Yvette deren Zofe Marie Charlotte. Sie war überall dabei, wo es etwas zu erleben gab und meistens sparte sie auch nicht mit einem Kommentar dazu. Nicht immer gerne gehört.

Die Kurfürstin war nicht zu sehen, aber dafür die Rüdt von Collenberg. Über sie wurde gemunkelt, dass sie die Mätresse des Kurfürsten sei. Yvette schaute sie sich genauer an. Eine Schönheit war sie nicht, etwas zu mager, flachbrüstig, aber Kinder konnte sie durchaus kriegen. Das Becken war breit genug. Die Dame hielt sich etwas abseits.

Lakaien schoben einen goldverzierten Servierwagen in die Mitte des Salons. Eisgekühlter Champagner, Wachteleier in Senfsoße und Rehrücken mit Mandeln gespickt sollten das große Ereignis verschönern.

Wo war die Kurfürstin? Bei ihrem Gatten am Krankenbett?

Das hätte Yvette zumindest getan. Sie machte sich so ihre Gedanken.

Die Gattin des Oberhofmeisters erschien in einer himmelblauen Robe. Sie sprach so laut, dass Yvette jedes Wort verstehen konnte und die übrigen Damen natürlich auch. »Die Kurfürstin Wilhelmine Ernestine liegt einen Stock höher auf einem Chaiselonge, ausgepolstert mit sieben Kissen, nascht Konfitüre und bewegt sich nicht von der Stelle – so wie sie es immer tut. Mit ihren dreiunddreißig Jahren ist sie so fett wie sieben alte Weiber und so phlegmatisch wie zehn bengalische Faultiere. Kein Wunder, wenn sich der Kurfürst nach etwas Frischerem, Appetitlicherem umschaut.« Die letzten Worte hatte die Dame allerdings mehr geflüstert als gesprochen.

Wenn der Hofprediger solchen Tratsch zu Ohren bekommen hätte, hätte er sofort die Kirchenzucht über sie verhängt.

Dreimal am Abendmahl nicht teilnehmen zu dürfen und öffentlich von der Kanzel herab getadelt zu werden – das war Schande genug.

Ein dröhnender Böllerschuss brachte die Damen zum Schweigen – vorerst. Die Geburtstagsfeier begann. Alle drängten zu den Fenstern.

In acht Reihen standen die Leibgardisten in schwarzgoldener Galauniform mit der Muskete über der Schulter wie Zinnsoldaten schnurgerade auf dem Schlosshof. Dieser war anlässlich der Feier mit bunten Bändern, Fahnen und Birkenzweigen geschmückt. Fanfaren ertönten. Ein Zug Trommler marschierte von der Zugbrücke her mitten durch die Reihen und stellte sich querab zum Friedrichsbau. Auf ein Zeichen hin wirbelten die Schlegel auf den Fellen und die Paukenschläge ließen die Wände erzittern. Yvette hielt sich die Ohren zu. Einige Minuten dauerte das Spektakel.

Alle Augen waren auf den Obristleutnant von Venningen gerichtet. Er hob den Arm, die Gardisten stopften ausgeschwitztes Pulver in ihre Musketen, schlugen die Lunte und hielten sich bereit. Als der Arm sich senkte, legten sie die Lunte an die Pulverpfanne und richteten den Musketenlauf in die Luft. Im nächsten Moment war ein Knallen, Fauchen und Zischen zu hören, dass die Ohren dröhnten. Und dann der Qualm, der Schwefeldampf, das verbrannte Pulver und die vibrierende Luft. Die Damen waren längst zwei Schritte vom offenen Fenster zurückgewichen. Sehen konnten sie sowieso nichts mehr, der gesamte Schlosshof war ein Nebelmeer. Yvette musste sich die Hand vor die Augen halten. Es brannte und juckte. Tränen nahmen ihr fast die Sicht.

Gott sei Dank, dachte sie, heute wird nicht scharf geschossen. Noch zwei kurze Salven folgten. Die Damen erschraken aufs Neue und stießen schrille Schreie aus.

Yvette hatte sich bisher an einer Stuhllehne festgehalten, sie brauchte irgendeine Stütze. Durch den Pulverschleier hindurch sah sie undeutlich, wie Marie Charlotte der Baronin etwas ins Ohr flüsterte. Wenn sie zwei Schritte nach vorn gegangen wäre, hätte sie alles verstehen können. Bei diesem Durcheinander wäre das nicht aufgefallen. Es war jedoch nicht mehr notwendig, denn die Stimme wurde lauter, sodass es viele hören könnten.

»Madame wissen bestimmt, wer im Nebenzimmer im auswattierten Nachthemd am Fenster steht, gestützt von zwei Lakaien, und noch einmal auflebt, sich noch einmal als Mann fühlt. Vielleicht zum letzten Male. Es steht schlecht um die Kurpfalz, nicht wahr Madame?«

»Marie Charlotte, Sie hat ein loses Mundwerk, aber ich widerspreche Ihr nicht. Wenn die Pfalz keinen Erben hat, gibt es viele, die die Hand nach dem reichen Land ausstrecken werden. Und ich weiß auch schon, wer das sein wird.«

Freifrau von Göler näherte sich dem Paar und versuchte, hinter vorgehaltener Hand zu wispern, aber ihre Stimme war trotzdem so laut, dass die Hälfte der Anwesenden es verstehen konnten: »Haben Sie auch schon gehört, dass unser Hofprediger, der Herr Minister für besondere Aufgaben, Mademoiselle de Collenberg bereits mehrere Male ermuntert hat, am Lager des Kurfürsten zu verweilen und ihm jeden Wunsch zu erfüllen – wohlgemerkt jeden! Vielleicht ist doch noch ein Wunder möglich. Früher, so lange ist das gar nicht her, hat Langhanns einige Zusammenkünfte zwischen den beiden an geheimen Orten arrangiert. Leider umsonst, denn ein Thronfolger ist dabei nicht herausgekommen. Damals hat Langhanns die Rüdt ganz schön unter Druck gesetzt. Von ›Vaterlandspflichten‹ und vom ›Wohl des Landes‹ hat er gesprochen. Leider, leider alles umsonst.«

Madame de Steinkallenfels seufzte: »Es ist ein Jammer, vierzehn Jahre ist der Kurfürst verheiratet und noch keine Nacht hat er das Bett mit seiner Gemahlin geteilt. Da darf man sich nicht wundern.«

»Wundern würde ich mich, wenn er es getan hätte. Schauen Sie sich doch einmal die dänische Prinzessin an. Nicht nur, dass Sie, liebste Oberhofmarschallin, unsere beiden Zofen und ich zweimal in sie hineinpassen würden, sie ist auch noch herrschsüchtig und eingebildet bis zum Platzen. Ständig kommandiert sie den armen Karl herum. Nichts passt ihr an ihm. Würden Sie das Bett mit einer Dauernörglerin teilen wollen? An dem anderen herumzumäkeln ist der Tod der Liebe. Dazu kommt auch noch, dass sie am Tage dreimal betont, dass sie die Tochter eines Königs sei und nicht wisse, was sie am Hofe eines kleinen deutschen Fürsten eigentlich soll. Wollten Sie das immer hören?«

»Aber er muss sie doch einmal geliebt haben?«

»Nichts hat er. Von Anfang an hat er sich vor ihr geekelt. Er hat sich eingebildet, dass er krank werde, wenn er sie berühre. Zu seiner Ehrenrettung muss ich jedoch sagen, dass diese Einbildung von seinem Leibarzt und seinem Hofprediger genährt, vielleicht auch erzeugt worden ist. Karl ist wie ein Kind, er braucht jemanden, der ihn führt und lenkt und da hat er sich halt die falschen Berater und Führer ausgesucht. Schade für die Kurpfalz.«

»Warum haben die beiden ihm das mit dem Krankwerden eingeredet?«

»Sie wollten, dass sich der Kurfürst mit einer Dame niedrigen Adels einlässt. Auf diese und den möglichen Thronfolger hätten sie dann mehr Einfluss ausüben können. Die Pfalz soll nach deren Meinung unter allen Umständen calvinistisch bleiben. Das ist auch der Grund, warum die Hofgesellschaft so still ist. Sie lässt dem Prediger freie Hand, obwohl doch jeder weiß, dass hier die Unmoral einen enormen Auftrieb genommen hat.«

Auf dem Schlosshof tat sich wieder etwas. Jeder dachte, die Zeremonie sei vorbei. Doch der Höhepunkt kam erst noch – das Böllerschießen. Die Grenadiere brachten zwei Feldhaubitzen in Stellung. Ein Krachen und Dröhnen! Die Mauern bebten, die Wände wackelten, die Bilder verrutschten und am Kachelofen löste sich der Verputz. Yvette zitterte am ganzen Körper. Wie konnte das nur einem Menschen Spaß bereiten?

Der Gelbe Salon verschwamm in undurchsichtigen Schwaden. Hüsteln und Räuspern und schweres Atmen waren das einzige Wahrnehmbare. Yvette konnte nicht erkennen, wer vor ihr oder neben ihr stand. Selbst die Kerzen waren von dem übel riechenden Schwefeldampf ausgegangen.

Da hörte Yvette eine junge Stimme in den Lärm hinein sagen: »Diese Schüsse sind wie unsere Kurpfalz selbst, lauter verschossenes Pulver. Die Soldaten zünden nasses Pulver, damit es anständig dampft und kracht, aber wirkungslos bleibt. Das Pulver des Kurfürsten reicht auch nicht aus, seiner Mätresse ein Kind zu machen. Kann er nicht? Will sie nicht? Wenn ich die Rüdt wäre …«

Weiter kam die Stimme nicht, denn die Rüdt, die sich bisher unbemerkt am letzten Fenster des Salons aufgehalten hatte, sauste wie von der Tarantel gestochen in die Mitte des Raumes und zischte. »Was wäre, wenn …, hä? Wer hat das gesagt?«

Grabesstille. Alle hielten den Atem an. Der Konflikt, der in der Luft lag, war mit den Händen zu greifen, aber niemand sagte auch nur einen Ton.

Die Dampfschwaden senkten sich. Die Gesichter der Anwesenden schälten sich heraus. Einige bleich vor Schrecken, andere feixend, wieder andere dümmlich dreinschauend.

»Ich habe die Stimme erkannt!«, drohte die Rüdt. »Wehe dem Flittchen!«

Yvette schaute, dass sie aus dem Zimmer kam, denn von dem lauten Geschrei angelockt, betrat Langhanns den Salon. Yvette konnte nur noch sehen, wie die Rüdt mit dem Finger in eine bestimmte Richtung zeigte.

»Die war es, die hat die Kurpfalz, den Kurfürsten und mich beleidigt. Das muss geahndet werden!«

Ein Fall von Kirchenzucht

Im Audienzraum des Gläsernen Saalbaues hatten sich die Kirchenräte als Vertreter der Landeskirche und die Presbyter als Beauftragte der Kirchgemeinde versammelt. Es ging um einen Fall von Kirchenzucht.

Olivier als Kirchenältester der französisch-reformierten Gemeinde am Hofe zu Heidelberg durfte qua Amt an der Versammlung teilnehmen. Yvette und Gabriel hatte er zu seinen Stellvertretern ernannt.

Olivier setzte sich vorn links in die zweite Reihe. In der ersten saßen die Vertreter der deutsch-reformierten Schlossgemeinde. Rechts hatte der Kirchenrat Platz genommen. Yvette und Gabriel quetschten sich hinten in eine Bank.

Es herrschte eine niederdrückende Stimmung im Saal. Niemand wusste Genaues über den Anlass der Sitzung. Es gab Gerüchte und Gemunkel, aber Konkretes war nicht bekannt.

Olivier ärgerte sich insgeheim über die Art der Zusammenkunft. In seiner Gemeinde wurde jeweils zuvor bekannt gegeben, worüber gesprochen werden würde. Jeder sollte ausreichend Zeit haben, sich mit der Thematik zu befassen, um eventuelle Rückfragen stellen zu können. In der Regel waren die Debatten, die bei diesem Verfahren entstanden, fruchtbarer und das Ergebnis der Abstimmung einsichtiger und akzeptabler. Hier im Saal wurde das anders gehandhabt.

Langhanns ließ wie immer auf sich warten. Vielleicht wollte er seine hervorgehobene Stellung damit demonstrieren. Er war der Vertraute des Kurfürsten – das musste irgendwie zum Ausdruck kommen.

Endlich betrat er erhobenen Hauptes und mit fliegender Mähne den Saal. Sein schwarzer Talar flatterte bei den schnellen energischen Schritten im Zugwind. Die Augen blickten streng unter den buschigen Augenbrauen hervor und durchbohrten jeden, den der Blick traf – und er traf viele. Die Unterhaltungen hörten schlagartig auf. Ein greifbares Unwohlsein lag in der Luft. Die Spinnen und Asseln verkrochen sich in ihre Höhlen und die Fliegen rührten sich nicht mehr.

Der Hofprediger stellte sich für alle sichtbar auf die Empore und stemmte seine Arme in die Seiten. Die um sich greifende bleierne Stille machte Angst. Das unangenehme, aber vertraute Hüsteln der alten Männer und deren Scharren mit den Füßen hatten aufgehört. Es lag etwas Bedrohliches im Raum. Aber die ›Kirchenordung‹ war aufseiten Langhanns'.

›Alle, die an Christus glauben, bilden mit ihm in der Kirche eine Gemeinschaft. Christus ist das Haupt, die Gemeinde der Leib. Deshalb muss die Gemeinde die Regeln, die Christus aufgestellt hat, befolgen. Wer dagegen verstößt, wird – ja, muss bestraft werden, damit die Gemeinde wieder mit reinem Gesicht und lauterer Seele vor den HERRN treten kann.‹ So begründeten die Reformierten ihre Kirchenzucht.

In diesem Sinne begann Langhanns: »Brüder und Schwestern im Glauben, heute steht ein Fall zur Entscheidung, der gröber, unsittlicher und ungeheuerlicher nicht sein kann. Hört, was ich sage!«

Er stellte sich in Positur und streckte seine gespreizten Hände wie Gabeln, die etwas aufspießen möchten, den Gemeindemitgliedern entgegen. »Anlässlich der Geburtstagsfeier unseres schwer daniederliegenden und von uns allen geliebten Kurfürsten hat eine Person aus dem Kreise der Bediensteten, die zudem unserer Glaubensgemeinschaft angehört, die Lendenkraft unseres sich für die Untertanen aufopfernden Landesvaters mit gemeinem Pulverdampf verglichen. Das ist nicht nur eine Verunglimpfung der Person des Herrschers, sondern auch grobe Majestätsbeleidigung.«

Langhanns hielt inne, drehte sich um und betrachtete lange das Kreuz an der Wand. »Der niederträchtige Hinweis der Dame, dass Lutheraner oder Katholiken eher einen Thronfolger zeugen könnten als ein Reformierter, ist eine mit nichts zu überbietende Glaubensverhöhnung.«

Jetzt konnte sich Olivier denken, auf was der Hofprediger es angelegt hatte und war gespannt, wie er den Fall lösen wollte.

»Beides bedarf einer außerordentlichen und abschreckenden Strafe. Darüber sind wir uns alle einig, nicht wahr?« Er schaute über die Köpfe der Versammelten hinweg und heftete starr seinen Blick auf das Porträt des Fürsten an der gegenüberliegenden Wand. Er vertrat in diesem Kreise den Kurfürsten als obersten Glaubenshüter und daran wollte er keinen Zweifel aufkommen lassen.

Dem Oberhofgärtner kam es vor, als ob das Bild Karls II. leicht zu wackeln begann, Sprünge entstanden – nicht sichtbare, aber spürbare. An diesem Tag konnte sein Stellvertreter noch einmal auftrumpfen, konnte den Hüter des Glaubens und den Rächer des Ungehorsams spielen, aber was würde ein Tag später sein? An übermorgen mochte er gar nicht erst denken.

Erneut begann er: »Der Kurfürst in seiner großen Weisheit und unendlichen Güte hat mich beauftragt, mit Ihnen heute die Verurteilung des unsäglichen Vergehens durchzuführen.«

Langhanns erwartete keine Antwort und keinen Einwurf. Eine kritische Stimme hätte er auch nicht zur Kenntnis genommen. Es wäre für ihn Verrat am wahren Glauben, an den sittlichen und moralischen Grundsätzen des Bekenntnisses der Kirche gewesen.

Für einen ganz kleinen Moment wandte er sich den Anwesenden zu, so, als ob er deren Meinung erfragen wollte, doch gleich darauf verkündete er: »Da alle grundsätzlich und ausnahmslos den Anschuldigungen zustimmen, kommen wir nun auf die Person zu sprechen, die den Tatbestand heraufbeschworen hat, und verhängen anschließend die hierfür übliche Kirchenzucht.«

Murren war zu hören. Es schien, als ob sich manche von der Schnelligkeit des Vorgehens überrumpelt fühlten. Langhanns störte das nicht. Er hob seinen Arm und zeigte auf Marie Charlotte, die eine Reihe vor Yvette und Gabriel saß, und forderte sie auf, nach vorn zu kommen. Alle drehten ihre Köpfe nach ihr um und starrten die Mademoiselle mit großen Augen an.

Wie wird sich Marie Charlotte fühlen, fragte sich Olivier. Angst, Scham, Wut, Empörung, Rachegefühle – oder alles zusammen – werden in ihrer Brust toben. Marotte hatte von jeher etwas gegen diese öffentlichen Zurschaustellungen. Das läuterte seiner Meinung nach nicht, im Gegenteil, es verbitterte. Und ob das für das zukünftige Seelenheil der Betroffenen gut sei, bleibe mehr als fraglich.

Die hübschen roten Wangen Marie Charlottes verfärbten sich im Nu zu einem kalkigen Weiß. Der kokette, schelmische Zug war wie weggeblasen und das Gesicht nahm herbe Züge an. Der zuvor noch so hochgetragene Kopf senkte sich bis auf die Brust. Beschämt zog sie den weiten Schal eng um die Schultern und erhob sich zögernd. Die Knie zitterten. Sie wankte, hielt sich an der Banklehne fest.

Plötzlich ging eine Veränderung in ihr vor. Sie schluckte kräftig, hob ruckartig den Kopf und straffte ihren Körper. So schritt sie, den Schal wieder zur Seite schiebend, ihr Dekolleté zeigend, mit schwingenden Hüften an den Versammelten den Gang entlang nach vorn. Sie ließ sich Zeit – viel Zeit.

Olivier hatte den Eindruck, dass sich die anfängliche Scham in wilden Trotz verwandelt hatte. Ihre Gesichtszüge waren jedoch nach wie vor hart, kantig, scharf – nach Rache dürstend. Das konnte auf lange Sicht nichts Gutes bedeuten.

Langhanns' Augen hingegen blitzten vor Freude. Er rieb sich die Hände, als ob er schon lange auf diesen Moment gewartet hätte. Olivier wusste nicht, ob es stimmte, aber es wurde gemunkelt, dass Langhanns mit dem Lebenswandel der Sengelmann seit geraumer Zeit nicht einverstanden war. Auffällig war auch, dass Baron von Steinkallenfels sich bei jeder Gelegenheit schützend vor sie stellte. Manche bösen Zungen behaupteten sogar, dass die beiden ein Techtelmechtel miteinander hätten. Aber auf so etwas gab er nicht viel. Am Hofe wurde viel erzählt und das Wenigste stimmte.

Olivier vermutete etwas ganz anderes. Langhanns und der Oberhofmarschall waren sich von jeher spinnefeind. Jeder wollte mehr Einfluss auf den Kurfürsten ausüben. Diese Geschichte schien dem Hofprediger mehr als gelegen, seinem Konkurrenten vor aller Augen eines auswischen zu können. Der Oberhofgärtner hätte nie gewagt, solche Gedanken laut auszusprechen und im Grunde waren ihm der Tratsch und der Klatsch am Hofe schon aus Glaubensgründen zuwider.

Genüsslich wiederholte Langhanns seine Anschuldigungen und verhängte – ohne Rücksprache zu nehmen – über Marie Charlotte die Kirchenzucht: »Marie Charlotte Sengelmann, Angehörige der reformierten Kirchgemeinde, Kammerzofe der Madame de Steinkallenfels, wird bis zu dem Zeitpunkt, an dem sie ein öffentliches Reuebekenntnis vor der Kirchgemeinde ablegt, vom gemeinsamen Abendmahl ausgeschlossen.«

Triumphierend schaute er in den Saal. Von seinen leuchtenden Augen ging ein sonderbarer Glanz aus. Zuerst hatte

Olivier an etwas Überirdisches gedacht, es konnte aber auch das Gegenteil sein – etwas Teuflisches. Er schämte sich sofort ob seiner unchristlichen Gedanken.

Langhanns war noch nicht fertig. »Mademoiselle Sengelmann, haben Sie Einwände?«

Marie Charlotte stand wie angenagelt vor dem Hofprediger. Hatte sie mit solch einer Strafe gerechnet? Sie wollte etwas sagen, fand jedoch nicht die richtigen Worte, stakste und stotterte herum und schaute wütend auf den Boden. Ihr war diese Situation sichtlich peinlich. Wahrscheinlich nicht so sehr der Strafe wegen, sondern der Art und Weise, wie sie von dem verhassten Langhanns behandelt wurde – und das vor allen Leuten!

Im Moment konnte ihr niemand helfen, denn das Recht des Ausübens der Kirchenzucht lag alleine beim Kurfürsten oder seinem Bevollmächtigten. Selbst der Oberhofmarschall als Regierungsbeauftragter war machtlos.

In Olivier machte sich zunehmend Ärger breit. Das, was da geschehen war, konnte er so nicht gelten lassen, das widersprach seinen Prinzipien und den Grundsätzen der reformierten Glaubensgemeinschaft. Gerade als er seine Hand heben wollte, um seine Einwände vorzubringen, stand Gabriel neben ihm und flüsterte ihm etwas ins Ohr.

Olivier Marotte nickte, räusperte sich, erhob sich mit Bedacht und meldete sich mit seiner sonoren Stimme zu Wort.

»Monsieur le Ministre, werte Versammelte, es gibt zwei Dinge, die mein Missfallen erregen und die ich deutlich zum Ausdruck bringen möchte, selbst auf die Gefahr hin, Unannehmlichkeiten von bestimmter Seite erdulden zu müssen.«

Augenblicklich ging Langhanns zwei Schritte zurück. Er kannte nur zu gut die unbestechliche Aufrichtigkeit und den Gerechtigkeitssinn des Oberhofgärtners. Schon mehrere Male hatten sie die Klingen gekreuzt. Bisher hatte ihn nur das Machtwort des Kurfürsten vor einer Niederlage bewahrt. Heute lag sein Beschützer krank im Bett.

Der Hofprediger versuchte erst einmal den Einwand als verspätet, als Nebensächlichkeit und nicht zur Sache gehörend abzuwiegeln, doch Marotte fuhr ungerührt fort: »Nach meiner Kenntnis hat Mademoiselle de Collenberg als Einzige behauptet, dass diese unsäglichen Worte – und das sind sie, da muss ich Ihnen, Monsieur le Ministre, recht geben – aus dem Munde der Mademoiselle Sengelmann gekommen sein sollen. Niemand von den im Gelben Salon Anwesenden konnte das mit Sicherheit bestätigen, sofern sie überhaupt danach gefragt worden sind.«

Langhanns wollte schon aufbrausen und Olivier über den Mund fahren, aber der sprach unbeirrt weiter. »Es ist mit unserem Rechtsverständnis nicht vereinbar, dass Urteile gefällt werden, bevor nicht sicher feststeht, dass die Angeklagte wirklich schuldig ist. Außerdem widerspricht es den Statuten der Kirchenordung, wenn Sie, sehr geehrter Monsieur Langhanns, ohne Anhörung und Rücksprache mit den Kirchenältesten und dem Kirchenrat selbstgefällig eine Strafe verhängen.«

Zustimmendes Nicken und Räuspern.

»Zudem entspricht Ihre Einstellung nicht dem Menschenbild unserer calvinistisch geprägten Kirche. Es gibt keine Höheren und keine Niederen vor dem HERRN – vor Gott sind alle gleich. Ich beantrage daher die Neuaufnahme des Verfahrens und die Befragung aller Zeugen.«

Marottes Gesicht war rot angelaufen und sein Hemd nass. So hart hatte er es nicht sagen wollen. Aber nun war es zu spät und zurücknehmen konnte und wollte er kein einziges Wort, wohl wissend, dass ihm Langhanns diese Bloßstellung nie verzeihen würde. Er musste mit dem Schlimmsten rechnen, denn der Hofprediger war äußerst nachtragend.

Außerdem ärgerte er sich, dass keiner der Einheimischen bereit war, die Vorgehensweise Langhanns' anzuprangern.

So waren sie, die Hofschranzen! Olivier überkam ein sarkastisches Lächeln. Mehr als siebenundzwanzig Jahre war er nun schon am Hofe in Heidelberg – und es war immer dasselbe. Die Höflinge kämpften nie mit offenem Visier, aber alle trugen einen Dolch im Ärmel.

Halt! Marotte hatte sich getäuscht. Fabricius, der unter Kurfürst Karl Ludwig Hoftheologe war, und damals kein Hehl daraus gemacht hatte, dass er für eine Vereinigung aller protestantischen Glaubensrichtungen sei, ergriff das Wort. Sah er eine Chance, den nun angeschlagenen Langhanns in die Enge zu treiben?

Hei, wie auf einmal die Funken flogen. Ein wilder Disput begann. Der ursprüngliche Anlass schien vergessen zu sein.

Viele witterten Morgenluft und bauten – das wird der wahre Hintergrund gewesen sein – für die bald zu erwartenden neuen politischen Ereignisse vor.

Den Tumult ausnützend, ging Gabriel nach vorn, fasste Marie Charlotte am Arm und wollte sie aus dem Saal führen. Langhanns hielt sie fest. Es kam zu einem Handgemenge. Gabriel schob ihn einfach zur Seite und verschaffte sich Raum. Das Gezeter Langhanns' und dessen Drohgebärden prallten an Gabriel wie Tropfen auf einer fetten Lederhaut ab. Furchtlos stellte er sich vor die Jungfer und bahnte sich einen Weg durch die Menge. Zornerfüllte Augen schauten ihm nach. Donnerwetter, Gabriel hat Mut, dachte Olivier und war ein bisschen stolz auf seinen Landsmann. Aber die Vorstellung war noch nicht zu Ende.

Lautstark rief Langhanns Gabriel nach, dass er sich nie mehr auf dem Schloss blicken lassen solle und dass er dessen Aufenthaltsgenehmigung überprüfen lassen werde. Der Kurfürst heiße nicht jeden in seinem Lande willkommen. Er solle sich vorsehen.

Bisher saß Yvette wie versteinert auf ihrem Stuhl. Sie kannte ihren Mann – eine sanftmütige Natur. Aber wie jeder brave Kater die Krallen ausfährt, wenn er genügend gereizt wird, so war es bei Olivier. Sie wusste aber auch um das Spinnennetz der Höflinge. Wer aus der Reihe tanzte, wurde ausgegrenzt.

Voller Sorge drängte sie sich durch das Gewühle und stellte sich demonstrativ neben Olivier. Von draußen war Säbelgerassel zu hören.

Madame de Steinkallenfels schien den ängstlichen Blick Yvettes bemerkt zu haben und zupfte sie am Ärmel. Mit beruhigender Stimme sagte sie, dass sie sich keinen allzu trüben Gedanken hingeben solle, denn das Leben des Kurfürsten gehe bald zu Ende, sehr bald sogar und dann gebe es keinen Langhanns mehr. Dafür werde ihr Gatte sorgen.

Düstere Prophezeiungen

Es war Mai. Die Akeleien blühten – die Lieblingsblumen der Madame de Steinkallenfels. Wie jedes Jahr brachte ihr Yvette einen bunten Strauß. Vom Gärtnerhaus in den Schlosshof war der Weg nicht weit. Immer wieder stand sie staunend vor dem Ottheinrichsbau. Welche Pracht, welche Anmut! Der Nachfolger Friedrichs II. war der weit über die Kurpfalz bekannte Ottheinrich (1556-1559). Obwohl ihm nur drei Jahre Regierungszeit vergönnt waren, gehörte er zu den bedeutendsten Kurfürsten. Er führte die Reformation ein und ließ das künstlerisch wertvollste Gebäude des Schlosses errichten, den Ottheinrichsbau. Dessen reich geschmückte Fassade galt und gilt als das herrlichste Beispiel deutscher Renaissance-Baukunst.

Wie ein Triumphbogen erhob sich das Portal über der Freitreppe, flankiert von je zwei Atlanten auf kräftigen Podesten. Yvette las die Inschrift über dem Torbogen:

»Ott Hainrich von Gottes gnaden Pfaltzgraf bei Rhein.
Des heyligen Römischen Reichs Ertzdruchseß
und Churfürst. Hertzog in Nidern und Obern Baiern.«

Darüber waren die Wappentafeln des kunstbeflissenen Herrschers und ein Medaillon mit seinem Bildnis angebracht. Im Erdgeschoss befand sich der prunkvolle Festsaal, der nach dem Besuch Kaiser Maximilians II. im Jahre 1570 auch ›Kaisersaal‹ genannt wurde, im oberen Geschoss lagen die Wohnräume der Hofgesellschaft.

Marie Charlotte wirbelte durch die Gänge und hatte ein fröhliches Lied auf den Lippen. Yvette wunderte sich. Vor zwei Tagen war die ›Kirchenzucht‹ über sie verhängt worden und heute schien alles vergessen zu sein. Oder gab es einen Grund für ihre Heiterkeit?

»Oh, Madame Marotte, was für ein hübscher Strauß. Akeleien, die Lieblingsblumen meiner Herrin. Wie bei einem Regenbogen sind alle Farben darin enthalten. Da wird sich die Baronin freuen.«

Ausgelassen nahm sie Yvette den Strauß aus der Hand, steckte ihn in eine weiße Porzellanvase und stellte ihn schwungvoll auf Madames Sekretär.

»Schade«, sagte Yvette, »dass ich der Baronin die Blumen nicht selbst überreichen kann. Wird es lange dauern, bis sie zurückkommt?«

»Keine Sorge, die Baronin wird bald hier sein. Sie berät sich schon seit heute Morgen mit Madame de Castell, der Gattin des Oberhofmeisters.«

»Da muss es wohl um wichtige Dinge gehen?«

Marie Charlotte wollte anfänglich mit der Sprache nicht so recht herausrücken, doch dann wurde sie auf einmal sehr gesprächig. Schließlich war sie den Marottes etwas schuldig. Olivier war ihr gegen Langhanns beigestanden und hatte das Schlimmste verhindert.

»Madame«, sie betonte jedes Wort, »die langhannssche Theatervorstellung – etwas anderes war es doch nicht – war hier auf dem Schloss bestimmt der letzte Akt der Reformierten.«

Yvette verstand nicht. Marie Charlotte sprach in Rätseln.

Fragend schaute sie die Kammerjungfer an.

»Es wird nicht mehr lange dauern, dann weht ein katholisches Lüftchen durch das Schloss und die gesamte Kurpfalz und Sie werden sich wundern, wie schnell sich manche nach dem neuen Wind drehen. Ich an erster Stelle!«

Yvette war empört: »Mit solchen Dingen scherzt man nicht. Man wird in eine Religionsgemeinschaft hineingeboren und bleibt dabei, es sei denn, es gibt Gründe, die dem Gewissen keine andere Wahl lassen.«

Diese Worte schienen Marie Charlotte nicht zu berühren. Im Gegenteil, sie lächelte vor sich hin. Musste Yvette schärfer, eindringlicher werden?

»Ein Glaubenswechsel ist kein Pappenstiel. Die Angelegenheit mit der Kirchenzucht war nicht im Sinne der Kirchgemeinde und die Ältesten werden die Verhängung wieder rückgängig machen. Es gibt also keinen hinreichenden Grund, sich von der Religion der Väter abzuwenden.«

Vielsagend schaute die Kammerzofe Yvette an. »Sie werden staunen, was in den nächsten Tagen alles möglich ist. Aber zurück zur Gegenwart. Sie können sich nicht vorstellen, welche gedrückte Stimmung im Schloss herrscht, seit der Kurfürst in seinem Delirium diese düsteren Prophezeiungen ausgesprochen hat.«

Verständnislos schüttelte die Gärtnersfrau den Kopf. War denn der blanke Wahnsinn im Schloss ausgebrochen?

Sicher, der Kurfürst lag krank danieder und es gab Gerüchte, dass er wahrscheinlich nicht mehr das Bett verlassen werde. Aber der Fürst war jung – vierunddreißig Jahre war er vor Kurzem erst alt geworden. Allerdings war die Gesundheit des Prinzen stets das Hauptthema gewesen. Dutzende von Ärzten und Quacksalbern hatte sie im Schloss ein- und ausgehen sehen.

Was sollte das Getue der Kammerjungfer? Oder gingen an ihr wichtige Nachrichten vorbei? War die Situation ernster, als sie es sich eingestehen wollte? Wenn selbst Marie Charlotte fahrig hin und her rannte und immer nach der Türe schaute, sollte sie die derzeitige Lage vielleicht nicht auf die leichte Schulter nehmen.

Zu gern wollte sie wissen, was an den Geschichten wahr sei. »Was spricht denn der Kurfürst in seinem Wahn?«

»Das Allerschlimmste. Er sieht überall loderndes Feuer, einstürzende Dächer, brennende Kirchen, geschändete Frauen und durchbohrte Männer. Kohorten reiten über die Kornfelder und trampeln alles Getreide nieder. Die Keller und Scheunen werden geplündert und das Vieh weggetrieben. Selbst alte Frauen und Männer werden nicht verschont. Wer sich den Feinden in den Weg stellt, wird niedergemetzelt. Es ist die Pfalz und deren Bewohner, die das erdulden müssen.«

»Oh, das verhindere der HERR. Die Pfälzer sind genug gestraft.«

»Das mag sein, aber damit nicht genug. Der Kurfürst sieht, wie wieder Heiligenbilder in den Kirchen aufgehängt werden und die Mönche mit der Monstranz durch die Straßen ziehen.«

»Der HERR möge uns davor bewahren.« Allmählich erfasste auch Yvette ein Schaudern und sie hatte Mühe, die düsteren Bilder von sich zu weisen. Noch lebte der Kurfürst und bestimmt waren noch nicht alle Heilungsmöglichkeiten ausgeschöpft.

»Es soll doch ein Arzt aus der Schweiz zurate gezogen worden sein«, wandte Yvette beruhigend ein.

»Auch der wird keine Wunder vollbringen können.«

»Und was tun die, die ihm nahe stehen?«

»Madame Yvette, Sie werden sehen, der Kurfürst stirbt so, wie er gelebt hat – von allen verlassen.«

»Und Ministre Langhanns?«

»Der hofft inständig, dass die kurfürstlichen Boten rechtzeitig aus Schwäbisch Hall eintreffen, damit der Kurfürst den ausgehandelten Vertrag mit dem katholischen Vetter und Nachfolger noch unterschreiben kann.«

Vom Flur her waren Stimmen zu hören. Die Kammerjungfer öffnete die Türe zuerst nur einen Spalt weit, doch dann riss sie sie ganz auf und stürzte hinaus. Yvette folgte ihr. Ein Tumult war entstanden. Diener rannten von einem Zimmer zum anderen, Zofen, Hofdamen schoben und drängten sich in den Gängen und Fluren.

»Hurra, die Boten sind da!«, hallte es durch die Räume. »Jetzt kann der Kurfürst das Dokument, das uns den protestantischen Glauben, die Stellung und den Besitz garantiert, unterschreiben.«

Plötzlich blieben alle wie erstarrt stehen und hielten den Atem an.

»Bim, bim, bim!« Das Totenglöckchen läutete. Kurfürst Karl war tot.

Yvette fröstelte. Sie lehnte sich an das warme Mauerwerk und spürte ihren Herzschlag. Warum waren ihr zuvor nicht die Bedeutung und die Konsequenzen dieser Situation deutlicher in den Sinn gekommen? Hatte sie wie alle anderen zu lange die Augen vor der Realität verschlossen? Auch wenn der letzte Kurfürst aus dem Hause Pfalz-Simmern keine Achtung gebietende und kraftvolle Persönlichkeit gewesen war und das Geld der Untertanen verschwendet und verschleudert hatte, so war er fünf Jahre lang – von der Zeit seines Regierungsantritts bis zu seinem Tode – Garant des Glaubens und Beschützer der Kurpfalz. Kein fremder Soldat hatte während dieser Zeit die rechtsrheinische Pfalz betreten. Natürlich war alles erkauft, aber es war Frieden.

Oh je, in Yvettes Kopf ging alles durcheinander. Was würde aus den Reformierten werden, wenn die Katholiken in der Kurpfalz die Oberhand gewönnen? Müssten auch sie das Land verlassen? Ihre siebenundzwanzigjährige Loyalität zum Hof würde wohl nicht viel zählen.

Die Starre, die die Schlossbewohner befallen hatte, löste sich allmählich. Geräusche waren zu hören, Schritte kamen näher. Yvette gab sich einen Ruck – das Leben würde weitergehen. Sie musste zu ihrem Mann, um mit ihm die neue Lage zu besprechen.

Gerade als sie sich umdrehte, um die Treppe am anderen Ende des Ganges zu erreichen, sah sie, wie der Herr Sekretär Hasenbein mit einer tiefen Verbeugung einem katholischen Geistlichen die Türe zum Konferenzraum aufhielt. Eigenartig, dachte sie, so schnell geht die Umstellung vor sich.

Das allein war es nicht, was sie erschreckte. Es war das Verhalten des Sekretärs. Er zog devot seinen Hut und verbeugte sich tief – zu tief – vor dem Geistlichen. Und – Yvette reckte ihren Hals – er schlug ein Kreuz und murmelte: »Gelobt sei Jesus Christus« und der Priester antwortete: »In Ewigkeit. Amen!« Katholischer ging es nicht mehr …

Ihre Schritte wurden schneller. Leute, die ihren Glauben jeweils an den Meistbietenden verkauften, konnte sie nicht ertragen. Doch bevor sie die Treppen erreichte, rief Marie Charlotte sie zurück und bat sie, ihr in den großen Salon zu folgen. Von dort hätte man eine herrliche Aussicht auf die tiefer liegende Stadt. Yvette war unschlüssig – den Ausblick kannte sie, dazu brauchte sie nicht in den großen Saal zu gehen. Nur widerstrebend folgte sie.

Alle Höflinge hatten sich dort versammelt und starrten aus den Fenstern. Was gab es zu sehen?

Marie Charlotte zupfte sie am Ärmel, schob sie ans Fenster und deutete auf den Marktplatz. Truppen marschierten auf. Der deutsche Reichsadler war auf der Fahne zu erkennen. Was hatten Reichstruppen hier zu suchen?

Es dauerte nicht lange, da jubelte einer der Höflinge – es war der Oberhofmeister Graf von Castell, den Yvette wegen seiner Günstlingswirtschaft noch nie hatte ausstehen können.

»Es sind Kaiserliche! Sie kommen zu unserem Schutz. Alle Welt soll sehen, dass nun der Habsburger, Kaiser Leopold, das Sagen in der Kurpfalz hat. Und wisst Ihr, warum? Weil der neue Landesherr mit dem Kaiser verwandt ist und weil beide fromme Katholiken sind.«

Mit seinen spindeldürren Beinchen führte der Graf ein Freudentänzchen auf – ekelhaft!

Die Türe wurde aufgestoßen. Langhanns betrat den Saal.

Yvette erschrak. Sein Gesicht war eingefallen und seine Hände zitterten. Gleich würde er, wie sonst auch, mit drohender Stimme seine Anweisungen geben und die Anwesenden würden mit eingezogenen Schultern von dannen schleichen. Weit gefehlt!

Kaum einer störte sich an ihm. Nach kurzem Hinsehen wandten sich die Höflinge sofort wieder ihrem Gesprächspartner zu und diskutierten, welche Vorteile jeder aus dieser Situation ziehen könne.

Langhanns musste schnell gelernt haben, was die Stunde geschlagen hatte. Eilig durchquerte er den Saal und verschwand hinter einer Seitentüre. War das sein letzter Auftritt?

Wieder öffnete sich die Türe und ein Kammerdiener bat die Herren Regierungsmitglieder in den Konferenzraum, um die Modalitäten der Beerdigung des verstorbenen Kurfürsten zu besprechen.

Der Leichenkondukt

Am 11. Juli 1685 (gregorianischer Kalender*) betrat frühmorgens der übermüdete Gottfried das Haus im Kalten Tal. Er wollte dem Freiherrn, der wegen eines Gichtanfalls an dem feierlichen Leichenzug nicht teilnehmen konnte, ausführlich berichten.

Er war bass erstaunt, dass um diese Zeit im Herrenzimmer schon so viele Leute beisammensaßen. Neben den beiden Marottes hatten sich auch Familie Grombacher und Gabriel eingefunden. Claude stand sofort auf, um ihm auf dem Kanapee Platz zu machen. Zunächst wehrte er ab, doch ihr fürsorglicher Blick stimmte ihn um. Er sollte sich neben seine Mutter setzen.

Erschöpft ließ er sich in die weichen Polster fallen und seufzte: »Gestern wurde die alte Kurpfalz zu Grabe getragen.«

Traurigkeit verbreitete sich im Raum und blieb in den Gesichtern hängen. Mit getragener Stimme verdeutlichte Gottfried: »Nach dem Tod unseres Kurfürsten wird die Pfalz nicht mehr das sein, was sie einmal war. Die neue Dynastie ist landesfremd, gehört einer anderen Konfession an und ist geographisch anders orientiert. Obwohl Karl ein erbärmlicher Mensch war, so war er doch der Repräsentant einer großen Vergangenheit. Er hat die Pfalz als den Hort der Protestanten, als die Heimat der humanistischen Universitätstradition und als ein Territorium mit glorreichen dynastischen Beziehungen über halb Europa vertreten.«

Der Baron hielt sich mit seiner Meinung zurück, doch Gabriel juckte es in den Fingern: »Ist deine Einschätzung nicht ein wenig zu hoch gegriffen?«

**Die evangelischen Territorien des Heiligen Römischen Reiches übernahmen den gregorianischen Kalender erst um 1700, d.h. 118 Jahre nach dessen Einführung im Jahre 1582 durch Papst Gregor XIII., wobei 10 Tage übersprungen wurden.*

Daher werden in Geschichtsbüchern zwei unterschiedliche Daten für die Beerdigung angegeben:

30.06.1685 – julianischer Kalender

10.07.1685 – gregorianischer Kalender

»Mitnichten! Der verstorbene Kurfürst hat etwas getan, was ihm nicht hoch genug angerechnet werden kann. Davon spricht keiner.«

»Wovon?« Gabriel wollte es nun genau wissen. Auch Claude und die anderen waren neugierig geworden.

»Er hat der Pfalz einen Erbfolgekrieg zwischen den Vettern erspart.«

Seinen Zuhörern war eine gewisse Skepsis anzusehen.

»Denkt daran, dass nach seinem Tode drei Parteien Anspruch auf das Kurpfälzer Erbe anmelden können. Zuerst das Haus Pfalz-Neuburg, dann das Haus Pfalz-Veldenz, eine Seitenlinie der Zweibrückener Pfalzgrafen und dann der gefährlichste von allen, der französische König.«

»Oh je«, stöhnte Claude, drückte ihre Hände fest zusammen und hörte gespannt zu.

»Karl hat, um Streitereien zu verhindern, mit Hilfe seiner ›Freunde‹ – Langhanns war übrigens auch daran beteiligt – in Schwäbisch Hall einen Vertrag zugunsten der katholischen Linie Pfalz-Neuburg abgeschlossen.«

»Aber der verstorbene Kurfürst konnte den Vertrag doch nicht mehr unterschreiben und ohne Unterschrift ist er keinen Pfifferling wert – oder?« Gabriel schien dem Frieden immer noch nicht zu trauen.

Gottfried beruhigte ihn: »Ich habe aus dem Munde des Oberhofmarschalls gehört, dass Philipp Wilhelm – so heißt der neue Kurfürst, der in Düsseldorf und Neuburg an der Donau residiert – ihn so, wie er ist, akzeptiert und nicht ändern möchte.«

Der Freiherr bestätigte die Aussage und meinte, dass der neue Fürst für die Pfalz sogar von Vorteil sein könne. Kritische Gesichter allenthalben.

»Ihr wisst doch«, erklärte er, »dass Philipp Wilhelm seine älteste Tochter Eleonore Magdalene Therese im Jahre 1676 mit dem Kaiser des Heiligen Römischen Reiches, Leopold I., verheiratet hat. Er ist somit der Schwiegervater des Kaisers. Zwei Jahre später hat sein ältester Sohn, Johann Wilhelm, die Schwester des Kaisers geheiratet. Der neue Kurfürst ist somit fest mit dem Hause Habsburg verbunden und kann damit rechnen, dass ihm der Kaiser die Kurpfalz – sie ist nach wie vor Reichslehen – als solches übertragen wird und keinem anderen. Das ist eine gewisse Garantie für die Pfalz und das hat unser verstorbener Kurfürst Karl wohl in seine Überlegungen miteinbezogen. Frankreich oder dem kleinen Veldenz wird der Kaiser die Kurpfalz nie zum Lehen geben.«

»Diesen Hintergrund habe ich nicht gekannt«, gestand Gabriel. Er grübelte lange nach und kam zum Schluss, dass der neue Kurfürst seine Rechnung trotzdem nicht ohne Frankreich machen könne.

»Mag sein«, sagte der Freiherr, »aber Philipp Wilhelm hat viele Kinder – insgesamt sind es sechzehn. Er könnte – jetzt fabuliere ich, aber nicht ohne Weitsicht – einer französischen Vormachtstellung im Westen des Reiches mit Unterstützung des Kaisers vorbeugen.«

»Wie denn, womit denn?« Gabriel ließ nicht locker.

»Indem er seine heiratsfähige Tochter Maria Sophie Elisabeth mit dem portugiesischen König Peter II. und die andere Tochter, Maria Anna Adelheid mit dem spanischen König Karl II. verheiratet.«

Ein Raunen ging durch den Raum. Den Anwesenden wurde mehr und mehr bewusst, dass ein gewaltiger Wandel in der Kurpfalz bevorstand.

Dem Oberleibgardisten fiel auf, dass Gabriel immer noch ein äußerst bedenkliches Gesicht machte. Stand für ihn so viel auf dem Spiel? Schon vor Tagen hatte der Diakon gefragt, ob es nicht sinnvoller sei, als protestantischer Franzose die Kurpfalz beizeiten zu verlassen. Zuvor hatte er solche Gedanken von ihm nicht gehört.

Gottfried hielt ihm zugute, dass er noch ausharrte, um die Ausbildung Hélènes nicht zu gefährden. Die drei Refugiés fühlten sich wie Geschwister. Keiner würde den anderen im Stich lassen. Schade, dachte Gottfried, dass Hélène heute nicht anwesend sein kann. Sie hatte sich in letzter Zeit ein wenig rargemacht. Nicht weil es ihr bei den Verwandten nicht gefiel, nein, sie hatte im Waisenhaus zusätzliche Aufgaben übernommen. Krumpfuß war voll des Lobes. Sie führte ihre Mitschüler in die Regeln der französischen Sprache ein und hatte durchgesetzt, dass am Sonntag in ihrer Gruppe nur Französisch gesprochen wurde. Claude besuchte sie alle zwei Wochen und unterstützte ihre Ziehschwester, wo sie nur konnte. Gottfried arrangierte jedes Mal eine Kutschfahrt und das nicht ganz uneigennützig – weil er ja ihren Schutz gewährleisten musste, saß er immer ganz dicht neben ihr auf dem Kutschbock. Er mochte Claude und sie mochte ihn. Ob er verliebt war? Es schien so. Jedenfalls schaute er, seit er Claude kannte, kein anderes Mädchen mehr an und er hatte sich auch schon ertappt, wie er, als er einen Blumenstrauß mitbrachte, es offengelassen hatte, ob dieser für seine Mutter oder Claude gedacht war. Zu Vertraulichkeiten war es zwischen ihnen bisher nicht gekommen. Jeder respektierte den anderen und hielt eine gewisse Distanz.

»Herr Baron«, nahm Gottfried das Gespräch wieder auf, »darf ich Ihnen den Ablauf des Leichenzuges nun schildern?«

»Ich bitte darum!«

»Den ganzen Zug habe ich natürlich nicht gesehen, deshalb lege ich das offizielle Protokoll zugrunde. Sie werden erkennen, dass alles seine Bedeutung hat.«

Zu den Anwesenden gewandt, meinte er: »Ihr müsst viel Geduld aufbringen, denn der Leichenzug ist ein Jahrhundertereignis.«

Wollte er damit die Spannung erhöhen? Diese lag sowieso in der Luft, denn alle wollten genau wissen, wie der letzte reformierte Kurfürst zu Grabe getragen worden war.

»Also, alle Hofbediensteten stellten sich gestern Abend um halb elf Uhr in langen, schwarzen Mänteln mit bis zum Boden reichenden Schleppen im Frauenzimmerbau des Schlosses auf. Der mit einem schwarzen Tuch bedeckte Sarg wurde auf den Schultern von vierundzwanzig edlen kurpfälzischen Vasallen aus dem Kaisersaal zum Leichenwagen getragen. Danach wurde über den Sarg ein schwarzes samtenes Tuch, das an den Rändern mit Hermelin besetzt war und bis zur Erde reichte, gelegt.«

Gottfried schaute in die Runde. »Die nachfolgende Prozession führten sechs schwarz gekleidete Leibgardisten an. Ihre Aufgabe war, dafür zu sorgen, dass der Zug sich einen Weg durch die vielen Trauernden bahnen konnte. Zwei kurfürstliche Edelleute zu Pferde – ebenfalls ganz in Schwarz – bildeten den offiziellen Anfang. Ihnen folgten sechs Lakaien mit je einer Wachsfackel in den Händen zu Fuß. Dahinter marschierten der Oberkämmerer, der kurfürstliche Hausdirektor, Herr von Richt, und der Hofmeister, Herr Dorigny de Cormont, die je einen Kommandostab in den Händen hielten.

Einige Schritte hinter ihnen rollte der Leichenwagen mit umwickelten Rädern, von acht Pferden mit schwarzen Umhängen gezogen, lautlos über das holperige Kopfsteinpflaster des Schlosshofes.

Kurfürstliche Vasallen führten die ersten vier Pferde des Konduktes, die Gardekapitäne die anderen. Die Zipfel des Leichentuches wurden von zwei Hofmeistern sowie den Schultheißen von Heidelberg und Mosbach gehalten.

Über dem Wagen war ein schwarzer mit Hermelin besetzter Himmel gespannt, der von sechs Kammerjunkern des Kurfürsten Karl Ludwig, zum seligen Andenken an den Vater des Verstorbenen, und sechs weiteren Edelleuten getragen wurde.

Rechts und links des Leichenwagens marschierten sechzehn Leibgardisten und vierzehn Trabanten, angeführt vom Obristleutnant der Garde, Oberjägermeister Herr von Venningen und Capitaineleutnant der Garde, Herr von Wackerbart. Außerdem gingen an der Seite vierundzwanzig Kammerpagen mit Wachsfackeln.

Hinter dem Leichenwagen liefen sechs Pagen mit Fackeln vor dem kurfürstlichen Oberhofmarschall und Statthalter im Herzogtum Simmern, Baron von Steinkallenfels.«

Gottfried musste sich sehr konzentrieren, damit er niemanden in der hierarchischen Ordnung vergaß oder die jeweilige Anzahl der Beteiligten durcheinanderbrachte.

»War das neue Herrscherhaus auch vertreten?«, fragte Claude.

»Sicher. Gleich nach dem Marschall folgte Ludwig Anton – der jüngere Sohn Philipp Wilhelms – als Vertreter seines Vaters und in der Eigenschaft als Pfalzgraf, Domherr und Hoch- und Deutschmeister. Er war umgeben von acht Pagen mit Fackeln und zwölf Leibgardisten. Die Schleppe seines Mantels trugen zum einen der Kammerjunker des verstorbenen Kurfürsten, Herr von Crailsheim, und zum anderen zwei seiner eigenen Edelleute, die Herren von Kreit und von Altenberg. Dahinter gingen vier Pagen und zwölf Mann der Schweizer Garde mit geschulterten Feuerwaffen. Ihnen folgte der kaiserliche Generalfeldzeugmeister und Gouverneur der Festung Philippsburg, Graf von Starhemberg.«

Das viele Erzählen machte durstig. Claude musste es Gottfried angesehen haben, denn sie stand auf, holte einen

Krug verdünnten Apfelwein und schenkte ihm einen Becher ein. Auf einmal hatten alle einen trockenen Hals. Die Pause tat gut.

Gottfried nützte die Zeit und wandte sich an Gabriel.

»Seit geraumer Zeit habe ich nichts mehr von dir gehört. Was machst du jetzt? Im Schloss wird ja keine Bleibe mehr für dich sein.«

»Du selbst hast den Namen meines neuen Patrons am Tag unserer Ankunft in Heidelberg genannt. Erinnerst du dich noch?«

»Du musst mir helfen. Das ist schon lange her.«

»Als wir in die Sankt-Anna-Gasse einbogen, hattest du beim ›Hoftailleur und Couturier René Klebér‹ etwas zu tun und erwähntest, dass dieser Herr ebenfalls ein Refugié sei und es in kurzer Zeit zu Einfluss und Reichtum gebracht habe.«

Erstaunt zog Gottfried die Augenbrauen hoch. »Was, bei dem?«

»Ja, bei dieser Textilhandlung und Schneiderei bin ich seit dem Rauswurf beschäftigt. Mit meiner Arbeit bin ich zufrieden, wenn nicht diese neuen Schatten, von denen du gesprochen hast, da wären. Aber später mehr, denn du bist mit deinem Bericht noch nicht fertig.«

»Richtig!« Gottfried setzte sich wieder in Positur. »Tja, nach dem neuen Herrscherhaus folgte die Kurpfalz in ihrer Eigenschaft als Erzschatzmeister des Heiligen Römischen Reichs in der Person des Grafen von Castell, Premierminister und zugleich Oberhofmeister des verstorbenen Kurfürsten.«

Gottfried fiel auf, dass Claude unruhig auf ihrem Stuhl hin und her rutschte. Sie hatte bestimmt eine Frage und traute sich nicht, sie zu stellen. Wollte sie auf jemanden Rücksicht nehmen? Er schaute sie aufmunternd an. Schließlich sagte sie:

»Die Schwester unseres Freiherrn, Luise von Degenfeld, war mit Karls Vater verheiratet und aus der Ehe gingen Kinder hervor.«

Bevor sie weitersprach, streichelte sie liebevoll die Hand des Freiherrn, so als ob sie sich im Voraus für die Frage entschuldigen wollte. »Haben diese Kinder bei dem Leichenzug auch eine Rolle gespielt?«

»Mademoiselle Claude, Sie nehmen mir das Wort aus dem Munde. Als Nächste im Zug kamen die Raugrafen und Raugräfinnen. So lautet der Titel der Nachkommen. Sie sehen, dass das Protokoll auch an die Stiefgeschwister des Verstorbenen gedacht hat.«

Dabei drehte sich Gottfried zum Freiherrn hin und verbeugte sich. »Nicht wahr, Herr Baron?«

Dieser nickte ihm wohlwollend zu und ein sanftes Lächeln überzog sein Gesicht.

»Nun folgten in großer Zahl die ausländischen Ambassadeurs und Minister, die Edelleute mit ihren Pagen, sodann die reichstädtischen Gesandten und die Deputierten der kurfürstlichen Vasallen. Nach dem kurfürstlichen Oberstallmeister, Graf von Finkenstein, gingen die Gouverneure der Landesfestungen, die Schultheißen und andere Befehlshaber. Die Mitglieder des Staatsrates und des Kirchenrates, der Justiz und der beiden Rechnungskammern schlossen sich an. Auf die Geistlichkeit folgte die Universität mit ihren Zeptern, dann der Magistrat der Stadt und endlich die Obermeister aller Zünfte.

Abgerundet wurde der Zug von zweihundert Leibdragonern unter Capitaineleutnant von Marcheville und ebenso vielen anderen Leichenzugteilnehmern.«

»Und die Kurfürstinnen? Du hast bis jetzt kein Wort über sie gesagt«, kam es fast vorwurfsvoll von Claude.

Gottfried stutzte für einen winzigen Moment. Es war das ›Du‹, das er aus dem Munde Claudes gehört hatte. Es war das erste Mal, dass sie ihn so angesprochen hatte. Ein nach außen stiller, aber im Innern gewaltiger Jubel kam in ihm hoch. Sie mochte ihn also und zeigte es vor allen. Am liebsten wäre er ihr um den Hals fallen – auch wenn Liebesbezeugungen in der Öffentlichkeit von Hugenotten nicht gerne gesehen werden.

»Ich habe die beiden Damen nicht vergessen, *liebe* Claude. Die Kurfürstinnen, die Frau des Verstorbenen und dessen Mutter mit ihren Lakaien beschlossen den Leichenkondukt.«

Der Oberleibgardist wollte zum Ende kommen. »In dieser Ordnung marschierte der Zug den Schlossberg hinunter bis zur Heiliggeistkirche. Auf dem Weg vom Mitteltor bis zur Kirche stand das übrige Leibregiment in Zweierreihen Spalier.

An der Kirche angelangt, hoben vierundzwanzig kurfürstliche Vasallen den Sarg vom Wagen und trugen ihn in die prächtig ausgeschmückte Herrschergruft, worauf von allen Wällen der Stadt und dem Schloss Kanonensalven abgefeuert wurden.

Daraufhin verließ der Hoch- und Deutschmeister Ludwig Anton, der sich in den nächsten Tagen in Vertretung seines Vaters von den Bürgern huldigen lassen möchte, mit seinem Gefolge die Kirche.«

»Aha«, meinte Gabriel, »ein Katholischer nimmt an einem protestantischen Gottesdienst nicht teil.«

»So ist es!«

»Und dann?«

»Nachdem der Sarg in die Gruft hinabgelassen worden war, hielt ich während des Gottesdienstes Ehrenwache und trauerte um den letzten, wenn auch unglücklichen Kurfürsten.«

Die Kurpfalz wird katholisch

Der Sägemühlbesitzer Haunerlein rieb sich die Hände. Für die Huldigungszeremonie des neuen Herrscherhauses wurden an den Eingangstoren und auf dem Marktplatz Triumphbögen aufgestellt. Viele Balken, Bretter und Pfosten wurden hierfür gebraucht. Der alte Fürst war tot – es lebe der neue.

Claude konnte in der Küche im Kalten Tal das Hämmern und Sägen auf dem nahen Marktplatz hören. Seit Tagen ging das schon. Sie hatte noch nie einen Triumphbogen gesehen. Während der Stallhase in der Röhre weiterschmorte, eilten sie und Sophie die wenigen Schritte zum Marktplatz.

Dort, wo die Straße von der Vorstadt durch das Mitteltor auf den Markplatz einmündete, war ein mächtiges Eingangsportal aufgerichtet worden. Die beiden aus roten Sandsteinen bestehenden Sockel hielten die etwa drei Meter hohen Säulen, die mit einer Querstange am oberen Ende verbunden waren. An jeder Seite hing ein Wappen des neuen Herrscherhauses – das vom Fürstentum Pfalz-Neuburg rechts und das vom Herzogtum Jülich-Kleve links. Die mit frischen Birkenzweigen geschmückten Säulen waren durch ein Kranzgebinde miteinander verbunden.

Balustraden grenzten einen Teil des Marktplatzes ab. Die schaulustige Bevölkerung sollte auf Distanz gehalten werden. Nur geladene Gäste hatten Zutritt zum Ehrenkarree. Ein zweiter Bogen wurde am gegenüberliegenden Ende des Platzes zum Kornmarkt hin errichtet. Dort flankierten der Kurpfälzer Löwe und die Bayrischen Rauten den oberen Abschluss des Aufbaus. Am folgenden Tag sollte es soweit sein. Ludwig Anton ließ sich in Vertretung seines Vaters von den Heidelberger Bürgern huldigen und als neues Oberhaupt anerkennen.

Anlässlich des feierlichen Ereignisses trugen Sophie und Claude dunkle Festtagskleider. Der Freiherr, den sie begleiteten, hatte Anspruch auf einen Platz im Ehrenkarree. Claude war neugierig und aufgeregt zugleich. Daher hörte sie kaum zu, was ihr Nebenmann, ein Herr Mangelsdorff, ihr lang und breit erklärte: »Der Hoch- und Deutschmeister wird aus Gründen der Zeremonie in Sinsheim an der Landesgrenze von einer Kompanie der hiesigen Garde, die wegen der Trauer in Schwarz geht, abgeholt.«

Das alles wusste sie längst, denn Gottfried war einer von ihnen. Allerdings stand das am Anfang nicht so genau fest. Es war nämlich nicht für alle Gardisten die vorgeschriebene Trauerkleidung vorhanden. Die Staatskasse war leer. Das Beerdigungszeremoniell Karls hatte den Rest verschlungen.

Trommeln und Fanfarenklänge waren zu hören. In diesem Moment marschierten die Ersten des Zuges durch den Triumphbogen.

Claudes Herz hüpfte vor Freude. Am liebsten hätte sie ein Bravo ausgerufen. Gottfried, ihr Gottfried – in tiefschwarzer Uniform mit winzigen Goldlitzen an Kragen und Ärmel, dunkle Schärpe quer über der Brust und Trauerflor am Hut – führte die Erste Schwadron der berittenen Leibgardisten an. Aufrecht und würdevoll schritt er neben seinem Rappen, über dessen Rücken ein dunkles Tuch mit eingesticktem Kurpfälzer Wappen geworfen war. Die Augen geradeaus gerichtet, das Regimentsbanner fest in der Hand. So sah ein Held aus! Sophie, die neben ihr saß, lief eine dicke Träne über die Wange. Keine Trauerträne, eher eine des Stolzes und der Freude. Zwei Söhne und ihren Mann hatte sie in den letzten unsäglichen Kriegen verloren. Gottfried war ihr geblieben.

Eine Eskorte Neuburger Kavaliersknechte folgte den Kurpfälzern. Sie trugen heute keine schwarze Uniform, sondern waren festlich in ihren Landesfarben gekleidet. An dritter Stelle marschierten die Trommler und Fanfarenbläser, dann kam der Stallmeister mit ausgesuchten jungen, temperamentvollen, äußerst nervösen Hengsten. Die Stallburschen hatten Mühe, die Tiere im Zaum zu halten. Danach schlossen sich der Großhofmeister der Pfalz, sämtliche Deutschordensritter und die beiden Hochfürstlich Jülich-Bergischen Marschälle an.

So eingerahmt erschien der Hoch- und Deutschmeister Ludwig Anton in einer sechsspännigen Kutsche von vielen Trabanten umrahmt. In dem nachfolgenden Gefährt waren die kurfürstlichen Würdenträger zu sehen. Den Schluss bildeten Studenten zu Pferde, eine Abordnung der Heidelberger Bürgerwehr und die Hofbediensteten mit Birkenzweigen in den Händen.

Eigenartig! Wieso Birkenzweige? Hatten die bei einer Huldigung eine besondere Bedeutung? Claude konnte sich keinen Reim darauf machen.

Vielleicht sollte das frische Reis den Neuanfang symbolisieren oder – sie rieb ihre Augen und schaute noch einmal genauer hin – sollten die sich im Winde bewegenden Zweige vielleicht die schäbige Livree der Pfälzer verdecken? Ihr Verdacht wurde bestätigt, denn nachdem sich die hochlöbliche Gesellschaft im Ehrenkarree eingefunden hatte, hielten sich die kurpfälzischen Lakaien sehr im Hintergrund. Ihre in Rot und Gelb gehaltenen ausgepolsterten Oberschenkelpluderhosen und die mit Hahnenfedern geschmückten Sturmhauben konnten den Vergleich mit den samtbesetzten Brokatpluderhosen und den reich bestickten Westen der Neuburger Dienerschaft nicht standhalten. Der katholische Kurfürst musste ein reicher Herrscher sein. Ob die gebeutelte protestantische Pfalz davon etwas abbekommen würde? Claude war sich da nicht so sicher.

Die sechsspännige Karosse hielt an. Die Türen wurden geöffnet und der Hoch- und Deutschmeister bestieg das Ehrenpodium mit dem himmelblauen Baldachin. Da Claude ziemlich weit vorne saß, konnte sie alles aus nächster Nähe beobachten. Die Hintergründe und Daten des neuen Herrscherhauses kannte sie bereits aus Erzählungen und Berichten.

Ludwig Antons Brüder Johann Wilhelm und Karl Philipp unterstützten den siebzigjährigen Vater bei den Regierungsgeschäften und es war zu erwarten, dass sie bald die Nachfolge antreten würden. Da Ludwig Anton als Nachgeborener für ein Regierungsamt nicht infrage kam, wandte er sich dem geistlichen Stande zu, oder besser: Er wurde dafür vorgesehen.

Auf die Nachfrage Claudes erklärte der Freiherr, dass der Orden aus den Kreuzzügen hervorgegangen sei. Anfänglich residierte er in Akkon im Heiligen Land. Nach dessen Fall ließ er sich in Europa nieder. Bekannt wurden die Ordensritter durch die Christianisierung und Kolonisation des Baltikums und als spätere Landesherren der Pruzzen. In Marienburg und danach in Königsberg errichteten sie ihre Ordensburgen. Nach der Reformation und des Verlustes des Deutschordenslandes verlegten die Oberen den Hauptsitz nach Mergentheim.

Ludwig Anton war sich seiner Stellung als Vertreter seines Vaters sehr wohl bewusst. In einem fast bis zum Boden reichenden weißen Mantel stellte er sich erst einmal vor die Menge. Dann schlug er einen Teil des Umhangs so zurück, dass jeder das schwarze Kreuz – das Erkennungszeichen der Deutschritter – gebührend bewundern konnte. Ein Schwert mit goldglänzendem Knauf zeichnete ihn als Ritter und der Ring an der rechten Hand als Oberhaupt der geistlichen Bruderschaft aus.

Claude beobachtete, wie manch einer der Umstehenden in die Knie ging und den Kopf tief neigte. Wieder andere blieben aufrecht stehen und schauten amüsiert dem Spektakel zu. Das Wort ›Spektakel‹ war vielleicht der Situation nicht ganz angemessen, denn Ludwig Anton repräsentierte immerhin die Dynastie der Neuburger Pfalzgrafen.

Von seinen sieben Brüdern hatten sich vier dem geistlichen Stand zugewandt. Wolfgang Georg Friedrich war Weihbischof von Köln, Alexander Sigismund Fürstbischof von Augsburg, Franz Ludwig Erzbischof und Kurfürst von Trier und Mainz und Friedrich Wilhelm Domherr zu Münster.

An die vielen Schwestern dachte Claude im Moment gar nicht. Was für eine Familie musste das sein! Überall hatten sie einen Fuß in der Türe.

Der Hoch- und Deutschmeister setzte sich in den bereitgestellten Prunksessel, schlug die Beine lässig übereinander und nahm das ihm gereichte Zepter wie selbstverständlich in die Hand. Zwölf Ehrenjungfrauen fächelten ihm Luft zu und hielten eine Rosengirlande über sein Haupt. Es war ein heißer Tag und Ludwig Anton wusste diesen Dienst gewiss zu schätzen.

Neben dem Thronsessel stand rechts und links auf einem niederen Sockel je eine in weiße Gewänder gekleidete Dame. Die eine hielt ein Schwert in der rechten und eine Waage in der linken Hand. Sie stellte Justitia, die Gerechtigkeit dar. Die andere, mit einem Buch in den Händen, wies als Constantia auf die Beständigkeit hin. Diese zwei Tugenden stellen, so berichtete der Nebenmann, das Motto des Fürstenhauses dar.

Der Bürgermeister und drei Abgeordnete des Magistrats verbeugten sich ehrerbietig vor dem Vertreter des neuen Landesherrn und entboten den Willkommensgruß der Stadt.

»Durchlauchtigster und hochgeborener Herr, seid zu Heidelberg, der Residenzstadt der Kurpfalz, willkommen. In Demut neigen wir unsere Häupter vor Euer Gnaden und schwören Gehorsam immerdar.«

Die Herren zogen ihren Hut, neigten das Haupt und gingen ein wenig in die Knie. Claude fiel auf, dass bei den meisten Herren ein strenger, kein froher Gesichtsausdruck zu beobachten war. Überschäumende Fröhlichkeit, Ausgelassenheit oder gar begeisternde Ausbrüche suchte sie vergebens. Es kam ihr vor, als ob die Herren eine Pflichtübung absolvierten. Noch war die Mehrzahl der Bevölkerung reformierten Glaubens, noch waren die Ämter mit calvinistisch Gesinnten besetzt.

Der damit verbundene nüchterne Geist kam auch bei dem Gastgeschenk der Stadt zum Ausdruck. Es war ein mit Pfälzer Wein gefüllter, auf goldenem Fuß stehender, reich verzierter Becher.

In dem Augenblick, in dem Ludwig Anton den Pokal zum Munde führte, entstand ein Höllenspektakel. Sämtliche Kanonen auf den Stadtmauern und dem Schloss rissen ihre Mäuler auf und gaben kund, dass das Herrschergeschlecht die Huldigung seiner neuen Untertanen angenommen habe.

Die Böllerschüsse waren aber auch das Zeichen für die katholischen Bürger der Residenz und für diejenigen, denen ein Freitrunk versprochen worden war, wenn sie den Hoch- und Deutschmeister hochleben lassen würden.

Die Fanfarenbläser und die Trommler taten ihr Bestes. Der Marktplatz dröhnte. Claude hätte sich am liebsten die Ohren zugehalten, aber ihr Auge erspähte etwas, das ihre ganze Aufmerksamkeit erforderte.

Marie Charlotte musste sich auf unerklärliche Weise Zutritt zum Ehrenkarree verschafft haben. Mit einem Blumensträußchen in der Hand schlenderte sie am Adjutanten des Hoch- und Deutschmeisters vorbei und ließ die Blumen genau vor dessen Stiefel fallen. Sie tat so, als ob sie das gar nicht bemerkt hätte. Der Adjutant registrierte es hingegen sehr wohl, denn er bückte sich, hob das Sträußchen auf und wollte es der Dame zurückgeben. Genau in diesem Augenblick drehte sich Marie Charlotte so um, dass der Adjutant mit seinen Händen an ihrem Dekolleté hängen bleiben musste. Sie rollte fürchterlich mit den Augen und gab dem Herrn mit dem Fächer einen leichten Schlag auf die Hand, ehe sie dankend das Sträußchen wieder an sich nahm. Aber dieser Blick – den ganzen Himmel versprechend.

Während Claude wie gebannt Marie Charlotte nachschaute, stieß Sophie sie leicht an und deutete mit ihren Augen nach dem Triumphbogen.

Potztausend! Ganz unauffällig und ohne viel Trara bewegte sich eine Gruppe Mönche in braunen Kutten durch das Tor.

Claude durchfuhr ein Schreck. Kapuziner! Sie sahen genauso aus wie die in Sedan. Ihre Hände wurden kalt und ein dunkler Schleier breitete sich vor ihren Augen aus. Sie fühlte sich elend. Am liebsten hätte sie ihre aufkommenden Ängste und Befürchtungen laut hinausgeschrien. Ging alles von Neuem los? War ihre ›Wanderung‹ noch nicht zu Ende?

Konvertiten

In diesen Tagen hatte Freiherr von Degenfeld viel auf dem Schloss zu tun. Der Deutschmeister wollte sich einen Überblick über die Regierungsgeschäfte, die Finanzverhältnisse und die politische Lage verschaffen.

Wie immer begleitete Claude den Baron den steilen Burgweg zum Schloss hinauf. Er bestand auf diesen beschwerlichen Anstieg. Solange ihn seine Füße trugen, wollte er keine Kutsche und schon gar keine Sänfte in Anspruch nehmen.

»Dieser Umstand«, meinte er, »werde wahrscheinlich früher als vermutet eintreten.« Außerdem genoss er den Gang am Arm einer jungen Frau. Sie blieben oft stehen und Claude schilderte, was sie sah. Welche Blumen gerade blühten, welche Farbe der Wald am gegenüberliegenden Heiligenberg angenommen hatte und welche Wolken am Himmel vorüberzogen. Er erklärte ihr dafür die Hintergründe der großen Politik oder den Unterschied der Abendmahlvorstellungen zwischen den Reformierten und den Lutheranern. Claude liebte solche Gespräche. Sie bewirkten eine immer engere Beziehung zwischen ihnen. Sophie behauptete sogar, dass da nicht nur eine Art Vater-Tochter Verhältnis entstanden sei, sondern sich eine Seelenverwandtschaft entwickelt habe. Beides band und verband. Es gab Augenblicke, da fühlte Claude sich glücklich.

An jenem Tag verspürte sie allerdings eine gewisse Wehmut – für sie unerklärlich. Aber meistens bewahrheiteten sich ihre Gefühle. Sie konnte es förmlich riechen, wenn Unangenehmes in der Luft lag.

Beide durchquerten die dunklen und feuchten Vorwerke des Schlosses und stiegen schließlich die letzten Treppen unter dem Gläsernen Saalbau in den Schlosshof hinauf. Im Hof standen viele Kutschen. Einige trugen an der Türe das Kurpfälzer Wappen, andere das Neuburger und wieder andere ein kirchliches Emblem – einen Bischofsstab oder einen Kardinalshut. Das Letztere war neu, das gab es bisher nicht.

Claude begleitete den Baron noch bis in die Ratsstube und achtete darauf, dass er bequem saß und seine Beine ausstrecken konnte. Zum Abschied berührte sie ihn kaum sichtbar an der Schulter und flüsterte ihm ins Ohr, dass die hohe Geistlichkeit in großer Zahl an der Besprechung teilnehmen würde und dass er die protestantische Fahne nicht untergehen lassen dürfe. Der Baron schnaubte hörbar durch die Nase und legte zwei geballte Fäuste auf den Tisch. Ein gutes Zeichen, denn noch wurde seine Meinung gehört.

Wenn sie schon im Schloss war, wollte sie die Gelegenheit nutzen, um Yvette einen Besuch abzustatten. Es gab viel zu erzählen. Außerdem wollte sie sich nach Gabriel und Hélène erkundigen. Deren Sprachschüler waren über das Wochenende von Marottes eingeladen worden, damit sie sich in Französisch vervollkommnen konnten. Hélène nahm ihre Aufgabe sehr ernst.

Da sie keine Eile hatte, blieb sie eine Weile auf der obersten Treppe vor dem Ottheinrichsbau stehen und ließ den Schlosshof auf sich wirken. Dabei fiel ihr auf, dass die schmuckloseren Gebäudeteile auf der West- und Südseite lagen und die reich verzierten und architektonisch wertvolleren auf der Nord- und Ostseite. Das musste mit der Baugeschichte des Schlosses zusammenhängen. Aus einer Wehrburg war im Laufe der Jahrhunderte ein bewohnbares Schloss und schließlich die Residenz für den Stellvertreter des Heiligen Römischen Reiches Deutscher Nation geworden. Das war einmal. Aber der Reichsapfel, das Symbol für die einstige Machtstellung, war noch überall zu sehen.

Ihr Blick wanderte nach oben. Über dem Portal des Ottheinrichsbaus hatte Meister Colin die Wappentafel der Geschlechter in Stein gehauen. Zwischen dem Kurpfälzer Löwen und den Bayrischen Rauten prangte der Reichsapfel. Auf der gegenüberliegenden Seite an der Wand des Friedrichsbaues blieb sie an der Statue des Kurfürsten Ludwig VI. mit ihren Augen hängen. In der linken Hand hielt er ein Schwert und in der rechten den Reichsapfel, zu seinen Füßen wachte der Löwe. In gleicher Höhe, unmittelbar neben dem Fürsten kündete eine Inschrift in hebräischer und lateinischer Sprache:

Das ist das Tor des Herrn;
die Gerechten werden da hinein gehen.
Psalm 118,20.

Ihr ging das Herz auf. In diesem Hause wohnten dereinst gläubige Menschen. Auch wenn es lange her war, der Geist verweht nicht so schnell.

Aus ihren Gedanken wurde sie jäh herausgerissen. Sie horchte auf. Orgelmusik ertönte aus der ebenerdig gelegenen Schlosskapelle. Das gab es bisher nicht. Bei den Reformierten war Musik während des Gottesdienstes zwar nicht verboten, hatte aber bisher keinen großen Stellenwert. Der Hofprediger war strikt dagegen.

Na ja, dachte sie, Langhanns steht jetzt vor dem Oberhofgericht. Ihm wird der Prozess gemacht. Sie war zwar nie ein Freund des Hofpredigers gewesen, aber er war nicht schlechter als all die anderen. Nur, ein Schuldiger musste gefunden und geopfert werden.

Leise öffnete sie die Türe der Schlosskapelle. Unbewusst zog sie ihr Schultertuch tief ins Gesicht. Das ungute Gefühl von heute Morgen hatte sie noch nicht verlassen. Ihre Augen mussten sich erst an die Dunkelheit gewöhnen. Weihrauch stieg ihr in die Nase. Was hatte das zu bedeuten? In den Gottesdiensten, die sie kannte, wurde nie Weihrauch verwendet. Bei den Katholiken war es bei bestimmten Messen üblich. Sollten sich in der Schlosskapelle so schnell Neuerungen durchgesetzt haben?

Erstarrt blieb sie hinter einer Säule stehen.

Vor einem provisorisch errichteten Altar knieten Hasenbein und Marie Charlotte. Ein Mönch in brauner Kutte sprach wild gestikulierend auf sie ein.

Claude konnte fast nicht glauben, was sie da hörte. Der Mönch machte den beiden zwar keinen Vorwurf, dass sie von Ketzern getauft worden seien, aber jetzt, da sie selbst klar denken und entscheiden konnten, sei es nicht mehr hinnehmbar, dass sie immer noch dem sektiererischen Glauben huldigten. Es sei höchste Zeit, die Segnungen der ›Heiligen Katholischen Kirche‹ in Anspruch zu nehmen und zum wahren Glauben zurückzukehren. Außerdem, das sagte der Kapuziner jedoch im Flüsterton, solle es ihr Schaden nicht sein. »Neuer Herrscher, neuer Glauben, neue Ämter und neue Titel! Aber man muss sich dem neuen Glauben gegenüber auch würdig erweisen. Garanten oder Fürsprecher sollte man schon haben. Die Krönung wäre jedoch«, dabei hob er den Zeigefinger steil in die Höhe, »wenn ihr zwei Neugläubigen andere zum Übertritt überreden könntet. Das gibt reichlich Punkte.« Dabei blickte der Mönch Marie Charlotte und Hasenbein tief und lange in die Augen, so, als ob er sie in seinen Bann ziehen wollte.

Erst jetzt bemerkte Claude, dass sich noch weitere Personen in der Schlosskapelle aufhielten. Ein Mann fiel ihr besonders auf. Er war kein Kurpfälzer, das erkannte sie sofort an der Kleidung. Hier herrschten die Farben Gelb und Rot vor, der Mann war fast ganz in Grün gekleidet. Einer von den Neuen musste er sein. Wie Schuppen fiel es ihr von den Augen. Das war doch der Adjutant des Hoch- und Deutschmeisters, der vor Tagen Marie Charlotte das Blumensträußchen aufgehoben hatte.

Der Neuburger trat aus dem Schatten der Säulen, legte Marie Charlotte die rechte Hand auf die Schulter und sagte, sich zum Kapuziner wendend, dass er gerne die Patenschaft für die Neukatholikin übernehme und falls der Herr, er deutete auf Hasenbein, es wünsche, auch für ihn. Der Mönch zeigte sich hocherfreut und nahm die beiden mit salbungsvollen Worten in den ›wahren Glauben‹ auf.

Nach der Zeremonie lud der Adjutant, Herr Waizenbrink op Brugg, die kleine Hofgesellschaft zu einer Bekehrungsfeier ein. Hofbedienstete reichten einen Umtrunk und boten kleine Happen an. »Tja«, so begann er, »ich habe keine leichte Aufgabe übernommen, aber dafür ist sie umso ehrenvoller und mit viel Machtzuwachs verbunden. Ich suche noch Verbündete.«

Claude ging ein großes Risiko ein. Wenn sie entdeckt werden würde, müsste sie mit Ärger rechnen. Auf der anderen Seite fiele es auf, wenn jemand zu diesem Zeitpunkt die Kapelle verließe und schließlich konnte sie hier aus erster Hand hören, was hinter den Kulissen gespielt wurde.

Hasenbein hatte spitze Ohren bekommen. »Darf ich fragen, sofern es gestattet ist und Ihnen keine Unannehmlichkeiten bereitet, welcher Art Ihre Aufgaben sind?«

»Sie dürfen, Sie dürfen, denn nun gehören Sie ja zu uns!«

Der Adjutant legte Hasenbein seine Hand vertraulich auf den Arm.

»Meine Aufgabe umfasst zwei wichtige Aspekte. Zum einen bin ich dafür verantwortlich, dass viele Abtrünnige zum katholischen Glauben zurückfinden und zum anderen, dass mit denselben die wenigen Regierungsstellen, die zur Verfügung stehen, besetzt werden.«

»Warum sagen Sie die ›wenigen‹?«

»Kurfürst Philipp Wilhelm ist siebzig Jahre alt. Er wird vorerst nicht viel ändern, schon um seine neuen Untertanen nicht gegen sich aufzubringen. Aber sein ältester Sohn und Nachfolger, Johann Wilhelm, wird die Zügel gewaltig anziehen. In absehbarer Zeit wird er die Statthalterschaft in der Kurpfalz übernehmen. Der katholische Glauben geht ihm über alles. Was wir heute tun, ist also zukunftsgerichtet.«

»Werden später alle Stellen mit Katholiken besetzt?«

»Nun ja, ein paar Vorzeigestellen mit Protestanten wird es immer geben. Es gilt, sich anzupassen und sich beliebt zu machen. Wenn die Mäuse in der Falle sind, klappt der Deckel zu.« Bei den letzten Worten verzog sich sein Gesicht zu einem teuflischen Grinsen und schließlich brach er in lautes Gelächter aus. Hasenbein lachte mit.

»Bei meiner äußerst delikaten Arbeit suche ich verlässliche Helfer. Sie verstehen, was ich damit sagen möchte?«

Der Herr Sekretarius nickte eifrig. Claude konnte direkt spüren, wie sich bei ihm Wünsche und Begierden zu einem unentwirrbaren Knäuel zusammenballten.

Er räusperte sich und erwähnte beiläufig, dass das neue Herrscherhaus bisher bei den kurpfälzischen Untertanen nicht den besten Eindruck hinterlassen habe. Waizenbrink horchte auf. Für Zuträgerei schien er besonders empfänglich zu sein. Er forderte Hasenbein auf, zu sprechen.

»Anlässlich der Huldigung konnte jeder sehen, dass die kurpfälzische Dienerschaft in alten, abgewetzten Livreen herumlaufen musste, während die Neuburgischen festlich eingekleidet waren. Das hat die Bevölkerung so gedeutet, dass ihr neuer Herr nichts für die Alteingesessenen übrig hat. Als äußeres Zeichen der Gleichbehandlung rege ich daher an«, er verbeugte sich, soweit das sein Buckel zuließ und er das Gleichgewicht noch halten konnte, »für die pfälzischen Lakaien zum Antrittsbesuch des Kurfürsten im Herbst neue Livreen mit den aktuellen Wappen anfertigen zu lassen.« Hasenbein hielt inne. Claude hatte den Eindruck, dass er herausfinden wollte, welchen Eindruck sein Vorschlag beim Adjutanten hinterließ. Mit einem zufriedenen Gesicht fuhr er fort: »Und wenn es sich einrichten ließe, die Kleidungsstücke bei der einheimischen Schneiderzunft anfertigen zu lassen, würde so mancher Meister die harte Predigt der Calvinisten gegen den wohlriechenden Weihrauch der katholischen Messe eintauschen.«

Waizenbrink pfiff durch die Zähne. Claude konnte genau sehen, wie Hasenbeins Augen sich zu schmalen Schlitzen formten und wie die Adern an den Schläfen anschwellten. Er schien auf der richtigen Fährte zu sein. »Wenn es beliebt, kann ich in dieser Angelegenheit meine Dienste anbieten.« Waizenbrink nickte. »Der Auftrag müsste allerdings recht bald erteilt werden, denn es rumort gewaltig unter den Schneidern.«

Der Adjutant fragte nach dem Grund.

»Unter dem Vater des verstorbenen Kurfürsten hatten die Schneider immer volle Auftragsbücher. Sein Sohn Karl hielt es dagegen mehr mit den zugezogenen calvinistischen Refugiés. So mancher einheimische Meister nagt seitdem am Hungertuch und schaut mit neidischen Blicken auf den sogenannten ›Vorstadtschneider‹. Mit seinen neuen Arbeitsmethoden kann er jeden unterbieten.«

Waizenbrink wog den Kopf hin und her, gab jedoch keine Antwort. Claude kam es vor, als ob dieser Herr mehr wusste, als Hasenbein lieb war. Wenn sie es recht bedachte, zettelte der Sekretär – oder war er möglicherweise schon Obersekretär – eine Intrige an. Altbürger gegen Neubürger.

Warum sagte Marie Charlotte bis jetzt keinen Ton dazu? Claude erinnerte sich, dass sie nach der Androhung der Kirchenzucht Gabriel geraten hatte, Kontakt mit Klebér aufzunehmen. Sie war ihm dabei sogar behilflich, denn Baron von Steinkallenfels war dort ein guter Kunde. War sie deshalb so still? Das hätte zu ihr gepasst – Wasser nach zwei Seiten zu tragen.

Egal, welche Gründe Marie Charlotte auch immer haben mochte, Claude war angewidert von so viel Gesinnungslosigkeit. Ging denn alles nur noch um den eigenen Vorteil?

An diesem Tag hatte sie erlebt, wie schnell sich neue Konstellationen von Menschen bilden, und zwar von solchen, die sich zuvor nicht einmal angeschaut hatten. Das ängstigte sie, denn alles richtete sich gegen die Andersgläubigen. Sollten Gabriels Befürchtungen, dass die Pfalz keine dauerhafte Bleibe bot, doch wahr werden?

Leise, wie auf Katzenpfoten, schlich sie sich zur Türe und schlüpfte unbemerkt ins Freie.

Draußen schüttelte sie sich erst einmal und atmete tief durch. Die frische Luft tat gut. War das nur ein böser Traum oder Wirklichkeit? So schnell sie konnte, überquerte sie den Schlosshof, schaute nicht nach rechts und links – all die Pracht und Herrlichkeit des ›Märchenschlosses‹ verblassten. Fast wäre sie mit einem der Sänftenträger zusammengestoßen. Sie wollte nur noch eines – zu Yvette.

Im »Grünen Hecht«

Grombacher war auf dem Heimweg. Es war ein harter Tag. Zum Schluss musste er beim Vorstadtschneider Klebér die neuesten französischen Modegazetten für die Baronin de Steinkallenfels abholen. Das Leben bei Hof ging in den gewohnten Bahnen weiter. Alle passten sich mehr oder weniger den neuen Gegebenheiten an.

Weil der Kutscher es nicht sonderlich eilig hatte, machte er einen Abstecher in den ›Grünen Hecht‹. Es war das Stammlokal der Heidelberger Schneiderzunft. Dort hoffte er, seinen Schwager Brenneis anzutreffen. Er wollte seiner Schwester, mit der er sich seit ihrem Wechsel zum Luthertum nicht mehr allzu gut verstand, ausrichten lassen, dass er und seine Frau sich freuen würden, wenn sie sich wieder einmal sehen ließe. Sie war immerhin seine Schwester und er wollte den Kontakt zu ihr und ihrer Familie nicht ganz abbrechen lassen.

Der in der Stadt für sein Lästermaul bekannte und gefürchtete Wirt empfing ihn nicht sonderlich freundlich. Schon einige Male hatte er ihm seine Freundschaft mit den ›reingeschmeckten Marottes‹ in hämischer Weise vorgehalten. Heiner Fürbass konnte die ›Welschen‹, wie er die Glaubensflüchtlinge nannte, auf den Tod nicht ausstehen.

»Na, Oberhofkutscher, warst du wieder in der Sankt-Anna-Gasse bei deinen welschen Freunden?«

»Ich bin mit jedermann Freund, der ohne Falsch ist!«

»Hoho, hört euch den Edelmütigen an. Den Welschen liegt die Falschheit doch im Blut. Es ist ein hochnäsiges, arrogantes Pack, das sich auf seine französische Sprache und seine gezierte Lebensart etwas einbildet. Die tun so, als ob es nur in Frankreich eine feine Kultur gäbe. Dabei gehen die Franzosen mit ihren protestantischen Bürgern im eigenen Land wie Barbaren um.«

»Gerade deshalb müssen wir die, die mit heiler Haut davongekommen sind, unterstützen und gut behandeln.«

»Ha, dass ich nicht lache! Seitdem unser verstorbener Kurfürst Karl die Welschen in die Pfalz eingeladen hat, nimmt diese ›Brut‹ immer mehr zu und wir haben das Nachsehen.«

»Übertreibst du da nicht?«

»Grombacher, du lebst da oben auf dem Schloss, kutschierst die feinen Damen und Herren umher, erhältst deinen Lohn und wahrscheinlich noch dies und das zugesteckt. Parlierst mit deinen französischen Freunden und lässt den Herrgott einen guten Mann sein. Du hast keine Ahnung, wie das Leben hier unten in der Stadt aussieht.«

»Erlaube mal! Durch mein ›Herumkutschieren‹ kriege ich eine Menge mit und kann mir durchaus ein Bild von allem machen.«

»So, und wer kam für die Kosten des dreißig Jahre dauernden Kriegs anno 1648 auf? Wer hat den Wiederaufbau der total zerstörten und verwüsteten Pfalz geleistet? Wer musste schuften und hungern, damit die Steuern gezahlt werden konnten? Nicht die Welschen, sondern wir, die Pfälzer. Und dann kommen die abtrünnigen Franzosen in unser Land, erhalten für sechs Jahre Steuerbefreiung, billige Kredite und obendrein noch Boden zum Siedeln und Häuser zum Wohnen geschenkt.«

Die Wut der Einheimischen gegenüber den ›Reingeschmeckten‹ kannte Grombacher nur zu gut und wollte etwas zu deren Rechtfertigung sagen, kam jedoch nicht zu Wort.

»Und der Gipfel ist, dass sie unentgeltlich in die Zünfte aufgenommen werden sollen. Aber dem haben wir einen Riegel vorgeschoben. In die Schneiderzunft kommt keiner rein. Dafür sorgt schon dein Schwager Brenneis.«

Der Oberhofkutscher wollte die Wogen glätten. »Alles hat zwei Seiten. Aus deiner Sicht hast du recht und ich widerspreche dir nicht. Auf der anderen Seite musst du auch die Vorteile sehen, die die Glaubensflüchtlinge dem Land bringen. Viele haben ein Handwerk erlernt, das uns bisher fremd war. Denke an die Seiden- und Strumpfwirker, die Posamentierer, die Handschuhmacher, die Gürtler und Hutmacher. Diese feinen Dinge wurden für teures Geld im Ausland gekauft. Jetzt stellen wir sie selbst her. Die Kurpfalz kann dieses Geld für andere Dinge ausgeben. Ist das nichts?«

Ein höhnisches Gelächter erntete er, mehr nicht.

In der Zwischenzeit fanden sich noch mehr Gäste ein – allesamt Mitglieder der Schneiderzunft. Sie unterstützten Fürbass nach Kräften. Dieser gab keine Ruhe. »Hast du dir schon einmal ein Paar feine Lederhandschuhe anfertigen oder deinen Namen auf das Nachthemd sticken lassen?« Grombacher schüttelte den Kopf.

»Siehst du«, höhnte Fürbass, »alles, was du sagst, gilt für die Noblen und Reichen, aber nicht für unsereins. Wir profitieren nichts von den exotischen französischen Handwerkern. Und ob die Schneiderzunft den Zuschlag für die neuen Livreen erhält, steht auch noch in den Sternen.«

Die Unruhe im Lokal nahm zu. Grombacher hatte nicht bemerkt, dass sein Schwager mittlerweile dazugekommen war.

Dieser hatte nicht lange gebraucht, um zu verstehen, um was es ging. Er setzte der Diskussion noch eines drauf.

Bevor er allerdings mit seiner Rede begann, rückte er seinen breitkrempigen Hut, der schon bessere Zeiten gesehen hatte, zurecht und zog das geflickte Wams gerade. »Als Erster Meister der Schneiderzunft sage ich euch, dass die Welschen uns mit ihren neuen Arbeits- und Geschäftsmethoden in den Ruin treiben. Ich weiß, wovon ich rede.«

»Es stimmt, was der Obermeister sagt«, warf einer der Unzufriedenen ein. »Die Gesellen, die nicht als Meister in die Zunft aufgenommen werden, lassen sich in den Dörfern der Umgebung nieder und erhalten vom Vorstadtschneider Aufträge.«

»Du musst auch sagen, was das für Aufträge sind«, fiel ihm Brenneis ins Wort. »Der Dorfschneider soll eine bestimmte Anzahl Kleidungsstücke in einer festgelegten Zeit zu einem zuvor ausgehandelten Preis anfertigen.«

»Richtig!«, bestätigten alle im Raum.

»Und wo bleibt da die Freiheit und Selbstständigkeit des Handwerks?« Brenneis' Gesicht glich einem roten Lampion.

»Wenn du Hunger hast«, wagte einer aus der hinteren Reihe zu sagen, »kannst du dir von der immer soviel gepriesenen Freiheit auch nichts abschneiden.«

»Jetzt halt mal die Luft an, du Neunmalkluger. Du scheinst nicht bis ans Ende denken zu können. Durch die neue Methode der Arbeitsvergabe vermehren sich in der Region die Schneider ins Uferlose und je mehr Schneider es gibt, desto geringer ist der Verdienst. Also ist das Ganze eine Lohndrückerei und dagegen muss etwas unternommen werden.«

Grombacher kratzte sich am Hinterkopf. Wenn er das recht bedachte, waren die Schneider nicht zu beneiden und er konnte sogar ihre Sorgen bis zu einem gewissen Grad verstehen. Aber warum tut die hiesige Zunft nicht das Gleiche wie Klebér? Es scheint, dass die Zeit neue Produktionsmethoden verlangt und da heißt es mitmachen, wenn man nicht auf der Strecke bleiben will. Jammern ist keine gute Idee. Kaum hatte Grombacher das gedacht, drückte es einer, wenn auch hämisch und gegen Brenneis gerichtet, lautstark aus. »Brenneis, warum regst du dich so auf, dein Sohn Simon ist doch mit gutem Beispiel vorangegangen. Er ist heute quasi der Geschäftsführer bei Klebér und wendet die neuen Methoden zu unserer aller Schaden an.«

Dieser Einwurf musste dem Oberschneider nicht sonderlich gefallen haben. Er rutschte auf seinem Stuhl nervös hin und her und sein dicker Bierbauch schwabbelte bedenklich. Einige Male fuhr er mit der Hand aufgeregt durch sein Haar und seine Mundwinkel zuckten auffallend. Es stimmte allerdings, was der Vorredner gesagt hatte. Grombacher kannte die Geschichte nur zu gut. Simon erlernte bei seinem Vater das Schneiderhandwerk und wollte nach einigen Gesellenjahren als Meister in die Zunft aufgenommen werden. Da es laut Zunftordnung aber nur eine vorgeschriebene Anzahl von Meistern in der Stadt geben durfte und im Moment keine Stelle frei war, bekam er keine. Kurzerhand bot er Klebér seine Dienste an und arbeitete sich hoch. Dem alten Brenneis hatte das natürlich nicht gepasst und es kam zum Zerwürfnis. Mittlerweile hatten beide etwas eingelenkt, aber von eitler Freude konnte keine Rede sein.

Eine gewisse Ratlosigkeit machte sich in der Gaststube breit. Fürbass wollte gegen die Welschen hetzen und merkte jetzt, dass der Schuss nach hinten losging. Von Brenneis konnte er im Moment keine Unterstützung erwarten. Was tut ein Wirt in dieser Situation? Er schenkt eine Runde Freibier aus. Das hebt die Stimmung.

In diesem Moment stürzte Brenneis' Geselle in die Schankstube und schrie: »Meister, ich habe eine Hiobsbotschaft! Klebér erhält den Auftrag für die neuen Livreen.«

Jetzt ging es heiß her. Einige stampften wütend auf die Holzdielen, andere schlugen mit den Fäusten auf die Tischplatte und leerten lauthals ihren Kropf. Das Schimpfen und Drohen gegen die Welschen gewann wieder die Oberhand.

Selbst Morddrohungen waren zu hören. Als die Atmosphäre auf dem Siedepunkt angelangt war, rückte Fürbass mit einer Idee heraus.

Den Rücken beugen

Gabriel rutschte auf seinem Schemel hin und her. Er brütete über dem neuen Organisationsplan. Innerhalb eines Vierteljahres sollen dreihundert neue Livreen angefertigt werden. Bei der Huldigungszeremonie auf dem Marktplatz hatte die schäbige Bekleidung der Kurpfälzer Dienerschaft einen Eklat bei der Bevölkerung ausgelöst. Anlässlich des Besuchs des greisen Philipp Wilhelms im Spätjahr sollte diese Schande wieder ausgebügelt werden. Daher der Eilauftrag.

Gabriel war gut beraten, beim Vorstadtschneider Klebér in Dienst zu gehen. Hier konnte er sein organisatorisches Geschick und sein Denken in größeren Zusammenhängen bestens unter Beweis stellen.

Für das Tuch der neuen Livreen gab es zwei Herstellungsarten – die niederländische und die französische. Der holländische Stoff war strapazierfähiger, aber etwas rauer, der andere feiner, eleganter, aber kürzer haltbar. Und dann war da noch der Preis. In Frankreich hergestelltes Tuch war immer um ein paar Kreuzer teuerer.

Wie stand es eigentlich mit inländischen Produkten? Gab es die überhaupt? War deren Qualität ausreichend? Diese Fragen gingen Gabriel schon lange durch den Kopf. In den Dörfern des Odenwaldes gab es viele Weber. Allerdings waren es in der Regel Kleinbetriebe, bei denen alle Familienangehörigen am Webstuhl saßen. Fleißig waren die Leute allemal, aber sie konnten keine großen Mengen in einer bestimmten Zeit herstellen.

Dagegen wurde in Holland in großen Manufakturen rationeller und kostengünstiger gearbeitet. Für die Zukunft des Landes wäre es gut, stellte sich Gabriel vor, wenn der neue Kurfürst die einheimischen Handwerker über erfolgreichere Techniken und Herstellungsweisen aufklären und Musterbetriebe einrichten würde. Dadurch hätten die Leute mehr Arbeit und mehr Verdienst. Zudem müssten sie nicht mehr Tag und Nacht arbeiten und könnten ihre Kinder in die Schule schicken. Er kam ins Schwärmen. Ein Paradies könnte die Pfalz sein. Das wäre eine sinnvolle Aufgabe und er hatte große Lust, dabei mitzuwirken. Einem Tuch sieht man nicht an, ob es auf einem katholischen oder einem protestantischen Webstuhl gewirkt worden ist. Er war wieder bei seinem Lieblingsthema, die Vereinigung aller christlichen Religionen, angelangt. Aber er musste realistisch bleiben und seine Träume für später aufheben.

Die Arbeit ging vor, zumal er für den gesamten Einkauf zuständig war.

Sein Vorschlag war, alle Bediensteten mit seidenen Kleidern auszustaffieren, aber die Herren vom Schloss hatten entschieden, dass hinsichtlich der Stellung der Betroffenen unterschiedlich verfahren werden sollte. Leibdiener und Kammerdiener erhielten Seidenstrümpfe, alle übrigen wollene. Dann die Schuhe – zwei Größen, zwei Qualitäten – ebenso die Hüte, die Bundhosen, die Hemden, das Wams und die Pelerine.

Seit Tagen suchte er nach einem Weg, wie dieser große Auftrag schneller und einfacher ausgeführt werden könnte. »Ich hab's!«, jubelte er plötzlich. »Wir arbeiten mit Schablonen. Jeder Handwerker erhält eine Schablone, nach der er sich richten muss. Das hat außerdem den Vorteil, dass die Größe A bei allen auch wirklich Größe A ist.«

Der Patron war von der Idee begeistert. Sogleich ließ Gabriel die Schnittmuster entwerfen, errechnete die benötigten Mengen an Borten, Litzen und Knöpfen und, und, und ... Die Nächte wurden zu Tagen und umgekehrt. Die Firma Klebér arbeitete wie im Rausch.

Da tauchte das erste Hemmnis auf. Sie hatten ihre Rechnung ohne die Politik gemacht. Frankreich hatte nach dem Tode des letzten Kurfürsten aus dem Hause Pfalz-Simmern ein Auge auf die Pfalz geworfen. Es erhob Ansprüche auf die Ländereien und versuchte, diese gewaltsam durchzusetzen. Teile des Landes waren schon besetzt. Daher war es nicht ratsam, die Warentransporte durch die linksrheinische Pfalz zu leiten. Dort patrouillierten französische Truppen, die diese Waren sofort beschlagnahmen würden. Der Transport aus den Niederlanden musste daher auf dem Rhein per Schiff erfolgen. Das war der sicherste Weg, aber es kostete Zeit.

Das zweite Hemmnis war die Heidelberger Schneiderzunft. Gabriel hätte sie gerne in die Produktion mit einbezogen. Er hatte Obermeister Brenneis einen Vorschlag unterbreitet, aber die einheimischen Schneider waren untereinander so zerstritten, dass ihm eine Zusammenarbeit zu unsicher war. Die Schneider, Schuhmacher, Posamentierer und Hutmacher im Odenwald und Kraichgau waren um jeden Auftrag froh.

Seit Wochen arbeitete Gabriel mit Simon Brenneis und zwei Gehilfen an dem Organisationsplan und den Schnittmustern. Noch eine winzige Änderung, dann war er fertig. Die Schlossadministration wartete ungeduldig auf die Entwürfe. Letzte Woche war Grombacher da gewesen. Er hätte ihm die Originalmuster mitgeben können, aber die Kopien waren noch nicht koloriert und ohne Kopien gab er nichts heraus. Er tat dies, nicht nur, damit er später noch Verbesserungen anbringen konnte, sondern auch ... Tja, er hatte schon erlebt, dass die Vorlagen von höchster Stelle verschlampt oder eigenmächtig Änderungen angebracht worden waren.

Während er sich noch anderen Überlegungen hingab, betrat Simon das Kontor und kam lachend auf Gabriel zu. Die beiden hatten sich angefreundet. Der eine ergänzte den anderen. Simon war der Praktischere bei der Herstellung, Gabriel der Systematischere bei der Planung. Der Patron musste das erkannt haben, denn er ließ den beiden bei der Arbeit freie Hand. Simon setzte sich neben Gabriel und sagte ihm, dass der Patron in den nächsten Tagen die Vertragsschneider aufsuchen wolle. Weil aber die Straßen nicht sicher seien, würde er ihn gerne begleiten.

Gabriel grinste. »Oh, dann muss Mademoiselle Babette Klebér lange alleine bleiben. An deiner Stelle würde ich mir Sorgen machen, denn unsere Mademoiselle gleicht einem Engel und die können schon einmal ausfliegen.« Gabriel lachte über seinen Schalk. Simon nahm es ihm nicht übel. Es war kein Geheimnis, dass er der Mademoiselle den Hof machte.

»Gabriel, ich weihe dich vorsorglich in das Vorhaben des Patrons ein, weil er dich bitten wird, in dieser Zeit auf das Geschäft zu achten. Das ist ein großer Vertrauensbeweis und du solltest seinen Wunsch nicht abschlagen. Viel passieren kann nicht. Die Lieferung des Tuches verschiebt sich um drei Tage, sodass die Lager leer sind. Vor Einbrechern brauchst du dich also nicht zu fürchten.«

Er war sofort mit allem einverstanden, denn er musste sich schleunigst auf den Weg machen. Im Schloss warteten die Herren auf die Modellvorschläge.

»Halt Gabriel, nicht so eilig, ich begleite dich ein Stück. Ich muss bei verschiedenen Herren in der Kanzlei im Kalten Tal Maß nehmen.«

Die Entfernungen in den mittelalterlichen Städten waren nicht allzu groß. Plaudernd erreichten die beiden den Wormser Hof und sahen, wie eine Gruppe Kapuziner wuchtige Schränke und Tische in ihr Kloster hineintrugen. Die beiden lästerten ein wenig über den Glaubenseifer, der neuerdings die Residenz ergriffen hatte. Am Mitteltor kam ihnen eine Kutsche mit kaiserlichem Wappen entgegen. Gabriel war schon mehrmals aufgefallen, dass neuerdings zwischen Heidelberg und Wien ein reger Verkehr herrschte. Simon erwähnte, dass er gestern gehört habe, dass die Töchter Philipp Wilhelms, wie erwartet, geheiratet hätten.

Gabriel schlug sich auf die Schenkel und prustete heraus:

»Dann dauert es nicht mehr lange und der halbe Kontinent ist in der Hand der katholischen Habsburger und Konsorten.«

»So unrecht hast du nicht. Böse Zungen behaupten, Philipp Wilhelm sei der ›Schwiegervater Europas‹.«

Bei so vielen Neuigkeiten achtete Gabriel nicht auf die Umgebung. Sie waren schon in Höhe der Heiliggeistkirche angelangt und steuerten auf den Markplatz zu, als Simon Gabriel plötzlich am Arm packte und ihn, den Finger auf den Mund legend, in die schmale Badgasse hineinzog. Verdutzt schaute Gabriel um sich. Erst da wurde er gewahr, dass ihnen eine Prozession entgegenkam. Ein katholischer Priester im Ornat unter einem Baldachin, die Monstranz tragend, schritt würdevoll über den Platz. Die Passanten blieben stehen, zogen ehrfürchtig den Hut und gingen devot in die Knie. Diese Glaubensbezeugung kannte Gabriel von Paris her nur zu gut. Aber das war sehr, sehr lange her. Eigenartig, dachte er, seitdem der Deutschmeister das Schloss bezogen hat, vermehren sich auch die Mönche in den Kirchen und Klöstern der Stadt schlagartig.

Gott sei Dank, das war noch einmal gut gegangen. Beide atmeten auf. Es wäre für sie ein Gräuel, wenn sie sich den katholischen Bräuchen unterordnen müssten.

Gerade als sie weiter in Richtung Schlossberg gehen wollten, wurden sie von zwei in Schwarz gekleideten Herren angehalten. Ohne viele Worte forderten diese sie auf, ihnen zu folgen. Im ersten Moment waren Gabriel und Simon so perplex, dass sie an keine Gegenwehr dachten. Als Gabriel den Mund aufmachte, um nach dem Grund ihrer Festnahme zu fragen, stießen zwei weitere Herren dazu und drängten sie wie Gefangene in Richtung Kanzleigebäude.

In der Hofkanzlei hatte die neue Regierung in einem Seitentrakt ein ›Büro für Religionsangelegenheiten‹ eingerichtet. Bisher nahm niemand davon Notiz.

Gabriel und Simon wurden in einen kahlen Raum, in dem sich nur ein Tisch und zwei Stühle befanden, geführt und es wurde ihnen angedeutet, hier stehend zu warten. Das ist sonderbar, dachte Gabriel und hatte dabei nicht das beste Gefühl. Es dauerte nicht lange, da hörte er auf dem Gang Schritte. Die Türe ging auf und der ›Kurfürstliche Regierungsobersekretär‹ Hasenbein und der Bevollmächtigte für Sonderaufgaben des Hoch- und Deutschmeisters Waizenbrink op Brugg betraten den Raum.

Die Kommissäre nahmen auf den Stühlen Platz und musterten die beiden wortlos von oben bis unten. Zwei Minuten lang. Eine peinliche Situation.

Simon riss der Geduldsfaden. Er wandte sich in einem barschen Ton an Hasenbein. »Jetzt stehen wir uns schon eine halbe Stunde lang die Beine in den Leib. Sie sitzen da, starren uns vorwurfsvoll an und sagen kein Wort. Was soll das Ganze? Ich verlange eine Erklärung. Herr Hasenbein, wir kennen uns schon seit der Kinderzeit. Sie verkehren mit meinem Vater im ›Grünen Hecht‹ und nun tun Sie so, als ob Sie mich zum ersten Mal sehen würden. Sind wir Verbrecher?«

»In der Tat«, begann der Herr Regierungsobersekretär in einer unangenehmen und überaus arroganten Weise, »sie beide haben sich eines Verbrechens schuldig gemacht.«

»Wie bitte?«, Simon war außer sich.

»Sie haben sich absichtlich, dafür gibt es genug Zeugen, und sehr plötzlich in eine Seitengasse zurückgezogen, um der Monstranz mit dem Leib Christi in Gestalt einer Hostie nicht die nötige Ehre erweisen zu müssen. Laut der neuen ›Verordnung für Religionsangelegenheiten‹ muss jeder Bürger, egal welchen Glaubens er ist, Gott, wenn er Ihm auf der Straße oder sonst wo begegnet, seine Reverenz erweisen. Das haben sie nicht getan und darauf steht gemäß der Weisung eine Ordnungsstrafe.«

Gabriel kam das wie ein Kaspertheater vor. Er räusperte sich und warf ein, dass ihnen die neue Verordnung nicht bekannt war und dass sie wegen Nichtwissens nicht zur Rechenschaft gezogen werden könnten.

Hasenbein lenkte sofort ein und sagte: »Jetzt wissen Sie es und ich rate Ihnen, sich das nächste Mal dementsprechend zu verhalten.« Ein kurzes Hüsteln, eher aus Verlegenheit – oder wohlüberlegter Berechnung? »Da Sie schon einmal hier sind, können Sie uns über den aktuellen Stand des Hofauftrages unterrichten. Wie weit sind Sie denn mit der Tuchbestellung? Konnten Sie ausreichend Vertragshandwerker gewinnen? Wie steht es mit der Einhaltung des Zeitplanes? Aber vor allen Dingen interessiert uns, wie es um die Gesundheit Ihres Patrons bestellt ist.«

Seine Augen nahmen einen listigen Ausdruck an und seine Stimme klang eine Idee zu hintertrieben. »Mir ist zu Ohren gekommen, dass es Monsieur Klebér nicht besonders gut gehe und er deswegen eine Kur antreten möchte.«

Nach einer künstlichen Pause meinte Hasenbein so nebenbei: »Wann ist es denn soweit?« Hinter dieser Frage, das spürte Gabriel instinktiv, lauerte etwas Finsteres. Das ganze Getue war Heuchelei und Sarkasmus.

Simon wies alles als ein bloßes Gerücht zurück und bestätigte, dass es keinen Grund zur Besorgnis gebe. Er zeigte auf Gabriel und sagte, dass er auf dem Weg zum Schloss sei, um dort die Modelle vorzustellen und die endgültige Zustimmung einzuholen.

»Stimmt es, dass der Patron in den nächsten Tagen die Stadt verlassen will?«

Auch hier gab Simon wahrheitsgemäß Auskunft. »Ja, er besucht der Reihe nach die Schneider, um mit ihnen die Verträge auszuhandeln. Ich werde ihn begleiten und da kann es schon vorkommen, dass wir auswärts übernachten müssen. Sie sehen, alles hat seine Richtigkeit.«

»Wann gedenken Sie die Reise anzutreten?«, fragte Hasenbein penetrant.

»Morgen möchten wir in den Odenwald nach Lindenfels aufbrechen.«

Mit einem süffisanten Lächeln beendete er das ›Verhör‹ und ermahnte die beiden mit väterlich milden Worten, sich zukünftig an die Vorschriften zu halten. Immer könne er ihnen nicht beistehen, so wie heute.

Die beiden Herren erhoben sich, nickten kurz und verließen grußlos den Raum. Gabriel schaute Simon verdutzt an. »Was war denn das? Ging es hier um die Prozession oder um etwas ganz anderes?«

Mit gemischten Gefühlen verließen sie das ›Amt für Religionsangelegenheiten‹, um ihren Geschäften nachzugehen.

Da fiel Gabriels Blick auf einen Anschlag am Schwarzen Brett nahe am Ausgang. Er wollte schon weitergehen, aber auf dem Aushang stand ›Edict du Roy‹, königliches Edikt. Hatte das etwas mit Frankreich zu tun? Neugierig geworden trat er näher, las und konnte nicht glauben, was da stand. Ludwig XIV. hatte es nun doch wahr gemacht und das Edikt von Nantes, das ihnen einhundert Jahre lang Schutz gewährte, aufgehoben.

Als Simon ungläubig schaute, erklärte ihm Gabriel den Sachverhalt: »Am 18. Oktober 1685 wurde in Frankreich das Edikt von Fontainebleau ausgerufen. Darin erhebt der König das katholische Bekenntnis zur Staatsreligion und verbietet das Praktizieren des protestantischen Glaubens. In Frankreich gibt es nunmehr offiziell keine Protestanten mehr.«

»Was bedeutet das?«, fragte Simon.

»Im Süden Frankreichs gibt es noch Hunderttausende protestantischer Glaubensbrüder. Diese werden nun sicherlich gnadenlos verfolgt, bekämpft und zur Bekehrung gezwungen werden. Und wenn sie es nicht freiwillig tun, bedeutet das wieder Krieg. Krieg im eigenen Land.«

Auf dem Weg zum Schloss gingen Gabriel so manche Gedanken durch den Kopf. Zurück nach Frankreich konnten sie nun nicht mehr und die Pfalz schien auf Dauer auch keine sichere Bleibe zu sein.

Nächtliches Treiben

Die Nacht senkte sich auf die Vorstadt nieder. Die Leute verschlossen die Haustüren und schoben die Riegel vor. Es waren unruhige Zeiten.

Gabriel konnte nicht einschlafen. Der gestrige Tag mit all den Hinweisen und Befürchtungen steckte noch in seinem Kopf. Er stand auf, zündete eine Kerze an und kramte in seiner Hosentasche. Olivier hatte ihm auf dem Schloss heimlich ein Stück Papier in die Hand gedrückt. Hatte aber nichts dazu sagen können, weil gerade ein Neuburger ins Zimmer kam und ihn zu einem Inspektionsgang abholte. Aber sein Blick sprach Bände. Das erste schnelle Durchlesen auf dem Heimweg weckte in Gabriel neue Hoffnungen. Er musste den Zettel noch einmal genau studieren. Jetzt hatte er Zeit.

Chur-Brandenburgisches Edict,

Betreffend diejenige Rechte, Privilegia und andere Wohltaten, welche Seine Churfürstliche Durchlaucht zu Brandenburg denen Evangelisch Reformierten Französischer Nation so sich in Ihren Landen niederlassen werden daselbst zu verstatten gnädigst entschlossen seyn.

Gegeben zu Potsdam, den 29. Oktober 1685

Das bedeutete nichts anderes, als dass der brandenburgische Kurfürst Friedrich Wilhelm, der ›Große Kurfürst‹ genannt, verfolgten Glaubensgenossen freie und sichere Niederlassung in seinem Land gestattete. Zudem versprach er großzügige Privilegien, unter anderem die Befreiung von Steuern und Zöllen, die Unterstützung bei Betriebsgründungen und die Bezahlung der Pfarrer.

Es war gut, darum zu wissen. Sorgfältig faltete Gabriel das Flugblatt zusammen und steckte es in seine Jackentasche. Bei der nächsten Gelegenheit würde er mit seinen Freunden darüber sprechen.

Er legte sich wieder ins Bett, doch Ruhe fand er keine. Viele Gedanken beschäftigten ihn. Sein Patron Klebér war ein großer und starker Mann, der in geschäftlichen Dingen nicht viel

Federlesens machte. Seine Tochter Babette trug er allerdings auf Händen. Nach dem Tode seiner Frau vor zwölf Jahren hatte er nicht mehr geheiratet, sondern seine ganze Zeit und Kraft in den Aufbau des Geschäfts gesteckt. Noch unter Kurfürst Karl Ludwig verließ er seine Heimat in Südfrankreich. Er musste früh geahnt haben, was auf die Calvinisten nach der Thronbesteigung Ludwig XIV. zukommen würde und war mit seiner Frau in die Pfalz gezogen. Das leer stehende Gebäude der ›alten Hutmacherei‹ erhielt er von der kurpfälzischen Administration quasi als zinsloses Kapital. Von Anfang an florierten seine Geschäfte. Die noblen Damen und Herren wollten mit der Mode gehen und dem französischen Hof in nichts nachstehen. Natürlich spürte er schon damals die Anfeindungen und den Neid der einheimischen Schneiderzunft, aber er achtete immer darauf, dass der Hof die Aufträge nicht ihm allein übertrug. Dieses Geschäftsgebaren wurde bei Hofe sehr geschätzt. Seit dem Tode des Kurfürsten Karl veränderte sich die Situation. Allerdings hatte Klebér immer noch einige einflussreiche Kunden bei Hofe, aber es war abzusehen, wann auch diese abgelöst werden würden.

Vor seiner Abreise versprach der Patron den Wachen am Speyerer Tor für jeden Tag, an dem sie nach seinem Anwesen schauen würden, einen Dreiliterkrug vom besten Wein. Die Wachposten nahmen das Angebot mit Freuden an, denn sie waren auf die Regierung nicht sonderlich gut zu sprechen. Seit einem Jahr erhielten sie keinen regelmäßigen Sold. Mal da einen Abschlag, mal dort eine kleine Summe. Viele von ihnen hatten Frau und Kind. Die meisten von ihnen waren nicht offiziell verheiratet, sie lebten eben so zusammen. Aber auch diese ›Illegalen‹ wollten jeden Tag satt werden.

Gabriel hatte gehört, dass manche der Soldaten mit dem Gedanken spielten, sich einem anderen Dienstherrn anzubieten. Der Brandenburger und der Hesse waren im Gespräch. Diese würden nicht nur hinsichtlich der Religion einen offeneren Geist haben, sondern auch den Sold fürs Militär pünktlicher auszahlen. In diesen Zeiten ging man als Soldat dorthin, wo das Leben ein wenig angenehmer zu sein versprach. Das Gefühl, einer bestimmten Nation anzugehören oder einem Land verpflichtet zu sein, kannte der Soldat nicht. Das Soldbuch war sein Gebetbuch.

Das Speyerer Tor war gleich um die Ecke und wenn die Lage brenzlig werden sollte, konnte Gabriel jederzeit Hilfe anfordern. Ein wenig beruhigter drehte er sich zur Seite und versuchte, zum zweiten Male einzuschlafen.

Es ging nicht. Er trug die Verantwortung für das Anwesen. Der Patron verließ sich auf ihn. Wilde Gedanken drängten sich nach oben. Was wäre, wenn die Einheimischen die Torwächter bestechen und diese ihre Kontrollgänge einfach vergessen würden? Konnte er sich in Notlagen auf die Hilfe der Nachbarn verlassen? Oder steckten die möglicherweise mit den Alteingesessenen unter einer Decke?

Vorsichtshalber stellte er einen Knüppel neben sein Bett. Er hoffte nicht, dass er ihn brauchen würde, aber …

Auf einmal schreckte er hoch. Noch war es nur ein Gedanke. Aber dieser ließ ihn einfach nicht mehr los. ›Hasenbein ist zu allem fähig‹. Warum tauchte dieser Name plötzlich in seinen wirren Vorstellungen auf? Ihn schauderte, wenn er an diese verwachsene Gestalt dachte. Hasenbein mit seinen dünnen Beinen war wie eine Spinne, die ihre Fäden zog, ohne selbst in Erscheinung zu treten.

Es musste einen Grund gehabt haben, überlegte er, dass Hasenbein gestern Simon und ihn so offenkundig nach geschäftlichen Dingen ausgefragt hatte. So gut kannte er den Sekretär, um zu wissen, dass er seine Intrigen sorgfältig und möglichst unauffällig einfädelte.

Gabriel faltete die Hände und versuchte, im Gebet Ruhe zu finden. Es wollte nicht recht gelingen. Warum ließ der HERR solche Geschöpfe auf der Erde herumlaufen? Sind sie die Stolpersteine, die Hürden des Glaubens? Soll sich an ihnen die Zuversicht stärken und das Vertrauen mehren? Wenn dem so ist, dann wollte er sich dem Patron würdig erweisen. Gedanken können auch Kraft geben.

An Schlaf war nicht mehr zu denken. Er stand auf und schlüpfte in die Filzpantinen. Es war kurz nach Mitternacht. Im Hause befanden sich drei Angestellte und Babette. Sie fühlte sich schon gestern nicht wohl. Mit ihrem Magen schien etwas nicht zu stimmen. Das hatte auch einiges für sich, denn so könnte es sein, dass Simon in dieser Nacht noch zurückkam. Er ließ seine Babette bestimmt nicht lange alleine.

Die Nacht war kühl und der Mond kam hinter dem Giebel des Nachbarhauses hervor. Ein Käuzchen schrie in der Ferne. Sonst war es überall still. Gabriel zündete eine Kerze an und schlug das Psalterbuch auf.

Aber da! Da war doch ein Geräusch im Hof! Er legte das Buch beiseite und horchte. Schon wieder! Es hörte sich an, als ob jemand von einer Mauer heruntergesprungen und auf Steinboden aufgekommen sei. Schnell löschte er die Kerze und tastete sich langsam auf der Veranda vor, um in den helleren Innenhof schauen zu können. Instinktiv griff er nach dem Holzknüppel.

Wahrhaftig! Im Hof war Leben. Eine vermummte Gestalt. Sie musste über das Nachbargebäude in den Hof gelangt sein. Potztausend, nun schob sie den Riegel des schweren Eichentores zurück. Im Nu schlüpften vier oder fünf Gestalten mit dunklen Tüchern über dem Kopf in den Hof. Leise, wie auf Samtpfoten, schlichen sie umher und teilten sich in zwei Gruppen. Kein Wort fiel, jeder wusste genau, was er zu tun hatte.

Wie sollte Gabriel sich verhalten? Laut schreien oder erst einmal abwarten, was die Vermummten im Sinn hatten? Wenn er sie gleich vertriebe, erführe er nicht deren Absicht und würde nie wissen, wer unter der Vermummung steckte.

Zwei Dinge waren notwendig. Zuerst musste er versuchen, die Angestellten zu wecken, damit einer von ihnen die Torwachen verständigten konnte, zweitens musste er sich um Babette kümmern. Ihr durfte kein Leid zugefügt werden.

Drei der Gestalten drangen in die Geschäftsräume im Erdgeschoss ein. Dort befanden sich die Werkstatt, die Lagerräume und die Unterkünfte der Schneidergesellen. Die anderen kletterten lautlos die Treppen hinauf. Im ersten Stock lagen die Privaträume und das Kontor.

Gabriel wunderte sich, dass sie sich so gut auskannten. Keiner strauchelte oder blieb irgendwo hängen. Wie Katzen bewegten sie sich vorwärts.

Den Knüppel fest in die Hand, schlich er auf Zehenspitzen an der im Dunkeln liegenden Wand entlang in Richtung Treppe. Babette schlief im zweiten Stock zur Gartenseite hin. Bei ihrem tiefen Schlaf hatte sie wahrscheinlich bis jetzt von dem nächtlichen Treiben nichts bemerkt. Es wäre gut, wenn es so bliebe. Noch nie hatte Gabriel jemandem etwas zuleide getan, aber wenn es sein musste, würde er wie ein Besessener um sich schlagen und kein Pardon kennen. Der Diakon holte tief Luft, erbat den Segen von oben und war zu allem bereit.

Er wartete, bis die Gestalten in den Räumen auf der gegenüberliegenden Seite verschwanden, um über die Außentreppe in den Hof zu gelangen. Am Treppenabsatz kam ihm plötzlich eine vermummte Gestalt entgegen. Mit voller Wucht donnerte er ihr den Prügel auf den Kopf. Ein kurzer Aufschrei, der Einbrecher rutschte wie ein Sack die Treppe hinunter und schlug hart auf dem Steinboden auf.

Das laute Geräusch musste die Angestellten geweckt haben. In der Tat. Sie stürmten in Nachthemden aus ihrem Schlafraum in den Hof und rannten kopflos durcheinander.

Gabriel machte sich bemerkbar und deutete ihnen durch Zeichen an, sich der Eindringlinge zu erwehren und Hilfe herbeizuholen. Zu spät, sie wurden von den Vermummten umringt, mit Schlägen bedroht und in den Keller gesperrt.

Eine höllische Wut packte ihn. Er wollte seinen Leuten zu Hilfe eilen. Noch auf dem oberen Treppenabsatz stehend, sah er seitlich in den Kontorräumen Licht. Blitzartig schoss es ihm durch den Kopf: »Wenn der Bande meine Organisationspläne in die Hände fallen, war meine wochenlange Arbeit umsonst. Vielleicht wissen diese Halunken sogar, wo ich meine Kopien aufbewahre. Wer könnte das sein, der so genau Bescheid weiß? Zum Glück habe ich meine Unterlagen in den Zwischenböden der Schubladen versteckt. Aber was ist, wenn die Unholde Feuer legen?« Daran durfte er gar nicht denken.

Und dann war da noch Babette. Hatten die Wüstlinge sie gar in ihrer Kammer eingesperrt? Aber nein, sie konnten noch nicht dort gewesen sein.

Er musste sich entscheiden: Die Angestellten befreien oder seine Kopien retten?

Vorsichtig näherte er sich dem Kontor und sah mit Entsetzen, wie zwei der Vermummten alle Schubfächer aus den Kästen rissen und den Inhalt auf den Boden kippten. Sie wühlten und suchten nach etwas Bestimmtem. Gott sei Dank, die Pläne und Schablonen hatten sie noch nicht gefunden.

Gabriel hörte, wie einer sagte: »Hier ist das nicht wonach wir suchen. Vielleicht haben sie es in den Privaträumen versteckt. Wir müssen alle Kammern durchsuchen. Einer geht nach rechts, der andere nach links! Aber gründliche Arbeit! Auf nichts Rücksicht nehmen! Und wenn es nicht anders geht, dann zeigen wir den Ketzern, welche Wirkung Feuer hat.«

Ein Zorn, wie ihn Moses beim Herabsteigen vom Berg Sinai gehabt haben musste, übermannte ihn bei dem Gedanken, dass die Wüstlinge die schlafende Babette überraschen und ihr etwas antun könnten.

Mit Gebrüll stürzte er ins Kontor und schwang seine Keule. Im ersten Moment hatte er Erfolg, aber einer gegen drei – das konnte nicht gut gehen. Gabriel spürte einen dumpfen Schlag auf seinem Hinterkopf und sank in sich zusammen.

Es musste eine Weile gedauert haben, bis er wieder das Bewusstsein erlangte. Sein Kopf glich einem Bienenstock. Er tastete ihn vorsichtig ab – eine eigroße Beule und Blut. Wo war er eigentlich? Um ihn herum war es dunkel.

Ein leises Wimmern war zu hören. Er fragte in die Dunkelheit hinein, ob da jemand sei.

An der Stimme erkannte er sofort, dass es Babette war. Die Vermummten hatten sie zu den Bediensteten in den Keller gesperrt und gedroht, sie alle mit Feuerhaken zu traktieren, wenn sie nicht augenblicklich sagten, wo die Tuchballen versteckt seien.

Gabriel ging ein Licht auf: Die Warenlieferung wollten die Einbrecher stehlen. Dem Himmel sei Dank, dass sie wegen Niedrigwasser des Rheins noch nicht eingetroffen war.

Lärm drang an seine Ohren. Er kam vom Hof. »Saubande, keinen einzigen Tuchballen haben die hier, keine einzige Silberlitze ist zu finden. Die müssen geahnt haben, dass wir kommen oder einer von uns hat nicht das Maul gehalten. Wer war das?«

Nach einer Sekunde der Stille brach ein Gebrüll los. Jeder beschuldigte jeden und es hätte durchaus sein können, dass sie mit Knüppeln aufeinander losgingen. Schade, dass Gabriel nicht alles verstehen konnte. Sie sprachen in breitem Heidelberger Dialekt.

Die Einbrecher mussten maßlos enttäuscht sein, dass sie die Vorratsräume leer vorfanden. Ihre Wut steigerte sich und sie verlangten nach Rache. »Auf, holt die Welschen aus dem Keller! Wir werden sie über das Feuer springen lassen. Wenn wir schon nichts gefunden haben, dann wollen wir wenigstens Spaß haben.«

Gleich darauf erschienen vier der Vermummten und trieben die Gefangenen in den Hof, wo schon ein aus zerschlagenen Stühlen und Kästen entfachtes Feuer brannte.

Einer mit dickem Bierbauch brüllte Gabriel in wüster Weise an und schüttete eine Schimpfkanonade über ihm aus. »Du vermaledeiter Hugenott', du wärst lieber dort geblieben, wo du hergekommen bist. Was hast du eigentlich hier zu suchen? Verschwinde aus der Pfalz oder wir machen dir Beine.« Er rang nach Luft, so ungestüm und hasserfüllt kamen die Worte aus seinem Mund. Bedrohlich schwang er seine Keule. »He, wo ist die Lieferung aus den Niederlanden? Wo habt ihr sie versteckt? Sag es auf der Stelle oder wir jagen euch alle durchs Feuer bis euch der Hintern brennt!«

Auf ein Zeichen des Dicken packten zwei Wüstlinge Babette, zerrten sie zu dem Balken, der die Veranda stützte, und banden sie fest. »Welsche Hexe, wir machen Feuer unter deinen Füßen, dann wird dir schon einfallen, wo die Goldlitzen sind.«

Gabriel wand sich hin und her und versuchte, seine Fesseln zu lösen. Vergeblich! Sie waren fest verschnürt. In seiner Verzweiflung suchte er die Wand hinter sich ab. In unmittelbarer Nähe ragte ein verrosteter Nagel aus dem Holz. Unauffällig rutschte er an die Wand und fing sofort an, den Strick an dem Nagel zu reiben.

Die Not wurde immer größer. Zwei der Unholde rannten mit brennenden Fackeln ins Haus und warfen sie in die Räume. Schweißperlen standen ihm auf der Stirn. Die Arme schmerzten und seine Hände bluteten schon. Nicht aufgeben, weitermachen!

Er spürte, wie sich die Fesseln ein wenig lockerten. Wie ein Besessener rieb und zerrte er. Seine Handgelenke waren eine einzige Wunde. Mit letzter Kraft schabte und wetzte und zog er an dem Strick.

Auf der anderen Seite schrie Babette aus Angst schrill auf. Umso fester fassten die Wüstlinge zu. Offensichtlich hatten sie Spaß daran, eine wehrlose Frau zu quälen.

Mit einem letzten Ruck zerriss Gabriel die Fesseln und schrie wie ein Verrückter: »Hat denn das Menschenschinden nie ein Ende! Zuerst sind es die eigenen Landsleute, jetzt die Einheimischen und wer wird es morgen sein?«

In blinder Wut stürzte er sich auf den Dicken und schlug auf ihn ein. Völlig überrascht drehte dieser sich im letzten Moment zur Seite und konnte den Faustschlägen ausweichen. Im Gegenzug holte der Koloss mit seinem Knüppel zum Schlag aus und …

Gabriel hörte das pfeifende Geräusch über sich und duckte sich instinktiv. Krachend traf der Knüppel den Balken, an dem Babette gefesselt war. Das Holz zersplitterte in tausend Stücke. Babette war frei.

Den Augenblick der Verwirrung nutzend, stürzte sich Gabriel erneut auf seinen Gegner. Er riss ihn zu Boden und drückte ihm die Gurgel zu. Der Dicke wand sich wie ein Aal, stützte sich auf die angezogenen Beine, wälzte sich herum und begrub Gabriel unter sich. Doch der Diakon gab nicht auf. Seine Hände klammerten sich am Körper des Vermummten fest und unter Stöhnen und Ächzen versuchte er, den massigen Leib des Dicken von sich wegzuschieben. Vergeblich! Der Unbekannte drückte ihm mit Wucht sein Knie in die Magengrube. Gabriel blieb die Luft weg. Diese Situation nutzend, befreite der Eindringling sich aus der Umklammerung und kam frei.

Es dauerte, bis Gabriel wieder atmen konnte. Noch benommen richtete er sich auf. Da erstickte für Sekunden jeder Laut und jede Handlung. Alle standen wie gebannt da und starrten zum Eingangstor.

Dort erschienen wie aus heiterem Himmel der Patron, Simon und eine Schar Torwächter. Blitzartig erkannten die Soldaten die Situation, senkten ihre Hellebarden und trieben die Eindringlinge in die Ecke. Lautes Wehgeschrei und Gejammer ertönte. Die Diebe fürchteten um ihr Leben.

»Feuer!«, brüllte einer, »das obere Stockwerk brennt!« Rauch stieg aus den Fenstern und Türen. Der Erste, der reagierte, war der Patron. »Löschen! Auf der Stelle löschen!«

Bei dem Schreck achtete niemand auf die Vermummten. Geistesgegenwärtig schoben sie die auf sie gerichteten Hellebarden ruckartig zur Seite und rannten wie die Hasen durch das offene Tor in die dunkle Nacht hinaus.

Die Soldaten verfolgten die Fliehenden nicht. Der Brand war wichtiger. Der Patron gab präzise Anweisungen. Simon holte augenblicklich Eimer aus dem Stall und verteilte sie. In

Windeseile bildeten die Helfer eine Reihe und gaben die Eimer von Hand zu Hand weiter.

»Beeilt euch, bevor das Haus in Flammen aufgeht!«, rief der Patron und trieb die Leute an.

Gabriel wunderte sich, wie diszipliniert alles vor sich ging. Kein hysterisches Geschrei oder Heulen. Jeder kannte seine Aufgabe und war sich der Gefahr bewusst. Aber die wenigen Leute reichten nicht aus, um eine Kette bis zum zweiten Stock zu bilden. Aus einer Kammer schlugen schon helle Flammen heraus. Eile tat Not, sonst war das gesamte Anwesen und dazu noch die ganze Sankt-Anna-Gasse ein Haufen Asche.

Auf einmal strömten die Nachbarn mit Eimern herbei und reihten sich wortlos in die Kette ein. Es ging Schlag auf Schlag, ein Eimer nach dem anderen wanderte nach oben und binnen einer Viertelstunde war der Brand gelöscht.

Ein Aufatmen ging durch die Reihen. Erschöpft ließen sich die Helfer auf dem Boden nieder.

Erst jetzt hatte Simon Zeit, Babette fest an sich zu drücken und zu trösten. Der Schaden war kleiner als vermutet. Die angekohlten Balken konnten ausgewechselt und die verbrannten Gardinen ersetzt werden. Der Patron sprach einige bewegte Worte zu den Nachbarn, dann ließ er sich auf die Knie fallen und dankte dem HERRN für die Rettung. Gabriel schloss seine Augen und tat es ihm gleich. Als er sie wieder öffnete, sah er etwas vor sich auf dem Boden liegen. Zaghaft griff er danach und drehte es in der Hand hin und her. Es war ein Maßband, so wie es die Heidelberger Schneider verwendeten. Er zeigte es dem Patron.

»Gabriel, das ist ein Fingerzeig. Wir sind in diesem Land nicht mehr gern gesehen.«

»Wenn es wahr werden sollte«, ergänzte Gabriel, »dass unsere Landsleute in kriegerischer Absicht über den Rhein kommen und auch diesen Teil der Pfalz besetzen, können wir uns gleich aufhängen. Oder ...« Er hielt inne und betonte jedes Wort: »Oder wir schnüren erneut unser Bündel. Unsere Wanderung scheint noch nicht zu Ende zu sein.«

Er zog das Flugblatt aus der Tasche und reichte es dem Patron.

Die Reichen gehen, die Armen bleiben

Gottfried sattelte am 26. September 1688 wie jeden Morgen sein Pferd, um mit einer Schwadron in die Stadt zu reiten. Die Wachen mussten eingeteilt, die Tore kontrolliert und die Wehrmauern nach Schwachstellen abgesucht werden. Obwohl in den letzten Jahren sich kein Feind auf dem rechten Rheinufer gezeigt hatte, vernachlässigte Gottfried nie die ihm aufgetragene Pflicht. Die Verteidigungsanlagen mussten immer auf dem neuesten Stand sein. So lautete die Anweisung, aber Kurfürst Karl hatte die Steuereinnahmen lieber für seine Kostümfeste ausgegeben. Die maroden Stadtmauern hatten ihn wenig interessiert. Und der neue Kurfürst schien auch kein allzu großes Interesse an intakten Verteidigungsanlagen zu haben.

Es war ein herrlicher Herbsttag. Die Sonne ging im Osten über den Hängen des Odenwaldes auf. Zaghaft färbte das Licht das Laub in ein zartes Rosa. Welch ein Schauspiel, dachte Gottfried. Später wird die Sonne mutiger sein und die Blätter des wilden Weins in ein flammendes Rot verwandeln.

Schade, dass diese Stimmung nicht lange anhielt. Im Westen, dort wo Frankreich liegt, zogen dunkle Wolken auf. Das bedeutete allemal schlechtes Wetter.

Gottfried hätte es gefreut, wenn der Kurpfalz vor dem Wintereinbruch noch ein paar schöne Tage vergönnt gewesen wären. Jeder warme Tag sparte teures Feuerholz. Für die Bauern war es kein gutes Jahr. Das Korn litt unter der langen Regenperiode und konnte nicht ausreifen, die Trauben begannen früh zu faulen und das Obst blieb sauer.

Er gab das Zeichen zum Aufsitzen. Im leichten Trab überquerten sie den Schlosshof. Sie wollten durch das untere Schlosstor in die Stadt reiten. Dieser Weg war zwar steiler, aber um mehr als die Hälfte kürzer.

Kaum waren sie am Tor angekommen, hörten sie von draußen ein wildes Pochen. Um sechs Uhr früh? Das musste ein Verrückter oder etwas äußerst Wichtiges sein!

»Wer da?«, rief Gottfried energisch.

»Nachricht aus der Festung Philippsburg«, lautete die Antwort.

Der Oberleibgardist öffnete die Guckklappe und schaute sich den Boten genau an. Ein Reiter mit kaiserlichem Wappen auf der Weste stand davor und forderte zum zweiten Male, das Tor sofort zu öffnen. Das Pferd dampfte und dem Manne stand der Schweiß auf der Stirn. Er musste eine wichtige Nachricht haben.

Sofort wurde das Tor geöffnet. Der Reiter salutierte und verlangte, augenblicklich zum ranghöchsten Regierungsmitglied vorgelassen zu werden. Gottfried war besorgt. Die Nachricht schien nichts Gutes zu verheißen. Drohte Gefahr? Er wollte gerne mehr wissen. »Kamerad, sag' mit einem Satz, um was es geht.«

»Die Franzosen sind gestern in Armeestärke und kriegerischer Absicht über den Rhein gekommen.« Auf der Stelle führte Gottfried den Boten zum Sohn des Kurfürsten.

Oberhofmeister von Castell und Kronprinz Johann Wilhelm ließen im Schlosshof gerade ihre Pferde für den morgendlichen Ausritt satteln. Die Herrschaften waren nicht wenig erstaunt, als der Meldereiter ohne Umschweife den Bericht absetzte.

Die französische Armee hatte am Tag zuvor mit drei Regimentern unter dem Kommando Marschall Duras den Rhein überquert. Eine Abteilung war sofort das Kinzigtal hinaufmarschiert, um die im Schwarzwald stationierten kaiserlichen Truppen zu binden. Die Hauptmacht wälzte sich den Rhein entlang auf die Reichsfestung Philippsburg zu. Diese würde einer Belagerung nicht lange standhalten können.

Mit dieser Nachricht schien der Kronprinz nicht gerechnet zu haben. Er war auch nur vorübergehend in Heidelberg. Sein Regierungssitz lag im Rheinland. Später, wenn er die Nachfolge seines Vaters antreten würde, dachte er daran, möglicherweise Heidelberg zur Hauptstadt seiner Territorien zu küren. Im Moment hatte er jedoch keine Lust dazu. Die Herzogtümer Kleve und Jülich mit der Hauptstadt Düsseldorf hatten mehr zu bieten als das altertümliche, beengte Schloss auf dem Berg.

Seine Kenntnisse über die neuen Ländereien erwiesen sich nicht als die genauesten, denn er fragte den Boten, ob die Pfälzer Truppen den Vormarsch nicht aufhalten könnten.

»Wenn wir Truppen hätten, ja. Aber, halten zu Gnaden Eure Durchlaucht, die Handvoll Infanterie und die sieben

Kanonen, die die Pfälzer Streitmacht ausmachen, werden die Franzosen nicht am Vormarsch hindern können.«

»Und die Städte mit ihren Bürgerwehren. Wie steht es damit?«

»Halten zu Gnaden Eure Durchlaucht, den Eindringlingen wird keine Stadt standhalten. Ich vermute, dass die Franzosen erhebliche Kontributionen verlangen werden und wenn die Städte und Dörfer nicht zahlen wollen oder können, werden die Felder verwüstet, die Häuser niedergebrannt und die Frauen geschändet.«

Der Bote schnappte nach Luft. Das Sprechen fiel ihm sichtlich schwer. Die Nachrichten waren auch ungeheuerlich. Auf einen Wink des Erbprinzen wurde dem Soldaten ein Becher Wein gereicht.

»Durchlaucht, wenn ich mir noch eine Bemerkung erlauben darf.«

Der Thronfolger nickte, obwohl er mit seinen Gedanken schon weit weg zu sein schien. Vielleicht dachte er an die Rheinlande, an Düsseldorf, dort gab es keine feindliche Bedrohung.

Der Kaiserliche wechselte von einem Bein auf das andere und druckste herum.

»Nun sag Er schon!«, forderte der Erbprinz ihn endlich auf.

»Nun ja, alles werden die Franzosen nicht zerstören. Es naht die kalte Jahreszeit und da brauchen sie ausreichend Winterquartiere.«

Die beiden Adeligen schauten sich mit verkniffenen Augen an. »Natürlich, Heidelberg und Mannheim werden sie im Visier haben. Das sieht nicht gut für uns aus. Wir müssen so schnell wie möglich diesen Ort verlassen.«

Gottfried bemerkte, dass der Kronprinz unruhig wurde und ein ängstliches Gesicht machte. Baron von Castell hingegen nahm die Nachricht viel gelassener auf. Das lag bestimmt nicht nur am unterschiedlichen Naturell. Hatte der Baron möglicherweise diese Nachricht erwartet – schon lange erwartet?

Natürlich gab es Vermutungen, dass Ludwig XIV. die Erbansprüche seiner Schwägerin zu denen Frankreichs machen und sie mit Gewalt durchsetzen würde. Selbstverständlich gab es Gerüchte, dass sich im Elsass französische Truppen sammelten. Aber keiner dachte, dass es so schnell gehen würde.

Gottfried ärgerte sich über die Nachlässigkeit der Pfälzer Regierung, denn Stadt und Schloss waren nicht ausreichend für eine Verteidigung vorbereitet, obwohl er Dutzende Male darauf hingewiesen hatte. Die Stadtmauer war an einigen Stellen schadhaft und außerdem waren viel zu wenige Kanonen vorhanden.

Zudem befanden sich in den Festungen Heidelberg, Mannheim und Frankenthal nicht die erforderlichen Vorräte für eine mögliche Belagerung. Zu allem Übel fehlte es an Munition und motivierten Soldaten. Kein Wunder, denn der Sold stand seit über einem Jahr aus. Da konnte keine großartige Verteidigungsbereitschaft erwartet werden. Gottfried ahnte Schlimmes.

Baron von Castell bewahrte trotz allem die Ruhe. Nun ja, was konnte ihm viel passieren? Es gibt Menschen, die ziehen aus jeder Situation ihren Gewinn. Jedenfalls zog der Herr Baron erst einmal das Kommando an sich und gab dem Oberleibgardisten die Order, ohne Umschweife mit seinen Leuten in die Stadt zu reiten und darauf zu achten, dass kein heilloses Durcheinander wegen dieser Nachricht entstehen würde. Äußerst wichtig sei, und das bläute er Gottfried mehrmals ein, dass er unter allen Umständen verhindern müsse, dass Personen ohne gültigen Passierschein die Stadt verließen. Es wäre ein schlechtes Beispiel, wenn angesichts der Gefahr bestimmte Leute ihr Hab und Gut in Sicherheit brächten und sich aus dem Staub machten.

Gottfried kommandierte sofort einen Gardisten zum Speyerer- und einen zum Neckargemünder Tor ab. Dann salutierte er, ging drei Schritte zurück und wartete einen Moment, ob noch weitere Anweisungen kommen würden. Gerade als er sich auf sein Pferd schwang, winkte ihn der Baron noch einmal zu sich her und befahl ihm, dass er – möglichst ohne großes Aufsehen – dafür sorgen solle, dass die Hälfte der Garde im Schloss bleibe, denn der Kronprinz habe gerade verlauten lassen, dass er wegen dringender Regierungsgeschäfte augenblicklich nach Düsseldorf aufbrechen müsse. Er selbst habe es auch eilig, denn die Verhandlungen in Frankfurt erforderten seine persönliche Anwesenheit. Weitere Anordnungen würde er von Oberhofmarschall Steinkallenfels erhalten.

Übrigens, fügte er noch im Weggehen hinzu, dürfe auch kein Mitglied der Regierung – egal welchen Standes es sei – das Schloss oder die Stadt verlassen, da Prinz Ludwig Anton krank im Bett liege. Nur im äußersten Notfall würde ein Passierschein ausgestellt werden.

Etwas befremdet bestieg Gottfried sein Pferd. Es stimmte, dass der Deutschmeister wegen einer fiebrigen Erkältung im Bett lag, aber die würde in drei Tagen auskuriert sein und dann …? Würde auch er die Kurpfalz im Stich lassen?

Bevor sie in die Stadt ritten, gab er Ordre, dass der Secondleutnant den Hauptmann der Garde unverzüglich über das Vorgefallene informieren solle.

Ziel der Schwadron war die obere Vorstadt. Dort wohnten die meisten Regierungsräte, Universitätsprofessoren und Magistratsmitglieder. Viel Volk war auf der Straße. Die neuesten Nachrichten hatten ihre Wirkung schon getan. Eigenartig, dachte Gottfried, woher die Bürger so schnell Bescheid wissen.

Aufgeregt rannten die Leute hin und her. Einen hörte er rufen, dass der Fürbass Heiner den kaiserlichen Boten mit Hilfe eines Schoppen Weins ausgehorcht habe. Aber keiner wusste genau, ob das die Wahrheit war. Gerüchte gab es jeden Tag zuhauf.

Als Gottfried am Palais Sickingen vorbeikam, wurde das schwere Tor geöffnet und eine leichte Reisekalesche mit vier randvoll beladenen Bagagewagen verließ den Innenhof in Richtung Neckargemünder Tor.

Nanu, ging es Gottfried durch den Kopf, so schnell konnte doch niemand einen Passierschein erworben haben. Er hielt die Kalesche an, salutierte und fragte höflich: »Der hohe Herr ist so früh schon reisefertig? Mit vier Planwagen? Wo soll die Reise denn hingehen und haben der Herr einen gültigen Passierschein? Ansonsten wird Ihm kein Wächter das Tor öffnen.«

Der Marquis de Sickingen lächelte den Oberleibgardisten süffisant an und reichte ihm mit leichter Hand ein Pergament.

»Überzeuge Er sich selbst.«

Gottfried traute seinen Augen nicht. Der Passierschein war gültig. Er war vom Baron de Castell persönlich ausgestellt. An der unterschiedlichen Farbe der Tinte konnte er erkennen, dass der Inhaber nachträglich das heutige Datum eingetragen hatte. Wortlos gab Gottfried das Dokument zurück.

So war es und so wird es immer bleiben – die Reichen bringen sich und ihre Habe in Sicherheit und die Armen müssen die Suppe auslöffeln. Die hochgestellten Herren wissen erstaunlich früh, was kommen wird. Der Herr Baron hier kennt den Herrn Rittmeister dort und der Herr Oberhofkämmerer hat in Italien oder in Spanien Güter und Ländereien und kann sich je nach Situation seinen Wohnsitz aussuchen. So einfach ist das.

Gottfried war nicht alleine, der so dachte. Die Bürger beobachteten die Abreise des Marquis ebenfalls und liefen mit geballten Fäusten hinter der Kutsche her. Gottfried musste, so sehr er auch die Leute verstand, sie zur Vernunft rufen. Es war sein Auftrag, für Ruhe und Ordnung in der Stadt zu sorgen.

Das Palais Sickingen war nicht das einzige in der Stadt, das klammheimlich seine Tore öffnete und schnell wieder schloss.

Übergabe von Schloss und Stadt an die Franzosen

Am 23. Oktober 1688 überließ Claude das Abräumen des Frühstückstisches Sophie. Der Freiherr hatte es eilig. Die noch verbliebenen Regierungsbeamten waren in aller Herrgottsfrühe zu einer Sondersitzung auf das Schloss beordert worden. Claude machte sich Sorgen um den Freiherrn, denn mit seiner Gesundheit stand es nicht zum Besten. Zu der Gliederschwäche kam noch ein unruhiges Herz.

In der Zwischenzeit war viel geschehen. Der Freiherr resümierte in aller Kürze. »Bekannt ist, dass Kronprinz Johann Wilhelm die Stadt und das Schloss fluchtartig verlassen hat. Seitdem kontrollieren die Franzosen das Gebiet vom Rhein bis zum Neckar und schwärmen bis Franken und Schwaben aus, um Gelder zu erpressen. Das Oberamt Heidelberg sollte vorweg an den Oberkommandierenden einhundert Stück Vieh und vierzigtausend Frcs.* abführen. Weitere Forderungen werden folgen, hieß es. Heidelberg zahlte prompt einen Abschlag, denn kaiserliche oder reichsdeutsche Truppen in nennenswerter Anzahl stehen zum Schutze des Schlosses und der Stadt nicht zur Verfügung. Das bedeutet, dass wir vorerst auf uns alleine gestellt sind.«

Claude seufzte. Sie hatte den Ernst der Lage voll erkannt.

»Die Pfalz und die angrenzenden Länder liegen für die Franzosen wie ein ausgebreiteter Teppich vor der Haustüre. Meine Landsleute brauchen sich nur zu bedienen.«

»Gott sei Dank«, beschwichtigte sie der Freiherr, »haben sich bis heute noch keine fremden Soldaten vor den Toren Heidelbergs blicken lassen, obwohl das Umland total unter französischer Kontrolle ist. Ohne Passierschein, den sich die Besatzer teuer abkaufen lassen, kommt niemand durch ihre Linien.«

Dem Deutschmeister wurde es nach dem Weggang seines Bruders ungemütlich. Seine Erkältung war auskuriert und er wollte sich so schnell wie möglich mit seinem Gefolge samt Mobiliar nach Neuburg a. d. Donau absetzen. Ohne Zustimmung der Franzosen ging das nicht. Er saß im goldenen Käfig.

**Angabe aus: Robert Salzer, Zur Geschichte Heidelbergs, 1878*

Auf Umwegen wurden Geheimbotschaften zwischen Heidelberg und Neuburg, dem Aufenthalt des greisen Kurfürsten Philipp Wilhelms, in fieberhafter Eile ausgetauscht. Welcher Art sie waren, wusste niemand. Doch war anzunehmen, dass der Vater seinen Sohn nicht in die Hände der Feinde würde fallen lassen.

So wurde der neu ernannte Geheime Regierungsobersekretär Anton Eusebius Hasenbein im Auftrag der kurpfälzischen Regierung, das waren in diesem Falle der Deutschmeister und Baron von Steinkallenfels, nach dem belagerten Philippsburg beordert. Er sollte beim französischen General einen Passierschein für Ludwig Anton erbitten. Hasenbein wurde zwar empfangen, aber vom General umgehend mit dem Bescheid zurückgesandt, dass die Angelegenheit in kürzester Zeit vor Ort geregelt werden würde. Was das auch immer bedeuten mochte. Er kam mit leeren Händen zurück und es herrschte allgemeine Ratlosigkeit.

»Monsieur Hasenbein hat es in der kurzen Zeit weit gebracht«, stellte Claude fest, ohne eine Bestätigung zu erwarten.

»In der Tat«, bemerkte der Freiherr. »Gestern traf Marquis de Chamlay, Chef des Generalstabes der französischen Landstreitkräfte und Generalquartiermeister, mit einer kleinen Eskorte um zwei Uhr nachmittags auf dem Schloss ein, um die Antwort auf das Erbitten eines Passierscheines dem Deutschmeister persönlich vorzutragen. Ihm wurde sofort Audienz gewährt.«

»Sprachen die beiden Herren alleine miteinander?«

»Nein, bei der Besprechung waren außer dem Deutschmeister noch Baron von Steinkallenfels und der Oberforstmeister Strupp von Gelnhausen anwesend.« Mehr Informationen hatte der Freiherr im Moment nicht.

Auf dem Schloss angekommen, setzte sich Claude im Kabinett des Gläsernen Saalbaus in die hinterste Reihe, um nicht allzu sehr aufzufallen. Gar manche Augenpaare hatten sie scheel angeschaut, als sie mit dem Freiherrn den Raum betrat. Aber niemand wagte, etwas zu sagen.

Steinkallenfels eröffnete die Sondersitzung mit den Worten, dass heute über den Fortbestand Heidelbergs und der

Kurpfalz entschieden werde. Ein Raunen ging durch die Reihen. Selbst der Freiherr räusperte sich vernehmlich.

Gestern habe der Generalquartiermeister die Forderungen bezüglich der Übergabe von Schloss und Stadt vorgetragen.

Claude konnte das jeweilige Verhalten der Herren beobachten. Einige zuckten ängstlich zusammen, andere wiederum verzogen keine Miene und schauten gelangweilt die Gemälde an der Wand an. Am liebsten wäre sie aufgestanden und hätte ihnen die Meinung gesagt. Es ging doch um deren Heimatland. War es ihnen so egal, was mit der Kurpfalz geschah?

Vielleicht beschäftigten sich die Herren in ihren Gedanken mit ganz anderen Dingen. Krieg hat auch immer eine geschäftliche Seite. Dachten sie daran, welchen Gewinn sie erzielen, wenn sie den Franzosen den Wein um einen Gulden teuerer verkaufen würden? Oder, ob die Besatzer, wenn sie sich ihrem Anliegen gegenüber offen und verständig zeigten, ihnen zu einer Stelle im Magistrat verhelfen würden?

Den Honoratioren mochte Claude keine bösen Absichten unterstellen, doch hatte sie schon oft erlebt, dass es im Grunde immer nur um Macht und Geld ging. Warum sollte das hier anders sein? Sie wurde aus ihren Gedanken herausgerissen. Steinkallenfels nahm seinen Bericht wieder auf: »Die Franzosen wünschen, dass ihnen Stadt und Schloss unzerstört übergeben werden.«

Abwartendes Gemurmel war zu hören. Ein Herr aus der zweiten Reihe fragte mit ängstlicher Stimme: »Und was ist der Preis?«

Der Oberhofmarschall wand sich wie ein Aal, zögerte lange. »Dafür erhalten seine Durchlaucht, der Hoch- und Deutschmeister, einen Passierschein und die Bürger moderate Besatzungsbedingungen.« Claude kam es vor, als ob er nicht mit allen Einzelheiten herausrücken wollte. Der Freiherr meldete sich zu Wort und bestand darauf, Details der Abmachung zu erfahren. Erst wenn alle Karten auf dem Tisch lägen, könnten sie sich ein Bild machen.

»Tja«, meinte Steinkallenfels, »wir befinden uns in einer hilflosen Lage.« Umständlich schilderte er das bekannte Dilemma der Kurpfalz. Abschließend riet er zu einer Kapitulation. Dies wäre auch ganz im Sinne des Kurfürsten Philipp Wilhelm.

Claude schluckte erst einmal. Sie hatte viel befürchtet, dass aber alles so schnell und kampflos geschehen sollte, beunruhigte sie doch. Dem Kurfürsten schien an seinem neuen Herrschaftsgebiet nicht sehr viel zu liegen, wenn er es einfach so den Franzosen auslieferte.

Abermals meldete Degenfeld sich zu Wort. Nun aber aufgebrachter, drohender und auf niemanden Rücksicht nehmend. Etwas anderes hatte Claude auch nicht erwartet. Wenn einer sich etwas zu sagen getraute, dann er. »Messieurs, zu dem Vorgetragenen gibt es manches einzuwenden. Ich fange mit dem Argument an, dass die kurpfälzischen Soldaten nicht kampfeswillig sind. Das stimmt wohl. Aber warum? Die Gründe sind sattsam bekannt.«

Einige der Anwesenden rümpften die Nase oder winkten ab. Den Freiherrn beeindruckte das wenig. »Hier hat die Kurpfälzische Administration, und das sind Sie, werte Herren Kollegen, nicht im Interesse des Landes gehandelt. Ich möchte nicht nachprüfen, wohin der nicht ausgezahlte Sold geflossen ist. Doch geht das Gerücht, dass einige von Ihnen in letzter Zeit die Gulden und Dukaten mit vollen Händen ausgeben und dass manches Gefährt voll beladen eilig die Stadt verlassen habe. Sollten sich in den Kisten und Kästen zurückbehaltene Soldgelder befinden? Ich würde meine Hand dafür nicht ins Feuer legen.«

Empörung wallte auf. Da schien Degenfeld in ein Wespennest gestochen zu haben. Die Herren mit den weißen Perücken und den polierten Schnallenschuhen zeigten sich empört. Dem Freiherrn focht das nicht an. Im Gegenteil. »Zum Zweiten ist gar nicht einzusehen, warum wir kampflos die Residenz und das Schloss den Franzosen übergeben sollen. Wenn ich recht orientiert bin, stehen dreihundert pfälzische Grenadiere und zweihundert Dragoner bereit. Zählen wir die Heidelberger Bürgerwehr dazu, haben wir durchaus eine Chance, uns zu verteidigen, zumal das Reichsheer sich schon in Marsch gesetzt hat. Natürlich wird das noch Wochen dauern, aber versuchen könnten wir es auf alle Fälle. Die Franzosen ziehen uns so oder so das Fell über die Ohren, ob wir uns verteidigen oder nicht. Mut ist gefragt, meine Herren!«

Claude hätte dem Freiherrn um den Hals fallen können. Er sprach ihr aus der Seele. Trotz seiner zweiundsiebzig Jahre zeigte er mehr Courage als alle Anwesenden zusammen. Oh, wie sie die Herren Barone, Grafen, Räte und Professoren verachtete. Alle duckten sich, keiner sagte ein Wort. Versprachen sie sich so viele Vorteile von einer französischen Besatzung? Sie hätte ihnen so manches über ihre Landsleute erzählen können.

»Wenn wir schon dabei sind«, der Freiherr gab keine Ruhe, »dann möchte ich die Übergabebedingungen explizit erfahren.«

Steinkallenfels erläuterte widerstrebend die zwanzig auf die Schnelle vom Generalquartiermeister de Chamlay verfassten Artikel und Kommentare: »Die pfälzische Garnison erhält unter französischem Geleit freien Abzug mit Waffen und Gepäck. Alle Einwohner der Stadt, mit Ausnahme der Beamten und Mitglieder der Universität, stellen dem französischen Militär Quartier, Holz, Licht und Verpflegung. Die Bürger liefern ihre Waffen im Zeughaus ab. Bei Abzug der französischen Truppen sollen das Schloss und die Stadt weder zerstört noch geplündert werden. Alle Archive bleiben unter der Obhut von ausgesuchten pfälzischen Beamten.

Zwei Artikel bedürfen noch der Zustimmung Ludwigs XIV., nämlich, ob die Regierungsgeschäfte von Kurpfälzern weitergeführt werden – und hier insbesondere das Recht zur Erhebung der Steuern. Zum anderen die Frage, ob die Kontribution von vierzigtausend Frcs., soweit noch nicht bezahlt, dem Oberamt erlassen werden.«

Degenfeld schüttelte den Kopf. »Die Bedingungen hören sich zwar moderat an und mancher mag sich daran klammern. Ich glaube jedoch, dass uns hier Sand in die Augen gestreut wird. Anderen Städten des Landes wurde von den gleichen Besatzern Ähnliches versprochen und nichts wurde gehalten. Immer neue Forderungen kamen hinzu und am Ende zündeten die Franzosen sogar die Häuser und Kirchen an. Wer garantiert uns, dass die Herren ihr Wort halten?«

Betroffene Gesichter, ausweichende Blicke.

Der Oberhofmarschall rutschte die gesamte Zeit unruhig auf seinem Stuhl hin und her. Das, was der Freiherr vorbrachte, schien ihm nicht zu gefallen, denn er schüttelte einige Male bedenklich den Kopf oder drehte ihn abrupt und verärgert zur Seite. Außer dem Freiherrn meldete sich niemand zu Wort.

Das machte es dem Oberhofmarschall leicht – keine zahlenmäßig große Opposition.

»Wenn keine weiteren Meinungen geäußert werden, gehe ich davon aus, dass die überwiegende Mehrheit die Bedingungen akzeptiert.« Breites zustimmendes Nicken.

»Gut, dann wird die Kapitulation unsererseits morgen früh vollzogen und wir warten ab, wann der Oberkommandierende sie in Philippsburg ratifiziert. Ich danke Ihnen für Ihr vaterländisches Denken, meine Herren.«

Dem Freiherrn fiel es sichtlich schwer, sich zu erheben. Wahrscheinlich war er von seinen Kollegen Ratsmitgliedern maßlos enttäuscht. So viel Feigheit hatte er ihnen nicht zugetraut.

Er und Claude gingen als Letzte den Gang entlang, an dessen Ende die privaten Räume des Deutschmeisters lagen. Hier befand sich eine breite Treppe. Claude wollte die nähere, aber engere Wendeltreppe vermeiden, bei der sie vor oder hinter dem Freiherrn gehen musste. Eine Türe mit der Aufschrift ›Sekretariat für besondere Angelegenheiten‹ stand einen Spalt weit offen. Claude wollte vorübergehen, doch der Freiherr blieb stehen.

Als sie ihn durch ein behutsames Ziehen zum Weitergehen aufforderte, legte er den Zeigefinger über die Lippen. Mit der anderen Hand deutete er in Richtung der Türe. Jetzt hörte Claude auch Stimmen. Die eine erkannte sie sofort. Es war Marie Charlotte. Neugierig geworden, schob sie sich ein Stückchen näher an den Türspalt heran und lauschte.

»Mademoiselle, Sie brauchen doch keine Angst zu haben. Wenn es unangenehm für Sie werden sollte, nützen Sie einfach Ihre vortrefflichen Beziehungen zu Steinkallenfels. Er versteht sich mit den Franzosen bestens und diese sind ihm zudem noch etwas schuldig, denn er hat wesentlich zu den für beide Seiten guten Kapitulationsbedingungen beigetragen.«

Marie Charlotte, nunmehr zur ›Directrice des femmes de chambre‹ aufgestiegen, knurrte etwas Unverständliches in sich hinein. Die männliche Person versuchte sie zu trösten.

»Ich bedauere zutiefst, Sie alleine zurücklassen zu müssen. Mein Herr besteht jedoch darauf, dass ich ihn nach Neuburg begleite. Schade, denn unsere gemeinsame Aufgabe ruht einstweilen. Sie haben gehört, dass ich ›ruht‹ gesagt habe. Aufgeschoben ist nicht aufgehoben.«

»Wenn morgen die Franzosen in die Stadt einmarschieren, wird es dann zu Gefechten kommen?«, fragte Marie Charlotte mit ein wenig Angst in der Stimme.

»Keineswegs, die pfälzische Garnison verlegen wir entweder nach Düsseldorf oder verkaufen sie, so wie es die Hessen und andere Länder auch tun.«

»Die armen Teufel«, seufzte sie.

»Nicht so schlimm. Es sind viel Reformierte und Lutheraner darunter. Die haben ihre Seelen schon längst dem Teufel übergeben.«

Claude drehte sich angewidert zur Seite. Instinktiv dachte sie an Gottfried. Der Freiherr wandte sich zum Gehen. Am Treppenabsatz drehte sie sich noch einmal um. Waizenbrink op Brugg und Marie Charlotte verließen Arm in Arm den Raum.

Deserteure

Der Winter war hereingebrochen. Es hatte zum ersten Mal geschneit. Der Schnee blieb zwar nicht liegen, aber die Kälte war da.

Gottfried zog sich in die hinterste Ecke im Aufenthaltsraum der Kaserne zurück. In seinem Kopf wirbelten die Gedanken nur so durcheinander. Von Claude hatte er von den Absichten des neuen Landesherrn erfahren. Keiner wusste genau, was der Deutschmeister mit den Franzosen noch insgeheim ausgehandelt hatte. Im Grunde war es auch egal, denn eine Gaunerei war es allemal. Keiner von ihnen wurde gefragt. Ein Soldat zählte nicht viel, im Grunde zählte er gar nichts. Der Landesherr konnte mit ihm machen, was er wollte.

Der Raum füllte sich allmählich mit den Gardisten und den Kameraden der Schweizer Kompanie. Keiner von der Garde lachte, alle ließen den Kopf hängen. Wahrscheinlich war ihnen das Gerücht, dass die Garnison nach Mannheim oder sonst wohin verlegt werden solle, auch schon zu Ohren gekommen. Einige der Leibgardisten fehlten. Warum? Im Moment hatte Gottfried keine Erklärung dafür. Ihm fiel jedoch auf, dass die Schweizer beileibe nicht so betrübt waren wie sie und er fragte einen nach dem Grund.

»Schau Gottfried, unser Handwerk ist der Krieg. Wir bieten demjenigen unsere Dienste an, der am meisten dafür zahlt. Darum ist es uns egal, ob wir für den brandenburgischen Kurfürsten, den französischen König oder den Kaiser von Konstantinopel unseren Kopf hinhalten. Es ist jetzt auch bei euch in Mode gekommen, dass die Herrscher ihre Armeen verkaufen. Der Hesse verkauft sie an die Engländer und der Sachse an die Venezianer. Wenn morgen die Franzosen in die Stadt einmarschieren, fragen wir sie, was sie uns bieten. So einfach ist das für uns. Wir sind Söldner.«

Gottfried schluckte. Er konnte diesen Menschenhandel nicht gutheißen. Viele Gegenargumente hatte er nicht auf seiner Seite. Die Schweizer wussten von vornherein, was auf sie zukam. Bei den Pfälzern war das anders, sie ließen sich anwerben, um die Heimat zu schützen und um Frieden und Ordnung im Lande zu gewährleisten. Er hatte sich zur

Leibgarde gemeldet, weil er die pfalz-simmernschen Kurfürsten schätzte und ... Da platzte ein Gardist herein und schlug mit der Faust auf den Tisch.

»Ein Hundsfott möcht' ich sein, wenn das wahr ist.«

»Raus mit der Sprache!«, riefen alle im Chor.

»Geh' ich doch gerade über den Schlosshof und was sehe ich?«

»Wir zerquetschen dich, wenn du nicht augenblicklich erzählst, was du gesehen hast.« Es rumorte in der Stube.

Der Leibgardist stampfte voller Zorn mit den Füßen auf den Holzboden. »Im Hof stehen die bis oben hin beladenen Bagagewagen des Deutschmeisters. Selbst den Rotwein, den wir alle so lieben, hat er abfüllen lassen. Das wäre alles noch zu verschmerzen, aber er hat fünfundzwanzig Männer der Garde abkommandiert, ihn bis nach Neuburg zu begleiten. Stellt euch vor, fünfundzwanzig von uns müssen sich zu so einer unehrenhaften Tat hergeben – das klammheimliche Verlassen der Residenz. Es ist zum Davonlaufen! Mich würde interessieren, nach welchen Kriterien die fünfundzwanzig ausgesucht worden sind.«

Er suchte mit den Augen Gottfried. »Wusstest du von dem Kommando?« Gottfried war genauso überrascht wie die anderen und schüttelte den Kopf. Ihn beschäftigte etwas ganz anders Es dauerte lange, bis er sich wieder seinen Leuten zu wandte.

»Kameraden«, begann er, »wir wurden von der kurpfälzischen Regierung zum Wehrdienst angeworben, um die Kurpfalz vor Feinden zu schützen.«

»Genauso ist es!«, riefen alle wie aus einem Mund.

»Wenn aber nun«, Gottfried zögerte noch, »unsere obersten Vorgesetzten sich aus dem Staub machen und den Feind ins Land lassen, wen sollen wir dann noch beschützen?«

Die Leibgardisten horchten auf, überlegten kurz und dann ging ein Spektakel los. »Recht hat er! Die Kurpfalz gibt es nicht mehr. Was sollen wir noch hier? Uns von den Franzosen kassieren lassen?« Die lange angestaute Wut der Männer brach sich Bahn und kochte über. Gottfried hatte den Anstoß gegeben, aber nun verselbstständigte sich der Gedanke und wurde zur Tat.

»Halt!«, rief einer, »wir können nicht einfach so weglaufen.«

»Wer will uns daran hindern?«, fiel ihm ein anderer ins Wort.

»Niemand, außer vielleicht der eine oder andere Offizier. Aber diese paar Hanselen werden uns nicht aufhalten können. Nur, ohne Sold, ohne Geld kommen wir nicht weit. Und ich befürchte, dass den uns niemand mehr aushändigen wird. Ein Jahr lang haben wir nichts bekommen und jetzt hat unser hochwohllöblicher Ersatzlandesherr die Staatskasse bestimmt auch noch mitgenommen. Wir stehen mit leeren Händen da.«

Ratlose Gesichter. Die meisten dachten wohl an ihre Frauen und Kinder. Der Sold eines Soldaten war nie hoch. Stets haben sie sich so recht und schlecht durchgeschlagen. Schulden gemacht, anschreiben lassen und immer wieder ihre Gläubiger vertröstet.

Unter den Kameraden gab es immer einen Pfiffigen, der einen Weg aus der Misere fand. »Geld werden wir nicht mehr sehen! Aber wir wissen wo die Pferdeställe sind, die Mehlsäcke liegen, die Waffenkammer ist. Nehmen wir uns, was uns zusteht und machen es zu Geld. Damit können wir entweder in ein anderes Land ziehen oder uns eine neue Existenz als Privatmann aufbauen. Ist das nicht eine gute Idee?«

Jetzt ging es nur noch darum, wer was wo und wie organisierte. Gottfried war mit der Lösung nicht zufrieden. Aber blieb den Kameraden eine andere Wahl?

»Das ist Desertion. Dafür kommt ihr vor ein Kriegsgericht«, rief Gottfried erregt.

»Bestimmt!« Ein Kamerad klopfte ihm auf die Schulter.

»Aber vor welches? Ein Kurpfälzisches existiert nicht mehr und den Franzosen wird es sogar recht sein, wenn es keine feindlichen Soldaten gibt.«

Gottfried haderte mit sich. Er wollte sich nicht mit einer Schweinehälfte auf der rechten Schulter und einem Sack Korn auf der linken heimlich vom Schloss schleichen und dann in der Stadt untertauchen. Das konnte er mit seinem Gewissen und seinem Pflichtbewusstsein nicht vereinbaren.

Auch wenn die Herrschaften weg waren, blieben die Bürger. Wer schützte sie vor den Übergriffen der Besatzer?

Sicher! Da gab es die Schnapphähne. Eine bunt zusammengewürfelte Schar, die die Franzosen überfielen und die Beute an die Armen verteilte. Gottfried schwebte etwas anderes vor. Ewas, das den Abzug der Besatzer und die Ankunft der Reichsarmee beschleunigte. Er mochte kein Räuber sein. Die Kurpfalz war immer noch seine Heimat.

Franzosen in Heidelberg

Der November machte seinem Namen alle Ehre. Es war kalt, nass und trüb. Claude schloss die Haustüre ab. Der Freiherr musste zu einer Besprechung aufs Schloss, doch zuvor hatte er noch etwas in der Kanzlei zu erledigen. Diese lag auf dem Weg. Vorsichtig stützte er sich auf Claudes Arm. Der Schnee war auf dem gefrorenen Boden liegen geblieben und bildete die reinste Schlittschuhbahn. Sie kamen nur langsam voran.

Auf den Stufen zum Kanzleigebäude mussten sie einer Mutter ausweichen, die mit ihren Kindern auf den eiskalten Stufen saß, ausweichen. Mein Gott, dachte Claude entsetzt, wie sehen die Kleinen aus. Ausgemergelte Gesichter, tiefe Augenhöhlen, dünne Fetzen am Leib und an den Füßen keine Schuhe. In notdürftig umwickeltem Stroh steckten die schon blau gefrorenen Zehen. Zum Erbarmen war es.

Claude schilderte dem blinden Baron das Bild, das sich vor ihr auftat. Ihre Stimme bebte, nicht nur vor Mitleid, sondern vor Zorn. Seit ihre Landsleute in der Stadt waren, fing die Menschenschinderei wieder an. Diesmal nicht, weil sie Andersgläubige vor sich hatten, sondern weil sie in ihren Winterquartieren in Saus und Braus leben wollten.

Der Freiherr streckte der Frau seine Hand entgegen. Zögerlich griff sie danach, doch dann ließ sie sie nicht mehr los. Ihre Tränen waren angefroren – glitzernde Wehmutsperlen. Sie musste schon lange auf den Stufen sitzen. Was trieb sie hierher? Der Freiherr wollte es wissen.

»Beschwerde möchte ich führen, aber keiner fühlt sich zuständig. Die in der Kanzlei sagen, für das Treiben der Besatzung sei der französische Stadtkommandant de Ronville verantwortlich, doch dieser Herr ist nirgendwo zu finden. Wahrscheinlich liegt er mit einer schönen Heidelbergerin in einem warmen Bett und schlürft Champagner. Unsereiner hat nicht einmal mehr eine Scheibe trockenes Brot für die Kinder. Schauen Sie sie doch an. Nur noch Haut und Knochen.«

Natürlich wusste der Freiherr, was hinter der Rede steckt, aber er wollte es hören, damit er aus erster Hand erfuhr, wie es in der Stadt seit dem 14. November zuging.

»Gnädiger Herr«, der Frau versagte fast die Stimme, »wenn ich mich recht erinnere, wurde uns gesagt, dass jedem Soldat, der im Haus einquartiert ist, täglich ein halbes Pfund Fleisch, eineinhalb Pfund Brot und zwei Liter Wein zu geben sind. Allein diese Menge hat mich schon um mein Erspartes gebracht. Jetzt kommen die Herren Besatzer und wollen das Doppelte, weil zusätzlich noch zwanzig Kompanien Infanterie und acht Kompanien Dragoner untergebracht werden müssen. Den Grund werden Sie wissen.«

Der Freiherr nickte, doch die Frau war nicht aufzuhalten:

»Die bisher in Heilbronn stationierten französischen Regimenter haben sich vor den anrückenden Reichstruppen nach Heidelberg zurückgezogen. Als ob die Stadt nicht schon über die Gebühr voll von Saufbrüdern und Weiberhelden ist.«

Degenfeld hatte im Magistrat dagegen schon Einspruch erhoben. Aber was konnte eine einzelne Stimme bewirken? Der Stadtkommandant bestimmte einfach, dass es so und so gemacht werden müsse. Punkt, aus! Alle Befürchtungen waren bis jetzt eingetroffen. Die Franzosen saugten das Land und die Leute bis aufs Blut aus.

Die Mutter bedrückte noch etwas, Claude konnte es ihr ansehen. Sie ermunterte sie, alles frei heraus dem Freiherrn zu erzählen. »In meinem Haus sind fünf Dragoner untergebracht. Können Sie ermessen, was das bedeutet? Die Herren möchten in der warmen Stube sitzen. Und weil das Feuerholz schon längst verbraucht ist, schlagen sie alles, was brennbar ist, kurz und klein. Kaum einen Stuhl oder Tisch haben wir noch. Wenn das so weitergeht, kommen morgen unsere Betten dran.«

Claude wurde auf einmal wieder an Sedan erinnert. Nichts hat sich geändert.

Die Frau schluchzte, bevor sie weitererzählte: »Das Allerschlimmste ist jedoch, dass sich die Herren nur von meiner Tochter bedienen lassen.« Sie deutete auf ein Mädchen, aus deren Augen die nackte Angst sprach. »Da sitzt sie! Schauen Sie sich das arme Ding an.«

Wahrscheinlich kam ihr erst jetzt zum Bewusstsein, dass der Freiherr nichts sehen konnte. »Lorette ist erst sechzehn Jahre alt, zart und zerbrechlich. Viel zu jung für die Wüstlinge. Doch, was tun diese? Sie grapschen nach ihr, tätscheln ihr auf den Hintern und machen Bemerkungen, dass einem die Röte ins Gesicht steigt. Ich habe große Angst, dass sie ihr etwas antun. Das ist auch der Grund, warum ich den Stadtkommandanten sprechen möchte. Es muss doch jemand da sein, der dem unzüchtigen Treiben ein Ende macht.«

Der Freiherr versprach, dem Stadtkommandanten de Ronville ihre Sorgen vorzutragen und versicherte ihr, dass Abhilfe geschaffen werde. Außerdem lud er sie und ihre Kinder spontan zu sich in die Wohnung ein, damit sie sich einmal satt essen könnten.

»Hoher Herr, das ist von Ihnen gut gemeint, aber ab morgen wird es besser. Ich stehe auf der Liste der ›Vaterlandsfreunde‹ und werde bald mit Lebensmitteln versorgt werden.«

Neugierig geworden fragte Degenfeld, wer das sei, die ›Vaterlandsfreunde‹, davon habe er noch nichts vernommen. Sie bräuchte keine Angst zu haben, er werde niemanden verraten, wenn es um eine gute Sache ging.

»Gnädiger Herr, so genau weiß ich es nicht, aber ich habe gehört, dass es sich um ehemalige kurpfälzische Soldaten handelt, die die Bagagewagen der Franzosen requirieren.«

»Sie wollten bestimmt ›überfallen‹ sagen«, hakte Degenfeld ein. »Nennen Sie es wie Sie wollen. Jedenfalls verteilen sie die ›Ware‹ – das Getreide, das Vieh, das Geschirr und die Möbel – an die Armen.«

Sie hielt inne und schaute sich vorsichtshalber um, bevor sie weitersprach: »Aber noch viel lieber vernichten sie die Waffenlager der Feinde oder jagen deren Munition in die Luft.«

Das herbe Gesicht überzog eine Spur von Lächeln. Claude konnte es ihr nachempfinden.

Mit Nachdruck klärte sie die beiden weiter auf. »Sie wollen nämlich die Franzmänner militärisch schwächen, damit die anrückende Reichsarmee es leichter hat, sie zum Teufel zu jagen.«

Nicht ohne einen Funken Stolz fügte sie noch an: » Deswegen sind sie ja auch bei den Franzosen so gefürchtet und verhasst.«

»Na ja«, der Freiherr wiegte den Kopf hin und her, »ganz so positiv sehe ich die Sache nicht. Es sind immerhin ›Schnapphähne‹, die sich an anderer Leute Dinge bereichern.«

»Nein, das sind sie nicht. Mag sein, dass sie gelegentlich mit denen zusammenarbeiten, doch möchten sie nicht mit ihnen in einen Topf geworfen werden. Sie sind politisch.«

Der Baron wollte sich auf keine Wortklauberei einlassen, ihn interessierte vielmehr, wo er die ›Vaterlandsfreunde‹ finden könnte, wenn er mit ihnen sprechen wollte. Die Frau zögerte lange, sehr lange. Sie hatte zwar Vertrauen zum Freiherrn gefasst, sonst hätte sie nicht so frei und offen geredet, aber die Antwort auf diese Frage musste wohl überlegt werden. Vorsichtshalber drehte sie sich noch einmal nach rechts und links, versicherte sich, dass niemand in der Nähe stand und flüsterte ihm schließlich ins Ohr: »In der Michaelsbasilika auf dem Heiligenberg haben sie ihr Lager. Von dort aus sind sie schnell im Neckartal oder an der Bergstraße, und wenn es brenzlig wird, können sie sich sofort in den Odenwald zurückziehen. Sie sollen auch Kontakt zur Vorhut der Reichsarmee haben.«

Fast erschrocken über ihren Verrat, bat sie ängstlich: »Aber Sie haben versprochen, nichts weiterzusagen. Gell?«

Der Freiherr tastete nach ihr, drückte ihr ein Geldstück in die Hand und erkundigte sich nach ihrem Namen. »Die Mutschlers Marie bin ich.«

Der Burgweg führte steil nach oben. Claude machte sich Vorwürfe, weil sie keine Kutsche angefordert hatte, aber der Freiherr bestand darauf, zu Fuß zu gehen. Sie war froh, dass sie bei ihm die Stelle als Haushaltsgehilfin angenommen hatte. Die Arbeit war nicht allzu schwer und – dieser Grund wurde für sie immer wichtiger – sie war Gottfried nahe.

Bevor er den pfälzischen Militärdienst auf seine Weise beendet hatte, besuchte er seine Mutter zwei oder drei Mal in der Woche. Claude freute sich jedes Mal, wenn er kam, obwohl sie nicht – oder noch nicht – die original schwäbischen Maultaschen zubereiten konnte. Mittlerweile hatte sie sich auch an den schwäbischen Akzent gewöhnt. Wenn Sophie sagte, dass dies oder jenes für ihr ›Büble‹ sei, dann wusste sie, wer gemeint war. Genauso war es mit dem Wort ›Schätzle‹. Jedes Mal wurde es ihr warm ums Herz, wenn Sophie sagte, sie wäre das ›Schätzle‹ ihres Sohnes.

Der Freiherr hatte ein sehr ereignisreiches Leben hinter sich. Seine Ämter versah er immer noch mit der gleichen Leidenschaft wie eh und je. Außerdem hatte er die Gabe, über den Tellerrand hinauszuschauen und die richtigen Schlüsse zu ziehen. Nicht bei all seinen Kollegen kam diese Eigenschaft gut an.

Er war nicht, wie die meisten in seiner Umgebung, von schönen Reden beeinflussbar oder mit einem Säckchen Dukaten käuflich. Unter Kurfürst Karl war es gang und gäbe, dass Ämter an den Meistbietenden verschachert wurden. Dagegen hatte er sich immer ausgesprochen. Große Wirkung hatte es allerdings nicht gezeigt, doch stieg sein Ansehen als eine integre Persönlichkeit bei der Bevölkerung. Es ehrte Claude, an seiner Seite durch die Straßen zu gehen. Viele zogen ehrfürchtig den Hut oder grüßten ihn mit »Gott befohlen, Herr Baron«. Sein Luthertum hatte sie nie gestört. Im Gegenteil, der eigene Glaube gewann an Kraft und Stärke, wenn er sich mit anderen messen musste. Wie oft unterhielten sie sich über die verschiedenen Wege, die zu Gott führen. Sie war, das musste sie sich eingestehen, dadurch ein bisschen toleranter geworden.

Kurz vor dem Durchgang in die Kasematten blieben sie stehen, der Freiherr atmete schwer. Es strengte ihn mehr an, als er sich eingestehen wollte. Derweil beobachtete Claude einen modisch gekleideten Herrn, der sich mit einem Metermaß an den Befestigungsanlagen zu schaffen machte. Er maß die Dicke der Mauern, schaute, wie tief und stark die Fundamente waren, und bohrte an der einen oder anderen Stelle im Mauerwerk herum. Claude kam das eigenartig vor. Sie teilte dem Freiherrn ihre Beobachtungen mit. Er bat sie, ihn zu dem Herrn zu führen.

»Können wir Ihnen behilflich sein?«, sprach der Baron den Unbekannten an. Freundlich schaute der Angesprochene sie an, bedankte sich im besten Französisch für das Anerbieten und bat daraufhin Claude, den Zollstock an der einen Mauerecke fest gegen das Gemäuer zu drücken, während er entlang der Linie Häkchen einschlug. Dabei erklärte er, dass er zwar noch drei Gesellen bei sich habe, doch die seien momentan mit dem Anfertigen einer Gesamtskizze der Wehranlage beschäftigt. Daher nehme er das Angebot gerne an. Er holte ein zweites Maß aus seiner Tasche und war bemüht, die Höhe des Eingangs zu ermitteln. Claude registrierte, dass er die Maße fein säuberlich notierte und kleine Skizzen über den Verlauf der

Anlage anfertigte. Es waren die Mauern, die ihn interessierten und nicht das Schloss selbst. Warum nur? Sie nahm sich ein Herz und fragte den Unbekannten nach seinem rätselhaften Tun.

»Wenn der Herr gestattet, würde ich gerne wissen, warum Er sich die Mühe macht, die Mauern auszumessen.«

»Mademoiselle, ich werde versuchen, Ihnen eine plausible Antwort zu geben. Doch zuvor möchte ich mich vorstellen. Mein Name ist Sébastian de Vauban, Königlicher Festungsbaumeister.«

Claude zuckte innerlich zusammen, ließ sich aber nichts anmerken.

»Mein König hat mich beauftragt, das Heidelberger Schloss hinsichtlich seiner Wehrhaftigkeit zu untersuchen. Bis Weihnachten erwartet er meinen ausführlichen Bericht.«

Degenfeld räusperte sich und mutmaßte, dass man sicherlich nicht ohne Grund eine so bekannte Persönlichkeit wie Monsieur Vauban nach Heidelberg geschickt habe.

»Monsieur, ich kann mir denken, was in Ihrem Kopf vorgeht und werde Ihnen auch nicht widersprechen, wenn Sie mich fragen sollten, ob unser König mit dem Heidelberger Schloss schlimme Pläne hat. Hätte ich zuvor gewusst, wie der Auftrag lautet, hätte ich ihn nicht angenommen. Ich kann Ihnen jedoch versichern, dass in meinem Bericht zum Ausdruck kommen wird, dass das Schloss als Schloss zu sehen ist und nicht als eine Wehranlage, die zerstört werden muss.«

Der Freiherr hatte mit so viel Offenheit und Verständnis bei einem Vertrauten des Königs nicht gerechnet, darum äußerte er genauso freimütig seine Bedenken, ob die ehrenwerten Absichten Vaubans den König umstimmen könnten. Monsieur wisse genauso wie er, dass das, was bisher von den Franzosen als Präventivschlag gegen Kaiser und Reich geplant war, mittlerweile zu einem Ermattungskrieg ausgeartet sei. Der Pfalz stünde noch Schlimmes bevor.

Vauban zuckte müde die Schultern, ließ sich jedoch auf keine weitere Diskussion ein. Er grüßte freundlich und entfernte sich.

Am Tor standen keine Wachen der Bürgerwehr, wie ursprünglich vorgesehen, sondern französische Grenadiere mit strengen Gesichtern und finsteren Mienen. Der Freiherr zeigte ihnen seinen Passierschein. Das Tor öffnete sich. Die Kurpfälzer waren längst nicht mehr Herr im eigenen Land.

Claude begleitete den Freiherrn in den Friedrichsbau und blieb einen Augenblick sitzen. Es ging wie üblich ums Geld. Jeder einquartierte Soldat sollte zusätzlich zum Essen und Trinken noch vier Sou Winterquartiergeld von den Hausbesitzern erhalten. Der Magistrat weigerte sich, weil er der Meinung war, dass mit der einmaligen Kontributionszahlung alles abgegolten sei. Mitnichten! Die Offiziere hatten das Geld für sich behalten. Weil die Soldaten zu murren begannen, kamen die Herren Vorgesetzten auf die Idee, die Bürger die Zeche noch einmal zahlen zu lassen. Die Plagen nahmen kein Ende.

Claude war das zuwider. Sie machte sich auf den Weg – ein bisschen Umschau halten, Yvette besuchen.

Im Schlosshof wimmelte es von Soldaten. Kein Wunder, denn in dessen Mitte wurde gerade ein großes Weinfass aufgestellt und jeder konnte seinen Becher nach Belieben füllen. Rechts stand eine Gruppe, die lautstark ein anzügliches Lied sang, links würfelten einige um ihr noch ausstehendes Quartiergeld und weiter hinten schäkerten die Herren mit den Hübschen des Hofes.

Ach Gott, durchfuhr es Claude, als sie durch eine Lücke spähte. Der Herr Geheime Regierungsobersekretär Hasenbein war auch zu sehen. Er trug einige Papierrollen unter dem Arm. Wollte er Plakate aufhängen? Vielleicht solche, die ihm halfen, die desertierten kurpfälzischen Soldaten wieder einzufangen? Claude lachte sich ins Fäustchen. Die kriegt er nicht. Die sind schlauer als er.

Vorsichtshalber versteckte sie sich. Es war besser, er sah sie nicht. Immer wieder hatte er versucht, sie alleine anzutreffen. Schon zum dritten Male hatte er verlangt, dass sie ihre Stelle beim Freiherrn aufgebe und zu ihm komme. Sie würde bei ihm das Paradies auf Erden haben, sagte er. Dabei wusste sie genau, was sie erwarten würde. Ein Wüstling und Lüstling war der zu kurz geratene bucklige Herr. Warum suchte er sich nicht eine Frau aus der Hofgesellschaft? Eine Katholische! Eine Vermögende!

Claude bahnte sich einen Weg zur gegenüberliegenden Seite. Gar manche Hand, die sich um ihre Hüfte legte, musste sie mehr oder weniger grob beiseiteschieben. Nur nicht den Mund aufmachen, keinen französischen Laut von sich geben, musste sie sich immer wieder sagen. Jeder wollte wissen, wer sie sei und was sie hier zu schaffen habe. Sollte sie ihnen auf die Nase binden, dass sie heimlich aus Frankreich geflohen war? Sich als Hugenottin zu erkennen geben? Ihre Landsleute hätten dafür wenig Verständnis. Und dann war da noch etwas, das sie wie einen Mühlstein mit sich herumschleppte. Wer garantierte ihr, dass die Dragoner aus Sedan die Suche nach ihnen aufgegeben hatten? Der damalige Anführer war so fanatisch eingestellt gewesen, dass sie sich nicht vorstellen konnte, dass er alles auf sich beruhen ließ. Die Gefahr, entdeckt zu werden, wurde jeden Tag größer.

Mit zwei Ellenbogen wühlte sie sich durch die Menge und bog gerade um die Ecke des Ludwigbaues, als sie ein lautes Lachen und Kichern hörte. Diese Töne kannte sie – kannte sie sogar sehr gut. Nur eine lachte so laut und schrill – Marie Charlotte. Schon lange hatte sie nichts mehr von ihr gehört. Sollte sie auf sie zugehen und sie begrüßen? Lieber nicht. Abwarten und in Deckung bleiben. Sie verbarg sich hinter einer Trauerweide. Dort blieb sie unerkannt und konnte alles beobachten.

Am Torbrunnen drängten sich viele Soldaten vor einer Bretterwand. An ihr waren Bekanntmachungen, Kommandos und Flugschriften angeheftet. Eine stach ihr sofort ins Auge. Es sah wie ein Steckbrief aus. Als sie genauer hinschaute, erschrak sie bis ins Mark. Der dort Abgebildete konnte Gottfried sein. Die gewellten Haare, die gerade, lange, schmale Nase und die Narbe quer über das Gesicht. Das konnte nur ihr Gottfried sein.

Mein Gott, sie suchten ihn und boten sogar eine Prämie an. Das musste sie später sofort dem Freiherrn sagen, damit er einen Kurier losschickte, der Gottfried warnte. Er durfte auf keinen Fall den Franzosen in die Hände fallen. Die würden ihn sofort an die Wand stellen und erschießen. Sie kannte sogar einen, der dabei in die Hände klatschen würde. Es war mehr als wahrscheinlich, dass Hasenbein hinter dieser Aktion steckte.

Claude drückte ihre Haube tiefer ins Gesicht, stellte ihren Korb ab und tat so, als ob sie etwas darin suchen würde. Zwei Musketiere standen plötzlich vor ihr und starrten sie misstrauisch an. Sie zog den dunklen Wollschal noch enger um die Schultern und fing an zu husten und zu prusten. Die Luft hielt sie so lange an, bis das Gesicht rot anlief. Die beiden sollten denken, dass sie krank sei. Es wirkte, sie gingen weiter. Das war knapp. Am besten würde es sein, sich schleunigst davonzumachen. Im Moment ging es nicht. Wenn sie ihren Platz verlassen würde, müsste sie an Marie Charlotte vorbei. Also warten!

Die katholisch gewordene Hofmamsell tändelte von einem Soldaten zum anderen, kraulte ihnen den Bart und rollte mit den Augen. Es waren keine gewöhnlichen Soldaten. Claude konnte in der Zwischenzeit die einzelnen Ränge unterscheiden. Offiziere, sogar hochrangige, waren dabei. Das sah der Dame ähnlich. Immer am Ball bleiben, sich den Gegebenheiten anpassen.

Immer mehr Offiziere kamen aus dem Ludwigsbau. Fast jeder hatte ein Glas und eine Weinflasche in der Hand. Sie prosteten sich gegenseitig zu und schenkten Marie Charlotte laufend nach. Diese wurde immer aufgekratzter. Zum Schluss trank sie sogar aus der Flasche. Die Offiziere klatschten Beifall. Einer rief in den Bau und sogleich erschien einer mit einer Ziehharmonika und spielte zum Tanze auf. Marie Charlotte ließ sich das nicht zweimal sagen. Wie der Lumpen am Stecken drehte sie sich mit den Herren Offizieren im Kreis. Dabei rutschte ihr das Dekolleté immer tiefer nach unten. Umso ausgelassener wurden ihre Kavaliere. Claude stieg die Röte ins Gesicht.

Plötzlich hörte die Musik auf. Zwei Stabsoffiziere traten aus der Türe. Sie standen mit dem Rücken zu Claude. Der eine schnippte mit den Fingern in Richtung Marie Charlotte und beorderte sie zu sich her. »Ich sehe, Mademoiselle haben sich schon mit den Herren angefreundet. Das gefällt mir, denn wir haben vor, noch ein wenig hierzubleiben und in weiblicher Gesellschaft vergeht die Zeit angenehmer. Für jede Dame, die Sie überreden kann, mit uns zu feiern, erhält Sie einen Gulden. Das ist viel Geld, Mademoiselle.«

Marie Charlotte bekam große Augen. Mit gespreizten Fingern fuhr sie dem Offizier durchs Haar und schürzte ihre Lippen zu einem Kuss. »Einen Vorschuss müsst' ich schon haben, denn ich hab' auch Ausgaben.«

Der Offizier drückte ihr einige Münzen in die Hand und die Kammerjungfer hüpfte lachend davon.

Solch eine Sittenlosigkeit hatte Claude noch nicht erlebt. Sie bebte innerlich. In der Stadt verhungerten die Bürger und auf dem Schloss ging es zu wie beim Tanz um das goldene Kalb.

Die Stimme des Offiziers, der ihr den Rücken zukehrte, kam ihr bekannt vor. Ein schneidender, barscher Ton, der im gleichen Augenblick in einen milden, lieblichen umschlagen konnte. Woher kannte sie die Tonlage? Egal! Marie Charlotte war weg, jetzt konnte sie sich endlich davonschleichen.

In diesem Moment drehte sich der Offizier zur Seite. Stocksteif blieb sie stehen. Kein Glied konnte sie rühren. Sie tastete nach dem Baumstamm, brauchte Halt. Ihr Herz hatte für drei Sekunden aufgehört zu schlagen. Krampfhaft krallten sich ihre Finger im Holz fest. Oh Gott, lass es nicht de Fabre sein. Sie musste sich täuschen. Vielleicht, weil sie vorhin an Sedan gedacht hatte? Nein, um Himmels willen, nein!

Aber es war so! Louis de Fabre stand, wie er leibt und lebt, wenige Schritte vor ihr. Sie zog ihre Haube so tief ins Gesicht, wie es nur ging. Weg hier, nur weg! Sie musste die anderen warnen, sonst würde ein Unglück geschehen.

Erpresserische Werbung

Eine Magistratssitzung stand wie üblich an – nichts Besonderes. Sophie meinte, dass sie jetzt wieder einmal an der Reihe wäre, den Freiherrn zu begleiten. Claude hätte in den letzten Wochen viel Mühe auf sich genommen und sollte sich zuhause einen gemütlichen Tag machen.

Vom Kalten Tal über den Kornmarkt bis zum Rathaus waren es nur wenige Schritte. In der Zeit dazwischen wollte Sophie die Mutschlers Marie aufsuchen und ihr ein paar frische Eier und eine Kanne Milch bringen. Vielleicht erführe sie dabei etwas über Gottfried.

Claude legte noch einen frischen Laib Brot in den Korb. Seit seiner Flucht hatte sie nichts mehr von Gottfried gehört. Sie wusste nur, dass er einige Kameraden um sich geschart und in den nahen Wäldern Unterschlupf gefunden hatte. Vor der Haustüre winkte sie Sophie und dem Freiherrn nach. Dabei blieb ihr Blick an einer Gestalt am Ende der Straße hängen. Klein, bucklig, ganz in Schwarz. Eng an die Hauswand gedrängt. Warum? Wollte er nicht gesehen werden? Claude schaute genauer hin.

Das wird doch nicht Hasenbein sein, ging es ihr durch den Kopf. Ganz sicher war sie sich nicht. Diesen widerlichen Kerl wollte sie nicht einmal von Weitem sehen. In letzter Zeit hatte er nichts von sich hören lassen, aber das wollte nicht viel bedeuten. Er hatte immer etwas in der Hinterhand. Sie zog die Haustüre schnell zu und schob automatisch den Riegel vor.

Vor zwei Tagen gab es Bauernomelett, gestern eingedickte Gerstensuppe mit Lauch und heute stand etwas Französisches auf dem Speiseplan. Wie wäre es mit ›choucroute avec purée de pommes de terre‹ – auf Deutsch ›Sauerkraut und Kartoffelbrei‹. Fleisch musste man sich dazu denken. Die Zeiten waren schlecht und da aß man, was auf den Tisch kam. Sie band sich die grüne Küchenschürze um und machte sich an die Arbeit.

Da pochte es an die Haustüre. Sie erwartete niemanden und Sophie und der Freiherr konnten es von der Zeit her unmöglich sein.

Claude rannte zur Türe, schob den Riegel zurück und öffnete mit einem Ruck. »Mon Dieu!«, entfuhr es ihr. Am liebsten hätte sie die Türe sofort wieder geschlossen, aber Hasenbein hatte schon seinen Fuß dazwischengestellt. Obendrein wäre es unklug. Der ehemalige Sekretär des Oberhofmarschalls von Steinkallenfels war ein einflussreicher Regierungsbeamter geworden.

Hasenbein gab vor, den Freiherrn in einer delikaten Angelegenheit sprechen zu wollen. Claude war misstrauisch. Das konnte ein Vorwand sein, denn er musste gesehen haben, wie Sophie mit dem Freiherrn das Haus verlassen hatte. Außerdem wusste er bestimmt, dass heute Magistratssitzung war.

Claude bat ihn höflich, seinen Besuch auf einen anderen Tag zu verschieben. Hasenbein wich nicht von der Türe.

»Nun, es ist vielleicht sogar besser, wenn ich mit der Mademoiselle alleine sprechen kann. Sie gestatten!«

Er schob sich einfach durch die Türe und setzte sich im Herrenzimmer auf einen der Stühle. Claude fühlte sich überrumpelt. Am liebsten hätte sie ihn des Hauses verwiesen, andererseits war es eine Gelegenheit zu erfahren, was im Kopf dieses Herrn vorging. Seit sie auf dem Schloss Gottfrieds Steckbrief gesehen hatte, ahnte sie nichts Gutes.

»Herr Regierungsobersekretär Hasenbein, was haben Sie so Wichtiges mit mir zu besprechen?«

Mit nachdenklichem Gesicht knöpfte er seinen Mantel auf und schlug ein Bein über das andere. »Mademoiselle Claude, seit einer Woche muss ich trotz der Fülle meiner Amtsgeschäfte auch noch dem Brigadier Mélac zu Diensten sein. Sie wissen sicherlich, dass er mittlerweile der Kommandeur der hier stationierten Truppen ist.«

Claude hatte den Namen schon einmal gehört, allerdings in keinem erfreulichen Zusammenhang. Er soll einer von den Brandbuben sein, die sich in der französischen Armee tummeln. Sie war gespannt, was Hasenbein mit ihm zu tun hatte.

Er fuhr mit bedeutungsvoller Stimme fort. »Besagter Kommandant hat mich gebeten, – Sie merken, dass es mir nicht leicht von den Lippen geht – alle in der Stadt und Umgebung lebenden Franzosen reformierten Glaubens auflisten zu lassen.

Ich weiß nun nicht, ob ich die Namen aller Hugenotten, verzeihen Sie diesen Ausdruck, aber Mélac hat ihn ebenfalls verwendet, dann weitergeben soll oder nur bestimmte? Sie müssen es doch am besten wissen, da möglicherweise, ich betone ›möglicherweise‹, auch Sie zu diesem Personenkreis gehören.«

Claude lief ein kalter Schauer über den Rücken. Ihre Hände verbarg sie unter der Schürze, damit ihr Gegenüber nicht sah, wie sie zitterten. Geahnt hatte sie es schon lange. Jetzt schien es Gewissheit zu werden. Die Vergangenheit holte sie ein.

Sofort dachte sie an Hélène. Ein Mädchen, das der Wut und dem Terror dieser Fanatiker schutzlos ausgeliefert wäre. Zähne zusammenbeißen und ein freundliches Gesicht machen! Sicher gibt dieser Widerling nur vor, nicht zu wissen, wie er sich verhalten soll. Ein übler Trick. Claude musste auf der Hut sein.

Hasenbein beobachtete sie genau. Hatte er etwas gemerkt? Nein, er fuhr fort: »Ich sage noch einmal ›möglicherweise‹, denn es liegt an mir, welche Namen ich auf den Listen streiche. Außerdem kam mir heute früh zu Ohren, dass der Oberkommandierende Graf de Tessé erwägt, die Landesflüchtigen nach Frankreich zurückzubringen, damit ihnen dort wegen Nichtbefolgens der königlichen Gesetze der Prozess gemacht werden kann.«

Er musterte sie scharf. Regungslos saß sie auf ihrem Stuhl und war im Moment nicht in der Lage zu reagieren. Hasenbein rückte seinen Stuhl näher an sie heran. Er berührte sie fast.

»Zudem müssen Sie wissen, werte Mademoiselle, dass zum Jahreswechsel zusätzliche Regimenter in der Stadt einquartiert werden. Das heißt, dass auch die Regierungsbeamten, die Professoren und die Herren des Magistrats Militär in ihre Häuser aufnehmen müssen. Zehn Dragoner im Hause zu haben ist kein Zuckerschlecken. Ich glaube nicht, Mademoiselle, dass Sie ermessen können, was das bedeutet. Zumal Quartiermeister de Fabre seinen Dragonern freie Hand lässt.«

Und ob Claude das ermessen konnte. In Sedan waren es über zehn Dragoner gewesen und die waren von der schlimmsten Sorte.

Hasenbein räusperte sich und bemerkte augenzwinkernd: »Im Übrigen bin ich mit dem Quartiermeister de Fabre bestens bekannt. Und – eine Hand wäscht die andere.«

Ruhig und stark bleiben, trichterte sie sich ein. Keine Furcht zeigen. Vor starken Frauen hat Hasenbein Angst. Da fühlt er sich unsicher. Während ihr Gegenüber seinen Rock ausstrich, überlegte sie blitzschnell: Hasenbein weiß, dass Hélène, Gabriel und sie Glaubensflüchtlinge sind und dass Hélène mit Marottes verwandt ist. Zum Glück weiß er nicht, dass Yvette eine geborene Lamadé ist. Nicht auszudenken, wenn er diese Zusammenhänge an de Fabre weitergeben könnte. Sie wären verloren.

»Sehen Sie Mademoiselle, das wollte ich mit dem Freiherrn besprechen. Schade, dass er nicht zu Hause ist. Aber vielleicht wissen Sie, Claude« – er sprach sie mit dem Vornamen an – »einen Ausweg. Wenn nicht, dann wüsste ich einen.«

Bei dem letzten Satz erhob er sich, trat ganz nahe an sie heran, zog sie vom Stuhl hoch und presste sie fest an sich. Er suchte mit seinen Lippen ihren Mund und wollte sie küssen.

Claude ekelte sich. Der Mundgeruch, die gelbliche fahle Haut, die kalten feuchten Hände und die triefenden Augen. Sie stieß ihn barsch zurück. Er taumelte.

Hasenbein griff geistesgegenwärtig nach der Stuhllehne und hielt sich daran fest. Sein Gesicht nahm einen Ausdruck an, der mit Worten nicht beschrieben werden kann. Teuflisch! Seine Stimme gefror zu Eis. »Mademoiselle, das dürfen Sie kein zweites Mal tun, sonst sehen Sie den jungen Leibgardisten, der sich zu den Schnapphähnen geschlagen hat, nie mehr. Ich lasse das Mutschlerhaus seit einiger Zeit beobachten und weiß sehr genau, was sich dort abspielt und wer wann ein- und ausgeht.«

Claude sank in sich zusammen. Das Schlimmste war, dass dieses Scheusal jetzt auch noch Gottfried ins Spiel brachte. Sie war machtlos, er hatte alle Trümpfe in der Hand. Was sollte sie nur tun?

Er näherte sich ihr wieder. Seine Augen brannten vor Gier.

Sie wich zurück, drückte sich an die Wand. »Claude, du weißt, dass du mir gefällst und dass ich dich als meine Frau an meiner Seite haben möchte. Entscheide dich für mich und alle anderen bleiben unbehelligt. Wenn nicht, dann trägst du Schuld am Leid vieler. Du hast nicht lange Zeit! Ich komme wieder!«

Mélac wütet in der Pfalz

Das Jahr 1689 war noch jung. Claude legte zwei große Holzscheite nach. Wenn draußen die Ostwinde durch das Kalte Tal fegten, war es in der warmen Stube am gemütlichsten. Um den langen Tisch im Herrenzimmer saßen an diesem Abend auch die beiden Marottes.

Der Oberhofgärtner legte unwirsch ein Schriftstück in die Mitte und erklärte: »Das ist ein Fragebogen, den jeder Presbyter der reformierten Kirchgemeinde ausfüllen soll. Ich sage bewusst ›soll‹, denn dieser Herr Hasenbein hat ihn mir gebracht und bei diesem Herrn bin ich äußerst vorsichtig. Diese Fragen sind höchst gefährlich und heimtückisch zugleich. Ich bin gekommen, um Rat einzuholen.«

Claude schob Sophie den Bogen zu und bat, die Fragen laut vorzulesen.

Der Kommandant der Königlich Französischen Truppen ordnet an:
Nenne die Namen aller Personen, die den Gottesdienst besuchen.
Welche davon sind französischer Herkunft?
Welche der Vorgenannten halten sich erst seit Kurzem in der Stadt auf?
Die nachstehenden Fragen sind peinlichst genau zu beantworten.
Falsche Angaben werden scharf bestraft.

Comte de Tessé

Marotte war während der gesamten Zeit im Zimmer auf und ab gegangen. Claude sah ihm an, dass es ihm in seiner Haut nicht wohl war und er seinen Unmut loswerden wollte.

»Die erste Frage ist noch unverfänglich, aber die beiden anderen weisen eindeutig darauf hin, dass Tessé die Namen der Refugiés erfahren möchte. Das bedeutet doch, dass wir unsere eigenen Leute denunzieren sollen.«

Der Freiherr, der konzentriert zugehört hatte, nickte zustimmend. »Das sehen Sie richtig, Monsieur Marotte! Der Kommandant de Tessé ist nach meinen Informationen ein vom französischen König eingesetzter Bekehrungsbeauftragter. Er soll einer der hartnäckigsten Verfolger der Hugenotten in Orange, einem kleinen reformierten Fürstentum im Süden Frankreichs, gewesen sein. Daher ist mir sein Name geläufig. Sicherlich wird der Graf auch in der Kurpfalz nach geflüchteten Hugenotten Ausschau halten.«

Claude musste die ganze Zeit an Hasenbeins Besuch denken. Er hatte sie vor die Wahl gestellt. Konnte sie aus Eigennutz die anderen in Gefahr bringen?

Bevor sie etwas sagen würde, wollte sie erst einmal zuhören.

»Tessé kann es mit sich und seinem König nicht vereinbaren, dass nicht alle Landsleute zum ›wahren Glauben‹ zurückgekehrt sind. Alle um ihn herum sind auch fanatische Missionare. Sie tun es nicht um ihrer Karriere willen, sondern aus Überzeugung. Das macht sie so gefährlich.«

»Also hatte ich doch recht!« Marotte seufzte schwer und raufte sich die Haare. »Monsieur de Degenfeld, geben Sie mir einen Rat. Ich möchte nicht lügen, aber ich möchte auch niemanden diesen Teufeln ausliefern. Wenn ich Claude Blanchet und Gabriel Ballard aufführe, kann ich guten Gewissens hinzufügen, dass sie zwar reformierten Glaubens sind, aber in der Zeit ihres Hierseins sich sehr für das Wohl der Kurpfalz eingesetzt haben. Auf keinen Fall kann ich bei Hélène den Nachnamen ›Lamadé‹ hinschreiben. Da würden bei Tessé und seinem Helfershelfer de Fabre sofort die Ohren klingeln. Was soll ich tun?«

In allen Gesichtern machte sich Ratlosigkeit breit, nur der Freiherr zwinkerte – es waren nicht nur die Lachfältchen, die sich bewegten. Verschmitzt meinte er: »Den Vornamen können Sie guten Gewissens hinschreiben, denn ›Hélène‹ ist ein Dutzendnamen und stammt aus der griechischen Mythologie – hat also überhaupt nichts mit Hugenotten zu tun.«

»Und dann?«

»Den Nachnamen würde ich nicht erwähnen, sondern nur vermerken, dass Hélène zur Familie Marotte gehört.«

Obwohl es Claude die ganze Zeit nicht wohl war, musste sie jetzt doch herzhaft lachen. Auf so einen Gedanken konnte nur der Freiherr kommen. Nichts daran war gelogen. Hélène gehörte im engeren oder weitesten Sinne zur Großfamilie Marotte – alles andere war Auslegungssache.

Erleichtert schob sie den Fragebogen über den Tisch zurück. Um Hélène brauchte sie sich nun keine Sorgen mehr zu machen. Gerade, als sie den frisch aufgebrühten Hagebuttentee nachgießen wollte, pochte es laut an der Türe. Außer Atem stand Gabriel davor. Bleich sah er aus. Sein sonst sehr gepflegtes Haar stand wild nach allen Richtungen ab. Schweißperlen standen auf seiner Stirn.

Ohne lange Umschweife betrat er das Zimmer. Claude nahm ihm seinen nassen Überrock ab, rückte ihm einen Stuhl zurecht und schob ihm eine Tasse heißen Tee hin.

»Das tut gut Claude, aber nur für diesen Moment, denn das, was ich zu berichten habe, ist so schrecklich, dass ihr es gar nicht glauben werdet.«

Abwartende Mienen. Alle hatten schon viel, fast zu viel über die französischen Gräueltaten an der Pfälzer Zivilbevölkerung gehört, als dass es hätte noch überboten werden können.

»Nachdem Mélac die südlich des Neckars gelegenen Dörfer angezündet und Menschen und Tiere niedergestochen hatte, zog er am 27. Januar nach Ladenburg«, platzte es aus Gabriel heraus. »Die gefüllten Magazine und die befestigten Tore waren sein Ziel. Den Grund brauche ich euch nicht zu nennen. Ihr kennt die Idee der ›verbrannten Erde‹ zu gut.«

»Ja, ja«, murmelte der Baron. »Dem anrückenden Reichsheer darf kein Sack Mehl und kein Fass Wein in die Hände fallen. Sie sollen einfach nichts mehr vorfinden und wieder kehrtmachen.«

Gabriel nickte. »Als Mélac gerade die Stadt in Brand stecken wollte, hörte er drei Kanonenschüsse aus der Gegend von Heidelberg. Das war das vereinbarte Zeichen, dass die Stadt von Feinden bedroht wurde. Sofort sandte er Kundschafter aus und brach seine Aktion ab. Auf halbem Weg kam ihm der junge Adjutant des Grafen Tessé – den Namen kenne ich nicht – entgegen und berichtete, dass tatsächlich an die dreitausend bayerische Reiter vor der Stadt waren, sich jedoch ohne Angriff wieder in ihr Winterlager zurückgezogen haben.«

»Moment!«, rief Claude, »bevor du weitererzählst, möchte ich wissen, woher plötzlich dreitausend bayerische Reiter kommen und warum sie nicht die Stadt von der französischen Besatzung befreit haben?«

Der Freiherr klärte sie auf: »Einzelne Kontingente der Reichsheere bewegen sich schon langsam in Richtung Westen. In Franken und Schwaben sammeln sich bereits einige Truppenverbände. Das Problem dabei ist, dass das Reichsheer im Winter nicht kämpft. Die Soldaten ruhen sich während der kalten Jahreszeit in ihren Winterquartieren aus. Ab und zu wagen sie einen Vorstoß, ziehen sich dann aber schnell wieder zurück. Es ist eine Art Geplänkel. Das war wohl auch mit den bayerischen Reitern so. Aber es ist ein Zeichen, dass das Reichsheer vor den Toren steht.«

Die Zuhörer schienen nicht ganz zufrieden zu sein. Denn hier herrschten Not und Unterdrückung und die Retter unternahmen nichts Ernsthaftes.

Der Freiherr seufzte. »Ich kann Ihren Missmut verstehen, aber vor dem Frühjahr wird sich nicht viel ereignen, nur dass die Franzosen immer nervöser werden. Sie erkennen sehr wohl die nahende Gefahr. Das macht sie noch unberechenbarer und despotischer.«

»Richtig«, bestätigte Gabriel, »das stimmt mit dem überein, was ich noch berichten werde.«

Er nahm einen Schluck Tee und hob mit ernster Miene den Finger. »Hört genau zu! Auf dem Rückweg von Ladenburg nach Heidelberg fielen einige Schüsse, keiner wusste, woher und von wem sie kamen. Mélac hat sofort Schnapphähne dahinter vermutet. Die sind für ihn ein rotes Tuch – unser Herr Sekretär Hasenbein wird ihm deswegen lange genug in den Ohren gelegen haben. Jedenfalls hat Mélac vor lauter Zorn gleich ein paar Häuser in Handschuhsheim und Neuenheim niedergebrannt. Das hat ihm aber nicht gereicht und so hat er am 31. Januar zu einem fürchterlichen Schlag gegen Handschuhsheim ausgeholt.«

»Einfach nur so, oder hatte er einen Grund?«, wollte Claude wissen.

»Er vermutete, dass die Einwohner mit den Schnapphähnen unter einer Decke stecken. Das mag für den einen oder anderen zutreffen, aber niemals für alle Bewohner eines Dorfes. Die Bürger befürchteten beim Erscheinen Mélacs schon das Schlimmste und sind vor ihm auf die Knie gefallen, haben um Gnade gebeten und immer wieder beteuert, dass kein einziger Schnapphahn in ihren Mauern versteckt sei.«

Mucksmäuschenstill war es geworden. »Mélac zeigte kein Erbarmen. Seine Dragoner trieben die Bürger vor sich her, schossen wahllos in die Menge und zerfetzten mit ihren Säbeln deren Leiber. Stellt euch vor, sie haben ihnen die Hände, die Ohren und die Finger abgeschnitten und dazu noch höhnisch gelacht. Einem Mann haben sie das Hirn herausgeschossen und es auf dem Platz mit ihren Stiefeln zertreten.«

Die Anwesenden im Kalten Tal wandten angewidert ihr Gesicht ab.

»Es kommt noch schlimmer. Die Frauen, darunter eine Vierzehnjährige, wurden auf offener Straße vergewaltigt. Die Kinder und die Alten mussten zusehen.«

Claude schüttelte sich. Mit Mühe brachte sie heraus: »Das Mädchen hätte Hélène sein können.« Eine unaussprechliche Angst überfiel sie. »Hélène muss weg. Sie muss schnellstens an einen sicheren Ort gebracht werden«.

Der Freiherr legte anteilnehmend seine Hand auf Claudes Arm, doch sie war nicht zu beruhigen. »Das sind keine Christen«, schrie sie, »das sind Teufel.«

»So ist es!« Gabriel hatte ebenfalls mit sich zu kämpfen. »Einer hochschwangeren Frau haben sie in Gegenwart ihres Mannes den Bauch aufgeschlitzt.«

»Oh Gott, höre auf, das kann doch kein Mensch ertragen!« Claude sank in sich zusammen, faltete die Hände und starrte unentwegt ins Leere.

»Den Schultheißen Mutschler haben die Dragoner bis auf das Hemd ausgezogen und mit seiner Frau drei Tage lang in die eiskalte Kirche gesperrt. Damit ja niemand sie befreien konnte, wurden die Türen mit Brettern vernagelt und eine Wache davor gestellt. Danach sind unsere Landsleute laut krakeelend durch das Dorf gezogen, haben geplündert und die Häuser angezündet.«

»Höllenhunde sind das!« ereiferte sich Claude.

»Am Tag darauf wurde in der Heidelberger Wirtschaft ›Zum grünen Hecht‹ die Handschuhsheimer Altardecke von den Soldaten zum Kauf angeboten. Viele Silber- und Messinggeräte waren billig zu haben. Wahrlich, dieser Krieg ist vielen willkommen, denn Beute gibt es genug.«

Keiner im Zimmer regte sich, keiner sagte etwas. Das Ungeheuerliche erdrückte sie.

Marotte brach als Erster das Schweigen. »Die Offiziere machen es ja den Soldaten geradewegs vor. Schaut euch doch um! Jeden Tag rollen Wagen mit geraubten Bildern, Möbeln, Teppichen, Geschirr und Truhen voller Goldstücke über den Rhein nach Frankreich. Im Schloss gibt es keinen einzigen Raum mehr, der noch vollständig eingerichtet ist.«

Yvette, die bisher nur zugehört hatte, drückte Claude fest an sich, kniete nieder und begann den Psalm Nummer dreizehn zu singen. Zuerst war nur ihre Stimme zu hören, doch dann erschallte der Raum von der Klage an den HERRN.

»Herr, wie lange willst du mich ganz vergessen?
Wie lange verbirgst du dein Antlitz vor mir?
Wie lange soll ich sorgen in meiner Seele
und mich ängstigen in meinem Herzen täglich?
Wie lange soll sich mein Feind über mich erheben. ...«

Claude fühlte, wie der Psalm ihr Kraft gab und ihre Zuversicht zurückkehrte. Ihre Augen begannen wieder zu leuchten.

Leise, fast unhörbar sagte Gabriel: »In Hessen und Brandenburg sind die Hugenotten und alle Andersgläubigen sehr willkommen. Der Große Kurfürst von Brandenburg gehört selbst dem reformierten Glauben an.«

Der Adjutant des Comte de Tessé

Die Monate Januar und Februar sind die kältesten in der Kurpfalz. Claude zog in ihrer Dachkammer die Bettbezüge ab und schüttelte das Federbett in der frischen Morgenluft kräftig aus. Es wird wieder Schnee geben, dachte sie und atmete tief durch.

An der Haustüre pochte es. Sophie öffnete. Über das Geländer gebeugt hörte Claude, dass eine männliche Person den Freiherrn sprechen wollte. Er stellte sich als Offizier der französischen Armee vor. Sein Deutsch war nicht besonders gut. Zu gern hätte Claude sein Gesicht gesehen, aber ein breitrandiger Hut verdeckte es. Sophie geleitete ihn ins Arbeitszimmer des Freiherrn und ersuchte ihn, einen Augenblick zu warten. Der Hausherr wäre noch bei der Morgentoilette.

Anschließend rief sie nach Claude und bat sie, auf dem Markt Karotten und Sellerie für den Gemüseeintopf zu holen.

Schade! Zu gern hätte sie erfahren, mit welchem Anliegen der Fremde den Freiherrn aufsuchte – zumal um diese Zeit. Sie tröstete sich – wenn sie zurückkäme, würde sie es ja erfahren.

Noch in Gedanken betrat der Freiherr das Zimmer. Die Übergriffe des Militärs nahmen erschreckend zu. Nachts traute sich kein Bürger mehr auf die Straße. Selbst bei Tage waren die Frauen vor den Nachstellungen der Soldateska nicht sicher. Wo sollte das noch hinführen?

Erst das Salutieren des jungen Besuchers holte ihn in die Gegenwart zurück. Militärisch knapp stellte sich der Unbekannte vor: »Gestatten, Monsieur le Baron, mein Name ist Lamadé, Adjutant des Comte de Tessé. Ich komme in einer halbamtlichen Mission und würde gerne, sofern es Ihre kostbare Zeit zulässt, eine Frage an Sie richten. Hier, meine Legitimation.«

Gütig lächelnd machte ihn der Hausherr auf seine Blindheit aufmerksam.

Der Adjutant schluckte erst einmal hörbar, dann entschuldigte er sich mehrmals für seine Taktlosigkeit. Der Baron spürte, dass seinem Gegenüber das Versehen äußerst peinlich war.

Nicht alle reagierten so. Die meisten scherten sich nicht um sein Gebrechen, gingen einfach darüber hinweg oder setzten noch einen groben Scherz darauf.

Degenfeld wurde nachdenklich. Der Name des jungen Franzosen beschäftigte ihn. Lamadé! So heißt auch Hélène mit Nachnamen. Soll das nur ein Zufall sein oder ...? Sein Gehirn arbeitete fieberhaft. Warum sagte der Besucher, dass er im ›halbamtlichen Auftrag‹ hier sei?

Er deutete dem jungen Mann an, Platz zu nehmen und sein Begehren vorzutragen.

Dieser bat, in seiner Muttersprache sprechen zu dürfen, da ihm die deutsche Sprache noch nicht so geläufig sei. Dann begann er behutsam, fast jedes Wort auf die Goldwaage legend:

»Monsieur le Baron, der Grund meiner Vorsprache hängt zwar mit dem Militärgouvernement zusammen, aber auch mit einem sehr persönlichen Interesse, wenn ich das so sagen darf.«

»Wie soll ich das verstehen?«, äußerte sich der Freiherr zurückhaltend.

»Mein Kommandant, Comte de Tessé, hat mir einige Listen der Kirchenvorsteher gegeben und mich gebeten, diese durchzusehen und mein besonderes Augenmerk auf französisch klingende Namen zu richten. Auf einer dieser Listen steht ein Name, der mir nicht unbekannt ist. Daher wollte ich bei Ihnen persönlich vorsprechen und mich nach der Mademoiselle erkundigen. Die Angelegenheit möchte ich diskret behandelt wissen und hoffe auf Ihre Verschwiegenheit.«

Sofort wusste der Baron, um wen es ging. Er selbst hatte ja vor drei Tagen dem Kirchenältesten geraten, Claude mit Vor- und Zunamen auf die Liste zu schreiben.

Zuerst setzte er jedoch eine kritische Miene auf. Der Name des Kommandanten hatte in seinem Hause keinen guten Klang.

Dem jungen Offizier musste der abweisende Gesichtsausdruck des Barons nicht entgangen sein. Unsicher geworden meinte er: »Den Namen ›Blanchet‹ gibt es in Frankreich Tausende Male, aber ich möchte nichts unversucht lassen, um diese Person ausfindig zu machen.«

Der Freiherr überlegte, ob er jetzt schon die Karten auf den Tisch legen oder ihn erst einmal prüfen solle.

»Ich habe in Erfahrung gebracht, dass Ihr Kommandant und seine Helfershelfer wie Brigadier Mélac und Wachtmeister de Fabre an den geflüchteten Landsleuten reformierten Glaubens ein übergroßes Interesse haben. Wahrscheinlich möchten sie sie nach Frankreich zurückbringen und ihnen dort den Prozess machen.«

Noch zögerte der Baron, doch dann sagte er frei heraus:

»Monsieur Lamadé, Sie werden verstehen, dass ich unter diesen Umständen mit Informationen zurückhaltend bin. Durch mich soll niemand zu Schaden kommen.«

Sehen konnte der Freiherr das Gesicht seines Gegenübers nicht, doch er spürte dessen Ergriffenheit. Fast konnte es scheinen, dass er schluchzte. Dadurch ermutigt fügte Degenfeld noch hinzu: »Natürlich weiß ich, dass es verboten ist, Refugiés in sein Haus aufzunehmen und dass darauf hohe Strafen stehen, aber ich habe dennoch Mademoiselle Claude aus Sedan hier aufgenommen.«

Der Offizier sprang auf, kniete vor dem Baron nieder und küsste ihm die Hand. Erschrocken wollte Degenfeld sie zurückziehen, doch der junge Mann hielt sie fest. »Monsieur, der HERR wird es Ihnen danken, dass Sie das getan haben. Wenn Claude bei Ihnen ist, dann kann auch meine Schwester Hélène nicht weit sein. Um sie zu finden, habe ich vieles auf mich genommen.«

Befreit atmete der Hausherr auf. Geahnt hatte er es von Anfang an, doch er wollte sichergehen. »Junger Freund, Sie kommen im richtigen Augenblick, denn in der Pfalz ist es mittlerweile wie in Ihrer Heimat. Der ›Ketzerglaube‹ soll ausgemerzt werden. Nur haben wir hier den Vorteil, dass die Kurpfalz ein Reichslehen ist und die Besatzer somit auf die protestantischen Fürsten im Reich Rücksicht nehmen müssen.«

Der Baron bat Daniel, wieder Platz zu nehmen und ihm zu erzählen, wie es ihm ergangen sei und was er von seinen Eltern wisse. Er selbst habe mehrmals seine Beziehungen spielen lassen, um eine Information zu erhalten. Viel sei nie dabei herausgekommen.

Daniel hatte sich wieder gefasst: »Meine Mutter ist immer noch in einem Kloster eingesperrt und der Vater fristet sein Leben auf einer Galeere. Sieben Jahre sind das jetzt her und noch immer ist kein Ende abzusehen. Urs, der Hausknecht, wurde in die Schweiz abgeschoben. Ich wurde von de Fabre in eine katholische Familie gesteckt. Er hat sich mir besonders angenommen und dafür gesorgt, dass ich in dem angeblich wahren Glauben erzogen worden bin. Bei all den negativen Nachrichten gibt es trotzdem einen Hoffnungsschimmer. Doch das würde ich gerne später erzählen, wenn ich Claude gegenüberstehe.«

In diesem Moment schlug Claude die Haustüre zu. Laut schimpfte sie, weil das Gemüse wieder aufgeschlagen hatte.

»Wenn meine Landsleute nicht bald gehen, haben wir keine Haare mehr auf dem Kopf, oder ...«, und dabei musste sie lachen, »...unsere Besatzer werden noch für jedes verbliebene Haar eine Sondersteuer verlangen.«

Immer noch neugierig wollte sie sofort den Freiherrn nach dem Begehren des Unbekannten fragen. Sie klopfte an die Türe des Arbeitszimmers und als sie ein ›Herein‹ hörte, stürmte sie in den Raum.

Wie angewurzelt blieb sie stehen. Ihr Hals schnürte sich zu. Sie rang nach Luft, presste und würgte. Endlich brach es aus ihr heraus: »Daniel, das ist Daniel!« Sie schrie so laut, dass Sophie aus der Küche angerannt kam und genauso fassungslos stehen blieb.

Daniel ging auf Claude zu und wollte sie in seine Arme nehmen. Sie wehrte jedoch ab. Glaubte sie es immer noch nicht? Misstraute sie dem jungen Mann?

»Ich bin es wirklich! Ich bin Daniel. Was bin ich glücklich, dich gefunden zu haben. Wo ist Hélène?«

Mit einem skeptischen Blick näherte sie sich ihm. Dann berührte sie seine Uniform – eher widerstrebend und mit Abscheu. Sie konnte nicht glauben, dass er diesen Rock – den Rock des Königs, trug. Und warum gab er sich mit diesen Mordbuben ab, die so viel Leid über seine Familie gebracht hatten?

Daniel schien sie auch ohne große Worte zu verstehen. »Du hast recht, Claude, wenn du mich wegen der Uniform verachtest, aber du musst wissen, dass ich nur wegen euch diese Maskerade mitmache!«

»Das verstehe ich nicht.«

»Kannst du auch nicht. De Fabre hat mir versprochen, sich für die Freilassung der Eltern einzusetzen, wenn ich ein guter

Katholik werden würde. Also wurde ich ein guter Katholik – nach außen. Glaube ja nicht, dass mir das leichtfällt, aber im Moment ist es der einzige Weg. Im Herzen bin ich so wie du.«

Suchend schaute er sich um. »Aber wo ist Hélène? Warum sagt mir das keiner?«

»Deine Schwester ist im Waisenhaus in Handschuhsheim untergebracht.«

»Handschuhsheim?«, rief Daniel erschrocken aus.

»Ja, das ist das Dorf, in dem deine Kameraden ein Blutbad unter den Frauen und Kindern angerichtet haben.«

»Wie hätte ich das verhindern können? Ich bin nur ein Adjutant.«

»Stell dir vor«, sagte Claude mit Tränen in den Augen, »deine ›Freunde‹ hätten deine Schwester auf offener Straße vergewaltigt oder ihr sonst etwas Böses angetan.«

Daniel hielt sich am Stuhl fest. Aus seinem Gesicht war alles Blut gewichen. Jeder konnte sehen, wie ihn diese Nachricht traf. Eine gedrückte Stimmung herrschte im Raum. Wieder war es der Freiherr, der die Situation sofort erfasste. Er tastete nach Daniels Hand und umklammerte sie fest. Es sah so aus, als ob er ihm Halt und Kraft geben wollte.

Kaum hörbar, aber voller Abscheu, flüsterte Daniel: »Sie wollen noch einmal nach Handschuhsheim, um ihr Werk zu Ende zu bringen.«

Wie ein Fanal wirkten seine eigenen Worte. Plötzlich schnellte er hoch, ballte seine Fäuste und hämmerte sie gegen die Türe. »Die Bestien! Diesmal nicht! Ich werde es nicht zulassen und koste es mein Leben.«

Claude taten im Nachhinein ihre harten Worte leid. Sie zog Daniel zu sich heran und streichelte ihm liebevoll über das Haar, so wie sie es tat, als er noch ein kleiner Junge war. »Ja, das bist du deiner Schwester schuldig. Aber sei vorsichtig, denk an deine Eltern.«

Während sie das sagte, fielen ihr Marottes ein. »Ich vermute, dass du noch nicht bei deiner Tante Yvette warst. Besuche sie nicht. Ich werde ihr eine Nachricht zukommen lassen. Seitdem de Fabre in der Stadt ist, schränken wir den Kontakt aufs Allernotwendigste ein.«

»Mache dir keine Sorgen. Um Tante Yvette und das Gärtnerhaus habe ich bisher einen großen Bogen gemacht, denn ich habe das Gefühl, dass de Fabre mich beobachten lässt. Er kennt die Zusammenhänge bis jetzt noch nicht und so soll es auch bleiben. Es wäre nicht auszudenken, wenn er dahinterkäme. Bis heute hat er nicht überwunden, dass ihr ihm in Sedan entwischt seid.«

Der Freiherr drängte zum Abschied, denn draußen waren französische Fanfaren zu hören.

Flucht aus dem Waisenhaus

Es herrschte starkes Schneetreiben und der Wind wehte eisig. Die Reiterkolonne und das Fußvolk kämpften sich am frühen Morgen über die Neckarbrücke. Auf dem gegenüberliegenden Ufer teilte Capitaine de Fabre die Truppen auf. Das Ziel der Reiter waren die beiden Dörfer Neuenheim und Handschuhsheim. Das Fußvolk sollte die Hänge am Heiligenberg nach möglichen Schnapphähnen durchsuchen. Es hatte sich nämlich herumgesprochen, dass sie in den nahen Wäldern des Odenwaldes Unterschlupf fanden. Sie waren einfach nicht zu fassen. Ständig wechselten sie ihren Standort und zudem kannten sie sich in der Gegend bestens aus. Jeder Pfad, jede Bodenerhebung und jeder Unterschlupf waren ihnen bekannt. Die Franzosen ihrerseits stocherten oft wie im Nebel herum.

De Fabre ritt mit der Kavallerie voraus. Mélac würde ihm mit zwei Schwadronen folgen. Er musste noch einem Konvoi mit Silbergeschirr das Geleit geben.

Daniel sah eine Chance. Er ritt dicht an de Fabre heran und schlug ihm vor, alleine nach Handschuhsheim vorauszureiten, um das Hofgut, für das Baron von Steinkallenfels von Tessé einen Freibrief erhalten hatte, in Augenschein zu nehmen und auszuspionieren, ob Fremde sich dort eingenistet hätten. De Fabre war damit einverstanden. Ein Stein fiel ihm vom Herzen.

Der kniehohe Schnee und das diesige Wetter machten ihm zu schaffen. Kein Mensch war zu sehen. Ob den Bauern noch die letzte Brandschatzung in den Knochen steckte und sie sich deshalb nicht ins Freie wagten? Sie ahnten nicht, dass heute ihre Häuser dem Erdboden gleichgemacht werden sollten. Ein Grauen überkam Daniel. Wo sollten denn die Leute bei der grimmigen Kälte hin? Sie würden alle erfrieren.

Obwohl er die Gegend ein bisschen kannte, wäre es ihm lieb gewesen, wenn er jemanden nach dem Weg hätte fragen können. Beim Gehöft Mönchhof hoffte er, Leute anzutreffen. Er hatte Glück, eine Frau trug ein Bündel Stroh über den Hof. Als sie ihn sah, erschrak sie und rannte, die Hand vor den Mund haltend, in Richtung Scheune. Daniel holte sie ein: »Gute Frau, ich tue euch nichts. Ihr braucht vor mir keine Angst zu haben, nur weil ich einen Kriegsrock trage.«

Soweit war es schon gekommen. Daniel verfluchte seinen Dienst in der Armee. Biedere Leute schreckten vor ihm zurück, hielten ihn für einen Mordbuben. Aber hatte er eine andere Wahl?

Er zog ein Geldstück aus seinem Gürtel und reichte es der Bäuerin. »Ich möchte wissen, ob die Gebäude dort in der Ferne zu Handschuhsheim gehören und wo sich das Waisenhaus befindet.«

Die Bäuerin schaute den Reiter misstrauisch an und deutete mit der Hand in die genannte Richtung. »Hinter den Bäumen! Es leben nur arme Waisenkinder dort, die selbst nichts haben und in ihren jungen Jahren schon mehr als geschunden worden sind. Zu holen ist bei denen nichts. Wenn ihr ihnen das Haus anzündet, haben die Kinder kein Dach mehr über dem Kopf und müssen bei dieser Hundskälte jämmerlich erfrieren.« Die Münze nahm sie nicht.

Schüsse aus dem nahe liegenden Neuenheim waren zu hören. Die Frau schrie grell auf und rannte davon. »Sie kommen wieder! Die Teufel haben noch nicht genug. Gott steh' uns bei!« Dann verschwand sie hinter einer Türe. Der Lärm hatte die Anwohner des Hofes ins Freie gelockt. Ratlos standen sie da und blickten mit ängstlichen und vorwurfsvollen Augen den Reiter an.

Daniel gab seinem Pferd die Sporen. Bei einer Baumgruppe hielt er kurz an. Wie still und friedlich es aussah. In wenigen Stunden würde der Schnee rot von Blut getränkt und die Luft von Wehklagen und Angstschreien erfüllt sein.

Vor dem stattlichsten Haus zügelte er sein Pferd, stieg ab und ging mit zittrigen Knien die drei Stufen hoch. Bevor er klopfte, atmete er tief durch. Was würde ihn erwarten? Vor sechs Jahren hatte er seine Schwester zum letzten Mal gesehen. Wird sie ihn wiedererkennen und was muss sie denken, wenn er im Rock der Königlichen Dragoner vor ihr steht?

Er zog an der Glocke. Schlurfende Schritte kamen näher. Ein Fenster neben der Türe wurde geöffnet. Das verhutzelte Gesicht einer alten Frau erschien. Als diese den Fremden ansichtig wurde, schloss sie es sofort wieder und Daniel hörte, wie ein Schreckensschrei durch den Gang ertönte: »Sie sind wieder da! Sie wollen uns alle töten! Was haben wir ihnen nur getan? Hier sind doch nur Kinder.«

Wie recht sie hat, dachte Daniel. Aber die Zeit drängte, bald würde Mélac mit seinen Horden hier sein. Er klopfte mit den Fäusten gegen die Eichentüre und rief laut: »Habt keine Angst. Mein Name ist Lamadé. Meine Schwester Hélène ist bei euch. Ich möchte euch warnen. Es dauert nicht mehr lange, dann sind die Mordbrenner da. Im Namen des HERRN, macht auf!«

Feste, energische Schritte waren zu hören. Mit einem Ruck wurde die Türe geöffnet. Ein stattlicher Mann mit ernstem Gesicht und zornigen Augen stand vor ihm und musterte ihn von oben bis unten, dann machte er eine Handbewegung, die ›Eintreten‹ bedeutete.

Durch kalte Gänge, über ausgetretene Stufen, entlang an notdürftig mit Brettern ausgebesserten Wänden gelangten sie in ein Zimmer, wo im Kachelofen ein schwaches Feuerlein brannte. Reichtum schien hier nicht zuhause zu sein. Es war Krieg und dieses Land hatte das ganze Jahrhundert hindurch viele Soldaten unterschiedlicher Herren über sich ergehen lassen müssen. ›Geschundene Pfalz‹.

In kurzen Worten erklärte er dem Waisenhausschaffner die Situation und drängte ihn, die Kinder in Sicherheit zu bringen. Zuvor bat er, seine Schwester sehen zu dürfen. Der Vorsteher fragte nicht lange, er sah die Not und die Verzweiflung in Daniels Augen. Er reichte ihm seine warme Hand und Daniel spürte Vertrauen und Güte in ihr. »Alle Kinder sind wie jeden Tag um diese Zeit in der Kirche. Ich werde sie augenblicklich holen lassen.«

Krumpfuß gab der herbeieilenden Alten, die Daniel als Erste gesehen hatte und ihn immer noch mit scheelen Augen musterte, den notwendigen Auftrag und fügte hinzu, dass Hélène, bevor sie in ihre Schlafkammer gehe, zu ihm kommen solle.

Es dauerte nur eine kurze Weile und leise, huschende Schritte waren auf den Gängen zu hören. Es waren die Kinder, die ihre Bündel packten. Daniel hätte heulen können, wenn er daran dachte, wo die Waisen bei dieser Kälte in ein paar Minuten sein würden. Krumpfuß musste seine Gedanken erraten haben. »In den Wald werde ich sie schicken, wohin denn sonst. Ihr Franzosen seid doch überall und ringsum sind die Dörfer niedergebrannt. Da ist keine Bleibe mehr. Unsere einzige Zuflucht ist der Wald und der ist zum Glück groß. Dort müssen die Kinder ausharren, bis die Gefahr vorüber ist.«

Es klopfte an der Türe. Krumpfuß stand auf und öffnet sie. Es war Hélène. Er wollte in den ersten Sekunden bei seinem Schützling sein. Niemand wusste, wie sie sich verhalten würde.

In der Türe stand sie – die Schwester.

»Hélène!«, kam es schwach und unsicher aus Daniels Mund. Ein leichtes Zittern war dabei. Erkannte sie ihn nicht? Wie betäubt stand sie da und rührte sich nicht.

»Ich bin dein Bruder!«

Warum starrte sie ihn so an? Keine Faser regte sich, kein Muskel bewegte sich. War es die Uniform, sein Säbel, die sie abschreckten?

Ihr Haar war artig unter einer weißen Haube versteckt. In ihren Augen stand Ungläubigkeit – nicht Erstaunen. Es war für sie wohl unfassbar, dass ihr Bruder wie aus dem Himmel gefallen plötzlich vor ihr stand. Einfach so, ohne Hinweis, ohne Vorankündigung.

Dünn war sie geworden. Der früher stämmige Körper hatte sich in die Länge gezogen und noch etwas war anders: Sie war kein Kind mehr.

Auf einmal löste sich der Bann. Hélène stieß einen Freudenschrei aus und flog in die Arme ihres Bruders. Keine Uniform und kein Säbel hielten sie auf. Schluchzend und tränenüberströmt drückten sich Wange an Wange. Liebevoll strich er über die Haube und flüsterte ihr ins Ohr: »Ma petite soeur, ma petite soeur, alles wird wieder gut.«

Ruckartig machte sie sich frei und schaute den Bruder fragend und ängstlich zugleich an. »Wo sind Mama und Papa? Wie geht es ihnen?«

Daniel wusste, dass diese Frage kommen musste. Er hätte ihr lieber etwas anderes gesagt: »Sie sind noch in der Hand unserer Peiniger, aber ich verspreche dir, dass du sie bald wiedersehen wirst. Gib die Hoffnung nicht auf und glaube fest daran. Es wird nicht mehr lange dauern, dann sind wir in einem uns freundlich gesinnten Land wieder beisammen. Heute musst du noch einmal tapfer sein.«

Sie seufzte nur. Wahrscheinlich hatte sie diesen Satz schon oft gehört – wahrscheinlich zu oft. Immer sollte sie tapfer sein.

»Hélène, ich kann dir auf die Schnelle nicht alles erklären. Du musst mir einfach vertrauen. Stör dich nicht an meiner Uniform, die habe ich nur angezogen, um dich, die Eltern und Claude zu finden.« Sie atmete tief durch und ein freudiger Augenaufschlag sagte Daniel, dass sie den Glauben an ein gutes Ende nie aufgegeben hatte.

Krumpfuß, der sich diskret zurückgezogen hatte, betrat wieder den Raum und mahnte zur Eile. »Geh' nun und schnüre dein Bündel. Wenn die Kirchturmuhr schlägt, versammelt ihr euch alle auf dem Hof.«

Dann wandte er sich an Daniel. »Ihr seid in einer nicht minder großen Gefahr. Was ist, wenn Euer Kommandant erfährt, dass Ihr uns gewarnt habt. Es dauert nicht lange, dann weiß jeder Handschuhsheimer, was ihm bevorsteht und wird verstecken, was er verstecken kann und sich dann auf und davon machen.«

An die eigene Gefahr hatte Daniel bisher nicht gedacht. Es war ihm auch nicht wichtig. Die Sorge um seine Schwester ließ keine anderen Gedanken hochkommen. Sorgenvoll blickte er auf den Boden. Der Waisenhausschaffner hatte recht. Er würde bestraft werden, wenn de Fabre erfuhr, dass er Krumpfuß gewarnt hatte. Dann war es vorbei mit der Suche nach Vater und Mutter und einer gemeinsamen Zukunft. Aber er konnte doch seine Schwester nicht den Marodeuren ausliefern.

Krumpfuß musste ihm angesehen haben, welche Sorgen ihn plagten, außerdem kannte er die Familiengeschichte der Lamadés. Hélène hatte sie ihm oft erzählt. »Den Soldaten werde ich sagen, sofern sie mich am Leben lassen und nicht gleich niederstechen, dass ich nach den Schüssen, die aus Richtung Neuenheim kamen, die Kinder vorsichtshalber weggeschickt habe. Dass Ihr hier wart, werden sie nicht erfahren. Ihr könnt Euch auf mich verlassen. Reitet einfach weiter zum Anwesen des Steinkallenfels.«

Daniel zweifelte keine Sekunde an der Ehrlichkeit des Mannes. Der Waisenhausschaffner kniete nieder und begann zu beten. Daniel war von dieser Gottesfurcht so ergriffen, dass er dasselbe tat und gemeinsam sangen sie mit einem unendlichen Gefühl der Wehmut und in Erwartung der schicksalhaften Ereignisse den Psalm Nummer einunddreißig:

»HERR, auf dich traue ich, lass mich nimmermehr zuschanden werden,
errette mich durch deine Gerechtigkeit!
Neige deine Ohren zu mir, hilf mir eilends!
Sei mir ein starker Fels und eine Burg, dass du mir helfest!
Denn du bist mein Fels und meine Burg, und um deines Namens willen
wollest du mich leiten und führen.
Du wollest mich aus dem Netze ziehen, das sie mir heimlich stellten,
denn du bist meine Stärke.
In deine Hände befehle ich meinen Geist:
du hast mich erlöst. HERR, du treuer Gott.«

Wortlos standen sie auf und reichten sich die Hände.

Die Gänge füllten sich. Viele gedämpfte kleine Schritte waren zu hören. Keiner sprach ein Wort. Sie versammelten sich, eingemummt von Kopf bis Fuß, im verschneiten Hof und warteten auf ihren Hausvater. Krumpfuß kam gebeugt aus dem Haus, seine Augen waren nass, seine Hände gefaltet.

»Kinder, es ist wieder soweit. Geht die Hänge hinauf und versteckt euch im Wald. Helft einander, seid leise und betet. Betet zu unserm HERRN, dass er euch die Kälte und den Hunger nicht zu arg spüren lässt, denn beides wird euer Begleiter sein. Folgt Hélène und Hubert, sie werden euch führen.«

Er wandte sich mit einem vertrauensvollen Blick an die beiden: »Ihr kennt die meisten Wege vom Holzsammeln. In den Ruinen der Michaelsbasilika findet ihr sicherlich Unterschlupf. Versprecht, dass ihr die Kinder heil über den Berg bringen werdet. Und macht kein Feuer. Der Rauch könnte euch verraten.«

Hélène streckte ihre Hand nach Hubert aus. »Versprechen kann ich es wohl, doch liegt es nicht an uns allein.«

Daniels Herz hätte zerspringen können. Seine Schwester war noch so jung – Hubert nicht viel älter. Wie konnten sie so eine Last tragen?

Alle Kinder schauten sie zuversichtlich an.

»Nun geht und gebt euch die Hand!«

Die Kinderschar verneigte sich noch einmal vor ihrem verehrten Lehrer und wandte sich den bewaldeten Hängen zu. Daniel schaute seiner tapferen Schwester noch lange nach.

Im verschneiten Wald

Die Zähne klapperten vor Kälte, die Zehen waren kaum noch zu spüren und die Jüngsten weinten leise in sich hinein. Der Weg war steil und der Schnee hoch. Hubert und die Kräftigsten gingen voraus und traten den Schnee nieder.

Hélène bildete den Schluss. Keiner durfte verloren gehen. Bei dem einsetzenden Schneetreiben, das zum Glück ihre Spuren verwischte, war es schwer, die Übersicht zu behalten. Sie führte die beiden Jüngsten, Hansmartin und Elise, an der Hand. Zwei Stunden waren sie schon unterwegs. Die Kräfte ließen nach. Immer langsamer wurden die Kleinen. Hélène zog sie mehr als sie sie führte. Hansmartin war erst drei Jahre alt. Er konnte nicht mehr, wollte sich ausruhen, schlafen legen im Schnee, der wie ein weiches Bett dazu einlud.

Oh Gott, nur das nicht! Hélène schüttelte ihn und riss ihn energisch hoch. Es tat ihr in der Seele weh, den kleinen Kerl so zu behandeln. Aber was sollte sie tun? Tragen konnte sie ihn nicht. Elise war auch noch da. Bei jedem Schritt rief sie den HERRN an und flehte, dass er ihnen Kraft schenke.

Auf halber Höhe donnerte plötzlich ein schwarzes Heer von oben herab auf sie zu. Waren sie entdeckt? Lauerten die Dragoner ihnen auf?

Für einen kleinen Augenblick verließ Hélène beinahe der Mut. Sollte denn alles umsonst gewesen sein? Mit letzter Kraft stemmte sie sich gegen diese niederziehende Einstellung, biss sich auf die Lippen und ballte die Fäuste. Leise sprach sie vor sich hin: »Gib nicht auf Hélène!«

Das Donnern und Dröhnen wurde lauter, kam näher. Die Kinder drängten sich zusammen, bildeten einen dichten Pulk und schlossen die Augen in Erwartung des Fürchterlichen.

Hélène horchte, schaute. Merkwürdig! Gottlob! Es war ein Rudel Wildschweine. Sie stürmten jedoch genau auf sie zu. Einer der älteren Jungen griff nach einem dürren Ast, schwenkte ihn wild hin und her und brüllte aus Leibeskräften. Er sprang sogar auf das Rudel zu. Hélène blieb fast das Herz stehen. Die Horde würde ihn unter sich begraben und dann wären sie alle verloren. Noch wenige Meter! Jetzt!

Der Keiler war von der Wedelei so verdutzt, dass er augenblicklich die Richtung änderte und in einem Bogen wieder bergaufrannte. Das Rudel folgte ihm. Aufatmen. Das war knapp! Die Wildschweine hatten einen Weg gebahnt. Nun kamen sie leichter voran.

Das Schneien hatte aufgehört, aber die Kinder waren von dem langen Marsch erschöpft und müde. Plötzlich hörten sie im Tal Schüsse und lautes Geschrei. Jetzt verrichteten die Mordbrenner ihr Werk. Feuerschein und Brandgeruch vermischten sich mit den Hilferufen derer, die sich nicht rechtzeitig in Sicherheit bringen konnten. Laute Kommandos auf Französisch waren zu hören. Hélène verstand sie: »Legt überall Feuer! Stecht sie nieder!«

All das, was ihr in den letzten Jahren zur Heimat geworden war, die Menschen, die sie lieb gewonnen hatte, gab es nicht mehr. Zum zweiten Mal musste sie alles aufgeben, musste flüchten, sich verstecken.

Verzweifeln durfte sie nicht, obwohl ihre Füße immer tiefer im Schnee einsanken und ihr Körper sich wie ein Sack voller Steine anfühlte. Ihre Zuversicht schmolz mehr und mehr dahin.

Erschöpft schloss sie die Augen und lehnte sich an den dicken Stamm einer Buche. Ein leises Weinen, ein winziges Kinderstimmchen drang an ihr Ohr. Es war Hansmartin. Zaghaft zog er an ihrer Hand. »Mir ist kalt, ich habe Hunger. Ich möchte wieder nach Hause. Du hast versprochen, uns zu führen.«

Versprochen, versprochen, so dröhnte es in ihrem Kopf. Ja, ich habe es versprochen. Die Stimme in ihr wurde immer lauter. Reiß dich zusammen und überlass die Kinder nicht einem ungewissen Schicksal. Sie öffnete die Augen. Erneut nahm sie die Kinder an der Hand und stapfte mit ihnen den steilen Hang hinauf.

Langsam wurde es dunkel und dichtes Schneetreiben setzte wieder ein. Hélène trieb die Kinder zur Eile, denn sie fürchtete, dass sie sich am Ende noch verirren könnten. Die Anhöhe mit den Ruinen der Michaelsbasilika konnte nicht mehr allzu weit sein. Sehnsüchtig blickte sie nach oben. Ein Licht – nur kurz, es verschwand, kam wieder. Die anderen sahen es auch. Hielten sich Leute in den Ruinen auf? Eine französische Patrouille oder Wegelagerer? Die Zeiten waren schlecht und es trieb sich viel Gesindel herum.

Von oben waren auf einmal Rufe zu hören. Laute Rufe. Die Kinderschar hielt an. Gestalten, vermummt, näherten sich in großen Sprüngen, hielten direkt auf sie zu – in guter oder böser Absicht?

Die Kinder rührten sich nicht. Wilde Gespenster? Menschenfresser?

Der Erste bremste ab, hielt sich an einem Baumstamm fest, stutzte und staunte. Hubert hob seinen Knüppel hoch. Der Brave – verteidigen wollte er die ihm Anvertrauten. Ein Vierzehnjähriger gegen ausgewachsene Männer.

»Fürchtet euch nicht Kinder!«, rief der Unbekannte, »wir tun euch nichts. Wer seid ihr und woher kommt ihr?«

Die Stimme kannte sie doch. War das nicht …?

Voller Freude brach es aus ihr heraus: »Gottfried, Gottfried, bist du es?«

Der Mann drehte sich zu ihr um, nahm die Mütze vom Kopf und schaute Hélène entgeistert an. Es dauerte Sekunden, bis er sie erkannte. Dann stürmte er auf sie zu, nahm sie in die Arme und drehte sich mit ihr im Kreis. Wenn jemand genau zuhörte, konnte er viele Steine von den Seelen plumpsen hören. Jetzt waren sie außer Gefahr.

Vor Freude riefen und schrien die Kinder durcheinander. Jeder berichtete auf seine Art, was sich ereignet hatte. Das befreite von der aufgestauten Angst und machte warm.

Hélène sah, wie Gottfried beim Anblick der ausgehungerten und halberfrorenen Waisen die Fäuste ballte und gegen den Himmel erhob. Sie berührte ihn sanft: »Hege keinen Groll gegen den HERRN, er ist es, der uns gerettet hat, du bist sein Werkzeug. Danke ihm dafür.«

»Ich zürne nicht gegen Gott, sondern bin wütend über die Mordbrenner und meine Ohnmacht. Am liebsten würde ich mit meinen Männern ins Tal stürmen und die Teufel vertreiben. Aber wir sind zu wenig.«

Gottfried winkte seine Männer her und zeigte auf die Kinder. Sie wussten von selbst, was sie zu tun hatten. Schnell zogen sie ihre Jacken aus, legten sie um die dürftigen Körperchen und hoben die Kleinsten auf ihre starken Schultern.

»Folgt uns, es ist nicht mehr weit zum Unterschlupf. Dort brennt ein Feuer und zu essen gibt es auch. Bleibt dicht hinter uns und tretet in unsere Fußspuren.«

In den Ruinen der Michaelsbasilika

Sie erreichten schnell die Michaelsbasilika – eine zerfallene Klosterruine. Nur wenige Außenmauern standen noch. Ein aufgespanntes Stück Tuch hielt den gröbsten Schnee ab. An den windgeschützten Mauern waren Strohschütten aufgeworfen. In der Mitte brannte ein Feuer. Männer, in Decken eingewickelt, saßen im Kreis und hielten die Hände über die wärmenden Flammen. Töpfe und Bratspieße lehnten neben Musketen und Säbeln friedlich an der Wand. Das frische Fell eines abgezogenen Hasen baumelte an einer Stange.

Reich schienen sie nicht zu sein, aber freundlich waren sie. Sofort verließen sie ihren Platz am Feuer, eilten den Kameraden entgegen, nahmen ihnen die Kinder von der Schulter, legten sie behutsam auf das Stroh und deckten sie mit warmen Fellen zu. Sie fragten nicht viel, denn sie konnten sich vorstellen, was in der Ebene geschehen war.

Gottfried war der Erste, der den Mund aufmachte: »Männer, Mélac und seine Mordbuben haben Neuenheim und Handschuhsheim dem Erdboden gleichgemacht. Die Kinder aus dem Waisenhaus konnten mit Gottes Hilfe und den beiden hier«, er deutete auf Hélène und Hubert, »entkommen.« Bewundernde, anerkennende Blicke trafen sie.

Einer bekreuzigte sich – ein Katholik? Aber das schien hier oben keine Rolle zu spielen.

»Hängt den Spieß wieder über das Feuer«, ordnete Gottfried an, »und schaut im Kessel nach, ob noch genug Suppe da ist. Wenn nicht, dann schneidet Kraut klein und mahlt Gerste. Kümmert euch um die Kinder. Es könnten eure eigenen sein.«

Drei seiner Kameraden sprach er direkt an und forderte sie auf, die Jüngsten auf den Schoß zu nehmen, sich nahe ans Feuer zu setzen und deren blaue Hände und Füße zu reiben, damit das Blut wieder zirkuliere.

»Aber sachte und behutsam. Es sind Kinder und keine Musketen.« Die Drei grinsten sich nur an.

Hélène war erstaunt, wie fürsorglich und warmherzig die Männer mit ihnen umgingen. Sie sahen mit ihren Bärten und den zusammengewürfelten Kleidern wie Halunken und Tagdiebe aus, aber ihr Herz war so weich wie ein Maulwurfpelzchen.

Nachdem alle versorgt waren, wandte sich Gottfried den größeren Kindern zu und wollte alles genau wissen. Hubert und Hélène erzählten, was sie gesehen und gehört hatten. Manch einer der rauen Kerle seufzte auf oder wischte sich die Augen aus.

»Es ist kaum zu glauben«, Gottfried wog seinen Kopf hin und her, »dass dein Bruder, den du jahrelang nicht gesehen hast, plötzlich in französischer Uniform auftaucht und euch warnt. Das ist mehr als sonderbar.«

»Ohne ihn wären wir jetzt vielleicht alle tot.«

Hélène konnte nachempfinden, dass Gottfried vorsichtig war, dass er nicht mehr alles glaubte und immer auf der Hut sein musste. Neben seinen Leuten trug er nun auch noch die Verantwortung für eine Schar Kinder.

»Und wie soll es mit euch weitergehen? Hat Krumpfuß etwas gesagt?«

Hélène schüttelte den Kopf. Sie war genauso ratlos wie Gottfried. Doch dann erinnerte sie sich, dass ihnen im Sommer beim Heidelbeerensammeln Leute aus Schönau begegnet waren. Der Hausvater sprach damals lange mit einem Mann. Sie mussten sich kennen, denn beim Abschied sagte dieser, dass er sich jederzeit an ihn wenden könne, falls er einmal Hilfe bräuchte.

»Das klingt gut«, überlegte Gottfried, »denn Schönau ist die Heimat vieler Wallonen. Glaubensflüchtlinge, so wie ihr.«

»Gab es die früher auch schon?«, wunderte sich Hélène.

Obwohl der Ort und die Zeit für historische Erörterungen nicht die besten waren, erklärte Gottfried ihr die Zusammenhänge. »Nach der Reformation im Jahre 1562 – in deren Folge die Klöster in der Pfalz aufgehoben wurden – siedelte Kurfürst Friedrich III. fünfunddreißig protestantische Flüchtlingsfamilien aus der Gegend von Namur und Lüttich in den leer stehenden Klostergebäuden an. Zusammen mit einigen anderen Familien bildeten sie die Bevölkerung Schönaus zu dieser Zeit. Die Wallonen bauten die große Klosterkirche zu Wohnungen um und übten ihr früheres Handwerk wieder aus. Größtenteils waren sie Tuchmacher und Schönfärber. Mit den Wallonen blühte das Gewerbe in der Stadt auf.«

Aufmerksam hörte Hélène zu. »Aus dem Vermögen des Klosters Schönau, das sehr reich begütert war, errichtete man einen Kirchenfond als Sondervermögen. Dieser besteht heute noch – zum Ärger der Katholiken. Euer Waisenhaus wird unter anderem davon finanziert.«

Der ehemalige Oberleibgardist zu Pferde setzte eine freudige Miene auf. »Wenn wir uns nach Schönau durchschlagen, sind wir in den besten Händen und außerdem ist es nach Hessen nur ein Katzensprung.«

»Warum sagst du ›wir‹?«, fragte Hélène.

»Weil wir euch begleiten werden.«

»Aber …«

»Keine Widerrede! Wir werden einen ganzen Tag unterwegs sein. Der Weg führt über einige Kuppen und durch Täler. Und der Schnee wird dort vermutlich höher liegen als hier. Kleine Beinchen sinken tief ein.«

»Und danach?«

»Während ihr euch in Schönau ausruht, werde ich mich als Bauer verkleidet nach Heidelberg durchschlagen und mit Claude und Gabriel das weitere Vorgehen besprechen.«

»Das Haus im Kalten Tal wird bestimmt Tag und Nacht beobachtet. Du wirst steckbrieflich gesucht. Das habe ich von Krumpfuß erfahren. Und Hasenbein wird keine Ruhe geben, bis er dich den Franzosen ausgeliefert hat.«

»Die Stadt kenne ich wie meine Westentasche und so mancher gute Freund ist übrig geblieben. Mach dir also keine Sorgen.«

Früh am anderen Morgen stapfte eine sonderbare Kolonne durch den tiefen Schnee. Die Stimmung war heute anders – hoffnungsvoller, die Mägen waren mit Hasenbraten und Gerstenbrei gefüllt und die derben Stiefel der Männer traten einen breiten Pfad.

Heidelberg zerstört

Zu einer richtigen Schlacht zwischen Frankreich und dem Reich war es bisher nicht gekommen. Die Reichstruppen wurden im Osten gegen die Türken gebraucht. Sieg reihte sich dort an Sieg. Ungarn und der halbe Balkan waren in kaiserlicher Hand. Die türkische Gefahr war gebannt. Das Reichsheer setzte sich nach Westen in Bewegung, denn die deutschen Fürsten empörten sich über die willkürliche Besetzung und Verwüstung von Reichsgebiet durch die Franzosen. Mit diesem geschlossenen Protest und Widerstand hatte Ludwig XIV. nicht gerechnet.

Zudem erklärte der Reichstag am 15. Februar 1689 Frankreich offiziell den Krieg. An einer militärischen Auseinandersetzung mit dem Reich war Ludwig XIV. nicht interessiert. Es wollte sich nur die Gebiete, die er bisher annektiert hatte, einverleiben. Deshalb zog er seine Truppen über den Rhein zurück. Zuvor sollte jedoch das ›Vorland‹ verwüstet werden, damit die anrückenden Reichstruppen keine einzige Ähre und kein Quartier mehr vorfänden. Der König gab den Befehl, die besetzten Städte bis auf die Grundmauern niederzubrennen.

Am 2. März 1689 wurde Heidelberg das erste Mal zerstört.

Daniel war mit der ersten Morgenröte aufgestanden. Er wollte seinen Onkel warnen, denn heute sollte das Zerstörungswerk beginnen. Vorsichtig schlich er an der Schlossmauer entlang, überquerte den Hof, öffnete die schwere Eisentüre zu den Kellerräumen des Ottheinrichsbaus und tastete sich den dunklen Gang entlang. Auf Anordnung des Stadtkommandanten waren alle Bediensteten dort untergebracht worden. Zu derer Sicherheit, hieß es.

Natürlich hatte der Herr sich seine Dienste und die kleinen Erleichterungen fürstlich bezahlen lassen. Die französischen Besatzer kehrten nicht mit leeren Taschen in ihre Heimat zurück.

Daniel drehte sich an jeder Ecke um. Er hatte das Gefühl, dass er verfolgt oder zumindest beobachtet wurde. Das wäre fatal, denn de Fabre wüsste dann, wohin er ging. Von Claude hatte er gehört, dass sein Onkel sich im Schloss aus dieser Vorsicht heraus in den letzten Wochen nicht mehr hatte blicken lassen. Wenn etwas zu erledigen war, wurde Grombacher vorgeschickt. Bisher wusste niemand, dass Yvette eine geborene Lamadé war.

Zaghaft klopfte er an die ihm beschriebene dritte Türe und als er ein Geräusch dahinter vernahm, nannte er seinen Namen. Sofort meldete sich der Onkel. Die Türe ging einen Spalt weit auf und ein Gesicht erschien. Ein Griff, ein Zug und er stand in einem halbdunklen Kellerraum. Augenblicklich schloss Marotte wieder die Türe. Viele Erklärungen waren nicht notwendig, denn inzwischen wussten alle voneinander. Jeder hatte die größte Vorsicht walten lassen und eine Begegnung vermieden. Heute mussten sie sich einfach einmal sehen. Das Zusammengehörigkeitsgefühl war stärker als die Vernunft.

Yvette betrachtete ihren Cousin lange, dann kniff sie ihn liebevoll in die Knubbelnase. Ein untrügliches Zeichen der Lamadés. Der Onkel drängte. »Es muss etwas Wichtiges sein, das dich zu uns führt. Mach' schnell!«

Die knappen Worte waren nicht böse gemeint. Olivier wollte ihn nicht unnötig in Gefahr bringen. Daniel verstand das nur zu gut, denn auch ihn beschlich ein unangenehmes Gefühl. »Drei Dinge sind es. Erstens wollte ich euch unbedingt kennenlernen. Die Eltern haben so viel Gutes von euch erzählt und wer weiß, ob wir uns so schnell wieder sehen werden. Zum andern wollte ich wissen, wo ihr untergebracht seid, und schließlich möchte ich euch warnen, denn das Schloss wird heute gesprengt.«

Yvette entfuhr ein Schreckensschrei. Sofort presste sie ihre Hand auf den Mund, obwohl das gar nicht notwendig war. Im Nebenraum befand sich Grombacher mit seiner Frau und sie durften alles mitanhören. Marotte nahm die Nachricht gefasster auf. Wahrscheinlich hatte er damit gerechnet.

»Ihr braucht euch keine Sorgen machen. Sie haben nur unter den Befestigungstürmen Minen angebracht. Die Wohngebäude sind sicher. Ich habe mich selbst davon überzeugt. Es wird einen fürchterlichen Knall geben. Vielleicht wackeln die Wände und der Verputz fällt von der Decke, aber die Gebäude halten dem Druck mit Sicherheit stand. Stellt jedoch gefüllte Wassereimer bereit. Es kann sein, dass die Mineure da und dort Brandfackeln in die Räume werfen.«

»Das Feuer wird nicht das Schlimmste sein«, mutmaßte der Onkel, »aber der Rauch. Er bleibt in den Kellerräumen hängen. Es gibt wenig Durchzug, es sei denn, wir verstecken uns nicht mehr im Keller, sondern im Erdgeschoss. Wann ziehen die Truppen ab?«

»Die gesamte Garnison wird mit dem Emporschlagen der ersten Flammen das Schloss in Richtung Mannheim verlassen. Sie warten also nicht, bis alles niedergebrannt ist. Da du dich hier bestens auskennst, wirst du schon einen Weg finden. Ihr seid mir nicht böse, wenn ich mich jetzt wieder auf den Weg mache.«

Sie hielten sich an den Händen, dankten dem HERRN, dann wandte sich Daniel der Türe zu. Bevor er sie öffnete, mahnte er noch: »Denkt immer daran, dass auch nach dem Abzug der Truppen Mélac in der linksrheinischen Pfalz verbleiben wird und ihr nie sicher vor ihm seid.«

»Sag uns noch, was mit Hélène ist«, drängte Yvette.

»Gottfried hat mit seinen Männern die Kinderschar sicher nach Schönau geführt und im dortigen Kloster untergebracht. Es geht ihnen gut. Von Claude habe ich gehört, dass ihr nach Brandenburg umsiedeln wollt. Das finde ich vernünftig. Ich werde eines Tages mit den Eltern nachkommen. Hinterlasst bei der reformierten Gemeinde in Berlin eure Anschrift. Gebt auf euch acht!«

Olivier wurde unruhig. Daniel war schon zu lange bei ihnen. Seine Leute würden ihn vermissen und nach ihm suchen lassen. »Daniel geh' jetzt, wir kommen schon zurecht. Es gibt noch genug Freunde. Nebenan ist Grombacher, wir helfen uns gegenseitig. Bevor du auf den Gang gehst, schau nach, ob jemand kommt.«

Daniel öffnete leise die Türe, streckte den Kopf vor und zog ihn sofort wieder zurück. Wie eine Salzsäule stand er da. Geistesgegenwärtig schloss Marotte die Türe und verriegelte sie. Das war Rettung in höchster Not, denn gleich darauf hämmerte jemand dagegen und begehrte Einlass.

»Wer ist da?«, fragte Olivier mit fester Stimme.

»Jean Gouverment, Chevalier der Dritten Brigade General Mélacs. Sofort aufmachen, sonst treten wir die Türe ein.«

»Was will Er von uns?« Olivier wollte Zeit gewinnen.

»Unser Adjutant wird vermisst. Wir suchen nach ihm. Jemand hat gesehen, wie er in diese Kellerräume ging. Wir machen uns Sorgen, dass ihm etwas zugestoßen ist. Öffne Er augenblicklich die Türe!«

In diesem Moment riss Grombacher, er hatte alles mitangehört, nebenan die Türe auf und schrie: »Feuer, das Schloss brennt, rette sich, wer kann!«

Vor Schreck hasteten der Chevalier und seine Begleiter kopfüber nach oben ins Freie.

Der Moment war günstig. Grombacher kam aus dem Nebenraum und drängte. »Marotte, schick Daniel weg! Schnell! Wenn die merken, dass das nur blinder Alarm war, kommen sie zurück und wenn sie den Jungen hier finden, haben wir nichts zu lachen.«

In aller Eile zeigte er Daniel einen Gang, der ins Nebengebäude und dann rechts zum Innenhof führte.

Wie ein losgelassener Jagdhund rannte Daniel los. Er konnte gerade noch auf sein Pferd springen und so tun, als ob er soeben von einem Kontrollritt zurückgekommen sei. Comte de Tessé erschien in einem goldbestickten Samtjabot, neben ihm Capitaine de Fabre und der Stadtkommandant de Ronville – alle drei nach der neuesten Mode gekleidet. Heute war ein Festtag für sie. De Fabre warf Daniel einen missmutigen Blick zu. Er getraute sich jedoch in Gegenwart des Kommandanten nicht, ihm Vorwürfe zu machen.

Seit fünf Uhr früh standen neunhundert Mann Besatzung marschbereit im Schlosshof und warteten auf den Befehl, das Schloss verlassen zu dürfen. Unruhe und Gemurre waren zu hören. In der Kälte zu stehen gefiel keinem. Daniel schätzte die Stimmung richtig ein. Er drängte sich an Tessés Seite und schlug vor, den Soldaten je einen halben Liter Rotwein auszugeben. Auf diese Weise würde die Stimmung der Soldaten wieder steigen und außerdem stünde ja heute ein freudiges Ereignis an und daran sollten die Soldaten auch teilhaben.

Tessé ließ sich zu einem Schmunzeln hinreißen: »Das ist eine ausgezeichnete Idee, Adjutant Lamadé. Heute ist gewiss ein Tag, an den noch lange gedacht werden wird. Er hat schon viel von seinem Capitaine gelernt.«

Er hob den Arm und ordnete an: »Schenkt an alle Wein aus!« Währenddessen blinzelte er zu de Fabre hinüber. Diesem stieg eine leichte Röte ins Gesicht und es schien, dass der Tag nun auch für ihn gut angefangen hatte.

Als die Weinfässer vor den Soldaten aufgefahren wurden, brachen sie in lautes Jubelgeschrei aus und ließen Tessé dreimal hochleben. Der Graf strich mit leichter Hand die silbernen Locken seiner Perücke aus und ließ sich zu einer huldvollen Geste herab. Daniel atmete tief durch. Das war noch einmal gut gegangen.

Die Pferde wurden unruhig. Der Kommandeur holte seine edelsteinbesetzte Taschenuhr aus der Rocktasche. Sechs Uhr. Er gab ein Zeichen. Gleich darauf dröhnten drei Kanonenschüsse vom Apothekerturm her. Es war das vereinbarte Signal für den Beginn der Zerstörung von Stadt und Schloss.

Die Artilleristen holten Pechfackeln aus dem Zeughaus, zündeten sie an und warfen sie in die offenen Türen und Fenster des Schlosses. In die wartenden Soldaten kam Bewegung. Sie schlossen Wetten ab, welches Gebäude zuerst in Flammen stehen würde. Die Mehrheit war für den Ottheinrichsbau, denn dort waren die meisten Fackeln hineingeworfen worden.

Nach einer halben Stunde schlugen aus dem Dachstuhl des Ottheinrichsbaus die ersten Flammen empor. Tessé hielt ein Dufttüchlein unter seine Nase und verdrehte die Augen, de Fabre zeigte sein teuflisches Grinsen und die Soldaten jubelten und begannen zu tanzen. Der Alkohol tat seine Wirkung.

Die Wette war gewonnen. Das Schloss brannte. Der Abmarsch begann. Mit klingendem Spiel und so manchem Silberbecher im Ränzel marschierte die Garnison den Schlossberg hinunter.

Tessé drehte sich noch einmal um. Er schien zufrieden zu sein. Dazu hatte er auch allen Grund, denn die wertvollen Gemälde, Gobelins, das gesamte Tafelsilber und die Möbel würden in Frankreich schon angekommen sein.

Er winkte seinen Führungsstab zu sich: »Jetzt reiten wir in die Stadt und schauen, was Mélac zuwege gebracht hat.« Daniel war das sehr recht. Vielleicht konnte er da und dort mildernd eingreifen. Auf halbem Weg gab es ein gewaltiges Getöse, Steine wirbelten durch die Luft und Pulverdampf versperrte kurzfristig die Sicht.

»Ah, die Mineure haben ganze Arbeit geleistet«, frohlockte der Kommandant, »das Heidelberger Schloss gibt es nicht mehr.«

In der oberen Vorstadt brauchten sie nicht lange nach Mélac zu suchen. Sie mussten einfach dem Brandgeruch nachgehen, denn wo es loderte und flackerte, war Mélac nicht weit.

Daniel traute seinen Augen nicht und musste sich krampfhaft am Sattelknauf festhalten. Neben dem Brigadier ritt Hasenbein und deutete auf dieses und jenes Haus und just danach ging es in Flammen auf. Er merkte schnell, dass nur die Gebäude angezündet wurden, deren Eigentümer kein Brandgeld zahlen wollten oder konnten. Da Hasenbein die örtlichen Verhältnisse bestens kannte, konnte er einschätzen, wie hoch der jeweilige Loskauf zu sein hatte. Daniel erwartete, dass Tessé dieses schändliche Tun einstellen ließ oder doch zumindest Bedenken dagegen äußerte. Mitnichten! Der Herr stäubte sich nur hin und wieder die angeflogene Asche vom Ärmel seines weinroten Rockes. Sein Äußeres war ihm wichtiger als die einstürzenden Mauern und die auflodernden Flammen. Wie konnte ein Mensch nur so kaltblütig sein? Ein brennendes Haus mehr oder weniger spielte keine Rolle. Dass darin Menschen wohnten und möglicherweise sogar umkamen, war ihm gleichgültig. Am Ende würde gezählt werden, wie viel Brandgeld einging. Tessé erhielt von jedem bezahlten Gulden die Hälfte. Mélac hatte freie Hand und – das war das Erstaunliche für Daniel – er fand immer Gleichgesinnte. Wie Motten scharten sich die Hasenbeins um ihn. Seit den Handschuhsheimer Ereignissen war Daniel viel kritischer und empfindsamer geworden. Er fragte sich immer öfter, wie lange er das noch durchstehen könne, ohne vor sich selbst die Achtung zu verlieren.

Ein Anwesen ums andere ging in Flammen auf. Aufmerksam beobachtete er Mélac und seinen Gehilfen beim nächsten Hause. Er wusste, dass Hasenbein durch Erbschleicherei Miteigentümer dieses Gebäudes geworden war. Richtig! Auf dieses Haus deutete Hasenbein nicht, sondern überreichte Mélac einen Beutel, in dem es verdächtig nach Münzen klang.

Sie kamen ins Kalte Tal. Daniel rutschte in seinem Sattel unruhig hin und her. Dort stand das Haus des Freiherrn. Hasenbein machte sich an Tessé heran und zeigte auf das betreffende Gebäude: »Monsieur le Comte, da muss Er unbedingt Feuer legen lassen, denn das ist ein bekannter Schlupfwinkel für Protestanten und Schnapphähne. Bis auf die Grundmauern muss es niedergebrannt werden und wenn eine junge Weibsperson herauskommt, soll Er sie gefangen nehmen, denn die ist die Schlimmste von allen.«

»Was hat Er gegen sie? Ich erinnere mich, gehört zu haben, dass Er einmal sehr heftig um sie geworben habe. Möchte Er Rache an ihr nehmen, weil Er nicht erhört wurde?«

Tessé zögerte einen Augenblick, doch dann entschied er:

»Da Er mir schon so manchen guten Dienst erwiesen hat, möchte ich mich erkenntlich zeigen.« Er befahl einem Dragoner, eine Wurffackel anzuzünden. Aus Hasenbeins Augen war Vergeltung und Niedertracht in einem herauszulesen.

Eigentlich hatte Daniel eine andere Wendung erwartet. Der Freiherr besaß bis heute bei den Besatzern einen gewissen Respekt. Seine Noblesse beeindruckte selbst den Kommandanten. Das schien jetzt nicht mehr zu zählen. Daniel musste sich etwas einfallen lassen, – sofort! – sonst brannten die Mordbuben das Haus tatsächlich nieder.

Er gab seinem Pferd die Sporen, dass es sich aufbäumte und laut wieherte. Aufmerksam geworden drehte Tessé sich zu ihm um. Der Adjutant sprang vom Pferd, entriss dem Dragoner die Fackel und stürmte laut rufend ins Haus. »Dieses Haus der Gottlosen zünde ich selbst an. Darauf habe ich schon lange gewartet. Jetzt erhalten die Ketzer ihren gerechten Lohn.«

Der Graf und de Fabre schauten sich befriedigt an. Das war die Frucht ihrer Umerziehung. Der eine reckte stolz das Kinn vor und der andere strich sich behaglich den Bart aus.

Mit der Fackel in der Hand stürmte Daniel in den Hausgang und gebärdete sich wie toll. Er schlug die Türen und Scheiben ein und fluchte und wetterte über die Abtrünnigen und Königsverräter. Dabei schaute er sich um. Wo war Claude? Als er sie hinter einem Fass verängstigt sitzen sah, legte er schnell seinen Finger auf die Lippen und deutete auf einen Strohhaufen im Innenhof hin. Er goss einen halben Eimer Wasser darüber und hielt die Fackel unter das nasse Stroh. Es qualmte und stank fürchterlich. Ein Windzug trieb den Rauch durch den Hauseingang auf die Straße. Daniel zeigte auf den Eimer und flüsterte: »Wenn wir weg sind, lösch damit das Feuer, grüße meine Schwester und meine Verwandten. Wenn ich die Eltern freibekommen habe, treffen wir uns in Brandenburg. Der HERR beschütze euch.« Dann prustete er laut, fluchte und brüllte wie ein Wilder. »Aus diesem Haus kommt keiner mehr lebend heraus. Verbrennen soll sie, die Brut!«

Tessé nickte ihm anerkennend zu und wendete sein Pferd zum Marktplatz. Nur Hasenbein schaute misstrauisch drein. Hatte er etwas gemerkt? Er fragte Daniel so nebenbei, ob er eine junge Frau gesehen habe.

»Sicher! Der habe ich die Fackel unter den Rock gehalten. Die brennt genauso lichterloh wie das Haus. Warum fragt Ihr?« Hasenbein gab keine Antwort. Wortlos ritten sie weiter.

Auf dem Marktplatz warfen sich Frauen mit ihren Kindern Tessé vor die Füße und baten um Gnade und Erbarmen für die Stadt. Der Graf griff nach seiner Peitsche und trieb die Flehenden auseinander. Ein Hieb traf ein Kind mitten ins Gesicht. Ein lauter Aufschrei und eine entsetzte Mutter, die sich über das Kind beugte. Tessé ritt über sie hinweg, als wären sie Abfall.

Der Marktplatz glühte vor Hitze. Das Rathaus hinter ihnen stand in hellen Flammen. Niemand würde es löschen können. Mélac hüpfte in seinem Sattel auf und ab. Er wies auf die gegenüberliegende Heiliggeistkirche hin und scherzte: »Ich wüsste einen Spaß. Wir treiben alle Ketzer in die Kirche, verrammeln die Türen und zünden sie an allen vier Seiten an. Das wäre doch ganz im Sinne unseres Königs, denn damit hätten wir mit einem Schlag Ordnung in dieser vermaledeiten Stadt geschaffen.«

Tessé wollte ihm antworten, doch seine Stimme wurde von einem fürchterlichen Knall übertönt. Die Neckarbrücke und der Marstall gingen in die Luft. Holzsplitter flogen ihnen um die Ohren, Steinbrocken donnerten auf die umliegenden Dächer und prasselten auf die Gassen nieder. Die Brücke war gesprengt, der Marstall ein Trümmerhaufen.

Auf einmal hatte es Hasenbein eilig. Er ritt wie ein Verrückter los. In der Steingasse vor dem Haus der Mutschlers Marie sprang er vom Pferd und stürmte in das brennende Haus. Außer Mélac hatte keiner eine Erklärung dafür. »Das war der Unterschlupf, der sich selbst ernannten ›Vaterlandsfreunde‹. Ich habe es konfisziert und an Hasenbein verkauft, vielmehr ihm geschenkt. Er möchte wahrscheinlich das Dokument retten, das ihn als den Besitzer ausgibt, denn wenn wir abgezogen sind, wird ihm das wahrscheinlich niemand glauben.«

Das Feuer hatte schon das ganze Haus ergriffen, es drohte jeden Moment einzustürzen. Der Herr Sekretär war doch sonst ein Hasenfuß, wunderte sich Daniel, der nie ein Risiko einging. Da kommt er nicht mehr lebend heraus, war sein nächster Gedanke.

Sie riefen nach ihm. Keine Antwort, nur das Knacken der Balken und Zischen der Flammen waren zu hören. Sie warteten. Der Dachstuhl brach in sich zusammen. Tessé gab das Zeichen zum Weiterreiten, da krabbelte Hasenbein in letzter Sekunde aus den Trümmern. Mélac und de Fabre hielten sich den Bauch vor Lachen und deuteten auf den kleinen buckligen Zwerg mit den verkohlten Haaren und den angesengten Kleidern. Ein Bündel Papiere hielt er krampfhaft in den Händen.

Der Graf belehrte seine Begleiter, dass sie nicht so schadenfroh sein sollten, denn dieser Hasenbein hätte ihnen so manchen Fingerzeig gegeben, der ihre Beutel gefüllt habe.

»Gewiss, gewiss, Monsieur le Comte«, gab Mélac lachend zur Antwort, »aber Hasenbeins gibt es überall, die sind wie Unkraut.«

Die Zeit drängte. Sie mussten noch durch die Vorstadt in Richtung Speyerer Tor. In Höhe der Sankt-Anna-Gasse meldete sich der doch sehr malträtierte Hasenbein trotz allem noch einmal zu Wort und zeigte auf die Manufaktur des René Klebér: »Dort befindet sich das schlimmste aller Hugenottennester. Es bot so manchem Aufwiegler und Ketzer Unterschlupf.«

»Wo hat dieser kleine Mann nur all das Wissen her? Gut für uns, aber schlecht für die anderen«, meinte Tessé in einer eher abfälligen Weise und wollte schon seinen Weg fortsetzen. Doch Hasenbein hatte immer noch eine Karte im Ärmel.

»Mit Verlaub Euer Hochwohlgeboren, aber Klebér ist auch ein Dorn im Auge der Einheimischen und wenn das Anwesen nicht mehr existierte, würde so mancher Heidelberger Bürger dem hochedlen Grafen ein Ehrenmal setzen, zumindest würde er dem Ketzer keine Träne nachweinen.« Für Schmeicheleien war der Comte immer empfänglich und Hasenbein war ein gerissener Kerl, der seine Artgenossen kannte.

Die Gruppe ritt näher an das Gebäude heran. Hasenbein wies auf das Tor. »Schaut nur, wie die Ungläubigen den Eingang mit Sandsäcken verbarrikadiert haben. Nur wer etwas zu verbergen hat, muss die Rechtschaffenen fürchten.«

Hasenbein wartete noch einen Augenblick, dann fragte er scheinheilig: »Warum nimmt der Herr Graf nicht gleich alle Refugiés nach Frankreich mit und macht ihnen dort den Prozess? Nachdem das Edikt von Nantes aufgehoben ist, können sie als Landesverräter bei lebendigem Leibe verbrannt werden.«

»Später, jetzt nicht. Wir kommen ganz sicher wieder«, sagte Tessé deutungsvoll.

Natürlich kannte Mélac das Anwesen auch. Er gab sogleich seinen Helfershelfern den Befehl, das Haus gründlich auszuräuchern und solange auszuharren, bis das Feuer alles aufgezehrt hatte.

Genau um zwölf Uhr ritt die Schar durch das Speyerer Tor. Zurück blieben eine zerstörte Stadt, viele zerbrochene Hoffnungen und Hasenbein. Daniel drehte sich noch einmal um. Der Herr Oberregierungssekretär strich sich mit der Hand durch die verkohlten Haare, klopfte die Asche vom Wams und ordnete seinen angesengten Rock. Bis auf die Haare sah er wieder einigermaßen manierlich aus. Augenblicklich beorderte er den nächstbesten Wachposten zu sich her. »Auf Anordnung des Kurfürsten Philipp Wilhelm und seines hier amtierenden Beauftragten, schließt die Tore und gebt die Order aus, dass sich alle verfügbaren Männer zum Zwecke der Gründung einer Bürgerwehr im Herrengarten versammeln sollen! Die Stadt muss vor herumstreunenden Räuberbanden und Schnapphähnen geschützt werden.«

Zustimmung war zu hören. Hasenbein fragte noch: »Wer von euch ist Katholik?«

Drei von Sieben meldeten sich. »Ihr Drei übernehmt die Verantwortung und achtet darauf, dass alles im Sinne des Kurfürsten ausgeführt wird.«

Einer neuen Heimat entgegen

Über der Stadt stand eine Rauchwolke und die Sonne hatte Mühe durchzudringen. Es roch nach verkohltem Holz und Stroh. Auf den Straßen herrschte wildes Durcheinander. In der Asche suchten die Menschen nach ihren Habseligkeiten. Viel war es nicht mehr.

Von den Kirchtürmen läuteten die Glocken und luden die Bürger zu einem Dankgottesdienst ein. Der Magistrat verteilte die vorsorglich vor den Franzosen versteckten Musketen an die Bürgerwehr. Sie sollte für Ruhe und Ordnung in der Stadt sorgen. So mancher Spitzbube, meinten die Herren Räte, nütze die undurchsichtige Situation aus, um an neues Eigentum zu kommen. Plünderer sollten auf der Stelle erschossen werden. Schüsse fielen keine.

Claude schenkte Tee ein. Es war der Letzte, aber er reichte auch noch für die beiden Marottes und Gabriel. Grombacher hatte sich entschuldigt. Er musste ein Gespann aus einem nur ihm bekannten Versteck am Wolfsbrunnen holen. Zu der Zeit, wo noch niemand die schrecklichen Ereignisse vorhersehen konnte, hatte der Oberhofkutscher vorsichtshalber einen Planwagen und zwei kräftige Pferde vom kurfürstlichen Marstall abgezweigt und sicher untergestellt.

Der Freiherr war gebrechlich geworden. Gebückt hielt er sich an Claudes Arm fest. Sophie konnte ihm schon lange keine rechte Stütze mehr sein. Ihr Rücken schmerzte und die Hände waren krumm und gichtig. Der gesamte Haushalt hing an Claude. Mit Schrecken dachte sie daran, was geschähe, wenn sie das Haus verließe und die beiden älteren Herrschaften alleine lassen müsste. Das wäre das Schlimmste, was sie sich vorstellen konnte. Der Freiherr war wie ein Vater zu ihr.

Am Tisch war es still geworden. Jeder hing seinen Gedanken nach und malte sich seine Zukunft aus. Die Zeit drängte. In der Stadt konnten sie nicht mehr bleiben.

Wie so oft, war es der Freiherr, der den Anfang machte. »Liebe Freunde, ich habe Sie rufen lassen, weil wir vor einer wichtigen Entscheidung stehen. Von Steinkallenfels habe ich erfahren, dass ein Schreiben an den Kurfürsten folgenden Inhalts noch heute die Stadt verlassen wird: ›Beherzte katholische Männer haben die Stadt vor dem totalen Untergang bewahrt und sofort einen Dankgottesdienst abgehalten. Seine Durchlaucht, der Kurfürst, kann getrost wieder in die Residenz zurückkehren, zumal sich der Schaden im Schloss in Grenzen hält‹.

Es war dem Freiherrn anzumerken, dass das Sprechen ihn ermüdete. »Wenn ich noch die nötige Kraft hätte, würde ich lauthals gegen diesen Inhalt protestieren.«

Olivier pflichtete ihm bei, mahnte jedoch, die Situation nicht zu verkennen. »Gewiss, die Franzosengefahr ist im Moment nicht mehr gegeben, jedoch werden die Glaubenserneuerer und die Mitläufer deren Platz einnehmen. Alle, die nicht der ›wahren Kirche‹ angehören oder angehören wollen, werden es in der Kurpfalz schwer haben. Ich frage mich und euch, ob wir uns das antun sollen.«

Alle schwiegen. Wahrscheinlich hatten sie sich selbst schon die gleichen Gedanken gemacht, jedoch nie ausgesprochen.

»Ich für meinen Teil«, begann der Freiherr, »werde mich noch in dieser Woche auf den Weg nach Venedig machen. Der Doge wird mich mit Respekt behandeln und mir gestatten, meine Religion auszuüben. Ihnen, meine Freunde, rate ich, suchen Sie sich eine neue Heimat.«

Der Freiherr tastete nach Claudes Hand. Kalt war seine Hand geworden. Die Haut durchsichtig und die blauen Adern lagen ungeschützt unter der Oberfläche. Claude spürte ein beklemmendes Gefühl. Sie fürchtete sich vor der nun folgenden entscheidenden Frage. Bis jetzt hatte sie für sich noch keine Antwort. Hin und her gerissen fühlte sie sich und ihr Herz pochte wild. Ihre Pflicht war ... Ja, was war ihre Pflicht? Würde sie mit den beiden nach Venedig gehen, hätte sie keine Sorgen und keine Not mehr. Aber das bedeutete die Trennung von Hélène, Gabriel und Gottfried. Das wollte sie auf keinen Fall. Sie hatten gelobt, zusammenzubleiben.

Claude seufzte. Ihr ganzer Körper drückte ihren inneren Kampf aus. Der Freiherr musste ihre Not geahnt haben. Väterlich strich er ihr übers Haar. »Claude«, sagte er mit leiser Stimme, »ich weiß, was dich bedrückt.«

Alle Blicke waren auf den Freiherrn gerichtet, denn jedem schien klar zu sein, was er nun sagen würde. Sie möge ihn nach Venedig begleiten. Doch sie sollten sich alle täuschen.

»Nur Sophie wird mit mir nach Venedig gehen. Das haben wir vor drei Tagen miteinander beschlossen.«

»Das geht nicht«, rief Claude widerstrebend, »Sophie ist der Aufgabe körperlich nicht mehr gewachsen. Ich gehe mit!«

Von ihrer schnellen Entscheidung selbst überrascht, kauerte sie sich auf dem harten Stuhl und bebte wie Espenlaub.

Zuerst merkte sie gar nicht, wie Sophie von hinten an sie herantrat und die Hände auf ihre Schultern legte. Es waren abgeschaffte, raue Hände.

»Du gehst den Weg, den dir dein HERR bestimmt hat. Auch wenn es mir das Herz zerreißt, dich und Gottfried nie mehr sehen zu können. Es ist beschlossene Sache. Die Reise werden wir überstehen und in Venedig nehmen wir eine zusätzliche Magd.«

Claude drehte sich zu ihr um. Beide Frauen lagen sich in den Armen.

»Eines musst du mir aber versprechen«, sagte Sophie mit schluchzender Stimme. »Du musst gut auf meinen Gottfried aufpassen.«

Während Claude nach Worten suchte, tastete sich der Freiherr zu seinem Schreibpult, kramte in der oberen Schublade, holte einen Lederbeutel heraus und drückte ihn Claude in die Hand. »Für Gottfried, den Sohn meiner treu sorgenden Sophie und Claude, meiner ans Herz gewachsenen Tochter. Die Goldstücke machen den Anfang in ein neues Leben leichter.«

Claude sank vor ihm in die Knie.

»Nichts da, aufgestanden!«, befahl er, »du beugst das Knie nur vor Gott.« Dabei tätschelte er Claudes Wange. Sie verstand diese Mahnung nur zu gut. Wie viel Herzensbildung hatte sie von diesem Menschen schon erfahren?

»Hört zu, wenn Ihr die Pfalz verlassen wollt«, die Stimme Degenfelds hob sich, wurde drängender, »dann tut es bald, denn ich traue den ›Hasenbeins‹ nicht und unser ganz spezieller Hasenbein hat Claude noch nicht aufgegeben und wird über alle viel Leid bringen, die zu ihr stehen. Darum brecht sofort auf.«

Er zog ein Flugblatt aus seinem Ärmel und reichte es Marotte. Dieser las es aufmerksam und sagte abschließend:

»Ja, das tun wir, und zwar sofort. Auf dem Weg nach Brandenburg holen wir Hélène und Gottfried in Schönau ab.«

Die Märzsonne geizte nicht mit ihrer Kraft. Claude saß neben Gottfried auf dem Kutschbock und blinzelte in die Sonne. Gemächlich rollte der Planwagen über die ausgewaschene Straße nach Nordosten. Ein langer Weg lag vor ihnen.

Die Franzosen hatten sich vorläufig über den Rhein zurückgezogen und der Kurfürst ließ sich Zeit mit der Rückkehr. Das Durcheinander in der Stadt kam ihnen bei der Flucht zugute. Grombacher hatte sich rechtzeitig mit dem Gespann eingefunden. Niemand kümmerte sich um sie.

Im Innern des Planwagens saßen Yvette und Olivier und lasen immer wieder das Edikt des Kurfürsten von Brandenburg. Das klang hoffnungsvoll. Die beiden hatten sich den Jungen angeschlossen, weil sie für sich in der katholisch werdenden Kurpfalz keine Zukunft mehr sahen. Außerdem hofften sie, dass Daniel bald mit den Eltern nachkommen würde.

Neben dem Wagen liefen Gabriel und Hélène und konnten sich an den ersten Veilchen am Wegesrand nicht satt sehen. Hélène pflückte ein kleines Sträußchen und hielt es blinzelnd Gabriel hin. »So wie die Veilchen den Frühling einläuten, so gehen wir einer neuen Zukunft entgegen.«

MICHAIL KRAUSNICK IM wellhöfer VERLAG

MICHAIL KRAUSNICK
Autor und Regisseur, Jugendliteraturpreisträger, Autor zahlreicher preisgekrönter Romane, Kurzgeschichten und Biografien

Beruf: Räuber
206 Seiten; 9,80 €   ISBN: 978-3-939540-38-0

Das Buch ist so spannend zu lesen wie ein Krimi. Nur: Es ist kein Krimi. Der mehrfach ausgezeichnete Klassiker über die Räuberbanden um Hölzerlips und Mannefriedrich in überarbeiteter Neuauflage.

Krausnick gelingt es, dem Leser Furcht und Mitleid einzuflößen. (Mannheimer Morgen)

Der Pfälzer Al Capone
224 Seiten; 12,80 €   ISBN: 978-3-939540-44-1

Al Capone und Hilly im Pfälzer Wald – Eine Story wie aus dem Kino. Spannende Zeitgeschichte; ein packendes Zeitpanorama der Kriegs- und Nachkriegsjahre. (Rhein-Neckar-Zeitung)

www.wellhoefer-verlag.de

Heidelberger Emotionen im wellhöfer Verlag

Marion Schwarz

Würgerspeise und Lackschuhe
Kindheitserlebnisse einer Heidelbergerin

192 Seiten; ca. 40 Fotos; 12,80 €
ISBN 978-3-939540-41-0

Lachen und Weinen liegen nah beieiander in dieser Kindheit von 1945–1958 in Heidelberg. Marion Schwarz lässt in ihrer autobiografischen Erzählung die Zeit der Adenauer-Ära, des Wirtschaftswunders und einer – aus der Sicht eines Kindes – oft muffigen und skurrilen Erwachsenenwelt aufleben. Im Zentrum stehen ihre Familie, Freunde und Heidelberg mit seinen unterschiedlichsten Schauplätzen, die sich längst verändert haben. Marion Schwarz gelingt ein einzigartiges, humorvolles, mit einem Schuss Selbstironie und leiser Wehmut erzähltes, Zeitdokument.

Juliane Sophie Kayser

Illustrationen: Bernhard Oberdieck

Malchen und die vergessene Zeit

48 Seiten; illustriert; 14,80 €
ISBN 978-3-939540-11-3

Während sie mit Oma auf dem Heidelberger Schloss Verstecken spielt, findet Hannah sich plötzlich auf dem Schlossgelände von 1836 wieder. Hier hat sie eine einmalige, unvergessliche Begegnung. Sie findet eine neue Freundin, die sich als Tochter des heute bekannten Grafen von Graimberg entpuppt. Sie heißt Malchen, ist zwölf Jahre alt und hat es faustdick hinter den Ohren. Mit ihr lüftet Hannah das Geheimnis um den Grafen und das Schloss.

www.wellhoefer-verlag.de

WŁADYSŁAW KOSTRZENSKI

Meine Flucht

320 Seiten, 17,90 € **ISBN 978-3-939540-58-8**

Während des Warschauer Aufstandes war Władysław Kostrzenski Anfang September 1944 gefangen genommen, von seiner Frau und dem kleinen Sohn getrennt worden. Dann hatte man ihn nach Dachau und anschließend nach Mannheim verschleppt. Die intensive Freiheit der Fluchtzeit endete schon kurz nach Weihnachten. In Bayreuth wieder ins Gefängnis eingeliefert, geriet er ins Gestapo-Straflager Langenzenn, entging dort wegen der herannahenden Front gerade noch der Hinrichtung und kam ins KZ Flossenbürg. Dort wurde er als Todkranker befreit und überlebte.

FRIEDRICH ALEXAN

Die Welt der kleinen Leute

320 Seiten, 12,80 € **ISBN 978-3-939540-29-8**

Wiederentdeckt – eine literarische Sensation!

Friedrich Alexans autobiografischer Roman erzählt aus der Sicht eines Jugendlichen vom Alltag an der „Heimatfront" in Mannheim im Ersten Weltkrieg: geprägt von Leid und Entbehrung, sowie von den kleinen Hoffnungen und Sehnsüchten nach einem glücklicheren Leben.

Im Vordergrund des Romans steht das Persönliche, Menschliche ebenso wie die Suche nach Liebe und Geborgenheit, die in einer aus den Fugen geratenen Welt gerade dort zu finden sind, wo man sie vielleicht am wenigsten vermutet.

Ich behaupte, dass dieses Buch zu den stärksten und eindringlichsten Arbeiten des freien deutschen Schrifttums gehört ... Alexan sieht konkrete Geschehnisse sehr präzis und versteht das Wesentliche zu gestalten. Vieles, was heute in Deutschland traurige und verständliche Wirklichkeit geworden ist, findet durch Alexans Buch eine ursächliche Erklärung. Oskar Maria Graf, 1937

www.wellhoefer-verlag.de

Hubert Bär

Der Heidelberger Campus-Mord

165 Seiten, 9,80 € **ISBN 978-3-939540-30-4**

Heidelberg 2007. Die romantische Stadt kämpft um die Anerkennung als Weltkulturerbe, die ehrwürdige Universität um den Elite-Status. Doch unter dem Deckmantel gemeinsamer Visionen brodelt eine gefährliche Mischung aus Karrieresucht, Intrigen und Abstiegsängsten.
Im Zentrum undurchsichtiger Machenschaften stehen Akademiker des Literaturwissenschaftlichen Instituts und das mysteriöse Verschwinden einer Studentin. Und plötzlich geschieht das Entsetzliche: Der Heidelberger Campus-Mord.

»... ein sprachlich ausgefeiltes Stück Kriminalliteratur ... ein spannendes Lesevergnügen für Lokalpatrioten, Elite-Skeptiker und Krimifans.« (Rhein-Neckar-Zeitung)

»Spannend und mit spitzer Feder geschrieben ...« (SWR4)

Hubert Bär

Der Heidelberger Tunnel-Mord

214 Seiten, 11,90 € **ISBN 978-3-939540-65-6**

Der geplante Bau des Neckarufertunnels erhitzt in Heidelberg die Gemüter. Sowohl im Gemeinderat als auch in der Bevölkerung schlagen die Wellen hoch. Da kommt einer der namhaftesten Befürworter und federführenden Beamten des Projekts unter mysteriösen Umständen zu Tode. Handelt es sich um Mord? Mit dem frischgebackenen Privatdetektiv Carsten Mildner macht sich der Leser auf die Suche nach klärenden Zusammenhängen, nach möglichen Motiven und Tätern.
Vieles deutet darauf hin, dass jemand aus dem Hintergrund heraus die Fäden zieht.

www.wellhoefer-verlag.de